Rosamond Smith:

Dein Tod mein Leben

Roman

Deutsch von Maria Poelchau

Deutscher Taschenbuch Verlag

dtv

Von Rosamond Smith
sind im Deutschen Taschenbuch Verlag erschienen:
Der Andere (11370)
Das Frühlingsopfer (11859)

Ungekürzte Ausgabe
April 1995
Deutscher Taschenbuch Verlag GmbH & Co. KG,
München

Titel der amerikanischen Originalausgabe:
›Soul/Mate‹

ISBN 3-462-02241-5
Umschlaggestaltung: Dieter Brumshagen
Umschlagfoto: Vittorio Santoro, ›The Gaze‹ (The Lotus Eaters), 1990
Satz: Fotosatz Froitzheim, Bonn
Druck und Bindung: Presse-Druck, Augsburg
Printed in Germany · ISBN 3-423-12001-0

Das Buch

Er war siebenundzwanzig Jahre alt, im Dezember würde er achtundzwanzig werden. Allein. Unverheiratet. Keine richtige Familie. In Europa hatte man ihn mehrfach als »unverwechselbar amerikanisch« bezeichnet, aber was konnte man in Amerika von ihm sagen? Er hatte etwas Unschuldiges an sich ... Frauen, die nichts von seiner tragischen Lebensgeschichte wußten, schwärmten dennoch für ihn wegen seines schmerzvollen Ausdrucks und seiner Männlichkeit. Es gab auch Männer, die für ihn schwärmten, und es gab Männer, die ihn fürchteten. Und mit gutem Grund! Wie er belustigt notierte.

Die Autorin

Rosamond Smith ist ein Pseudonym für Joyce Carol Oates. Unter diesem Namen sind in deutscher Sprache erschienen: ›Der Andere‹ (1989) und ›Das Frühlingsopfer‹ (1994).

Für Han und Bill Heyen
»Seelengefährten«

Erster Teil

1

Dorothea Deverell wußte, daß sie im Nachteil war.
Als sie an diesem 14. November in ihrem gebrauchten Mercedes im Nieselregen durch den Nebel zu der Abendgesellschaft fuhr, die ihr Leben verändern sollte, empfand Dorothea – neununddreißig, seit vierzehn Jahren Witwe und kinderlos – den Nachteil durchdringend wie einen frühen, bedrohlichen, zitternden Vorboten der Grippe: und mochte die Empfindung nicht. Sie mochte sie nicht, weil sie ihr zu vertraut war.
Sie kam schon zwanzig Minuten zu spät zu der Abendgesellschaft bei Weidmanns (zu der sie ohnehin nicht gern ging, weil ihr Geliebter und die Frau ihres Geliebten auch eingeladen waren), und sie hatte das Institut (wo sie als Assistentin des Direktors arbeitete, eines reizenden, unfähigen Herrn, der nicht nur öffentlich behauptete, daß er ohne Miß Deverells Hilfe verloren sei, sondern auch dafür sorgte, daß diese übertriebene Behauptung täglich, fast stündlich untermauert wurde) bereits mit so großer Verspätung verlassen, daß sie keine Zeit gehabt hatte, nach Hause zu hetzen, zu baden, ihre Gedanken zu ordnen und sich etwas Geeigneteres und Weiblicheres anzuziehen als das marineblaue Kaschmirjackenkleid, das sie tagsüber zur Arbeit getragen hatte – ein schon seit zehn Jahren unmodernes Chanelkostüm von etwas zerschlissener Eleganz mit angehobenen, leicht ausgebeulten Schultern und wadenlangem, schwingendem Rock, in dem sie, wie ihr Geliebter Charles einmal bemerkte, wie eine liebreizend verwirrte Äbtissin aus einem französischen Roman des neunzehnten Jahrhunderts aussah.
Dorothea fürchtete sich davor, zu irgendwelchen Anlässen,

wenn auch ohne eigenes Verschulden, zu spät zu kommen, aus Angst, die schon Anwesenden könnten erraten, daß sie in Wirklichkeit gar nicht kommen mochte. Bei gesellschaftlichen Veranstaltungen, im Grunde doch das eigentliche Element der Unverheirateten und sozusagen das Ausgangsmaterial ihrer Verwaltungsarbeit im Institut – sie hatte die Aufgabe, Vorträge, Kammermusikkonzerte, Kunstausstellungen, Vorstandssitzungen, Wohltätigkeitsveranstaltungen, Mittagessen, Empfänge und viele andere gesellige Ereignisse in dem auf Öffentlichkeitsarbeit bedachten Morris T. Brannon Institute zu organisieren –, empfand sie oft ein rätselhaftes Unbehagen.
Morgens hatte Charles sie im Büro angerufen, um zu fragen, ob sie am Abend zu Weidmanns ginge, und Dorothea hatte mit verhaltener Begeisterung in der Stimme gesagt: »Natürlich – ich möchte um keinen Preis eine von Ginnys Partys verpassen – du etwa?« »Gott, ja«, sagte Charles. Er klang heftiger als sonst; von Natur aus war er nicht geselliger als Dorothea, obwohl es ihm wie Dorothea meistens gelang, sich bei solchen Gelegenheiten mit Anstand aus der Affäre zu ziehen, zuweilen sogar zu glänzen. Er war ein großer, schmaler Mann, Typ Windspiel, Ende Vierzig, mit silbrig rotblondem Haar, heller, mit blassen Sommersprossen übersäter Gesichtshaut, einem stirnrunzelnden Lächeln, traurig blickenden kieselfarbigen Augen unter ziemlich stark ausgeprägten Brauen – ein renommierter Jurist, dennoch reserviert, sogar schüchtern. Ach ja, ungeheuer schüchtern. Er und Dorothea hatten seit mehreren Jahren, länger als Dorothea zurückdenken mochte, ein romantisches Verhältnis, in dem zweideutigen Sinne, daß es wirklich ein romantisches Verhältnis war. »Und kommt Agnes auch?« hörte sich Dorothea fragen und rieb sich dabei hart übers Auge; und Charles sagte: »Sie hat es vor, ja«, mit einem kaum wahrnehmbaren Seufzer, einem Ausatmen, das Dorothea nur

deshalb bemerkte, weil sie jahrelange Übung darin hatte. »Na ja«, sagte sie. »Na ja«, sagte Charles. Die Verbindung verstummte, brach aber nicht ab: Wie zwei schüchterne, unschlüssige Jugendliche mochten sie sich nicht voneinander verabschieden. Schließlich sagte Dorothea in resolut sachlichem Ton: »Ich hab von Ginny gehört, daß Agnes krank war«, und Charles sagte rasch: »Ja, letzte Woche, Migräne und die Nerven und – das Übliche. Aber es geht ihr jetzt besser. Und sie will heute abend zu dem Essen kommen. Sie möchte, wie sie sagt, um keinen Preis eine von Ginnys Partys verpassen.« »Wie nett«, sagte Dorothea trocken. Ihre Lippen verzogen sich zu einem grimmigen kleinen Lächeln, aber natürlich konnte Charles Carpenter am anderen Ende der Stadt das nicht sehen.

Ginny und Martin Weidmann, die Dorothea seit ihrer Hochzeit kannte – ihr junger unglückseliger Ehemann war mit Martin im Williams College in dieselbe Klasse gegangen –, bewohnten in der elegantesten Gegend der Stadt ein herrliches altes viktorianisches Haus in italienischem Stil mit einem viereckigen Turm in der Mitte, langen, schmalen, von Zierleisten umrahmten Fenstern und einem steilen Schindeldach. Selbst die Straße wirkte antik und entrückt mit ihrem chronisch reparaturbedürftigen Kopfsteinpflaster, das am Bordstein so tief eingesunken war, daß Dorothea jedesmal mit dem unteren Ende der Kotflügel ihres Mercedes gegen die Kante schrammte, wenn sie vor dem Haus parkte – wie auch jetzt. »Was soll ich hier?« rief sie laut. Sie sah voraus, daß es wieder so ein Abend werden würde, wo nichts passierte, was nicht schon unzählige Male passiert war.

Nach den Wagen zu schließen, die auf der Straße und in der kreisförmigen Weidmannschen Einfahrt parkten, waren alle anderen Gäste schon da. Sie erkannte den weißen Cadillac von Carpenters auf der gegenüberliegenden Straßenseite, der wie zu einem schnellen Aufbruch abgestellt war. Das un-

praktische, ins Auge springende Weiß hatte Agnes ausgesucht, obwohl sie den Wagen selten fuhr; Charles fuhr immer.
Dorothea drückte atemlos auf den Klingelknopf und lächelte ihr schönes strahlendes Lächeln, als Ginny sie umarmte und sie vorwurfsvoll begrüßte: »Du kommst fast eine halbe Stunde zu spät, Dorothea! Das sieht dir gar nicht ähnlich! Wir haben uns alle Sorgen gemacht!« Stimmengewirr erfüllte die Räume im Parterre wie vertraute Musik; es roch köstlich nach gebratenem Lamm, nach Wein, Blumen, Früchten. Weidmanns schwarzes Hausmädchen Tula kam herbei, um ihr den Mantel abzunehmen. Einen Augenblick lang warf ihr Ginnys antiker venezianischer Spiegel verschwommen ein tröstliches Bild zu: Sie sah nicht annähernd so abgespannt aus, wie sie sich fühlte. Ihr Haar, schimmernd wie poliertes Mahagoni, umrahmte weich ihr Gesicht, als ob es gewissenhaft gebürstet worden wäre, ihre großen, intelligenten braunen Augen glänzten vor Erwartung. »Wie hübsch du aussiehst, Dorothea, trotz alledem!« sagte Ginny zweideutig. »Dies Kostüm steht dir so gut!« – mit einem schnellen Stirnrunzeln, das Dorothea ins Herz schnitt. (Bedeutete es nicht, daß das Kostüm inzwischen ein allzu vertrauter Anblick geworden war? Daß es ganz und gar nicht das war, was sie heute abend hätte tragen sollen?) Ginny, eine parfümierte, wortreiche Juno, war in ein Kleid gehüllt, das mit seinen Farbtupfen an eine Chintztapete erinnerte. Sie war Dorothea eine liebe Freundin, die Dorothea nicht wirklich gut kannte; eine jener älteren, unverzagt großzügigen Ehefrauen, die es für ihre Aufgabe halten, ihren unverheirateten Freundinnen passende Partner auszusuchen. Ginny hatte Dorothea im Laufe der Jahre mit so vielen begehrten Junggesellen bekannt gemacht, daß Dorothea hin und her schwankte zwischen Schuldgefühlen, weil sie sie enttäuscht hatte, und Empörung, weil sie so oft unter den Hammer gebracht worden

war – gegen ihren Willen und nicht selten ohne zu merken, was da vorging, bis es zu spät war. Allmählich kam sie sich wie eine jener plötzlich störrischen Stuten vor, die sich in einem gewissen lustlosen Alter weigern, einen Hengst »anzunehmen«, und die, wenn überhaupt, künstlich befruchtet werden müssen.

Daher gab Ginny Weidmann – die es natürlich nur gut meinte – Dorothea jetzt hastig Instruktionen über den Kandidaten des heutigen Abends, wieder einen aus ihrem anscheinend unerschöpflichen Vorrat sehr netter Männer, Gentlemen, Geschäftspartner von Martin. »Warum siehst du so erstaunt aus, Dorothea? Du hast es doch nicht vergessen? Ich hab dir doch gesagt, daß ich Jerome Gallagher heute abend einladen würde?«

»Ja, doch, das hast du«, antwortete Dorothea rasch.

Das Weinglas in der Hand, die rauhe Stimme gedämpft, versorgte Ginny Dorothea mit einer hastigen Zusammenfassung der Fakten bezüglich Mr. Gallagher, auf die Dorothea mit lebhafter Anteilnahme zu lauschen vorgab. Auch dies kannte man wohl schon an ihr?

Sie konnte sich denken, daß sie nach so langer Ehelosigkeit für ihre Freunde ein Rätsel war und daß ein Rätsel nach einer gewissen Zeit etwas Beunruhigendes, wenn nicht gar Unangenehmes an sich hat. Sie hatte in Yale ihre Ausbildung als Kunsthistorikerin abgeschlossen, war mit Anfang Zwanzig ins Ausland gereist und hatte dort studiert, kam wieder nach Hause, traf einen jungen französischen Architekten, der gerade die amerikanische Staatsbürgerschaft erworben hatte, verliebte sich in ihn, heiratete ihn, er hieß Michel Deverell und kam bei einem Autounfall auf einer Bostoner Schnellstraße ums Leben, als Dorothea erst fünfundzwanzig war und sich von einer Fehlgeburt erholte, die sie im siebten Monat einer schwierigen Schwangerschaft erlitten hatte. Und wie schnell die Jahre danach vergangen waren, wie rasch und anscheinend ereignislos ihr das Leben entglitt! Da war Charles Carpenter, den sie seit ihrer Heirat kannte und den sie seit acht oder neun Jahren liebte, aber ihre Affäre, ihre Freundschaft war eine absolut private Angelegenheit, die vielleicht einige – Agnes Carpenter? die findige Ginny Weidmann selber? – vermuteten, über die sie aber nichts wußten: ganz bestimmt nichts wußten. Wenn man Dorothea unangenehme persönliche Fragen stellte, hatte sie sich angewöhnt, einfach zu sagen: »Ich war vor langer Zeit mal verheiratet. Mein Mann starb, als ich fünfundzwanzig war. Seit 1982 arbeite ich im Brannon Institute.« Sie äußerte sich nicht gern ausführlich; obwohl schüchtern, war sie doch auch eigensinnig, jener – normalerweise – weibliche Typ, der das Gesprächsthema so geschickt von sich selbst weg auf andere lenkt, daß das raffinierte Manöver niemandem auffällt. Man ging von der vagen Annahme aus, daß Dorothea Deverell schwanger war, als ihr junger Ehemann starb, und daß sie ihr Kind aus diesem Grunde verloren hatte, daher eine doppelt tragische Gestalt war, und diese irrtümliche Annahme konnte Dorothea kaum korrigieren, denn sie gehörte zu der vornehmen Mythologisierung ihres Lebens, die sich ihrem Zugriff entzog: wie der Glaube, daß sie ungeachtet ihrer feinfühligen Kultiviertheit im Grunde eine Frau von starker brachliegender Leidenschaft sei (wie die sprichwörtliche jungfräuliche Äbtissin) und daß sie ein beträchtliches Vermögen geerbt habe, weshalb sie keiner nennenswerten Beförderung oder Gehaltserhöhung im Institut bedürfe – dies, die gehässigste Annahme überhaupt, beruhte auf der Tatsache, daß sie vor Jahren von einer bejahrten Großtante die verschiedensten Gegenstände geerbt hatte, darunter den 1979er Mercedes-Benz 500 SEL, der ständig auf der Schnellstraße stehenblieb, sowie einen abgetragenen Steinmardermantel, der mehrere Nummern zu groß für sie war, dazu Modeschmuck, ein paar Möbel und Hausrat. Die Mytholo-

gisierung entsprach ihr zwar nicht, stellte sie aber auch nicht bloß, und Dorothea hütete sich, den Grundzügen dieses Bildes zu widersprechen. Sie wußte, daß sie in ihrem Umkreis bewundert, ja, bis zu einem herzerwärmenden Grade gemocht wurde: Sie war schön, sie war zuverlässig, sie hatte wunderbare Umgangsformen, sie war *gütig*, aber selbst in ihrer Gegenwart zeigte man Mitgefühl, denn warum war sie bei all ihren Vorzügen so benachteiligt? Auf der letzten Weidmannschen Abendgesellschaft, an der sie teilgenommen hatte und die erst wenige Monate zurücklag – Charles Carpenter und seine Frau zählten da Gott sei Dank nicht zu den Gästen –, hatte ein wohlmeinender älterer Herr beim Essen quer über den Tisch in voller Hörweite der anderen von ihr zu wissen verlangt, warum ein so hübsches Mädchen wie sie nicht verheiratet sei, hatte ungeniert, geradezu eindringlich und anklagend mit eben diesen Worten die Frage an sie gerichtet: »Warum ist ein so hübsches Mädchen wie Sie nicht *verheiratet*?« Und Dorothea hatte gelächelt und, wenn auch innerlich zitternd, ganz lieb geantwortet, wobei sie fühlte, wie ihr eine heiße, heftige Röte ins Gesicht stieg: »Ich war es mal – als ich noch ein *Mädchen* war.«
Und alle am Tisch verstummten, sahen weg. Mehrere peinliche Sekunden lang.
Jetzt sagte Ginny: »Oh, noch etwas. Was hat diese Kampagne von Roger Krauss gegen dich zu bedeuten? Ich höre da so...«
Sie standen mitten in Weidmanns glänzender, glitzernder Eingangshalle, gerade im Begriff, auf die festliche Gruppe im Wohnzimmer zuzugehen, als Ginny zu Dorotheas Bestürzung etwas für sie Typisches tat – sie legte sogar nachdrücklich die Hand auf Dorotheas Arm und drückte ihn. Kaum hatte dieses neue Thema sich in ihrem Kopf festgesetzt, konnte Ginny, ganz Spontaneität, Gefühl und Unbedachtheit wie ein tyrannisches Kind, es nicht bei sich behalten, um

es für einen günstigeren Moment aufzusparen, sondern mußte es Dorothea sofort entgegenschleudern, direkt in ihr entsetztes Gesicht hinein. »Ich höre da so beunruhigende Geschichten, Dorothea, wirklich! Wir müssen darüber sprechen!«

»Jetzt? Müssen wir über diesen gräßlichen Mann jetzt sprechen?« rief Dorothea mit einem verzweifelten kleinen Lachen.

Die Ältere, die sie mit Besorgnis betrachtete, gab nach und schüttelte bloß den Kopf, so daß ihre Brillantohrringe blitzten und ihr herrlich glänzendes, rötlich getöntes Haar das Licht zurückwarf. Dorotheas Herz pochte in Panik. Sie mußte jetzt ihre Züge, sich selbst, so gut es ging, in die Gewalt bekommen, als sie das Wohnzimmer betrat, in dem ihr heimlicher Geliebter sie erwartete – ihr Geliebter und die anderen. Ach, wie sehr sie sich wünschte, in deren Augen nicht so zu erscheinen, wie sie sich, traurig, emphatisch, vorkam: wie eine jener Personen, von denen die Welt erstaunt und mitleidig sagt: Aber wie ungerecht! Wie ungerecht ist doch ihr Leben!

Dorothea Deverell hatte sich in Charles Carpenter ganz allmählich verliebt: fast, könnte man sagen, gegen ihren Willen. Sie war eine Frau mit Prinzipien, und sie hielt nichts davon, andere zu verleiten, Prinzipien zu verletzen – und Charles war verheiratet. Bei jedem Schritt hatte sie sich gewarnt, *du wirst es bereuen*! wie ein keckes Kind, das sich auf dünnes Eis wagt, immer weiter hinaus auf dünnes, dünnes Eis, heulender Wind in den Ohren und polterndes Herzklopfen: *Du wirst es bereuen! Du wirst es bereuen*! So anders als der Sprung kopfüber in die Leidenschaft, ins Gefühl und schließlich in die Trauer, wie sie es mit dem jungen französischen Architekten erlebt hatte. (Dorothea hatte ihren Mann nur kurz, wenn auch zärtlich, gekannt, daß es ihr ganz natürlich vorkam, in einer konventionellen Form an ihn zu denken. Und da er mit achtundzwanzig Jahren gestorben war, blieb er für immer jung.) Charles Carpenter war Partner in einer hochangesehenen Bostoner Anwaltskanzlei, für die Michel Deverells Architekturbüro gearbeitet hatte; so lernten sich die beiden Ehepaare gesellschaftlich, wenn auch nicht besonders gut, kennen, ohne sich privat sehr nahe zu kommen. Erst in der Anfangsphase von Dorotheas Aufstieg zur Lokalberühmtheit, als sie sich als neue glänzende Erscheinung in der Kulturszene von Lathrup Farms (einem repräsentativen ländlichen Vorort an Bostons Nordküste) etablierte, erneuerte sich ihre Bekanntschaft mit Carpenters – insbesondere mit Charles.

An einem Sonntagnachmittag war er wie aus dem Nichts dicht neben ihr aufgetaucht, hatte sie an der Schulter berührt und gemurmelt: »Dorothea? Könnte ich Sie eine Minute sprechen – allein? Hier hinten entlang?« Mit erstaunlich festem Griff hatte er sie am Ellbogen auf einem ziemlich rutschigen Marmorplattenweg außer Sicht- und Hörweite der vielen anderen geführt: und Dorothea, erschreckt, aufgeregt, schuldbewußt, hatte sofort gewußt, was der Mann wollte und wie sie reagieren würde. Der Anlaß war ein großer Cocktailempfang für irgendeinen Wohltätigkeitszweck in einer der herrschaftlichen alten Villen der Gegend gewesen, einem neugeorgianischen Herrenhaus mit Blick auf die Bucht; es war eine jener Cocktailparties, bei denen sich Mrs. Carpenter gern auf mysteriöse Weise entfernte, wobei sie von ihrem Mann verlangte, daß er sie entschuldigte und irgendeine nie ganz überzeugende Erklärung abgab, die meistens mit ihrer Gesundheit zusammenhing. Es wäre falsch, wollte man behaupten, daß Dorothea nicht schon seit einiger Zeit Charles Carpenter und sein Interesse an ihr wahrgenommen hätte: daß sie in seiner Gesellschaft nicht aufblühte, angeregt durch seinen Witz und seine lebhafte Unterhaltungsgabe; daß sie ihn bei solchen Veranstaltungen nicht häufig mit den Augen gesucht hätte, um der Veranstaltung für sich selber einen gewissen menschlichen Wert abzugewinnen. Und nun sagte Charles hastig mit gedämpfter Stimme, den Blick starr auf ihr Gesicht gerichtet: »Ich möchte Sie nicht in Verlegenheit bringen, Dorothea, und ich möchte Sie ganz sicher nicht erschrecken, aber ich glaube, ich habe mich in Sie verliebt, und ich dachte, das sollten Sie wissen.«

Dorothea sagte sanft, verwundert: »Ja.«

So begann sie, ihre Liebesgeschichte, ihre leicht ehebrecherische Freundschaft – Charles, der sprach, und Dorothea, die zuhörte: ein attraktives Paar am Beginn der mittleren Jahre, deren hingerissenes Interesse aneinander für jeden zufälligen Beobachter eigentlich hätte offensichtlich sein müssen (vielleicht war?). In ihrer Vorstellung und der der Umwelt schon seit langem verwitwet, hatte sich Dorothea in dem geruhsamen Gefühl einer wiedererlangten Jungfräulichkeit eingerichtet; ihr Schoß, von jeder Substanz entleert, war wieder ein jungfräulicher Schoß, keusch, verschlossen und unangetastet. Als sie sich Charles Carpenters stockende, erregte, aber schließlich richtig rührende Liebeserklärung und seinen Wunsch, sie sobald wie möglich privat sehen zu dürfen, anhörte, blieb Dorothea merkwürdig gelassen: Ebenso hatte sie (die Erinnerung drängte sich ihr unbarmherzig auf) anfangs bei der Nachricht von Michels Tod in ihrer kleinen Mietwohnung in der Beacon Street dagestanden und zugehört, mit gesenktem Kopf genickt, nichts zu sagen gewußt, nur ein paar sachliche Fragen gestellt. Wenn ihr Tränen in die Augen gestiegen waren, dann waren es weniger gefühlvolle Tränen als einfach eine nervöse Reaktion, als hätte jemand sie mit aller Kraft ins Gesicht geschlagen. *Du wirst es bereuen*! sagte sie sich ruhig, dennoch, sie willigte ein, Charles Carpenter, einen verheirateten Mann, schon am nächsten Abend zu treffen. Und fand sich bereit, ihm, der da gefährlich dicht neben ihr aufragte, ihre Hand in der seinen drückte, zu sagen, daß auch sie ihn sehr gern habe: Sie habe an ihn, sagte sie, seit langem wie an einen besonderen Freund gedacht, an den sie sich in schwierigen Zeiten wenden könne.

Doch nach dem anfänglichen Rausch der Intimität, den leidenschaftlich geflüsterten Erklärungen, den Schwüren, Versprechungen, Verheißungen, waren ihre Gefühle füreinander rasch in eine Art Gleichgewicht, einen Stillstand geraten. Charles rief an – oder rief nicht an: Sie trafen sich heimlich einmal oder zweimal oder dreimal in der Woche – oder trafen sich gar nicht. So wurden Wochen zu Monaten und Monate zu Jahren. Acht Jahre? Neun? Es gab Zeiten, wo Dorothea, in den Fängen ihres Gewissens, auf dem Rückzug schien; es gab Zeiten, wo Charles, offenbar gereizt oder verletzt durch Dorotheas Gewissensbisse oder geplagt von seinen eigenen, auf dem Rückzug schien. Einem traurigen Gesetz menschlicher Widersprüchlichkeit folgend nahm die Leidenschaft beim einen zu, wenn sie beim anderen schwand, so daß Dorothea, wenn Charles vorbrachte, Agnes alles zu sagen und um die Scheidung zu bitten, aller Wahrscheinlichkeit nach abwehrte, indem sie ihn beklommen daran erinnerte, daß seine Frau nicht gesund sei und durch ein solches Ereignis gedemütigt werden würde; wenn Dorothea in einem Gefühlsausbruch vorbrachte, daß sie genug von der Heimlichtuerei habe und Charles entweder in aller Öffentlichkeit oder gar nicht sehen wolle, wies Charles nicht ohne Berechtigung darauf hin, daß sie mit ihrer prekären Stellung im Institut darunter mehr zu leiden hätte – »Natürlich möchte ich, daß wir heiraten, aber ist es die richtige Zeit? Hast du es dir wirklich gut überlegt? Hast du die Folgen bedacht?« Nicht umsonst war Charles Carpenter Jurist.

Und so jahrelang. Dorothea hatte ihre Arbeit (man nahm allgemein an, daß sie an der Reihe wäre, die Leitung des Instituts zu übernehmen, sobald der derzeitige Direktor, Mr.

Howard Morland, in den Ruhestand ging: Mr. Morland war sechsundsechzig, nicht mehr sehr interessiert an seiner Stellung und sehr angetan von Dorothea Deverell); und Dorothea hatte ihre Freunde, zahlreiche Freunde, unter ihnen Charles Carpenter. Unbestimmt hegte sie die wohltuend tröstliche Überzeugung, daß, ja, daß sie und Charles eines Tages verheiratet wären und daß es in dem Ort eine neue Mrs. Carpenter gäbe; vielleicht würden sie in einem neuen Haus wohnen, in ihrer Phantasie war es eins der schönen alten restaurierten Häuser aus dem achtzehnten Jahrhundert in der Weidmannschen Gegend. Sobald die Zeit dafür »richtig« war. (Oder hatte Charles »reif« gesagt? Seine Stimme senkte sich in Dorotheas Gegenwart oft bis zu einem Gemurmel.)

Charles' Frau Agnes merkte nichts von der Liebe ihres Mannes zu Dorothea Deverell. Oder hatte, falls sie einen Verdacht hegte, beschlossen, sich nicht darum zu kümmern. Sie war mit den Jahren zu einer jener in festgefügten gesellschaftlichen Kreisen nicht seltenen Frauen geworden, die eine Atmosphäre von Enttäuschung und Ironie wie ein scharfes Parfüm ausströmen, das den Geruchssinn anderer Leute attackiert. Sie zog sich teuer, aber lässig an; ihre Haut sah fahl und ungesund aus, und ihre Lider waren geschwollen. Sie hatte ein rundes aufsässiges Mopsgesicht mit dem mürrischen Ausdruck eines tatkräftigen Menschen, der sich aus unerfindlichen Gründen weigert, die Tat auch zu vollbringen, so daß sich seine Energie, seine ganze Lebenskraft in ihm aufstaut, ihn erstickt. Man wußte in Lathrup Farms nicht, ob sie wegen ihres chronisch schlechten Gesundheitszustands trank oder ob ihr chronisch schlechter Gesundheitszustand eine Folge des Trinkens war; ob sie »schwierig« war, weil sie trank, oder trank, weil sie »schwierig« war, sich dem Alkohol ergab, um Instinkte freizusetzen, die gesellschaftlicher Anstand sonst unterdrückt hätte.

In den vielen Jahren ihrer Bekanntschaft hatte es nur eine einzige nahe Begegnung zwischen Dorothea und Agnes Carpenter gegeben, und die war äußerst peinlich verlaufen. Sie hatte die Frau ihres Geliebten, die sie beneidete und fürchtete und haßte und oft bemitleidete, eines Abends auf einer Party zufällig in der Damentoilette getroffen, und da stand Agnes Carpenter in einem Goldlaméanzug schwankend über ein Waschbecken gebeugt, schwer betrunken, die Augen fest zugekniffen, die Haut von einer teigigen Leichenblässe überzogen, und als Dorothea ihr helfen wollte, stieß Agnes blind deren Hände zurück und schrie: »Faß mich nicht an! Faß mich nicht an!«, aber gleich darauf bat sie: »O Gott, helfen Sie mir bitte –«, drehte sich um und taumelte in Dorotheas Arme, die die unglückliche Frau an den Schultern hielt, während sie über einem Becken würgte und sich in langen wogenden Stößen erbrach. Der Übelkeitsanfall hatte vielleicht zehn Minuten gedauert, währenddessen andere Frauen, die in den Waschraum wollten, sich diskret wieder zurückzogen und Dorothea ihrer Aufgaben überließen: der sie sich natürlich gekonnt wie eine Schwesternhelferin unterzog, wobei es sie anscheinend kaum störte (obwohl es sie schrecklich störte), daß Agnes' übelriechendes Erbrochenes ihr schwarzes Seidenkleid mit dem schimmernden Plissee bespritzt hatte, während Agnes' Goldlaméanzug unbeschadet davongekommen war. Und nach diesem unglückseligen Zwischenfall gab sich Agnes Carpenter in der Öffentlichkeit Dorothea gegenüber ausgesprochen formell, wenn nicht kühl.

Als sie es Ginny Weidmann erzählte (denn sie hatte es trotz all ihrer Skrupel nicht bei sich behalten können), hatte Dorothea mit nervösem Lachen gesagt: »Jetzt ist die Frau meine Feindin fürs ganze Leben«, und Ginny hatte ihr, allerdings ohne zu lachen, beigepflichtet. Ginny sagte: »Agnes Carpenter gehört zu den Personen, die man weder zur Feindin noch zur Freundin haben möchte.«

Am elegant gedeckten Tisch in Weidmanns Eßzimmer saß Agnes Carpenter inmitten der flackernden Kerzen, des funkelnden Silbers und des üppigen Lammbratendufts in einer Haltung höflicher Aufmerksamkeit, leerte ihr Weinglas nicht schnell, doch methodisch und ließ es wie geistesabwesend zu, daß Martin Weidmann es nachfüllte. Die Unterhaltung wogte vom einen Ende des Tisches zum anderen – über Politik, eine Kunstausstellung am Ort, gemeinsame Freunde, einen Bestsellerroman, den neuesten Immobilienskandal –, während Agnes, wie Dorothea bemerkte, in dem Essen auf ihrem Teller herumstocherte, es in kleine Stücke schnitt, die Stücke hin und her schob und das meiste liegenließ. Wenn Charles es sah, ließ er es sich natürlich nicht anmerken; aber vielleicht sah er es, vom Gespräch gefesselt, mit den Augen häufig bei Dorothea, gar nicht – denn was hätte er schließlich tun können? Sie ist eine willensstarke Frau, hatte er einmal eher vage zu Dorothea gesagt, und Dorothea hatte nicht widersprochen. Obwohl sie dachte: und ich? Hab ich etwa keinen Willen?
Sie war jedoch entschlossen, sich zu amüsieren. Wie immer bei Weidmanns war die Unterhaltung lebhaft, laut, locker, gelegentlich ein bißchen lose, durchsetzt von Ginnys fragenden Ausrufen – »Du hast *was* gemacht? Du hast *was* gesagt?« – und Martins wieherndem Gelächter. Das Essen war vorzüglich, die Weine waren köstlich (und teuer); in der Mitte des Tischs stand ein Paar geschliffener Glasschalen mit blaßgelben Rosenknospen, die einen leichten Duft verströmten. Außer Weidmanns, Carpenters und Dorothea waren noch drei Gäste da: eine auffallende, wie Kleopatra aussehende Frau Ende Zwanzig namens Hartley Evans, eine neue Freundin von Ginny, die bei einem Bostoner Fernsehsender arbeitete; ein jüngerer Mann mit Hängebacken, der David Schmidt hieß und, wie er etwas zu oft erwähnte, bei einer bekannten Maklerfirma in der City arbeitete; und Jerome

Gallagher, Dorotheas Tischherr, ein Steuerberater, der unentwegt einen bohrend-fragenden Ausdruck zur Schau trug, als ob er schwerhörig sei, und dessen kahler Kopf im Kerzenlicht wie eine auf Hochglanz polierte Kugel glänzte. Wir sind alle zu einem bestimmten Zweck zusammengebracht worden, dachte Dorothea, aber zu welchem? Ist das Leben, selbst in einer Welt der Paare, sonst zu einsam? Heute abend kam sie sich mehr als sonst wie auf dem Präsentierteller vor: Sie und Charles saßen einander fast direkt gegenüber und waren gezwungen, entweder miteinander zu sprechen oder ostentativ nicht miteinander zu sprechen; und dann die ablenkende Gegenwart von Jerome Gallagher, dem von Ginny für den Abend ausgewählten begehrenswerten Junggesellen, den sie Dorothea mit den beiseite geäußerten Worten vorgestellt hatte: »Ihr zwei habt so vieles gemeinsam, ich beneide dich!« Eine derart unverblümte Prognose hatte zeitweilig dazu geführt, daß sie beide, insbesondere der stirnrunzelnde Mr. Gallagher, keinen Ton herausbrachten, doch nach einigen ungeschickten Anläufen stellte Dorothea die unvermeidliche Frage: »Welchen Beruf haben Sie?« Und Jerome Gallagher ging dazu über, es ihr zu erklären. Sie wußte, für den Rest des Abends konnte sie abschalten, denn als zuhörende Frau brauchte sie, abgesehen von einsilbigen Wörtern der Zustimmung, Begeisterung oder Überraschung, kaum noch zu reagieren. Außer Charles Carpenter fragten Männer Dorothea nie nach ihrer Arbeit.

Mr. Gallagher redete, und Dorothea beobachtete unterdessen mit halbem Ohr zuhörend Charles und dachte, wie merkwürdig, welche Ironie; in Gegenwart des Mannes fühlte sie sich ihm, anders als in ihren (täglichen oder vielmehr nächtlichen) Träumereien, oft entfremdet, auch wenn sie sich seine Anziehungskraft eingestehen mußte: dieses kantige, feingeschnittene Gesicht, die wie Regentröpfchen darüber gespritzten hellen Sommersprossen, die wachen intelligenten Augen. Er war unauffällig gut angezogen, nicht modisch, sondern dezent, trug – Dorothea sah es mit Freude – eine wunderschöne Krawatte, die sie ihm geschenkt hatte (und die Charles Agnes gegenüber als eine impulsive Anschaffung auf eigene Faust hatte ausgeben müssen), und einen blaugrauen Nadelstreifenanzug, der seine hochgewachsene schmale Gestalt elegant zur Geltung brachte. Ein Mann, für den man einen Mord begehen könnte, dachte Dorothea, wenn man der Typ dafür wäre. Am Morgen hatte Charles noch gesagt, daß er, würde er sie nicht sehen, lieber zu Hause bliebe, aber er schien die Abendgesellschaft wie alle am Tisch zu genießen, debattierte angeregt mit Schmidt, einem lautstarken und rechthaberischen jungen Mann (konservativ, Republikaner, voller Verachtung für »bundesstaatliche Einschränkungen«) und der exotisch aufgemachten Hartley Evans (tintenschwarzes Haar, glatt und synthetisch wie eine Perücke, in ständigem Staunen weit aufgerissene Augen unter blauen Lidschatten), eine Diskussion, an der Ginny Weidmann sich beteiligte und der Agnes Carpenter der Form halber mit Interesse lauschte, wobei sie einen Tellerwechsel als Entschuldigung benutzte, um sich eine Zigarette anzuzünden: pergamentfarbene Zigaretten, ägyptisch, die einen bitteren, beißenden Gestank verbreiteten, der innerhalb von Sekunden in Dorotheas empfindliche Nase und Augen stieg. Agnes hatte zwar wenig gegessen, aber viel getrunken; ihr fleischiges Gesicht schien kurz davor, seine Konturen zu verändern; sie lachte ohne ersichtlichen Grund und fuhr sich mit ihrer klobigen Hand an die Stirn – ihr riesiger Ring, ein viereckiger, mit Brillanten gefaßter Jade, warf das Licht aggressiv zurück. Ihr feuchter, spöttischer Blick streifte Dorotheas Gesicht, ohne zu verweilen, als ob Dorotheas Platz leer sei.

Warum gibst du ihn nicht auf? bat Dorothea stumm. Wo du ihn doch nicht liebst? Wo du doch dem Glück anderer im Weg stehst?

Dann nahm das Tischgespräch zu Dorotheas Schrecken plötzlich erdrutschartig eine andere Wendung und verlagerte sich innerhalb von Sekunden auf das Thema des »Machtkampfs« im Brannon Institute, insbesondere auf die gewissenlose Taktik eines neuen Kuratoriumsmitglieds namens Roger Krauss, der sich unter systematischer Verunglimpfung Dorothea Deverells für einen Schützling seiner Wahl einsetzte – mit der Behauptung, er sei keineswegs ein *Frauen*feind, sondern ein *Feministinnen*feind. Krauss, der im letzten Frühjahr ins Kuratorium gewählt worden war, hatte öffentlich an mehreren von Dorothea geplanten Veranstaltungen Anstoß genommen, am nachhaltigsten (denn er hatte einen Angriff im Lathrup Farms Wochenblatt publiziert) an einer Wanderausstellung von Frauenskulpturen. Er behandelte Dorothea von oben herab oder benahm sich ihr gegenüber schlichtweg unverschämt, wenn sie zusammentrafen, sprach über sie hinweg mit anderen Kuratoriumsmitgliedern und mit dem Institutsleiter Mr. Morland. Daß Krauss einen eigenen Bewerber für den Posten des Direktors hatte, einen angeheirateten Neffen, der zur Zeit am Whitney Museum arbeitete, war Teil seiner Kampagne gegen Dorothea, aber er war klug genug, es nur als Teil darzustellen: Sein eigentlicher Einwand gegen ihre Übernahme der Leitung, sagte er, sei ideologisch. Er würde sich gar nicht wundern, hatte er mehrmals erklärt, wenn sie das Institut für ihre politischen Zwecke »unterminierte«... Dorothea legte bestürzt die Gabel nieder, sie fühlte, wie ihr Gesicht unangenehm heiß wurde und ihr Herz dumpf gegen die Rippen pochte. Sie hatte befürchtet, daß sie ausgerechnet dieses Thema aufgreifen würden, und das Schlimmste war, daß sie es augenscheinlich nicht aufgriffen, sondern zu ihm zurückkehrten, als hätten sie schon ausgiebig vor ihrer verspäteten Ankunft darüber und über sie gesprochen.

Trostsuchend richtete sie die Augen auf Charles. Er starrte

auf seinen Teller, als teile er ihr Unbehagen. Es schmerzte Dorothea um so mehr, verletzte sie in ihrem Stolz, daß ihr Geliebter von ihrem Dilemma erfahren hatte, bevor sie es ihm erklärt hatte, bevor sie es beiläufig in eine amüsante kleine Anekdote verwandelt hatte, um ihre Schande zu mildern. Ginny sagte gerade wütend: »Ich finde es so haarsträubend unfair, daß Dorothea, die im Institut wirklich verdammt gute Arbeit geleistet hat, sich nach all diesen Jahren verteidigen muß – noch dazu gegen so gehässige Angriffe!«
Martin stimmte zu und natürlich auch Charles, der mit verkniffenem Mund immer noch auf seinen Teller starrte. Die neuen Leute – David Schmidt, Hartley Evans, Jerome Gallagher – sahen nachdenklich, wenn auch eher neutral vor sich hin; Agnes Carpenter hingegen sagte, indem sie den Rauch üppig durch die Nasenlöcher strömen ließ: »Roger übertreibt doch immer. Es ist nicht seine Art, halbe Sachen zu machen.«
Ginny sagte: »Ein Skorpion hat auch so seine Art!«
Agnes Carpenter sagte ungerührt: »Skorpione haben es nicht nötig, liebenswert zu sein. Es genügt, wenn sie Skorpione sind.«
Bei dieser gedankenlosen Bemerkung breitete sich erschrockenes Schweigen aus. Dann kam Martin Weidmann Dorothea ritterlich zu Hilfe, und Charles sagte irgend etwas Ungeduldiges, und Ginny ließ sich des längeren erregt über die Wörter *unfair, ungerecht, empörend, frauenfeindlich* aus, die Dorothea wie wild gewordene Wespen um den Kopf schwirrten. Sie versuchte nicht hinzuhören, versuchte zu lächeln, als ob es ihr nicht das geringste ausmache; überlegte sich, wie sie wohl reagieren würden, wenn sie einfach aufstünde und aus dem Zimmer ginge und so lange draußen bliebe, bis man das Thema wechselte. Bei Roger Krauss und seiner erbärmlichen Kampagne gegen sie handelte es sich um ein Problem, mit dem sie fertig wurde, indem sie gar nicht

daran dachte: den Schrecken einfach auslöschte, wie man eine schmutzige Mauer aus praktischen Erwägungen übertüncht.

Ach, das gesellschaftliche Leben! Dorothea warf einen Blick auf ihre Armbanduhr und sah, daß es erst fünf vor zehn war. Es kam ihr viel später vor. Noch sollte ein Salatgang folgen, wahrscheinlich auch Käse und Obst, und dann natürlich der Nachtisch, Kaffee und Schnäpse und so weiter, also mindestens noch eine Stunde, die sie durchhalten mußte, bevor sie sich nach Hause verdrücken konnte, um erschöpft ins Bett zu fallen und davon zu träumen, daß sie eines Tages Charles Carpenter heiraten und ein normales zufriedenes Leben in einem der hübschen alten Häuser von Lathrup Farms, vielleicht mit einem ummauerten Garten, führen würde, und bei kaltem, windigem Wetter würde Charles ein Feuer im Kamin machen, mit Apfelbaumholz wegen des Dufts, und sie würden dicht beieinander Hand in Hand auf dem Sofa sitzen und wie gebannt in die tanzenden Flammen schauen und denken: *Was haben wir für ein Glück! Wie gut haben wir es doch! Wie haben wir dieses Glück verdient?* Dorotheas Augen füllten sich mit Tränen, als schlügen ihr tatsächlich Flammen entgegen. Neben ihr sagte Jerome etwas steif: »Dieser Kerl Krauss klingt ja übel. Vielleicht sollten Sie sich mal überlegen, Ihren Arbeitgeber zu verklagen, falls man Sie wirklich so leise rausgraulen will, falls man Ihnen wirklich eine Beförderung in Aussicht gestellt hat. Heutzutage machen Frauen das dauernd.«

Dorothea entschuldigte sich und verzog sich so lange, wie sie es wagte, in das goldtapezierte kleine Weidmannsche Gästebad, und als sie zurückkehrte, hatte man das Thema Krauss Gott sei Dank fallengelassen und sich einem neuen zugewandt. Der Salat wurde gerade aufgetragen, und Martin Weidmann öffnete eine neue Flasche Wein, und Agnes Carpenter zündete sich wieder eine ihrer pergamentfarbenen Zi-

garetten an und atmete den Rauch durch die Nase aus. Dorothea dachte an Toulouse-Lautrec, der häufig im Eiffelturm speiste und gesagt hatte: »Die Stelle, wo ich den Eiffelturm nicht sehen muß, ist in dem Ding drinnen.«
Und dann klingelte es an der Tür. Und alle verstummten. Und Ginny rief: »Wer kann das sein?«, als ob niemand mehr erscheinen könnte, nur weil an ihrem Tisch kein Platz mehr war.
Sie lauschten, während Tula die Haustür öffnete.

»Was für eine Überraschung! Was für eine große, *wundervolle* Überraschung!«
Der unerwartete Besucher war Colin Asch, ein Großneffe von Ginny Weidmann: ein hochgewachsener, zu dünner Junge mit umschatteten Augen, einem feingeschnittenen asymmetrischen Gesicht und strähnigem blaßblonden Haar, das ihm bis auf die Schultern fiel. Dorothea, die von seiner Erscheinung recht angetan war, hätte ihn auf drei- oder vierundzwanzig geschätzt. Er trug eine schmutzige Schaffell-Windjacke mit kaputtem Reißverschluß, Khakihosen, einen am Hals ausgeleierten schwarzen Kaschmirpullover und darunter kein Hemd; seine Haut wirkte fahl vor Übermüdung, Kinn und Wangen zeigten einen Anflug von Bartstoppeln. Blinzelnd, stirnrunzelnd, sich windend wie ein Nachttier, das unsanft ans Tageslicht befördert wird, ließ er sich widerstrebend ins Eßzimmer ziehen, um die Freunde seiner Tante zu begrüßen. Mit mütterlicher Besorgtheit, bei der Freude und Vorwurf miteinander in Widerstreit lagen, rief Ginny ein ums andere Mal: »Aber Colin, wir haben dich *letzte* Woche erwartet! Nicht wahr, Martin? Wo um Himmels willen *warst* du letzte Woche? Aber natürlich, bei euch jungen Leuten und eurem Leben ist alles so ungewiß!«
Der Junge sah so verkrampft aus, als wäre er vor lauter Ver-

legenheit am liebsten aus dem Zimmer gerannt, hätte Ginny sich nicht bei ihm eingehakt. Dorothea tat er leid, wie er da wie eine Trophäe in das Eßzimmer seiner Tante geschleppt, ihren Gästen vorgeführt wurde. (Ginnys erwachsene Kinder, von denen Dorothea schon viel gehört hatte, hatten sich gut gemacht, waren zufrieden, einigermaßen erfolgreich und der inbrünstigen Fürsorge ihrer Mutter nicht mehr allzu bedürftig.) Der Junge stammelte eine Entschuldigung und sagte, es sei nicht seine Absicht gewesen, eine Party zu stören, aber inzwischen war auch Martin aufgesprungen und bestand darauf, daß Colin sich zu ihnen setzte; es sei gar nicht daran zu denken, daß Colin sich nicht zu ihnen setze, viel Platz sei da und reichlich zu essen, und sicherlich hätte Colin noch nichts zu sich genommen. »Du siehst aus«, sagte Martin jovial, »als hättest du seit Wochen nichts gegessen!«
»Vielleicht möchte sich Colin erst ein bißchen frisch machen«, sagte Ginny, die etwas verspätet den unordentlichen Aufzug ihres Neffen und den schmerzhaft-verschreckten Ausdruck in seinen erschöpften Augen wahrnahm. »Nicht wahr, Liebes? Und dann eine Kleinigkeit essen? Warum bringst du ihn nicht nach oben, Martin? Er kann sich was von dir anziehen, wenn er will.«
Mit verzweifelten Schulterverrenkungen entwand sich der Junge Ginnys Griff, wobei er wiederholte, es habe nicht in seiner Absicht gelegen, eine Party zu stören. Er ginge nie uneingeladen irgendwohin, er würde ein andermal wiederkommen.
»Aber du *bist* eingeladen«, beharrte Ginny.
Und Martin, der dem Jungen väterlich seinen schweren Arm auf die schmalen Schultern legte, sagte herzlich: »Du kannst doch nicht schon wieder weglaufen, wo du grad angekommen bist!«
Colin Asch stammelte irgendwas und sträubte sich noch ein bißchen, konnte aber gegen Weidmanns mit ihren vereinten

Kräften und ihrer Übung in dieser Art tyrannischen Wohlwollens nichts ausrichten. Obwohl Dorothea rasch einen belustigten Blick mit Charles wechselte – diese Szene sah Ginny und Martin so ähnlich! –, nahm sie das Ergebnis mit Erleichterung auf: daß man sich um diesen einsam wirkenden melancholischen jungen Mann jedenfalls zeitweilig kümmerte und ihn dazu brachte, ihnen Gesellschaft zu leisten. Es war etwas Eindrucksvolles an ihm, an seinen Augen, seinem Gesicht, seiner ganzen Haltung, das sie nicht hätte benennen können, das ihr aber zugleich aufregend und vertraut vorkam. Jedenfalls gab seine Anwesenheit in Weidmanns überheiztem Eßzimmer dem Abend eine durchaus eigene Note.

In fieberhafter Eile legten Ginny und Tula dicht neben Ginny am Kopfende des Tisches ein neues Gedeck auf, und mit dramatisch gedämpfter Stimme sagte Ginny: »Der arme Junge! Armer Colin! Er hat so ein tragisches Leben gehabt!« Alle Gäste beugten sich erwartungsvoll vor: Ginny warf einen Blick in die Halle und zur Treppe, als wollte sie sich vergewissern, daß Colin und Martin außer Hörweite waren. »Vor allem, das haben einige von euch vielleicht gelesen, ober ich hab euch davon erzählt, vor Jahren – es muß fünfzehn Jahre her sein –, der Tod von Colins Eltern und die Art, wie sie starben. Es war zu grauenhaft! Zu schrecklich! Meine Nichte, ihr Mann und Colin, der damals zwölf war, saßen zusammen im Auto, der Mann meiner Nichte fuhr, und es regnete, und sie kamen über eine Brücke in den Adirondacks, genau südlich von Lake Placid, eine dieser Metallgitterbrücken oder wie man die nennt – ihr wißt schon, die so rutschig sind –, und diese Brücke war eng und in keinem guten Zustand, und ein anderer Wagen kam ihnen entgegen, und irgendwie verlor der Mann meiner Nichte die Gewalt über sein Auto – ich glaube ganz sicher, der andere muß mit überhöhter Geschwindigkeit oder gefährlich gefahren sein, das ist aber nie festgestellt worden – und schlug gegen das Geländer, und das Geländer brach durch, und sie stürzten in den Fluß. Der Junge schaffte es, rauszukommen und nach oben zu schwimmen, aber seine Eltern saßen im Wagen fest, das Wasser war nur zwei Meter tief, so daß der Junge sie zu retten versuchte, wieder nach unten zurücktauchte, um die Autotüren zu öffnen und seine Mutter und dann seinen Vater herauszuziehen. Er ist ein dutzendmal getaucht, bis die Polizei kam, ist das nicht eine schauerliche Vorstellung? Meine arme Nichte, sie war so süß! Ihr armer Mann! Aber vor allem der arme Junge, der einen solchen Alptraum erlebt hat! Zu versuchen, seine Eltern zu retten, und es gelingt nicht, und« – hier senkte Ginny ängstlich die Stimme und blickte, eine beringte Hand an die Brust gepreßt, nach hinten zur Treppe –, »und es hieß, er hätte getobt und wild phantasiert, als die Polizei kam, er wäre auf die Polizisten losgegangen und hätte behauptet, seine Eltern seien noch am Leben und er könne sie retten: das arme Kind, denkt doch nur, damals erst zwölf und immer so sensibel – er war sehr musikalisch, hatte eine bezaubernde Sopranstimme und Talent zum Zeichnen und Malen; meine Nichte war selber Künstlerin, sie hat eine Weile in Holyoke unterrichtet – und es hieß, Colin soll in diesen Minuten wahnsinnig geworden sein, einfach den Verstand verloren haben.«

Selbst die Kerzen auf dem Tisch schienen zu erschauern. Dorothea, die sich in diesem Augenblick die schwarze verschlingende Woge nicht des Wahnsinns, sondern des Sichfügens in Wahnsinn, Laune, Unglück, Zufall, Schicksal vergegenwärtigte, die sie beim Tod von Michel Deverell überschwemmt und beinahe ertränkt hatte, empfand kreatürliches Mitleid und Entsetzen ...

Ich weiß jetzt, hatte sie damals ganz ruhig gedacht, daß Gott als Prinzip oder Allgegenwart purer Wahnsinn ist.

In das Schweigen hinein, das Ginnys Bericht folgte, sagte

Agnes Carpenter in dem leicht crstaunten Ton eines Menschen, der damit rechnet, sich zu langweilen, sich dann aber doch nicht langweilt: »Ja, ich erinnere mich daran. Dieser irre Unfall. Der Junge, der seine Eltern aus dem untergegangenen Wagen zu retten versuchte. Es stand in allen Zeitungen. Mit Fotos. Ich weiß noch.«
Wie ein Gnadenstoß kamen Ginnys Worte, ruhig ausgesprochen: »Aber das ist nicht alles. Es gibt noch mehr.«
Ein paar Minuten später kehrte Martin zurück, nachdem er Colin Asch zum Duschen und Umziehen oben gelassen hatte, und als er Ginnys Vortrag über noch mehr tragische oder tieftraurige Ereignisse hörte – nach dem Tod seiner Eltern wurde Colin in ein Internat für Jungen nach New Hampshire geschickt, dessen Direktor sich nachweislich an einige seiner jungen Schützlinge, darunter offenbar auch Colin, »herangemacht« hatte –, sagte er vorwurfsvoll: »Ginny, ich glaube wirklich nicht, daß es Colin angenehm wäre, wenn er wüßte, daß du über ihn sprichst. Er wollte unbedingt weg, und ich hab ihm versprochen, daß es ein ruhiger Abend werden würde.«
»Aber er kann uns doch nicht hören, er weiß ja nichts davon«, sagte Ginny.
»Die Hauptsache ist«, sagte Martin, »daß es ihm jetzt so viel besser geht als das letzte Mal, als wir ihn sahen. Wir wollen ihn doch nicht beunruhigen.«
Als hätte Martin ihre Worte nur bestätigt, sagte Ginny leidenschaftlich: »Das ist ja das Unglaubliche daran. Das Heldenhafte. Daß der Junge sein halbes Leben lang immer wieder in Krankenhäusern war, nicht gerade in psychiatrischen Kliniken, versteht mich bitte nicht falsch, sondern in irgendwelchen anderen, wo er wegen Depressionen oder Magersucht und Gott weiß was allem behandelt wurde. Nach dem Skandal in der Schule – der Direktor beging Selbstmord – hatte Colin einen Zusammenbruch und konnte nicht essen,

nicht schlafen, weigerte sich, mit irgend jemand zu sprechen oder zu reagieren, mußte sogar eine Zeitlang intravenös ernährt werden, gegen seinen Willen. Dann erholte er sich bis zu einem gewissen Grade und wurde zu Verwandten nach Baltimore geschickt, aber das ging aus irgendeinem Grund schief, deshalb kam er auf ein anderes Internat. Im Lauf der Jahre ist der Großteil der Familie hilfreich eingesprungen, und dann gab es natürlich auch eine Versicherung durch den Tod seiner Eltern und sogar einen Prozeß, den die Eltern einiger Jungen gegen die Schule in New Hampshire anstrengten – wie heißt sie noch, Martin?«

»Monmouth Academy«, sagte Martin widerwillig, »aber ich finde wirklich, du –«

»– den die Schule außergerichtlich regelte, und das alles half in gewisser Weise beim finanziellen Problem, aber nur in gewisser Weise. Glücklicherweise ist Colin so gescheit und lernt so schnell und ernsthaft, jedenfalls am Anfang, daß er seit dem High-School-Abschluß mehrere Stipendien bekommen hat – wenn er den High-School-Abschluß überhaupt gemacht hat; da bin ich nicht so sicher.« Ginny unterbrach sich atemlos und warf wieder einen Blick zum oberen Stockwerk hinauf. Kein Geräusch war zu hören, keine Bewegung zu sehen. Dorothea hatte plötzlich die surrealistische Vision, der unglückselige Junge habe die etwas zu lebhafte Stimme seiner Tante gehört und sich auf der Stelle entschlossen, Rache zu nehmen und sich in ihrem Badezimmer die Kehle durchzuschneiden. »Aber er hat sich in den letzten Jahren gut gemacht. Also verhältnismäßig gut. Er führt übrigens ein etwas geheimnisvolles Leben. Er hatte ein Stipendium für die Rhode Island School of Design, und dann verschwand er und tauchte in New Mexico auf, wo er mit einer Gruppe von Künstlern zusammenlebte, und dann ist er mit dem Rucksack durch Europa gewandert, und monatelang wußte niemand über seinen Aufenthaltsort Bescheid, und dann – erinnerst du dich, Martin? – trafen wir ihn zufällig in San Francisco, stolperten beinahe über ihn, als wir da zu einer deiner Tagungen waren. Er war anscheinend allein und sagte, er hätte einen Job als Vertreter, so von Tür zu Tür. Ihm schien nichts dran zu liegen, viel Zeit mit uns zu verbringen.«

Es entstand eine Pause. Hartley Evans fragte: »Wo wohnt er denn jetzt?«

Ginny sagte: »Das ist es ja – niemand weiß es genau! Im Sommer war er in Europa, hauptsächlich Amsterdam und Heidelberg, dann mit Rucksack durch Deutschland und Italien und zum Schluß irgendwo in Nordafrika. Und vor ein paar Wochen rief er uns dann an und sagte, er käme durch Boston, aber an dem Abend, als wir ihn erwarteten, ließ er sich nicht blicken. Da wir Colin kennen, haben wir uns keine großen Gedanken gemacht, aber Martin hat sich immerhin bei der Polizei erkundigt, und da lag nichts vor. Er hat natürlich auch nie angerufen, um die Sache zu erklären, und heute abend nun – ist er da. Er ist ein so lieber Junge – man kann es an seinen Augen sehen. Und die Tragödie seines jungen Lebens – man kann auch das in seinen Augen sehen. Ich wünschte, er würde Martin und mir erlauben, mehr für ihn zu tun, ihm zu helfen. Aber er hat auch seinen Stolz. Er ist siebenundzwanzig, ein erwachsener Mann. Er hat seinen Stolz.«

Martin sagte jovial: »Also, Schatz, nun ist es genug.«

Dorothea hatte Ginnys Bericht aufmerksam zugehört, verwundert, daß sie so sonderbar bewegt war. Sie mußte an den kryptischen Ausspruch des Philosophen denken: Schreckliche Erlebnisse geben zu der Vermutung Anlaß, daß derjenige, der sie erlebt, selber etwas Schreckliches ist. Sie konnte sich nicht an den Namen des Philosophen erinnern, wußte aber, daß es ein Deutscher war.

Als Colin ins Eßzimmer zurückkam und Weidmanns Gästen rasch noch einmal vorgestellt wurde, hatte er – geduscht, rasiert, das feuchte blasse Haar aus der Stirn gekämmt, mit einem frischen weißen Hemd und einer marineblauen Strickkrawatte von Martin – seine äußere Erscheinung so radikal verändert, daß Dorothea ihn fast nicht wiedererkannt hätte. Obwohl überaus gehemmt und verlegen, mit einem geradezu mißmutigen Zug um den Mund, gelang es ihm, seinen Platz am Kopfende des Tisches neben seiner strahlenden Tante einzunehmen, und es gelang ihm, zu lächeln – sogar schüchtern zu lachen –, als er zu essen anfing. (Er war offenkundig hungrig, stocherte jedoch wie ein verzogenes Kind in seinem Essen herum.) Dorothea sah, daß seine Augen schnell und unaufhörlich von einem Gast zum anderen, von einem Gesicht zum andern gingen; sie hatte das Gefühl, als ob sie einen Herzschlag lang oder zwei bei dem ihren verweilten, es unverhohlen anstarrten und dann weiterwanderten. Er weiß, daß wir über ihn gesprochen haben, dachte Dorothea beklommen. *In diesen Minuten ist er wahnsinnig geworden. Er hat einfach den Verstand verloren.* Jetzt war er allerdings kaum wahnsinnig: nervös und befangen zwar, aber gefügig; in den Sachen seines Onkels, die mehrere Nummern zu groß für ihn waren, wirkte er auf geheimnisvolle Weise gezüchtigt. Er war ein gutaussehender junger Mann, beinahe ein schöner junger Mann, dachte Dorothea, mit seiner langen Römernase, wachsbleich an der Spitze, und dem wie gemeißelten, wohlgeformten Mund. Tatsächlich hatte er etwas Lapidares an sich, besonders im Profil. An wen oder was erinnerte Dorothea sein Profil? Wäre er geboren worden, könnte mein Sohn dort sitzen, dachte Dorothea. Es war ein ganz sinnloser Gedanke, den sie sofort verwarf und vergaß.

Mit unsicherer Hand griff sie nach ihrem Weinglas und sah zu ihrer Überraschung, daß es leer war.

Das Thema Deutschland kam zur Sprache (vermutlich weil

Colin Asch vor kurzem dort gewesen war?) und wurde von den Männern und Hartley Evans diskutiert: das politische Phänomen der »beiden Deutschlands«, die Teilung in Ost und West (wie »verfeindete Zwillinge«, sagte Charles nachdenklich), der primitive oder mystische Glaube an eine besondere Bestimmung dieser Nation – im Grunde jeder Nation. Martin fragte Colin nach seiner Meinung, worauf eine peinliche Pause entstand, die den Anschein erweckte, als habe Colin nicht zugehört; dann blickte er auf, verzog die Schultern wie ein aufsässiger Schuljunge und murmelte eine äußerst bemerkenswerte kleine Zusammenfassung herunter – knapp, präzise und intelligent. Soweit er aus Gesprächen mit Gleichaltrigen wisse, besonders aus Heidelberg, wo er eine Zeitlang studiert habe, könne die jüngere Generation mit solchen überholten mythischen Vorstellungen nichts mehr anfangen: Für sie seien Ost- und Westdeutschland zwei ganz verschiedene Staaten, und die Tatsache, daß es nie mehr eine Vereinigung geben würde, beunruhige oder beschäftige sie nicht im geringsten. »Sie interessieren sich mehr für ökologische Fragen«, sagte er. »Sie machen sich Sorgen um amerikanische und sowjetische Raketen.« Er unterbrach sich. Sein Mund zuckte sonderbar. »Um die Zukunft. Nicht um die Vergangenheit.«
»Oh, nach allem, was wir von der teutonischen Mentalität wissen, fällt es mir schwer, das zu glauben«, sagte Hartley Evans, wobei sie die glänzenden scharlachroten Lippen aufwarf und affektiert die Stirn runzelte. Der Wein, das gute Essen und die aufregende Anwesenheit eines attraktiven jungen Mannes bei Tisch – jedenfalls deutlich attraktiver als der angehende Börsenmakler David Schmidt, den Ginny ihr ostentativ vorgestellt hatte – hatten die junge Frau belebt, gelockert, sogar ihre Wangen leicht gerötet. Sie gehörte zu den Frauen, die geselligen Verkehr in einem solchen Rahmen fast als Variante des sexuellen Verkehrs auffassen, mit zum

Teil den gleichen Finten, Einladungen und Paraden. Colin Asch bedachte sie freilich nur mit einem Blick, nuschelte irgend etwas Unverständliches und starrte mit seiner Gabel herumspielend auf seinen Teller. Das Thema wurde wie ein Fußball von David Schmidt an sich gerissen, der kurz zuvor sechs Wochen in München verbracht hatte und eine ganze Menge über »die Bundesrepublik – und die andere« wußte und keine Hemmungen hatte, seine Zuhörer über sein Wissen in Kenntnis zu setzen.

Außer für Colin Asch war der Salatgang nun beendet, und es war ein köstlicher Salat gewesen mit verschiedenen Sorten, darunter Rucola – den Charles Carpenter besonders gern mochte und Dorothea ihm nie vorzusetzen versäumte, wenn er bei ihr zu Abend aß, was er manchmal, wenn auch selten und immer heimlich tat –, und der Gang danach bestand aus Käse und Obst, scharfem importiertem Käse und saftigen Concord-Weintrauben. Dorothea war inzwischen allerdings völlig gesättigt. Sie bemerkte, daß Colin Asch eigentümlich verstohlen aß, wie eine kranke Katze, die sie einmal besessen hatte – das arme Tier, das Lungenentzündung hatte, wie sich herausstellte, konnte nicht fressen, obwohl es fast verhungerte, und senkte den Kopf immer wieder in seinen Futternapf, um dann hilflos zu Dorothea aufzublicken. Dorothea hatte bei dem Anblick eine furchtbare Angst empfunden, denn was konnte man tun? So führte auch Colin Asch seine Gabel zum Mund, senkte sie dann und hob sie wieder, nahm schnell einen kleinen Bissen und kaute ihn mit kaum verhohlenem Widerwillen. Die scharfsichtige Ginny Weidmann, die gerade aus der Küche hereinkam, rief: »Colin, ist was nicht in Ordnung? Du ißt ja gar nicht.«

Colin schüttelte den Kopf und murmelte, nein, alles sei in Ordnung.

»Das Fleisch? Das *Lamm*?« fragte Ginny, als ob etwas Ent-

scheidendes auf dem Spiel stünde. »Kannst du's nicht essen?«
Wieder gab Colin, mit gesenktem Kopf, eine undeutliche Antwort. Ein Ausdruck von Panik huschte über sein Gesicht.
»Aber du hast doch vom Gemüse gegessen?« beharrte Ginny. »O Liebes, bist du *Vegetarier*? Colin? Ist es *das*?«
Colin zog die schmalen Schultern vor Verlegenheit oder Verärgerung krampfhaft hoch, was vielleicht ja, vielleicht nein heißen konnte; was hieß: Laß mich in Ruhe. Ginny Weidmann ließ jedoch nicht so leicht locker. Er sei doch hungrig, sagte sie, er müsse was essen. Er sei so erschreckend *dünn*. Also bekam Tula den Auftrag, seinen mit Fleisch und Soße verunreinigten Teller wegzunehmen (was sie mit einer gewissen steifen Würde tat, weil Colin sich nicht gefügt hatte) und einen anderen zu bringen, der mit dampfendem Gemüse in schon fast komischer Fülle bedeckt war. Das Gesicht des jungen Mannes hatte sich inzwischen mit einer tiefen fleckigen Röte, auffallend wie ein Muttermal, überzogen. Um die Aufmerksamkeit von ihm abzulenken und ihm Gelegenheit zum Essen zu geben, falls er das wollte, ließ Dorothea eine Bemerkung zu einem heiter neutralen Thema fallen, die von Charles Carpenter hoffnungsvoll aufgegriffen wurde, doch leider ließ sich Agnes Carpenter nicht abhalten, Colin Asch in zugleich streitlustigem und kokettem Ton zu fragen, ob er einer religiösen Sekte angehöre, die den Genuß von Fleisch verbiete, oder ob die Ablehnung von Fleisch – nun ja, eine Marotte von ihm sei?
Darauf gab Colin einfach keine Antwort, nicht unhöflich, sondern als habe er nicht hingehört, und Agnes Carpenter stellte ihre Frage noch einmal, lauter, und fügte hinzu: »Aber Sie essen doch Eier? Oder Käse? Tragen Sie nicht *Leder*? Ich wette, Sie tragen Leder*schuhe*! Einen Leder*gürtel*! Was mich an Vegetariern so ärgert, ist ihre Selbstgerechtig-

keit. Wir werfen ihnen ja gar nichts vor, warum werfen sie uns eigentlich immer was vor?« Sie richtete ihren Appell an die Tischrunde, als wolle sie zur Komplizenschaft auffordern. »Das ist wie mit den Leuten, die freiwillige Obdachlosenarbeit leisten, den Obdachlosen zu essen geben oder so, und uns anderen ein Gefühl von Schuld einflößen, bloß weil wir existieren.«
»Na ja«, sagte Martin Weidmann mit verlegenem Lachen, wie um das Thema zusammenzufassen, »über diese Dinge kann man natürlich streiten, wie über Schwangerschaftsabbruch oder Luftverschmutzung. Aber wer möchte noch Wein? Dorothea? Dein Glas ist leer.«
Agnes Carpenter fuhr, den Blick auf Colin Asch gerichtet, unbeirrt fort: »Gehören Sie denn einer Sekte an? Einer dieser exotischen indischen Religionen, deren Gurus Rolls-Royce besitzen? Ich hoffe nicht!«
Mit steinernem Gesicht und einer Geduld, die Dorothea heroisch vorkam, sagte Colin Asch unbeteiligt, nein, er gehöre keiner Sekte an, allerdings sei er in der Tierschutzvereinigung, und er sei Vegetarier, aber er halte anderen gewöhnlich nicht vor, daß sie nicht dasselbe glaubten oder sich nicht so verhielten wie er. Vor sich hin murmelnd fügte er hinzu: »Wie Sie wahrscheinlich, wenn Sie es wüßten.«
»›Wüßten‹?« fragte Agnes Carpenter scharf. »Was soll das heißen: ›wüßten‹?«
»Daß wir alle empfindungsfähige Geschöpfe sind. Daß wir vom Bewußtsein her gleich sind, zusammengehören.«
»Auch mit den Tieren?«
»Ja. Auch mit den Tieren.«
»Und was hat die – wie immer das heißt, da wo Sie drin sind –«
»Die Tierschutzvereinigung.«
»– und was ist das? Ziehen Sie gegen Laborversuche zu Felde? Brechen Sie in Zoos ein oder so was?«

»Agnes, warum läßt du Colin nicht in Ruhe essen?« sagte Charles Carpenter plötzlich ungehalten.
»Aber ich frage doch nur. Ich bin sicher, er würde es uns gern erzählen.«
»Unsere Organisation geht davon aus, daß Menschen den Tieren nicht überlegen sind«, sagte Colin mit zunehmend erregter Stimme, »sondern daß Menschen Tiere sind. ›Tier‹, das ist kein abfälliger Begriff, es ist die einfache Beschreibung der biologischen Realität. Tiere haben eine Persönlichkeit. Tiere haben Gefühle und Überzeugungen, und einige Tiere haben Sprache –«
»Hat ein Schwamm eine ›Persönlichkeit‹?« warf Agnes ein. Und David Schmidt fragte in der Absicht, eine launige Bemerkung zu machen, mit gedämpfter Stimme: »Eine Spinne? Eine Schnecke? Und wie ist es mit Bakterien?« Hartley Evans kicherte. Jerome Gallagher lachte.
Niemand meinte es böse, aber das Ergebnis war, daß Colin Asch mitten im Satz verstummte. Er legte seine Gabel nieder – ließ sie mehr oder weniger fallen – und schien seinen Teller von sich wegstoßen zu wollen. Sein Mund zuckte, als ob er innerlich von Wörtern zerwühlt wurde, die sich nicht befreien konnten. Obwohl Martin Weidmann laut, umgänglich, im Ton eines geübten Gastgebers sagte, daß niemand sich zu verteidigen oder gekränkt zu fühlen brauche, stieß Colin seinen Stuhl zurück, stand auf und sagte mit bebender Stimme: »Der *Homo sapiens* ist nicht die einzige Spezies auf der Erde. Der *Homo sapiens* hat zwar die Macht, viele andere Spezies und sich selbst zu zerstören, aber er ist weder die einzige Spezies auf der Erde, noch steht er über oder außerhalb der Schöpfung oder ist ihr überlegen, was Sie wüßten, wenn Sie in sich hineinblickten, wenn Sie versuchen würden, Ihre widerliche menschliche Selbstsucht zu überwinden –«
»Colin, Liebes«, rief Ginny, »setz dich doch hin! Bitte!«

Mit seltsam verkniffenem Lächeln sagte Colin: »Das Leiden der Tiere ist nicht deshalb geringer, weil es keine Sprache hat. Wie das Leiden kleiner Kinder.«
Es entstand eine Pause. Agnes Carpenter murmelte, aufgeschreckt, einlenkend, irgend etwas Versöhnliches; Martin wiederholte, daß sich bitte niemand gekränkt fühlen solle, Ginny flehte Colin mütterlich besorgt an, sich hinzusetzen und zu Ende zu essen. Es gäbe noch Salat, sagte sie bittend, und Nachtisch. Er wolle doch sicher Nachtisch? Pekantorte mit Schlagsahne? »Wir sehen es ja ein, das mit den Tieren, Colin, wirklich«, sagte sie. »Tiere haben ihre Persönlichkeit, Hunde und Katzen bestimmt, und Pferde auch, sie haben durchaus ihren eigenen Willen, wir wissen das alle. Willst du dich nicht hinsetzen, Liebes? Wir versprechen dir, daß du in Ruhe essen kannst.«
»Tut ihr das doch!« sagte Colin Asch wütend.
Die Atmosphäre war bis zum äußersten geladen. Jeder sah jeden erschrocken an. Was war geschehen? Und warum? In das Schweigen hinein sagte Dorothea mit sonderbar schleppender Stimme, als ob ihr die Worte gegen den eigenen Willen entlockt würden: »Tiere fressen sich aber auch gegenseitig. Also wir – da wir ja Tiere sind. Wir sollten uns dafür schämen, aber selbst sich schämen reicht nicht, um den Hunger zu stillen.«
Colin Asch blickte sie unverwandt an, starrte sie an. Seine Lippen waren weiß geworden wie eine ausgeblutete Wunde. Nach einem langen Augenblick sagte er schlicht: »Ja. Sie haben recht.« Er wandte seinen Blick jedoch einen Pulsschlag lang oder zwei nicht von Dorothea ab, während die anderen auf ihren Stühlen beklommen hin und her rutschten.
Schließlich ließ sich Colin Asch von seiner Tante zur Wiederaufnahme seiner Mahlzeit bewegen. Ihrem Versprechen getreu achtete sie darauf, daß er sie in Ruhe beendete. Er sagte nichts mehr. Er blickte Dorothea nicht einmal mehr

an. Dann entschuldigte er sich, ging nach oben und ward nicht mehr gesehen. Und um Mitternacht war Dorothea Deverell wohlbehalten zu Hause gelandet, eine Viertelstunde später lag sie in der Badewanne (denn heute nacht gleich ins Bett zu gehen, wäre undenkbar gewesen), benommen vor Erschöpfung, doch in eigenartiger Hochstimmung, aufgewühlt. Warum hatte sie Ginnys Großneffen gegenüber diese merkwürdigen Worte geäußert? Und warum hatte er sie so intensiv angesehen mit seinen zusammengekniffenen feuchten Augen, die von blauen Flecken umringt zu sein schienen? Beim Abschied in Weidmanns Eingangshalle hatte Charles Carpenter Dorothea heftig die Hand gedrückt; und auch er hatte sie intensiv angesehen, mit einem schmeichelhaften Interesse, sein herzlicher Blick zärtlich und voller Zuneigung, doch stumm. Warum konnte er nichts sagen außer Höflichkeitsfloskeln, Banalitäten? Sie nahm an, er würde sie am Morgen anrufen, wie er es oft tat, und sie glaubte zu wissen, worin ihre Unterhaltung bestehen würde. *Du weißt, ich liebe dich. Ja – und ich liebe dich.* Er würde gern mehr über den abscheulichen Roger Krauss und die »Kampagne« gegen sie hören, und Dorothea würde zusammenzucken und ihm versichern, es bedeute wirklich nichts: wirklich, es bedeutet gar nichts. Hatte Mr. Morland ihr seine Stelle nicht so gut wie zugesagt, sobald er zurückträte . . .?
(Vielleicht führe ich aber doch noch einen Prozeß gegen das Institut, dachte Dorothea belustigt. Wie mein Freund, der Anwalt Gallagher, vorgeschlagen hat. Warum auch nicht? Was hab ich zu verlieren? Meine kostbare »Weiblichkeit«?)
Wohlig und im nachhinein ein bißchen angetrunken in der Wanne liegend, atmete Dorothea den warmen Dampf ein, der nach Narzissen duftete. Es kam ihr vor, als läutete das Telefon im Nebenzimmer, aber das war natürlich unmöglich. Charles würde sie nie so spät anrufen; das war nicht seine Art.

Wann hatten sie das letzte Mal miteinander geschlafen, wie ein richtiges Liebespaar? Vor Wochen. Im vergangenen September. In Dorotheas keuschem weißen Bett aus Korbgeflecht, umfriedet von Dorotheas keuscher Laura-Ashley-Blumentapete. *Ich liebe dich. O ja! Und ich liebe dich.* Sie hatten eine Zeitlang nicht von Heiraten gesprochen, sich nicht einmal gegenseitig feierlich davon abgeraten. Sie hatten eine Zeitlang außer auf ganz allgemeine Weise nicht von Agnes Carpenter gesprochen.

Dorothea aalte sich im warmen, duftenden Wasser ihrer Wanne und nahm träge wahr, daß ihre Brüste, ihre ungenutzten cremefarbigen Brüste, sanft wie Ballons zu treiben schienen und daß das dunkle, drahtige Haar zwischen ihren Beinen, das sich kratzig anfühlte, unter der sich kräuselnden, blasigen Oberfläche des Schaumbads verschwamm. Sie streckte ihre ziemlich langen Beine aus, drückte die Zehen gegen den harten Rand der Wanne. *Ich liebe dich. Er hat einfach den Verstand verloren.* Der Herr, den Ginny Weidmann ihr heute abend vorgestellt hatte, hatte sie gefragt, ob er sie irgendwann in der nächsten Woche anrufen dürfe; ob sie demnächst mit ihm zu Abend essen, vielleicht in ein Konzert in der Stadt gehen würde? Sie hatte sich undeutlich und höflich ausgedrückt, ihn dabei nicht richtig angesehen. Danke, ja. Vielleicht. Irgendwann.

Sie nickte ein, im Bad. Der Tag hatte sich so unermeßlich lang hingezogen.

Auf einmal erschien das Gesicht eines Jungen: unvermittelt, unverfroren... mit versengenden, wissenden Augen. Kein menschlicher Körper, ein Engel: ein wilder, kriegerischer, vielleicht von Michelangelo geschaffener Erzengel, der mit geblähten Backen und zornig gerunzelter Stirn die Posaune zum Jüngsten Gericht blies. Sein Name: Colin. Er starrte sie an, vor den anderen. Aber wie war sein Nachname? Sie war zu schläfrig, um sich zu erinnern.

2

Colin Asch hatte schon früher töten müssen, aber noch nie so unbeteiligt, so ohne vorherige Überlegung.

Ein sauberer XXX sollte er in akkurater Druckschrift in sein Blaues Kontobuch eintragen, *unbefleckt vom Begehren.*

Es war in aller Unschuld passiert. Es hatte sich aus Handlungen ergeben, die nicht in seiner Macht standen. Er hatte Sea Breeze Village (ein größeres Gelände mit Eigentumswohnungen) am 10. November frühmorgens verlassen, und als er in dem roten 87er Mustang mit Schiebedach, den die Frau ihm gegeben hatte und den sie bestimmt nicht mit Hilfe der Polizei zurückzukriegen versuchen würde, aus Fort Lauderdale herausfuhr, sah er unmittelbar südlich von Daytona Beach auf der I-95 unter Beibehaltung seines üblichen unauffällig gleichmäßigen Tempos von 65 Meilen eine Spur weiter rechts, eine Wagenlänge vor ihm, zufällig ein Auto, das er für das gleiche wie seins hielt – lippenstiftrot, zweitüriges Coupé, abgesehen von Roststellen auf den Kotflügeln in gutem Zustand –, das sich aber dann als ein Toyota etwa desselben Jahrgangs erwies. Was seine Aufmerksamkeit magnetisch anzog, war die Tatsache, daß es gleichfalls ein Schiebedach hatte *und daß das Schiebedach halb offen war und eine Hand herausragte, die die Finger hin und her bewegte, um ihn zu verhöhnen.*

Oder war es ein Zeichen?

(Auf offener Strecke! Überall Fahrer! Und die Straßenpolizei von Florida in nicht gekennzeichneten Streifenwagen unterwegs!)

Colins erste instinktive Reaktion war, zu bremsen, das

Tempo zu verlangsamen, den Toyota abziehen zu lassen. Weil die körperlose Hand (es war die des Fahrers: er hatte nur eine Hand am Steuer), die da senkrecht in der Luft stand, ihn so ablenkte. Weil das Auge, gegen den Willen des Verstands, unwiderstehlich von so etwas angezogen wird. Weil es gefährlich war, die Hand beim Fahren anzusehen, anzustarren. Wenn er nun einen Unfall verursachte? Colin Asch gehörte von Temperament und Neigung her zu den Menschen, die Schwierigkeiten weder suchen noch meiden, *aber wenn dies eine Verhöhnung oder ein Zeichen war, was dann?*

Die Geschwindigkeit zu drosseln, nützte nichts: Der Toyota fuhr ebenfalls langsamer. Hielt denselben Abstand zu ihm ein. Fast schluchzend murmelte er: »Warum läßt man mich nicht in Ruhe!« Er hatte Bargeld bei sich, fast 1 000 Dollar in verschiedenen Scheinen, also eine gewisse Anonymität, also alles sauber und korrekt, bis auf ein paar Kreditkarten. Bis auf gewisse Sachen im Kofferraum.

Du mußt dich in solchen Zeiten konzentrieren. Mußt haarscharf aufpassen.

Der Toyota auf der rechten Fahrspur sah seinem Wagen zum Verwechseln ähnlich, wie ein Zwilling, und der Fahrer (männlich, allein) streckte die Hand arrogant durchs Schiebedach, ballte sie zur Faust, ließ die Finger spielen. Was bedeutete das? Galt es ihm, Colin Asch, oder hatte es nur mit dem Fahrer des roten 87er Mustang selber zu tun? Es könnte auch ein Schwulenzeichen sein, dachte Colin. Er beschleunigte das Tempo, um zu überholen, aber der Anblick der körperlosen, durch das Dach gestreckten Hand war so *störend so beleidigend so gefährlich,* daß er aufgab und zurückblieb. In plötzlicher Panik fürchtete er, die Gewalt über seinen Wagen zu verlieren.

Er fing sich jedoch wieder. Tief im Inneren regte er sich auch nicht sonderlich auf. Er konnte ins Blaue Zimmer eintreten, seine kühle, betäubende Luft einatmen; er würde unberührt bleiben. Hatte er nicht Dr. X (den letzten seiner vielen Psychiater, Psychotherapeuten, geistigen Berater et al.) durch seine »Wesentlichkeit«, seine Reife, seinen gesunden Optimismus, der durch einen gesunden Realitätssinn ausgeglichen wurde, beeindruckt? Durch jenen Ausdruck in den Augen (sehr wichtig, um Blickkontakt mit den Arschlöchern herzustellen), der Intelligenz, Geduld, Humor bedeutete? Sinnlos, so viel zu riskieren. Dazu die Kreditkarten, eine davon von Neiman-Marcus in Palm Beach, eindeutig nicht auf seinen Namen ausgestellt. Und die Sachen im Kofferraum, die von Rechts wegen ihm *gehörten*, aber dennoch war es riskant.

Nördlich von Daytona Beach, etwa dreißig Meilen von Jacksonville entfernt, bog der Fahrer des Toyota bei einer Raststätte ab. Colin Asch folgte ihm. Ein paar Meilen lang hatte die körperlose Hand ihn nicht verhöhnt, aber die Sache war klar. Um sich vorzubereiten, hatte er den ersten Satz der Mondscheinsonate von Beethoven von Anfang bis Ende, ohne eine Note oder einen Takt auszulassen, fehlerlos vor sich hin gepfiffen. Ein geistloser, sentimentaler Titel, nicht von Beethoven. Aber er hatte sich festgesetzt.

Plötzlich war er da, der Fahrer des Toyota: mittelgroß, mittelschwer, schwarzes buschiges Haar, Brille, lehrerhaft gestutzter Bart, Jeansjacke und Jeanshose ... sah nicht mal zu Colin rüber, als Colin den Mustang in der Lücke neben seinem einparkte. Kaltschnäuzig. Er hatte sein Auto abgeschlossen und sich in Richtung der Herrentoiletten entfernt. Die hintere Stoßstange des Toyota trug einen Aufkleber: TIERE SIND AUCH NUR MENSCHEN. Was sollte das heißen? War das ein Witz? Colin Asch verabscheute Aufkleber-Witze; sie kamen seinen Gedanken in die Quere. Der Toyota hatte ein Nummernschild aus Columbia und einen Parkausweis der Georgetown University. Auf dem Rücksitz lagen Bücher, Broschüren, Kleidungsstücke herum. Obwohl Colin Asch gähnte, sich streckte, träge-entspannt aussah für den Fall, daß irgend jemand ihn beobachtete, nahm er das übrige Gelände genau in Augenschein: nahezu verlassen bis auf einen Kombi mit Iowa-Nummernschild, einen Wohnwagen mit Nummernschild aus Ontario und einen Diesel mit laufendem Motor auf der anderen Seite der Toiletten. Der Ort roch nach Feuchtigkeit und Einsamkeit.

Verstohlen probierten Colins Finger die Tür auf der Fahrerseite des Toyota aus. Sie war tatsächlich abgeschlossen. Auch das Schiebedach war zu.

In der Herrentoilette, die durchdringend nach Infektionsmitteln roch, fing Colin Asch eine Unterhaltung mit dem Fahrer des Toyota an, indem er nach dem Aufkleber fragte. Was heißt das, TIERE SIND AUCH NUR MENSCHEN? –, und der junge Mann sagte, er sei aktives Mitglied der Tierschutzvereinigung, der Aufkleber sei nur so ein Scherz. Ziemlich lässig, aber er schien nicht geneigt, sich länger aufzuhalten, also stellte Colin noch ein, zwei Fragen, durch die er erfuhr, daß die Organisation sich aus Tierfreunden, Umweltschützern, Philosophen (Akademikern) und Anwälten zusammensetzte; es sei ihr Ziel, die Rechte der Tiere zu »definieren« und zu »schützen«, unmenschlichen Umgang mit Tieren in unserer Gesellschaft aufzudecken und Mißhandlungen an die Öffentlichkeit zu bringen, *dabei benahm sich der Mann die ganze Zeit so, als hätte es zwischen ihnen auf der Straße kein Zeichen gegeben,* also gab sich auch Colin unbefangen, nickte und zeigte sein jungenhaft liebes, aufmerksames Lächeln, die gelblich rotbraunen Augen mit den herrlichen Wimpern auf die gewöhnlichen schlammfarbenen, bebrillten Augen des anderen gerichtet, zwei junge Männer, die sich vielleicht gegenseitig abtaxierten, aber an einem allgemein zugänglichen Ort; irgendwer konnte jederzeit hereinkommen.

Der Kerl war schwul, aber gab es nicht zu? Weil er erkannte, daß Colin Asch nicht der Mann war, für den er ihn gehalten hatte?

Oder war es etwas ganz anderes?

Der Tierschützer, Professor in Georgetown, Philosophie, mochte es merkwürdig finden, daß Colin Asch aus lauter Versunkenheit in ihr Gespräch die Toilette nicht benutzte und ihm wieder hinaus folgte, aber er ließ es sich nicht anmerken, vielleicht gefesselt von Colins intelligenter schmeichelhafter Aufrichtigkeit, dem wie aus dem Handgelenk geschüttelten Beweis, daß auch er ein Insider sei, und der Erklärung, daß er es stets empörend gefunden habe, daß der Mensch Tiere ausbeutet, sie aufzieht, um sie zu schlachten und zu essen, sie im Namen der Wissenschaft in Laboratorien quält, aber das Gemeine daran sei eben, wie Jeremy Bentheim behauptete (es war doch Bentheim, einer dieser sturen Utilitaristen?), daß es außerhalb des Gesetzes keine Rechte gäbe, man kann keine »Rechte« ohne »Gesetz« haben, weil es kein Naturgesetz gibt, kein Moralgesetz, nur übertragene künstliche Gesetze in bestimmten, genau abgegrenzten politischen Zusammenhängen – was Colins Zuhörer derart überraschte, daß er richtiggehend mitteilsam wurde und mit aufgeregter Anteilnahme sprach, als hätte er einen lange verloren geglaubten Freund oder Bruder wiedergefunden. So wirkte Colin Asch gewöhnlich auf Menschen, wenn er es darauf anlegte.

Der Mann hieß Lionel Block; sie gaben sich die Hand. Colin zeigte sich sehr interessiert an Literatur der Tierschutzvereinigung, dankte Block herzlich für eine Broschüre, die er von ihm bekam (»Die Metaphysik des tierischen Bewußtseins« von Lionel Block), blätterte in den Seiten, während er neben dem Toyota stand, sah Fotos von Tieren mit grauenhaften Verbrennungen, Verletzungen, Verstümmelungen ... darunter Wildtiere, die sich selber die Pfoten abgenagt hat-

ten, um sich aus Fallen zu befreien. Block sprach, aber Colin hörte nicht zu. Tränen des Schmerzes und der Wut traten ihm in die Augen. Ruhig sagte er: »Ihr würdet bis zum äußersten gehen, was? – Leute wie Sie.«
Ein erschrockenes Schweigen war die Antwort. Colin grinste Lionel Block an, der die Stirn runzelte, als hätte er nicht gehört.
Hoch über ihnen zog ein Flugzeug vorbei. Von der Autobahn drang das unablässige Summen des Verkehrsstroms herüber. Auf der anderen Seite der Toiletten setzte sich der Diesel wie ein prähistorisches Ungetüm geräuschvoll in Bewegung. Der Kombi war weg, der Wohnwagen ebenfalls. Colin sagte: »Das Zeichen, das Sie mir da hinten auf der Straße gegeben haben – was sollte das bedeuten?«
»Zeichen? Was für ein Zeichen?«
»Mit der Hand. Das wissen Sie doch. Durch das Schiebedach Ihres Autos.«
Block rückte seine Brille auf der Nase zurecht und starrte Colin angestrengt an, als verstünde er nicht. Sein Haar, buschig und wellig, trat an der Stirn leicht zurück: schließlich war er nicht derselbe Jahrgang wie Colin, sondern ein paar Jahre älter. Als er wieder fragte. »Was für eine Zeichen?« machte Colin mit der rechten Hand die Geste nach, wobei er anzüglich die Finger bewegte. Block starrte ihn an. Er sagte: »Ich habe überhaupt kein Zeichen gegeben. Ich habe versucht, mich wachzuhalten.«
»Wach?«
»Die kalte Luft, der Wind – damit ich nicht einschlafe«, sagte Block unbehaglich. »Wenn ich allein fahre, hypnotisiert mich das dauernde Auf-den-Asphalt-Starren, deshalb öffne ich manchmal das Schiebedach ein bißchen. Ist nur so eine Marotte von mir.«
Colin betrachtete ihn ruhig und lächelte, als ob eine geheime Übereinkunft zwischen ihnen bestünde. »Ach, das war es!«

sagte er. »Ich habe die ganze Zeit gedacht, Sie machten Zeichen.«
Sie starrten sich an. Die Raststätte, ein trostloser Ort, lag weit genug von der Straße entfernt, daß kein Vorbeifahrender sie sehen konnte oder sich die Mühe machen würde, hinzuschauen. Allerdings konnte jeden Augenblick jemand in die Ausfahrt einbiegen und bis auf wenige Meter an Colin und Lionel Block heranfahren, und das gefiel Colin nicht schlecht. Es hielt ihn auf Trab. Er hatte die Drahtschlinge in der rechten Tasche seiner Schaffelljacke, und seine Finger schlichen sich zu ihr, um sie zu liebkosen. Er grinste augenzwinkernd und sagte: »Sie haben sich über mich lustig gemacht. Mich zum Narren gehalten. Sonst hätte ich Sie doch nicht so falsch verstanden.«
Block leckte sich die Lippen und versuchte zu lächeln, wie um Colin Aschs Lächeln zu spiegeln, aber ohne rechten Erfolg. Seine Augen verrieten ihn; es waren die Augen eines zutiefst Erschrockenen. Er sagte: »Wahrscheinlich haben Sie das. Mich falsch verstanden. Tut mir leid.« Er rieb sich die Nase mit seinen kurzen Wurstfingern, und ein goldener Siegelring blitzte an seiner linken Hand auf. »Wenn Sie mich jetzt entschuldigen wollen – ich muß weg.«
»Wissen Sie, so was lenkt ab«, sagte Colin. »Bei hoher Geschwindigkeit. Anderen Fahrern Zeichen geben und sie durcheinanderbringen.«
»Aber ich habe doch keine Zeichen gegeben! Herrgott, ich bin gar nicht auf die Idee gekommen, daß jemand hinsieht. Oder wenn«, – Block schluckte schwer mitten im Satz – »daß er darauf achtet.«
»Es war also ein falsches Zeichen«, sagte Colin fröhlich. »Falscher Alarm.«
»Wahrscheinlich – ja, vielleicht.«
»Sie sagten grade ja, oder?«
Colin stand ruhig da, unbeweglich, mit leicht gesenktem

Kopf, als ob er sich auf einen Kampf vorbereitete. Er hatte sein halblanges Haar nachlässig im Nacken zu einem Pferdeschwanz zusammengebunden, aber einige Strähnen hatten sich gelöst und wehten ihm übers Gesicht. Gereizt wischte er sie sich von den Lippen; er konnte Haare am Mund nicht ertragen, weder die eigenen noch die von irgend jemand anderem. Dann fuhr er mit der rechten Hand wieder in seine Tasche, fingerte an der Drahtschlinge. In einer Innentasche hatte er ein zwanzig Zentimeter langes Springmesser, und im Kofferraum des Wagens lag der kleine Revolver der Frau, ein Smith & Wesson Kaliber .38 mit dem stumpfen Lauf, aber heute morgen sollte es die Drahtschlinge sein, die Drahtschlaufe. Sanft sagte er: »Niemand läßt sich gern manipulieren.«
Block stammelte: »Niemand hat irgend jemanden manipuliert! Es tut mir leid, wenn Sie etwas falsch verstanden haben!« Er hätte sich gern zu seinem Wagen geschoben, Colin beiseite geschoben, aber ihm fehlte der Mut. Bisher hatten sie sich noch nicht einmal berührt. »Hören Sie«, sagte er flehend, »das ist doch verrückt? Machen Sie Witze? Sind *Sie* verrückt? Sie wissen doch, ich, ich wollte nicht ... wenn es ein Handzeichen war, irgendein geheimes Zeichen, Himmel, ich schwöre, ich wußte es nicht, ich hab davon noch nie gehört. Glauben Sie mir nicht? Alles, was ich gemacht hab, hab ich ganz unabsichtlich gemacht. Und es war mir überhaupt nicht bewußt, daß ich mit Ihnen Schritt gehalten hab, mit Ihnen und Ihrem Auto.«
Colin zwinkerte mit den Augen: »Okay, aber dann sagen Sie mir mal, warum Sie gerade mich ausgesucht haben? Also, warum mich? Woher wußten Sie das?«
»Hören Sie, ich werde Hilfe holen müssen. Hilfe von der Polizei, wenn Sie mich nicht vorbeilassen.« Ein weißer Rand erschien über seinen dunklen erweiterten Pupillen. Sein Atem ging schwer. *In diesem Augenblick,* sollte Colin da-

nach in sein Kontobuch eintragen, *begriff er offenbar seinen Fehler und die Tatsache, daß es kein Zurück mehr gab.* Dennoch diskutierten sie weiter. Wie vernünftige Männer. Colin sagte, Block würde, solange er keine Erklärung abgäbe, nirgendwohin gehen, und Block wiederholte immer wieder, es gäbe nichts zu erklären, und Colin fragte, was das Zeichen zu bedeuten und woher er gewußt habe, daß Colin im Wagen hinter ihm gewesen sei, *wieso er das gewußt habe, wenn nicht einmal Colin selber es habe wissen können.* Er packte die Drahtschlinge, berechnete die Bewegungen, die er machen würde, wobei er sich von weitem oder wie im Film, als ob es schon geschehen wäre, beobachtete. Block hätte es mit ihm aufnehmen können, wenn er es versucht hätte, aber wie die meisten Männer seines Typs (Colin Asch kannte den Typ) würde er es nicht versuchen, denn er hatte die Hosen gestrichen voll vor Angst, bloß weil irgendein Unbekannter ihn schief ansah und Sachen zu ihm sagte, auf die er nicht gefaßt war. Also wich Block hilfesuchend um sich blickend zurück, wagte aber kaum, Colins Gesicht aus den Augen zu lassen. Es gab aber keine Hilfe. Niemand kam. Dicke Regentropfen fielen aus einem fleckig-bläulichen Himmel und schlugen träge, ungleichmäßig auf das Pflaster, auf die beiden roten Autos der Männer. Block sagte mit brüchiger Stimme: »Lassen Sie mich in Ruhe – ich hole die Polizei«, und Colin, der ihm, wenngleich noch ohne Hast, folgte, sagte: »He, Mann, ich will doch nur wissen, warum Sie da auf der Straße ausgerechnet *mich* ausgesucht haben, warum *mich*?« und Block sagte: »Das hab ich doch gar nicht«, und Colin sagte: »Wieso, für das hier? Für das jetzt? Für das, wozu Sie mich zwingen?« und Block verlor schließlich die Beherrschung und schrie: »Aber wozu zwinge ich Sie denn?«

Vier Tage später, am späten Abend des 14. November, traf Colin Asch bei Weidmanns in Lathrup Farms, Massachusetts, ein. Er kam in dem roten 87er Mustang. Er war high und müde – hatte lange nichts gegessen. Hatte sich nicht gewaschen (außer die Hände), hatte sich nicht rasiert (keine Gelegenheit gehabt). Er hatte vorgehabt, in Baltimore haltzumachen (wo man ihn, schuldbewußt und widerwillig und vielleicht etwas verängstigt, hätte aufnehmen müssen), aber aus irgendeinem Grund fuhr er weiter. Nach Norden, Richtung New York, nach Norden, Richtung Massachusetts, Boston. Dachte sich, es sei das klügste unter den gegebenen Umständen. Es würde ihn zwar nie jemand einholen, aber Entfernung nützt.
Er hatte seiner Tante Ginny sowieso versprochen, sie zu besuchen. Sie liebte ihn und würde sich um ihn kümmern, und selbst wenn sie zu viele strenge inquisitorische Fragen stellte, könnte er damit fertig werden, kein Problem. Mit dem Ehemann konnte er auch fertig werden. Kein Problem. An Bargeld fehlte es ihm nicht – er hatte jetzt etwa 1075 Dollar in der Brieftasche –, das würde allerdings nicht für alle Zeiten reichen, und er war müde, mit einemmal so müde. Das Wohlgefühl, das ihm tagelang Auftrieb gegeben hatte, hatte ihn verlassen, wie immer, wie Wasser, das aus einem Ausguß abläuft, und nun war er also in Lathrup Farms vor dem Haus seiner Tante, wohl wissend, daß sie ihn aufnehmen würde. »Sie gehört zu den wenigen Menschen, die an mich glauben«, sagte er laut wie zu jemand anders. Und es traf zu. Die anderen Scheißer warteten immer darauf, daß er einen Fehler machte, warteten darauf, ihm etwas anzukreiden, ihn in ärztliche Behandlung zu geben. Seine Tante Ginny aber liebte ihn und vertraute ihm; sie hatte ihn nach dem Skandal in der Schule, nach Mr. Kreuzers Tod und all dem eine Weile bei sich aufgenommen. Er brauchte nur an sie zu denken, um sein tatsächliches Alter zu vergessen und sich (wie im

Traum) vorzustellen, daß er in einem anderen Alter, Jahre jünger sei. Aber schließlich war alles subjektiv.
In dem Blauen Kontobuch, in dem er sich über sein Leben Rechenschaft ablegte, hatte er in bezug auf das, was in Florida passiert war, nur *B.L.781011Alf.* eingetragen und dabei die Reihenfolge der Anfangsbuchstaben und Zahlen für den Fall, daß irgend jemand das von ihm Aufgeschriebene las, umgekehrt. Er wußte, daß es Codespezialisten gab, die für die Polizei und den FBI arbeiteten, aber das beunruhigte ihn nicht im geringsten. Um den Code zu dechiffrieren, müssen sie erst einmal deinen Code finden. Sie müssen dich finden.
Bei Weidmanns waren Gäste, die am Eßzimmertisch saßen, aber sobald Colin hereinkam, wurde seinetwegen alles unterbrochen. Seine Tante begrüßte ihn, als hätte sie tagelang auf ihn gewartet, schloß ihn fest in die Arme, machte viel Wirbel um ihn. Wellen der Schüchternheit und Freude überschwemmten ihn abwechselnd und trieben ihm die Hitze ins Gesicht.
Ginny Weidmann war eine füllige, weiche, nach Parfum duftende Frau, nicht übel aussehend für ihr Alter – Colin schätzte sie auf etwa fünfzig –, mit einem munteren, geschminkten Gesicht und lebhaften Augen. Eine Frau, bei der man, wenn man ihren Oberarm umfaßte, Fingerabdrücke im Fleisch hinterließ. Aber scharfsichtig und nicht dumm: Sie biß sich auf die Lippe, versuchte das Ausmaß seines Hungers abzuschätzen, seine Müdigkeit, alles was er in den vergangenen paar Tagen durchgemacht hatte. Bemerkte sogar die Kratzer auf seinen Händen, die leicht geröteten Schrammen, und sagte halb anklagend, als sei Colin viel jünger als in Wirklichkeit: »O Colin – was hast du um Himmels willen mit dir angestellt? Und wo bist du gewesen?«
Sie schickte ihn zum Duschen und Umziehen nach oben; sein Onkel Martin war ein gutmütiger, großherziger Kerl, der ihn in Obhut nahm – hier ist das Badezimmer, sagte er

zu Colin, und hier ist ein Schrank mit Hemden und Anziehsachen, und wenn du sonst noch was brauchst, gib Laut, ja? –, und Colin sagte etwas atemlos: ja. Als er allein unter der Dusche stand und den Kopf dem brennendheißen Sprühstrahl entgegenhob, sagte er: »Sie wissen, daß sie mir trauen können – sie sind nicht wie die anderen.« Wenn er bei seinem Onkel unten in Baltimore hereingeplatzt wäre, hätte der alte Furz ihn womöglich wieder weggeschickt; Colin hätte es ihm glatt zugetraut. Ich gehe schon, ich wollte nicht stören, hätte er gesagt, so höflich wie zu Weidmanns, und der alte Scheißer hätte ihn womöglich beim Wort genommen. Weshalb er eben nicht nach Baltimore gefahren war. Oder unter anderem nicht.

Colin war zuletzt vor sechs oder sieben Jahren bei Weidmanns gewesen, aber er erinnerte sich ganz deutlich daran. In gewisser Hinsicht hatte er ein fotografisches Gedächtnis: Aus dem, was Leute ihm erzählten, und aus dem, was er las, schloß er, daß sein Verstand nicht so war wie der Verstand anderer Menschen, sondern fähig, Erinnerungen zurückzurufen, die so lebhaft waren wie Träume, häufig so wirklich, daß sie ihn erschütterten und aufrüttelten. So drang Weidmanns großes viktorianisches Haus wieder in ihn ein, flutete in ihn zurück, als ob er es erst gestern verlassen hätte. Die Stuckdecken und das Schnitzwerk an den Bogendurchgängen, die hohen, schmalen Sprossenfenster mit den kunstvoll drapierten Vorhängen und Gardinen; wohin man sah, antike Möbel und Orientteppiche und gebohnerte Edelholzfußböden, Kristalleuchter, farbige Glasfenster in der Eingangshalle. Der Geruch von frisch geputztem Silber. Von frisch geschnittenen Blumen. Von Geld.

Es war die Rede davon gewesen, daß Weidmanns Colin Asch nach dem Unfall, bei dem seine Eltern ertranken (der in Colins Vorstellung lediglich als »der Unfall« vorkam – wenn er überhaupt dort vorkam), und dann wieder nach dem Desaster in der Monmouth Academy und Colins Zusammenbruch und Krankenhausaufenthalt bei sich aufnehmen wollten. Aber ihre Kinder, ein Junge und ein Mädchen in Colins Alter, hatten da nicht mitgemacht. Sie waren eifersüchtig auf ihn, hatten behauptet, sie hätten Angst vor ihm. Die kleinen Ärsche.

»Aber jetzt bin ich hier.«

Er war dankbar für das heiße, sprudelnde Wasser, die duftende Seife. Es war das mindeste, was sie für ihn tun konnten – schließlich waren sie mit ihm blutsverwandt. Er wusch sich ungestüm das Haar und spülte es, erstaunt über die Länge. Er wollte nicht mit so einem schwulen Hippie verwechselt werden. Nach dem Duschen trocknete er sich, tropfnaß, mit einem riesigen Badetuch von der Größe einer Decke ab und kämmte sich mit einem Stahlkamm, der wohl seinem Onkel Martin gehörte – es war Martins Badezimmer –, das verhedderte Haar durch, rasierte sich dann mit einem vermutlich auch seinem Onkel gehörenden Rasierapparat, den er im Medizinschränkchen fand, wobei seine Hand leicht zitterte, so daß er langsam vorgehen mußte, er wollte sich nicht schneiden. Im Spiegel wirkte sein Ausdruck reserviert, selbstkritisch. Er war sich immer bewußt gewesen, daß er auffallend gut aussah – ein nordischer Engel, wie Mr. Kreuzer ihn spöttisch und liebevoll genannt hatte –, aber er wußte auch, daß man gutes Aussehen rasch, in ein paar Monaten, ein paar Tagen, einer einzigen Stunde, wenn es die richtige Stunde ist, verliert. Seine Augen sahen selbst bei der hellen Deckenbeleuchtung verschattet aus, und das Weiße war von roten Äderchen durchzogen, als ob er tagelang nicht geschlafen hätte. (Was das betraf – schlafen –, war er sich nicht allzu sicher. Er vermutete, daß er auf dem Rücksitz des Autos mit dem .38er Revolver unter seinem zusammengerollten Körper irgendwo abseits der Straße versteckt geschlafen hatte.) Hier im Haus würden sie ihm zu essen geben und dafür sorgen, daß er schlief, sich ausruhte, sein Gleichgewicht wiederfand. Es waren gute Menschen, die Weidmanns, vor allem Ginny. Wenn sie bloß nicht so übertreiben würde.

Colins Hände schmerzten, wo der Draht zu tief eingeschnitten hatte. Er hatte es zu dem Zeitpunkt oder danach nicht gemerkt, weil er beim Fahren das Lenkrad umklammert hatte. Handschuhe hatte er nicht benutzen mögen, denn es war schon knifflig genug, die Drahtschlinge mit bloßen Händen zu gebrauchen. Er stellte sich Chirurgen vor, ihre manuelle Geschicklichkeit, ihre Präzision: wie sie beim Operieren hauchdünne Handschuhe tragen, weil sie fühlen müssen, was sie tun, und die Instrumente so fein sind. Und wenn die Haut des Handschuhs ein Loch bekommt und Blut des Patienten einsickert, besteht die Gefahr von AIDS. Wenn es AIDS nicht gäbe, würde er Medizin studieren und Chirurg werden. Man wird dazu geboren oder eben nicht, wie es so schön heißt. Man ist es oder ist es nicht. Wie musikalische Begabung, die Colin Asch auch hatte, als Kind.

»Es ist so beschissen *unfair.*«

Er hätte nicht sagen können, was unfair war, aber er empfand es überdeutlich, und er wußte auch, daß sie unten über ihn sprachen, von seinem »tragischen« Leben et cetera erfuhren, die Köpfe schüttelten und die üblichen Banalitäten tuschelten. Wenn die Weidmanns mit diesem Scheiß nicht aufhörten, würden sie es noch bereuen.

Es kotzte ihn auch an, daß sein Onkel Martin (sogenannter Onkel: sie waren nicht blutsverwandt, und selbst wenn sie's gewesen wären, wäre er der Onkel seiner Mutter, nicht seiner) wie selbstverständlich annahm, daß er nichts Anständiges oder nicht mal was Sauberes zum Anziehen hatte. Nimm dir, was du willst, irgendwas, das dir einigermaßen paßt, hatte der selbstgefällige alte Furz gesagt und ihm die Hemden, den Halter mit den Krawatten gezeigt, wobei er seine

fleischige Hand auf Colins Schulter fallen ließ, als hätte er das Recht dazu. Vielleicht war er ebenfalls schwul, wie der Scheißkerl da bei der Raststätte. Wenn man erst mal so alt war wie sein Onkel, probierte man womöglich alles aus.
So wählte Colin mit dumpf klopfendem Herzen ein unauffälliges einfaches weißes Baumwollhemd, eine unauffällige marineblaue Strickkrawatte; das Hemd war am Hals und an den Schultern zu groß für ihn, aber er mochte es ganz gern, wenn die Sachen nicht genau paßten, ihm ein jungenhaftes, nachgerade verwaistes Aussehen gaben, ein echter Vorteil. Er war immer jung gewesen, und er hatte immer jünger ausgesehen, als er war. Darin lag ein echter Vorteil; er sah es als eine Art Druckmittel an.
Er saß auf der Kante des Weidmannschen Betts und zog sich schwarze Seidensocken an. Super! Vor ein paar Tagen noch wehten ihm am Strand in Lauderdale fettige Haarsträhnen in den Mund, und nun war er hier! Das eheliche Schlafzimmer war ein weitläufiger hoher Raum mit grüner Seidentapete, einem dicken weißen Auslegeteppich, überdimensionalen Möbeln – großes antikes Vierpfostenbett, große Kommode, großer Standspiegel. Wenn er Zeit hätte, würde er alles untersuchen, aber er hatte keine Zeit, unten warteten sie auf ihn; und er war hungrig. Im Manschettenknopfkästchen seines Onkels fand er ein Paar goldene Onyxmanschettenknöpfe, die er in die Tasche steckte; in der Schmuckkassette seiner Tante fand er ein Paar goldene Brillantohrringe, die er gleichfalls einsteckte, wohl wissend, daß Weidmanns, die so viel besaßen, diese kleinen Dinge gar nicht vermissen würden – und natürlich lag Ginnys wirklich kostbarer Schmuck sicher verstaut im Safe. In einer Nische im Ankleidezimmer fand er die Handtasche seiner Tante oder eine ihrer Handtaschen, aus rotem Leder, von Gucci, und zog rasch das Portemonnaie und aus diesem ein paar Scheine heraus, zwei Zehner, einen Zwanziger, einen Fünfer, wohl wissend, daß sie

nicht vermißt werden würden, da noch so viele übrigblieben. Und natürlich hatte die alte Hexe Kreditkarten. Hatten sie alle.

»Das ist das mindeste, was ihr mir schuldet. Ihr Scheißer.«

Als er das Speisezimmer unten betrat, war es wie ein Bühnenauftritt: Er konnte die elektrisch geladene Atmosphäre spüren, schon bei seinem Näherkommen sprühten Funken. Ginny mit ihrem großen Mund und wahrscheinlich auch Martin hatten ihn schon gründlich durchgenommen, so daß diese Arschlöcher jetzt mit feierlichem Gesicht dasaßen und ihn anstarrten: ihn, Colin Asch. Er gab jetzt den Ton an; er hatte sie alle im Griff. Aber er ließ sich nichts anmerken, denn er wußte, jeder hat liebe schüchterne Jungen gern, zurückhaltende Jungen. *Waise* stand ihm ins Gesicht geschrieben. Und außer der Tatsache, daß er sich das Material auf dem Rücksitz des Toyota angesehen hatte, wußte er keinen Grund anzugeben, warum er plötzlich so was Ähnliches wie Verwandtschaft mit den gequälten Tieren empfand, Pfoten in der Falle, Stromstöße bei Laborversuchen, Hühner mit abgehacktem Schnabel, Affen mit aufgesägtem Schädel – *Himmel, was für eine Welt des Leidens! Wieso läßt Gott das zu!* –, so daß es ihm, als er die Gabel in die Hand nahm, vorkam, als sei er jemand, der kein Fleisch essen könne, der zu rein sei, um Fleisch zu essen, und daß alle anderen das anerkennen müßten. Innerhalb von Sekunden verursachte ihm daher der Geschmack, ja selbst der Geruch des Lammbratens Übelkeit.

Auch das hatte ein aufgeregtes Durcheinander zur Folge, seine Tante kriegte Zustände seinetwegen und schickte das schwarze Hausmädchen raus, um ihm einen sauberen Teller zu bringen; Colin hatte nichts dagegen, wand sich aber vor Verlegenheit. Die Scheißer sahen ihn an und kamen sich so überlegen vor, hatten Mitleid mit Colin Asch.

Er registrierte sie, einen nach dem anderen. Versuchte Na-

men zu behalten – sein Kurzzeitgedächtnis war fabelhaft, wenn die Sache einen Sinn hatte.
Die jüngste Frau bei Tisch, »Hartley«, war etwa dreißig, Typ gutaussehendes kleines Mädchen, schwarzes glänzendes Haar, Ponys bis zu den Augenbrauen, fleischiger roter Mund, der ihm, stellte er sich vor, einen ablutschte, und das gekonnt; und schon in ein paar Tagen. »Charles Carpenter«, ein sanft wirkender, aber vermutlich schlauer, eiskalter Scheißer, Mitte oder Ende Vierzig, Rechtsanwalt und reich. Seine Frau »Agnes«, eine Säuferin mit schlaffen, zerstörten Gesichtszügen, schweren Augenlidern, zuviel Schmuck, der sie wie zum Hohn mit mineralischem Glanz umgab (der Jadering der Frau hatte die Größe eines Rotkehlcheneis), aber Colin witterte etwas in ihr, etwas Verdrießliches und Mürrisches, das schon noch zum Zuge kommen würde. Und dann war da ein Bursche in seinem Alter oder ein, zwei Jahre älter als er. »Schmidt«, nach seinem Aussehen zu urteilen junger Anwalt oder junger Börsenmakler, schick angezogen, selbstgefällig, vielversprechend, der die Tischgesellschaft (der »Hartley«) mit irgend so einem Scheißdreck über Westdeutschland zu beeindrucken versuchte. Und dann saß da noch ein Mann, dessen Name Colin nicht verstanden hatte – er müßte noch mal nachfragen, bevor der Abend zu Ende ging –, bedrücktes Gesicht, kahl bis auf ein bißchen Grauhaar rund um die Ohren, nervös, traurig, schwermütig, wie Colin sehen oder spüren konnte; vielleicht Anfang Fünfzig oder älter. Und die stillste von allen eine Frau namens »Dorothea Deverell«, eine Freundin von Colins Tante, cremefarbene Haut, große intelligente Augen, auch wachsam, sehr still, schwer, ihr Alter zu schätzen. Colin nahm aber an, sie müßte so Mitte Dreißig sein ... an wen erinnerte sie ihn? Sie trug das dunkle Haar aus dem Gesicht gebürstet und mit einer Schildpattspange im Nacken zusammengefaßt. Sie blickte ihn über den Tisch hinweg konzentriert an, er

meinte: respektvoll. Ihm kam der Gedanke, daß sie ein gütiger Mensch sei, daß sie eine gute, freundliche, anständige, großmütige Seele habe; wie ein Funke fing die Vorstellung in seinem Herzen Feuer, pulsierte durch seine Adern. Später notierte er in seinem Blauen Kontobuch: *Ich glaube es. Natürlich kann ich es nicht wissen.*

Obschon sich aus dieser Einsicht wahrscheinlich wenig oder gar nichts ergeben hätte – Colin Asch wurde, manchmal innerhalb einer einzigen Stunde, von so vielen Einsichten heimgesucht –, wenn diese Frau nicht kurz darauf so merkwürdig ... und so bedeutungsvoll gesprochen hätte. Zu ihm. Vor der ganzen Tischgesellschaft.

Wie es passiert war, daran konnte er sich nachher, als er die Episode in seinem Blauen Kontobuch festzuhalten suchte, nicht mehr erinnern. Carpenters Frau Agnes hatte ihn über vegetarische Lebensführung ausgefragt, hatte wissen wollen, ob er einer Sekte angehöre, was fast einer Beleidigung gleichkam – es war wirklich erstaunlich, wie feindselig das Miststück war, *nur so zum Spaß, aus keinem anderen Grund,* was Colin zwar verstehen konnte, was aber noch nicht hieß, daß es ihm gefiel oder daß er gern vor einer kleinen Zuhörerschaft verspottet wurde, darunter auch vor dem geil aussehenden Mädchen mit dem saftigen aufgeworfenen Mund und Miss Deverell, die unter der Attacke zu leiden schien, aber er ließ sich nicht aus der Fassung bringen und beobachtete sich genau, als ob er auf der Bühne stünde wie vor Jahren, als er das Videoband mit Colin Asch als Darsteller auf einer richtigen Bühne gesehen hatte – er hatte in der Monmouth Academy Markus Antonius in der Tragödie von Shakespeare gespielt, und jeder staunte über seine schauspielerische Begabung, am meisten Mr. Kreuzer, der das Stück inszeniert hatte –, also lief er nicht Gefahr, die Beherrschung zu verlieren, zu stammeln, etwas zu sagen, was er hinterher bereuen würde. Im Gegenteil, je ekliger Mrs. Carpenter wurde, um so netter konnte Colin Asch sein; die Sache hatte ihren eigenen Rhythmus, wie auf einer Wippe oder beim Ficken: was vielleicht der Grund war, daß Mrs. Carpenter nicht lockerließ, wo doch jeder auf Colin Aschs Seite stand und ihr mißbilligende Blicke zuwarf. Colin sprang so erregt auf, daß er nicht wußte, was er sagen sollte; die Worte kamen einfach aus ihm heraus: »Das Leiden der Tiere ist nicht deshalb geringer, weil es keine Sprache hat. Wie das Leiden kleiner Kinder.«

Das haute sie um. Das haute sie um! Agnes Carpenter mußte klein beigeben, weil sie wußte, daß sie ihn zu hart bedrängt hatte. Und die anderen redeten daher, versuchten das Peinliche zu beschönigen, die busig-blusige Ginny Weidmann wollte ihn unterhaken, als ob sie das Recht dazu hätte. »Wir sehen das ja ein, das mit den Tieren, Colin, wirklich«, sagte sie besorgt. »Willst du dich nicht hinsetzen, Liebes? Wir versprechen dir, daß du in Ruhe essen kannst.«

Colin entwand sich ihr. »Tut ihr das doch!« sagte er.

Wobei er dachte: Ihr könnt mich alle am Arsch lecken.

In diesem Augenblick, in der erschrockenen Stille, sprach die Frau, Dorothea Deverell. Obwohl sie Colin Asch nicht kannte, spürte sie seine Verzweiflung doch ganz deutlich. Sprach mit einer unheimlich ruhigen unbeirrbaren Stimme Worte einer höheren Tröstung: »Tiere fressen sich aber auch gegenseitig. Also wir – da wir ja Tiere sind. Wir sollten uns dafür schämen, aber selbst sich schämen reicht nicht, um den Hunger zu stillen.«

Colin starrte sie durch einen wäßrig-roten Nebelschleier an. Wie seltsam sie gesprochen hatte, wie unerwartet! Zu ihm! Es schnitt ihm ins Herz!

In seinem ganzen Leben war so etwas noch nicht vorgekommen.

So ging der häßliche Augenblick vorüber, und Colin Asch konnte unter Bewahrung seiner Würde seinen Platz bei

Tisch und sein Essen wieder einnehmen; auf das er regelrecht heißhungrig war. Und danach, in dem Zimmer oben, das diese freundlichsten aller Menschen ihm zur Verfügung gestellt hatten, hatte er den Vorfall, so gut er es in Anbetracht seiner Erschöpfung und Erregung vermochte, im Blauen Kontobuch eingetragen. *Tiere fressen sich aber auch gegenseitig. Also wir ... Aber selbst sich schämen reicht nicht.*

Eine schöne Frau. »Dorothea Deverell.« Obwohl sie Colin Asch nicht kannte, *erkannte sie ihn doch auf geheimnisvolle Weise;* erkannte, daß er sich nach Verständnis, Mitgefühl, Trost sehnte. *Das Wesentliche ist, daß Hunger heiligt!* notierte er.

Eine höchst einfache Wahrheit, die ihm erst eine Fremde mitteilen mußte, damit nicht falsches Schuldgefühl seine Seele vergifte.

So ließ sich Colin Asch, obgleich von Natur eher ein Vagabund – oder Vagant? –, ruhelos bis ins Mark und zuweilen, wie es schien, von der Westwärtsbewegung der Sonne am Himmel zu eigener Bewegung veranlaßt, von Weidmanns beschwatzen, eine Zeitlang in Lathrup Farms zu bleiben. Jedenfalls bis über Thanksgiving, bis er über seine Zukunftspläne genauer Bescheid wußte. (Er wollte sich, wie er sagte, nach einem Job umsehen. Vielleicht später noch mal zur Schule gehen. Es gab so viele gute Schulen in der Gegend von Boston. Auch Arbeitsmöglichkeiten, wie er vermutete. In RISDE – der Rhode Island School of Design – hatte er hervorragende Leistungen gezeigt; einige Dozenten hatten sein Talent als Künstler und graphischer Designer gelobt und gefördert. Er habe Zukunft, hatten sie gesagt.)

Also sagte er: ja. Also sagte er: Ich danke euch von ganzem Herzen.

Und meinte es auch! Gott, ja.

»Jeder sonst behandelt mich wie« – er machte eine Pause, zögerte, dachte nach – »Dreck.«
»Also Colin, Liebes, das ist doch nicht wahr«, sagte Tante Ginny vorwurfsvoll. »Wie?«

Er war siebenundzwanzig Jahre alt, im Dezember würde er achtundzwanzig werden. Allein. Unverheiratet. Keine richtige Familie. In Europa hatte man ihn mehrfach als »unverwechselbar amerikanisch« bezeichnet, aber was konnte man in Amerika von ihm sagen? Er hatte etwas Unschuldiges an sich, das Wärme ausstrahlte, in seinen schönen Augen leuchtete, durch seine Adern strömte. Sein Händedruck, seine Berührung sprachen von Herzlichkeit, Kraft, Bescheidenheit, einem besonderen Schicksal. Frauen, die nichts von seiner tragischen Lebensgeschichte wußten, schwärmten dennoch für ihn wegen seines schmerzvollen Ausdrucks und seiner Männlichkeit. Es gab auch Männer, die für ihn schwärmten, und es gab Männer, die ihn fürchteten. *Und mit gutem Grund!* wie er belustigt notierte.
Unter den verschiedenen im Blauen Kontobuch verzeichneten XXX-Fällen war nur einer eine Frau. Und das hatte sich in einem der westlichen Bundesstaaten in einer so verworrenen Phase in Colin Aschs Leben abgespielt (irgend jemand hatte Colin Asch auf die ungeheuren Visionen mit Meskalin abfahren lassen), daß dieser Fall so gut wie nicht zählte. Hätte auch ein Traum sein können. Bei der Betrachtung der kryptischen Abkürzungen im Kontobuch, die diesen Vorfall betrafen, war Colin Asch genauso oder fast genauso verblüfft wie jemand, dem das Kontobuch fremd gewesen wäre. Er hatte den Namen des Mädchens vergessen, das Gesicht des Mädchens, selbst die Todesart. Was eigentlich nicht zu Colins Charakter paßte.
Vor Fort Lauderdale und der Eigentumswohnung im sech-

sten Stock in Sea Breeze Village hatte Colin Asch in Miami gewohnt und davor in Houston, und vor Houston war er durch Marokko gereist (wo er eines Abends an die Tür des dort lebenden Schriftstellers Paul Bowles geklopft hatte – und eingelassen worden war), und vor Marokko hatte er Reisen durch Griechenland, Deutschland, die Niederlande unternommen ... Davor waren es die Vereinigten Staaten gewesen; ein rotes Sandsteinhaus in Brooklyn Heights, wo er mit Mitgliedern einer experimentellen Theatergruppe zusammengewohnt hatte. Und davor eine Reihe beschissener Gelegenheitsjobs, körperliche Arbeit, untergeordnete Arbeit, im Gebiet von New York. Und davor ... war alles undeutlich. Strecken seines Lebens als Erwachsener gerieten ihm aus dem Blickfeld wie seine Kindheit, die ihm so weit weg erschien, als gehöre sie zu einer anderen Person. Auf der anderen Seite des Flusses, kaum noch in Erinnerung. Er sehnte sich danach, dies alles Dorothea Deverell zu erzählen. Daß er mit zu vielen Talenten geschlagen war. Musik, Kunst, Schreiben, Schauspielerei, Wissenschaft, »die Kunst zwischenmenschlicher Beziehungen« ... alles lockte. Doch bisher hatte er auf keinem Gebiet Erfolg gehabt, während andere, die weniger begabt waren, Karriere gemacht hatten. »So verdammt *unfair*.«

In Wahrheit war vieles, was Colin Asch im Lauf seines Lebens zugestoßen war, ganz bestimmt seit dem Unfall, aber vielleicht schon seit seiner Geburt, bloß in seiner Umgebung passiert. Unabhängig von seinem Willen *und ohne sein Zutun*.

Also sind »Lob« und »Tadel« gleichermaßen unverdient.

Also werden »er« (der Täter) und »es« (die Tat) fälschlicherweise voneinander getrennt.

Also haben selbst die allgemeinsten zeitlichen Abgrenzungen – »Vergangenheit«, »Gegenwart«, »Zukunft« – keine Gültigkeit.

Denn im Blauen Zimmer (das Colin Asch zu bestimmten Zeiten betreten durfte) werden alle Dinge eins. Das glühende blaue Licht tilgt alle Schatten. Es gibt keine Schwerkraft, kein Gewicht. Nicht einmal »oben« und »unten«!

Reinigung ist das Ziel. Die Mittel spielen kaum eine Rolle.

Absolution.

Sanktion.

Wie Colin Asch Dorothea Deverell erklären würde. Wenn er sie wiedersähe.

Jeden Tag sah Colin Asch die Zeitungen in der Hoffnung durch, einen Bericht über die im Blauen Kontobuch als B.L.781011 Alf. bezeichnete Episode zu finden. Aber nirgends ein Wort. Tage vergingen und eine Woche – und nirgends ein Wort.

»Arschlöcher.«

Es machte ihn wütend, daß sein Opfer Block, der am Ende wie ein wild gewordenes Tier verzweifelt um sein Leben gekämpft und Colin Asch ganz schön ins Schwitzen gebracht hatte, hier im Norden nicht mal ein Schnipsel Zeitungspapier wert sein sollte. Auch in *Newsweek,* die Weidmanns abonniert hatten, stand nichts. Man durfte doch wohl annehmen, daß die Polizei von Florida und die Straßenstreife den Reportern nicht verschweigen würden, daß sie einen »perfekten Mord« entdeckt hatten – denn wenn er nicht perfekt war, wo war dann der Verbrecher?

»Tja«, sagte Colin mit höhnischem Schnauben. *»Wo ist er?«*

Er überlegte, ob er der dortigen Polizei schriftliche Botschaften zukommen lassen sollte. Vielleicht auch der Polizei von Jacksonville – vielleicht betraf die das auch. Nur um ihnen mal ein bißchen Dampf unterm Arsch zu machen. Um ihnen einen Wink zu geben, mit wem sie's zu tun hatten. Und vielleicht auch der Georgetown University, wo Block unterrichtet hatte – TIERE SIND AUCH NUR MENSCHEN könnte eine gute hintergründige Botschaft abgeben.

Aber warum den Scheißkerlen einen Gefallen tun?
Außerdem wurde Colin von den Dingen hier in Anspruch genommen. Mußte sich nach einem Job umsehen, Kontakte herstellen. Die richtigen Beziehungen anknüpfen.
Es kümmerte ihn nicht im geringsten, daß die Polizei ihn ausfindig machen könnte ... dann müßten sie ja seine Fußspuren im Sand, die direkt zu ihm führten, verfolgen können!
Seit seinem fünfzehnten Lebensjahr, seit er zum erstenmal getötet hatte oder zum Töten gezwungen gewesen war, hatte man Colin Asch noch mit keinem seiner Morde in Verbindung gebracht; soweit er wußte (zugegeben, er konnte es nicht mit absoluter Sicherheit wissen), hatte sein Name noch nie auf einer Fahndungsliste gestanden. Die Polizei war wie alle oder fast alle (bis auf ein Zehntel von einem Prozent, das abseits der breiten Masse stand) einfach zu dumm.
Colin Asch hatte in der Tat stets auf die Dummheit der Welt als Faktor seines eigenen Talents gebaut. Inmitten einer Herde begriffsstutziger Rindviecher war er der Leopard, der eine Geschwindigkeit von hundertzwanzig Kilometern in der Stunde erreichen konnte – ein Blitz, ein loderndes Licht. In Florida hatte er nichts überstürzt; er war wie immer methodisch vorgegangen, wohl wissend, daß er, sobald er zu seinem Wagen zurückging und wegfuhr, in das Blaue Zimmer eintreten und sich dort über weite Strecken stundenlang in höchster Seligkeit kindlicher Unschuld gewichtlos treiben lassen konnte. Daher wandte er seine Kriegslist der Großen Täuschung an ... das heißt, daß er den Tatort aus jungenhafter Freude absichtlich in wüste Unordnung brachte. Er zerrte die Leiche zu einer mit Buschwerk bewachsenen und mit Abfall übersäten Stelle hinter den Toiletten (wobei er schimpfte, weil sie so schwer war und an Baumwurzeln und dergleichen hängenblieb, als ob Block noch im Tode seine Mithilfe verweigerte) und heftete eine Seite einer Zeitschrift

aus Blocks Wagen an Blocks Pullover, in der Annahme, daß die Polizei bei der Entdeckung der Leiche vermuten würde, das Foto auf der Seite (von AIDS-Patienten in einer Klinik in Washington) hinge mit dem Tod des Opfers zusammen. Als nächstes sammelte er mehrere mit Lippenstift verschmierte Zigarettenstummel auf, die jemand auf den Kies gekippt hatte, und warf sie in den Toyota auf den Boden vorm Beifahrersitz und nach hinten. Seiner Brieftasche entnahm er ein Kondom, riß es aus der Folie und warf Kondom und Folie auf den Rücksitz. Dann ritzte er mit Blocks Autoschlüsseln unsinnige Buchstaben und Tierkreiszeichen in die Kühlerhaube des Toyota; dann verriegelte er die Türen und wischte, immer noch ohne Hast (obwohl gerade in einiger Entfernung ein mit Kindern beladender Wagen mit Nummernschild aus Georgia zum Parken auf den Rastplatz fuhr), die Außenfläche des Toyota überall da ab, wo man mit einiger Wahrscheinlichkeit seine Fingerabdrücke finden konnte. Dann setzte er sich in den roten 87er Mustang und fuhr weg – und betrat tatsächlich fast unmittelbar darauf das Blaue Zimmer, sog sich atemlos hinein wie eine Seele in den Himmel.

3

Der Arme, dachte Dorothea Deverell und starrte ihn an. Aber er ist doch nicht völlig blind? So ganz allein unterwegs?

Der fragliche Herr, eine scheue, leicht gebeugte Gestalt mit dunkler Brille, Tweedmütze, lose gegürtetem Regenmantel, offenen Schnallen an den Gummiüberschuhen, durchquerte, mit der weißen Spitze seines Stocks auf den Marmorfußboden klopfend, die Halle des Brannon Institute und steuerte schräg hinter anderen auf den Eingang des Vortragssaals zu. Es war fast vier, ein dunkler, winterlicher Sonntagnachmittag Ende November, und die Leute waren in größerer Anzahl, als Dorothea zu hoffen gewagt hatte, erschienen, um die englische Sopranistin Natalya Lowe mit Liedern von Schumann, Brahms und Poulenc zu hören. Immer ängstlich vor solchen Ereignissen (wie vor jedem Ereignis, für das sie die Verantwortung trug oder an dem man ihr im nachhinein die Schuld geben konnte), fühlte sich Dorothea heute nachmittag noch ängstlicher als sonst: für viele, die sie kannten, zweifellos eine mitleiderregende Figur in ihrem eleganten hochgeschlossenen schwarzen Seidenkleid mit dem schimmernden Plissee. Sie trug Perlen in den Ohren und Perlen um den schlanken Hals, war sehr blaß und lächelte unentwegt. Sie hatte gefürchtet, daß niemand zu dem Konzert kommen würde, obwohl in den Ankündigungen gestanden hatte, daß der Eintritt frei war. Sie hatte gefürchtet, daß die für ihre Launen bekannte Miss Lowe selber nicht erscheinen würde. Oder daß ihr Begleiter weitere Einwände gegen den Vortragssaal und das Klavier erheben würde, auf dem er spielen sollte. (Dieser anmaßende Mensch hatte sich Freitag am Spätnachmittag in den Kopf gesetzt, den Steinway-Konzertflügel des Instituts abzulehnen und zu verlangen, daß ein anderer für die Darbietung gemietet wurde.) Und Roger Krauss, der Dorothea Deverell haßte, war mit seiner Frau und einem anderen Kuratoriumsmitglied gekommen; und Charles Carpenter, der Dorothea Deverell liebte, war noch immer nicht gekommen – und würde vielleicht auch nicht kommen. Während sie am Eingang stand und lächelte und winkte und Freunden Begrüßungsworte zurief, fühlte sie ihr Herz zu Eis erstarren; ihr hätte nicht unbehaglicher zumute sein können, wenn sie selber hätte singen sollen. Es war alles so blödsinnig. Und so übertrieben. Und vergeblich.

Welcher Philosoph war es, der gesagt hatte, daß von Natur aus alles auf das Chaos zustrebt und daß Ordnung etwas Unnatürliches ist? Denn es gibt nur einen idealen Weg und unzählige falsche.

Als Dorothea sah, daß der Mann mit der dunklen Brille schwankend auf sie zu kam, eilte sie ihm entgegen, um ihm zu helfen. »Sir? Darf ich?«

Obgleich erschrocken, fügte er sich doch sogleich ihrer Hand auf seinem Arm, lächelte in seinen rötlichgrauen Bart hinein und murmelte: »O danke! Sehr freundlich von Ihnen.« Hätte er sich zu voller Größe aufgerichtet, wäre er einen Kopf größer als Dorothea Deverell gewesen, aber er ging gekrümmt, bewegte sich wie ein Krebs; sein Alter ließ sich schwer schätzen. Sicherlich nicht jung. Aber wie alt? Als Dorothea ihn langsam durch den breiten Mittelgang des Vortragssaals zu einem bevorzugten Platz in der dritten Reihe führte, entschuldigte er sich für die Ungelegenheit, die er ihr bereitete. Er sei, sagte er, nicht völlig blind, könne mit dem linken Auge noch recht gut sehen, jedenfalls bei hellem Licht, meistens habe er keine Schwierigkeiten, sich zurechtzufinden.

»Sie machen mir keine Ungelegenheiten«, entgegnete Dorothea. »Wir freuen uns, daß Sie hier sind.« In ihrer leicht erregbaren Stimmung sprach sie fast fröhlich; sie wußte gar nicht, was sie sagte. (Denn vielleicht war Charles Carpenter inzwischen gekommen? Sah zu, wie sie einem Blinden half, seinen Platz einzunehmen?)

Dorothea hätte gern das Weite gesucht, aber der Mann mit der dunklen Brille streckte ihr unversehens die Hand entgegen und sagte: »Ich heiße Lionel Ashton – darf ich Ihren Namen erfahren?«

»Dorothea Deverell«, sagte Dorothea.

Mr. Ashton ließ ihre Hand nicht so rasch los, wie sie es sich gewünscht hätte; er hatte einen zupackenden Griff. Er habe von ihr gehört, sagte er; habe sie nicht irgendwie mit dem Brannon Institute zu tun, sei sie in Lathrup Farms nicht gut bekannt? Durch seine rauchdunklen Gläser blickte er stirnrunzelnd zu ihr auf; man konnte seine Augen hinter der Brille nicht erkennen. Im Foyer hatte er einen scheuen, zögernden Eindruck gemacht, jetzt ging jedoch eine sonderbare Autorität von ihm aus, er schien erpicht darauf, sie aufzuhalten, obschon er spürte, daß sie unbedingt wegwollte. Seine Stimme klang unnatürlich heiser, und sein Gesicht war weitgehend durch die Brille und die tief in die Stirn gezogene Tweedmütze (die im Stil, wenn auch nicht in der Qualität der Schirmmütze eines englischen Arbeiters ähnelte) und den borstigen kleinen Bart verdeckt, der Dorothea an das Fell eines Scotchterriers erinnerte. Merkwürdig, dachte Dorothea, daß ich ihn hier noch nie gesehen habe. Als sie sich schließlich mit einer Entschuldigung zurückzog, rief er hinter ihr her: »Vielen Dank noch mal, Miss Deverell! Ich vergesse so leicht keine Gefälligkeit!«

Es war kurz nach vier und der Vortragssaal ganz gut besetzt. Dorothea schickte die Mädchen weg, die in der Halle Programmzettel verteilten, und blieb dort, um sie den Nachzüglern selbst zu überreichen. Aber es kamen nur noch wenige. Mit geistesabwesendem Lächeln blickte sie zur Eingangstür und wartete. Wie so oft. Vielleicht gehöre ich zu der Sorte Frauen, die zum Warten wie geschaffen sind, dachte sie. Hinter ihr wurden die Türen zum Vortragssaal geschlossen; nach einer Pause erklangen die ersten kraftvollen Töne von Schumanns »Widmung«. Eine gewaltige Sopranstimme, überlebensgroß, bemächtigte sich aller Phantasievorstellungen. So muß man es machen, dachte Dorothea und starrte zum Eingang. Obwohl sie Natalya Lowe im letzten März für dieses Engagement gewonnen und sich über die Aussicht gefreut hatte, die Sängerin nach Lathrup Farms, in Dorotheas eigene Sonntagnachmittag-Konzertreihe zu holen, hörte sie kaum zu.

Die Außentüren öffneten sich wieder, zum letztenmal, und herein hasteten, prächtig mit Pelz und Hut angetan, zwei Matronen aus Lathrup Farms, begleitet von einem eisigen Luftzug.

Dorothea Deverell nahm ihren Platz hinten im kleinen Saal ein, allein, die Hände auf den Knien verschränkt. Sie dachte daran, daß ihr bewußt geworden war, wie viel sie falsch machte, seit Roger Krauss seine systematische Kampagne gegen sie begonnen hatte.

Es war wie beim Korrekturlesen, wenn sie zum zehnten Mal einen Absatz ihres sorgfältig formulierten Textes durchsah, um dann zu ihrem Verdruß festzustellen, daß ihr ein ganz offenkundiger Druckfehler entgangen war ... Als sie neulich die Fahnen für das Programm der nächsten Saison korrigierte, hatte sie statt »Künstler« »Küster« entdeckt. Und wie oft hatte sie es durchgelesen... Es war ein geringfügiger Fehler, aber er machte ihr Angst: Denn wenn das Auge trickreich etwas einfügt, was eindeutig nicht vorhanden ist, welche Bedeutung hat das dann für unser Weltverständnis? Und für unser Ich-Bewußtsein in der Welt?

War Dorothea früher ihrer Tätigkeit im Institut freudig nachgegangen, weil sie meinte, daß sie, fraglos unterbezahlt und klaglos überarbeitet, die Öffentlichkeit hinter sich hatte, vermutete sie nun, daß dies keineswegs und nie der Fall gewesen war. Man mochte sie natürlich – wie oft hatten die Leute, deutlich in Hörweite von ihr, gesagt: *Ist Dorothea Deverell nicht fabelhaft!* –, aber man mochte sie, wie man andere sozial engagierte Frauen der Gegend mochte, und die Begabungen, die sie nun mal hatte, wurden, verglichen mit denen eines Mannes – jeden Mannes? – höchstwahrscheinlich unterbewertet. In diesem reichen Vorort übten viele Ehefrauen prominenter Bürger eine ehrenamtliche Tätigkeit aus, allerdings mußte man damit rechnen, daß ihre Bemühungen unregelmäßig, unzuverlässig und in gewissen grotesken Fällen sogar jahreszeitlich bedingt erfolgten. Mit diesen Frauen wurde Dorothea Deverell sicherlich in einen Topf geworfen; was, wie sie vermutete, nur ihr eigener Fehler war. Denn in welcher Hinsicht unterscheide ich mich von ihnen?

Auch war sie sich der vielen kleinen Irrtümer und dummen Fehler in ihrem Alltagsleben sehr wohl bewußt. Wenn sie aus einem Lebensmittelgeschäft mit Obst, das schon Druckstellen hatte, mit überteuerten Waren, die sie ohne hinzusehen ausgesucht hatte, zurückkam. Dinge verlegte, verlor. Dinge vergaß. Dinge verschüttete. Wenn sie sich in Läden betrügen ließ, weil sie mit ihren Gedanken woanders war, nicht aufpaßte ... denn ihr Leben nahm ohne viel Wachsamkeit und Selbstschutz seinen unterirdischen Lauf. Zuweilen meinte sie, im Bann einer inneren Stimme zu stehen, die sie nicht richtig erkannte: die schimpfte, nörgelte, Fragen stellte, erzählte. Die Stimme sprach das Urteil über Dorothea Deverell, und dieses Urteil hatte die Macht, sie zum Schweigen zu bringen. Ach, wie wäre es wohl, wenn man das Vertrauen hätte, sich der Welt so kraftvoll (und doch zart) kundzutun wie die Sopranistin Natalya Lowe? (Miss Lowe sang gerade Poulencs schönen kleinen Zyklus »Tel Jour, Telle Nuit«.) Ist die Kraft der Stimme entscheidend, oder setzt Kraft Vertrauen voraus? Dorothea hätte es gern gewußt.

Charles Carpenter, mit dessen flüchtiger Erscheinung sich Dorothea Deverells Hoffnungen auf »inneres Glück« verbanden, hatte am Telefon entschuldigend gemurmelt, daß er erst in letzter Minute wissen würde, ob er zu dem Konzert kommen könne. »Wenn ich nicht da bin – komme ich wahrscheinlich nicht«, hatte er gesagt. Dorothea lachte. »Eine erstaunliche Logik.« »Aber ich möchte gern kommen. Das weißt du doch.« Nach einer wehmütigen Pause hinzufügend: »Nur um dich zu sehen, Dorothea.« Unbekümmert sagte Dorothea Deverell: »Ach Charles, du kannst mich jederzeit sehen!«

Als Miss Lowe und ihr Begleiter nach Beendigung des Konzerts herzlichen Beifall erhielten, erwachte Dorothea aus ihrer Trance und applaudierte glücklich mit den anderen. Trotz ihrer Gedankenverlorenheit hatte sie gemerkt, daß die Sängerin, in mittleren Jahren, aber immer noch ausnehmend schön oder zumindest »eindrucksvoll«, eine leichte Heiserkeit in den unteren Lagen entwickelt hatte; und ihre leidenschaftlichen, inhaltsschweren Obertöne erschienen ziemlich gewollt – wenn nicht geradezu simuliert. In der mittleren Tonlage erzielte Natalya Lowe die stärksten Wirkungen; hier verströmte sie ihre Seele oder erweckte zumindest diesen Eindruck. Wir sind ja ohnehin ein laienhaftes Publikum und leicht zufriedenzustellen, dachte Dorothea. Sie klatschte und klatschte, bis ihr die Hände brannten.

Insgesamt war sie mit dem Ereignis, das sie selbst organisiert hatte, so zufrieden, daß sie nicht einmal vor dem Empfang für etwa zweihundert Leute – mit Wein und Käse – Angst hatte, bei dem sie als Gastgeberin auftreten sollte. Ihre Wangen hatten wieder Farbe, ihre Augen wieder Glanz bekommen. Die chemische Reinigung hatte an ihrem schwarzen Seidenkleid wahre Wunder vollbracht. Sie hatte ihren Feind Roger Krauss völlig vergessen. Sie hatte den aufdringlichen Blinden mit dem unnachgiebigen Griff vergessen. Sie hatte – beinahe – vergessen, daß Charles Carpenter sie schon wieder enttäuscht hatte.

Als Dorothea anderntags um die Mittagszeit den kleinen Park des Instituts durchquerte (das Morris T. Brannon Institute war in dem Herrenhaus im englischen Tudorstil untergebracht, in dem der reiche Industrielle und Philanthrop Josiah Brannon gewohnt hatte, und zum Gebäude gehörte einiger Grundbesitz), bemerkte sie zufällig auf einer der Parkbänke in einem Streifen winterlichen Sonnenlichts ... eine einsame Gestalt ... barhäuptig, sehr blond, in der Hand einen Band mit *Ausgewählten Gedichten* von Shelley. Es war die gleiche Taschenbuchausgabe, die Dorothea seit ihrer College-Zeit besaß, deshalb war ihr der Einband vertraut; und vertraut auch der junge Mann, der so versunken dasaß und las. Er war schlaksig, mager, jungenhaft, trug ein hellblaues Tuch um den Hals und eine schmuddelige Schaffelljacke; ach ja, Ginny Weidmanns Neffe Colin. Dorothea zögerte, überlegte, ob sie guten Tag sagen sollte; aber er war ganz und gar in sein Buch vertieft und hatte sie nicht gesehen. Dorothea Deverell war zuweilen unerklärlich schüchtern und gehörte zu den Menschen, die selbst beim Anblick von alten Freunden und Bekannten auf der Straße dazu neigen, sich rasch abzuwenden, wenn sie selbst unentdeckt geblieben sind.
Hinterher machte es ihr jedoch Freude, an den jungen Mann zu denken: am hellichten Tag in dem kühlen verlassenen Park so romantisch allein bei der Lektüre von Shelleys Gedichten! Wahrscheinlich beneide ich ihn, dachte sie.

Am Abend hatte sie das Bedürfnis, Ginny Weidmann anzurufen, um ihr verspätet für das Abendessen zu danken; und sich dafür zu entschuldigen, daß sie nicht früher angerufen hatte. Als alleinstehende Frau in einer Welt der Paare konnte Dorothea Deverell die Vorstellung nicht loswerden, daß man sie zu jedem gesellschaftlichen Ereignis nur aus Freundlichkeit oder gar Barmherzigkeit einlud. Sie mußte ihren Hang zu übertriebener, schuldbewußter Dankbarkeit zügeln. Ginny Weidmann ging es freilich in erster Linie darum, Agnes Carpenters Verhalten an jenem Abend zu kritisieren – wie andere Frauen in Lathrup Farms ärgerte es sie, daß die inzwischen ebenso reizlose wie unverfrorene Agnes Carpenter mit Charles Carpenter verheiratet war. »Ich kann es ihr einfach nicht verzeihen, daß sie meinen Neffen angegriffen hat, nachdem ich ihr, ihr und euch allen, anvertraut habe, wie – wie empfindlich er ist«, sagte Ginny. »Der arme Junge hatte Zusammenbrüche, hat im Krankenhaus gelegen und hat sich so – ich glaube nicht, daß es übertrieben ist, wenn ich sage, er hat sich tapfer bemüht, heldenhaft bemüht, zu leben, sich in der Welt zurechtzufinden. Sein Vegetariertum ist nur eine Phase, da bin ich sicher, und schließlich ist es nicht *kriminell.*«
Es entstand eine Pause. Auch Dorothea konnte sich eines beglückenden Gefühls mütterlichen oder vielleicht schwesterlichen Besorgtseins um den bedrängten jungen Mann nicht erwehren. »Wie geht es ihm?« fragte sie. »Er wird wohl eine Weile bei dir und Martin wohnen bleiben?«
Ohne zuzuhören, sagte Ginny leidenschaftlich: »Kannst du dir vorstellen, wie Charles diese Frau erträgt? Er ist selber ein so überlegener Mensch – aber ich finde, er treibt es mit seiner Loyalität zu weit. Er hat so was ärgerlich Altmodisches an sich, findest du nicht auch?« Dorothea gab nur ein Geräusch von sich: weder Zustimmung noch Protest. Charles Carpenter als Gesprächsthema erfüllte sie mit tiefem

Unbehagen. Ginny ließ nicht locker. »Martin meint, daß Charles ein ›hoffnungsloser Stoiker‹ ist und daß er sich aus religiösen Gründen nicht von ihr scheiden läßt. Diese alten, zur Episkopalkirche gehörigen Familien, diese sturen alten Bostoner!«

Dorothea dachte, Charles ist nicht religiöser als ich. Sie sagte: »Man kann doch aber erkennen, daß Agnes mal eine sehr attraktive Frau war. Sie wäre es im Grunde immer noch, wenn –«

»O Dorothea! Hör *auf*!« sagte Ginny. »Solche Sachen übertreibst du!«

Was für Sachen? fragte sich Dorothea.

Ginny Weidmann ließ sich nun in den überschwenglichen Tönen einer Gastgeberin über Jerome Gallagher aus, der von Dorothea »ganz angetan« gewesen sei – »wie ich dir vorausgesagt habe, Dorothea, warum warst du so besorgt?« –, und über ihre hinreißende junge Freundin Hartley Evans: »Ist Hartley nicht wunderhübsch? So – auf Draht und quick und modern. Sie rief letzte Woche an, um zu fragen, ob Colin sich wohl in einer Fernseh-Talkshow über seine Tierschutz-Tätigkeit und seine vegetarische Einstellung interviewen lassen würde. Martin und ich waren begeistert – Colin muß sich mehr umtun im Leben, im ›richtigen‹, alltäglichen Leben –, und zu unserer Überraschung war er einverstanden. ›Wenn du mich moralisch unterstützt, Tante Ginny‹, hat er gesagt. Im Grunde seines Herzens ist er ein schüchterner Junge, aber du hast vielleicht gemerkt, daß er sich erstaunlich gut ausdrücken kann, manchmal sogar wortgewandt ist. Und er ist *gewitzt*. Er hofft, irgendeinen Job im öffentlichen Bereich zu finden, so daß es ein Schritt in die richtige Richtung sein könnte, wenn er in Hartleys Sender die entsprechenden Leute trifft, finden wir – er hat übrigens ganz zufällig erwähnt, daß er als Assistent bei einem deutschen Fernsehproduzenten in Heidelberg gearbeitet hat, als so eine

Art amerikanischer Berater, glaube ich. Er ist schon ganz beachtlich, was? Und so süß.«
Dorothea sagte quasi unter Druck gesetzt: »Ja.«
»Er bleibt eine Zeitlang bei Martin und mir – es gibt in dieser Gegend so viele ausgezeichnete Universitäten und Kunstschulen und Gott weiß was noch, und er hat vor, in einem Jahr oder so wieder zur Schule zu gehen. Das Dumme ist, er hat nicht viel Geld, aber er will uns nicht zur Last fallen. Wahrscheinlich ist es in gewisser Hinsicht traumatischer, mit zwölf Jahren Waise zu werden, als wenn man von Geburt an ein Waisenkind ist; der Junge hat nämlich seinen Stolz.«
»Ja«, sagte Dorothea, ohne genau zu wissen, ob das zutraf, aber aus irgendeinem Grund darauf bedacht, das Thema weiterzuführen. »Hat er denn viele Freunde? Freundinnen?«
»Ja und nein«, sagte Ginny. »Weil er so viel herumzieht, hat er keine Freunde im üblichen Sinn, sie sind überall verstreut, aber sobald er festen Fuß faßt, findet er leicht welche. Hartley, zum Beispiel – sie ist eine so anspruchsvolle junge Frau, aber von Colin scheint sie ganz angetan zu sein.« Sie hielt inne. »Ich wünschte nur, er fände die Richtige und würde heiraten. Ich bin so konventionell, daß ich glaube, es wäre die Lösung für sein Problem.«
»Sein Problem?«
»Die Sache ist die, daß Colin so blödsinnig vertrauensvoll ist. Er ist ein Idealist. Er will immer, daß die Menschen vollkommen sind, und wenn das nicht klappt, ist er enttäuscht, manchmal bitter enttäuscht. Ich kenne die Einzelheiten nicht, aber als er bei einem der Brüder seines Vaters in Baltimore wohnte und aufs College ging – das staatliche, nicht Hopkins; dort hatte er sich zwar beworben, wurde aber abgelehnt, was ihn furchtbar kränkte; er ist ja wirklich gescheit! –, hatte er mit einem Mann oder mit Männern Kontakt, die später wegen Rauschgifthandel und Scheckfäl-

schungen verhaftet wurden, und irgendwie geriet der arme Colin mit den anderen da rein und wurde festgenommen. Das war natürlich ein Irrtum, und man hat die Anklage später fallenlassen, aber es war eine böse Geschichte. Und dann gab es noch andere Sachen«, äußerte Ginny unbestimmt, »andere unglückselige Vorfälle, die durch seine Naivität entstanden. Weißt du, in gewisser Hinsicht ist Colin Asch noch ein Kind. Ein unverdorbenes, *natürliches* Kind. Wie heißt denn noch das französische Wort für Kinder, die in der Wildnis ausgesetzt und von Tieren aufgezogen werden –«

»›*L'enfant sauvage*‹ –«

»Vorgestern zum Beispiel wollte Colin unbedingt Martin und mich zum Abendessen einladen, nur um die Tatsache zu feiern, wie er sagte, daß wir alle am Leben sind – es war so rührend. Er hat mir schon mehrmals ganz überraschend Blumen mitgebracht – neulich ging ich ins Schlafzimmer, und da stand ein Strauß für mich, wunderhübsche rote Rosen. Ich war einfach überwältigt und hab geheult; meine eigenen Kinder, also die hätten nie, *niemals* – na, du weißt schon. Die nehmen Martin und mich ganz selbstverständlich hin. Aber Colin findet anscheinend nichts selbstverständlich. Er ist so eifrig, so hungrig irgendwie – so wißbegierig. Er hat sich zum Beispiel nach *dir* erkundigt, Dorothea.«

»Nach mir?«

»Er wollte wissen, wie lange wir uns schon kennen. Was du beruflich machst, was für ein Leben du führst. Ich habe ihm nur ein bißchen was erzählt – ich hoffe, es macht dir nichts aus.«

»O nein«, sagte Dorothea. »Ganz und gar nicht.« Obwohl sie dachte, meine Ehe. Meine »tragische« Ehe. Sie konnte sich vorstellen, mit welchem Genuß Ginny Weidmann von Michel Deverells Tod gesprochen hatte, wie sie die alte, jetzt so rührselige Geschichte von Dorothea Deverells Fehlgeburt wieder aufwärmte, die sie bestimmt auf einen Zeitpunkt nach dem Tod datierte. Auch wenn es ihr Unbehagen verursachte, es gefiel ihr doch nicht schlecht, daß dieser spannende junge Mann Colin Asch sich überhaupt nach ihr, Dorothea Deverell, erkundigte. Die Situation war wie ein Spiegel, in dem Dorothea sich von einem neuen und unerwarteten – und möglicherweise vorteilhaften – Blickwinkel aus betrachten konnte, aber sie wollte die Sache nicht weiter verfolgen. Ihre Eitelkeit bestand darin, alle eitlen Impulse in sich abzuwehren.

Bevor sie auflegten, sagte Dorothea, sie hoffe, Weidmanns bald zum Abendessen bei sich zu sehen, sicher noch vor Weihnachten: »Und auch deinen Neffen. Wenn er sich mit uns zusammen nicht langweilt.«

»Oh, Colin wäre sicher begeistert«, sagte Ginny, obwohl ihr Ton dabei etwas zerstreut wirkte. »Er geht eigentlich ziemlich viel aus – sagt, daß er diesen ›neuen unberührten Teil der Welt‹ kennenlernen möchte –, er kommt meistens erst nach Hause, wenn Martin und ich schon schlafen. Tagsüber macht er sich auf die Suche nach einem Job, und abends freundet er sich wohl mit anderen jungen Leuten an, die er trifft. Wir haben ihm natürlich einen Schlüssel gegeben, und er ist überaus rücksichtsvoll, macht nicht das geringste Geräusch, geht wie ein Geist durchs Haus.«

»Entschuldigung – Miss Deverell?«

Dorothea Deverell blickte von ihrem Schreibtisch auf und sah Colin Asch, der sich irgendwie an ihrer Sekretärin vorbeigemogelt hatte – der junge Mann stand mit angespanntem Gesicht und zusammengebissenen Zähnen, als ob er sich für diesen Augenblick schon eine Zeitlang gewappnet hätte, im Türrahmen. Hinterher erinnerte sich Dorothea, wie unmißverständlich, wie anscheinend natürlich sich ihre Blicke begegnet waren, wie unmittelbar ihre Reaktion – Überraschung, Erkennen, Verlegenheit – gewesen war. Sie spürte, wie ihr eine heftige, heiße Röte ins Gesicht stieg.

Es kam ihr, womöglich unbegründet, in den Sinn, daß Ginny Weidmann dafür verantwortlich wäre; sie hatte ihren Neffen rübergeschickt, damit der Dorothea Deverell guten Tag sagte.

Colin hatte jedoch, wie es schien, seine eigenen Pläne. Hochgewachsen, schlaksig, sehr nervös, das hellblaue Tuch um den Hals geschlungen, zugleich schüchtern und streitlustig wirkend, war er gekommen, um Dorothea zu fragen, ob sie sich noch an ihn erinnere? Und ob sie mit ihm essen gehen würde?

»Ich war zufällig hier in der Nähe, Miss Deverell«, sagte er schnell, als ob eine Erklärung nötig sei. »Ich habe mir die Aquarell-Ausstellung hier angesehen, sie ist sehr gut, finde ich; wer das ausgesucht hat, hat einen ausgezeichneten Geschmack – Aquarellmalerei ist das schwierigste Ausdrucksmittel, wissen Sie. In der Kunst. Das Bild muß fast in einem Zug gemalt werden; man kann sich keinen Fehler oder kein Zögern leisten. Aber – ich glaube, Sie wissen das alles.« In Dorotheas kleinem Büro hatte die Stimme des jungen Mannes einen heiseren, jugendlich hohen Klang angenommen; er hielt abrupt inne.

Dorothea sagte, es täte ihr schrecklich leid – »Ich hatte heute eigentlich nicht vor, zum Essen wegzugehen.« Sie war so überrascht, daß auch sie zu stottern anfing. Ihre Antwort, die schroffer ausfiel, als sie gewollt hatte, ließ Colin Asch verwirrt erröten; er entschuldigte sich mehrmals; er hätte wissen müssen, sagte er, daß jemand in Dorotheas Stellung zuviel zu tun habe. Dorothea sagte, vielleicht könnten sie ein andermal zusammen zu Mittag essen – sie sah seinem Gesicht an, daß er gekränkt war, und wollte ihn nicht so unhöflich wegschicken. Sie erkundigte sich nach Weidmanns; sie fragte, wie Colin mit seiner Suche nach einem Job vorankäme, und entlockte ihm weitere Äußerungen über die Ausstellung im Institut (bei den Aquarellen handelte es sich um frühe, kleinere Arbeiten von John Marin, die Dorothea zwar interessant, aber nicht gerade gehaltvoll fand – andere hatten da ihre Zweifel), was ihm Gelegenheit gab, mit mehr Entschiedenheit, ja, mit einer gewissen Überzeugungskraft zu sprechen. Er habe, erklärte er, die Aquarelle von Winslow Homer am liebsten.

»Und von denen wiederum liegen mir die aus Maine und die in der Karibik gemalten besonders. Die Adirondack-Bilder sehen wie bessere Zeitschriften-Abbildungen aus, finden Sie nicht auch?«

Dorothea sagte überrascht, ja, das fände sie auch. Ja, das hätte sie schon immer gefunden.

So fingen sie an, gelassener miteinander zu reden. Fast beiläufig. Und Dorothea forderte Colin auf, sich zu setzen, nachträglich bedauernd, daß sie seine Einladung so überstürzt abgelehnt hatte. Ginny Weidmanns Neffe gehörte ähnlich wie Dorothea Deverell zu den Menschen, die nicht nur Angst haben, zurückgewiesen zu werden, sondern die die noch heiklere soziale Situation fürchten, die einen anderen zum Zurückweisen zwingt.

(Aber warum schlug ihr Herz so unregelmäßig, und warum diese unangenehme Hitze in ihrem Gesicht? Lag es daran, daß Colin Aschs Unbeholfenheit, die so wenig zu seinem eindrucksvollen Gesicht und der jugendlichen Lässigkeit seines Aufzugs paßte, Dorothea an die Jungens ihrer fernen Schulzeit erinnerte, die sowohl sie als auch sich selber durch die Bitte um eine Verabredung in qualvolle Verlegenheit gebracht hatten?)

Als Colin Asch nach zehn oder fünfzehn Minuten eigentlich hätte aufbrechen müssen – als er sich mit abwesendem Ausdruck schon langsam erhoben hatte und in seiner ganzen Länge vor Dorotheas Schreibtisch stand –, überraschte er sie wieder, indem er mit einem jungenhaft-wehmütigen Lächeln fragte: »Sind Sie sicher, Miss Deverell, daß Sie nicht mit mir essen gehen wollen? Irgendwo in der Nähe? Es würde wirklich nicht lange dauern.«

Dorothea lachte zögernd und hörte sich selber sagen: »Also, ja – ich glaube, es geht.« Denn schließlich gab es keinen Grund, es nicht zu tun. Wobei sie, als Colin ihr in den Mantel half, hinzufügte: »Aber bitte nennen Sie mich Dorothea.«

»Dorothea!« sagte der junge Mann glücklich, als ob er jede Silbe einzeln ausprobieren wollte.

Draußen in der kühlen, schwachen Wintersonne zögerten sie etwas unschlüssig, ob sie einfach zwei Blocks weiter zu Fuß in »so eine Art Teestube« gehen sollten, wo Dorothea sich oft mit Freunden zum Lunch traf, oder ob sie, wie Colin Asch vorschlug, ein kleines Stück weiter entfernt das Restaurant *L'Auberge*, an dem er vorbeigekommen war, aufsuchen sollten, weil er sein Auto dabeihatte und zu fahren kein Problem sei. Dorothea wandte ein, daß das *L'Auberge* zu teuer sei, willigte dann aber doch ein, und eine Minute später fuhren sie den Boulevard in einem blitzblanken silbergrünen Auto entlang, für das sich Colin Asch dennoch zu entschuldigen bemüßigt fühlte: Es war ein Olds Cutlass Calais aus zweiter oder dritter Hand, den er vor kurzem bei einem Gebrauchtwagenhändler gekauft hatte und den er nun, da er ihn besaß, nicht besonders mochte. Um ein Gespräch in Gang zu bringen, ließ sich Dorothea über ihren geerbten Mercedes aus, der in entscheidenden Augenblicken wie zum Beispiel auf Schnellstraßenauffahrten stehenblieb, und Colin Asch nickte eifrig und sagte: »Ja, Tante Ginny hat es mir erzählt. Ihnen laufen alle möglichen guten Dinge über den Weg – Sie sind so jemand.«

Lachend sagte Dorothea: »Also das denn doch nicht!« Darauf ging Colin Asch jedoch nicht ein.

Das *L'Auberge* hatte einen bewachten Parkplatz, aber Colin

Asch mochte seinen Wagen dem schwarzlivrierten Parkwächter nicht anvertrauen und bestand darauf, Dorothea vor dem überdachten Eingang abzusetzen und seinen Wagen selbst zu parken. Im eher trüben romantischen Dämmerlicht drinnen stellte sich heraus, daß Colin Asch zwar einen Tisch bestellt hatte und dieser Tisch auch schon für ihn reserviert war, daß aber sein Aufzug nicht der »Kleiderordnung« entsprach – das heißt, er trug kein Jackett. Daß er Jeans anhatte, daß er keine Krawatte trug, schien nichts auszumachen – aber er trug eben keine Jacke. In der unvermuteten Zwangslage fand Dorothea nicht die Zeit, über die seltsame Tischbestellung nachzudenken, denn nun ergab sich zwischen Colin Asch und dem Oberkellner ein lebhafter Wortwechsel – größtenteils gutmütig, aber auch durchaus ernst, wie ein Tennismatch zwischen gleich starken Spielern –, in dessen Verlauf der erstere darauf beharrte, daß seine Kleidung selbst in den schicksten, exklusivsten Clubs von Manhattan als durchaus angemessen gelten würde, also warum nicht im Vorort Lathrup Farms, und der letztere einwandte, daß er die Kleidervorschrift nicht erfunden habe, aber dafür verantwortlich sei, daß sie eingehalten werde. Als Colin Asch Dorotheas mitfühlend besorgten Ausdruck sah, lenkte er sofort ein und fand sich bereit, den eintönig grauen breitschultrigen »Sakko« anzuziehen, den die Geschäftsleitung zur Verfügung stellte, obwohl er viel zu groß für ihn war und, wie er lachend sagte, nicht sein Stil. So drehte sich ihre Unterhaltung bei Tisch anfangs um die Absurdität konformistischer Verhaltensformen, die Colin Asch in blitzschnellen Gedankensprüngen mit der Inquisition und dem Holocaust und der jahrhundertelangen Unterdrückung von Frauen und der Steinigung von Sokrates in Verbindung brachte – oder war Sokrates auf andere Weise gestorben? fragte Colin, der vielleicht die bloße Andeutung eines Zukkens in ihrem Gesicht bemerkt hatte. Sie sagte: »Er bekam

Schierlingssaft zu trinken.« Und fügte hinzu, denn die Situation schien eine großartige, bündige, gedankenvolle Aussage herauszufordern: »Er starb nobel.«
»Das tat er«, sagte Colin Asch mit Nachdruck. »Das tat er ganz gewiß.«
Und dann sprachen sie – jedenfalls Colin Asch, und zwar sehr angeregt – über Shelley; über seinen Tod; über die Unwissenheit der Welt, die ihn verleumdet hatte, besonders das englische Establishment, das ihn förmlich in den Tod des Ertrinkens getrieben hatte, einen Tod, den Colin Asch für einen ebenso eindeutigen Selbstmord hielt wie den Chattertons. »Meiner Meinung nach«, sagte er emphatisch, »sind beide Selbstmorde ein Fehler: Dichter von solchem Rang haben nicht das Recht, ihr Leben vorzeitig zu beenden und ihren Feinden in die Hände zu spielen.«
Dorothea, die sich hatte überreden lassen, zusammen mit Colin Asch eine Karaffe herrlichen Rotwein zu trinken, stimmte zu und sagte: »Wer war der Dichter – ich glaube, ein moderner –, der behauptete, Selbstmord sei sinnlos, ›es passiert sowieso‹?«
Darüber lachte Colin Asch mit verständnisinniger Anerkennung, als ob sie etwas überaus Witziges gesagt hätte.
Hatte sie das vielleicht?
Obwohl Dorothea seit ihrem Umzug nach Lathrup Farms schon unzählige Male ins *L'Auberge* zum Essen eingeladen worden war, kam sie sich in dieser ostentativ »kultivierten« Atmosphäre völlig fehl am Platz vor; nicht was ihr Verhalten betraf oder ihr Äußeres (denn Dorothea trug, wenngleich zufällig, ein für die Gelegenheit absolut richtiges taubengraues Seidenwollkleid mit einem Gürtel, der ihre schlanke Taille betonte, gute Lacklederschuhe und eine Bernsteinkette, die Charles Carpenter ihr zum siebenunddreißigsten Geburtstag geschenkt hatte), sondern von ihrem Wesen her: Denn Lokale, die für ihre Anmaßung noch Ehrerbietung zu

fordern scheinen, gingen ihr zutiefst gegen den Strich; und dann hatte sie die näherliegenden Bedenken, daß Colin Asch – so rührend darauf bedacht, daß der Wein, das Essen, der Tisch, Dorotheas Platz bei Tisch einwandfrei waren – für diesen angeblich beiläufigen und improvisierten Anlaß viel zuviel Geld ausgeben würde, selbst wenn sie die Hälfte der Rechnung zahlte, worauf sie bestehen wollte. (Allmählich machte sie sich auch Sorgen, daß er es nicht zulassen würde.) Allerdings fühlte sie sich in ihrer Eitelkeit geschmeichelt, daß sie so unverhofft, an einem gewöhnlichen Wochentag *hier* war und nicht in der von Geklapper erfüllten und von Frauen wimmelnden Teestube, wo der Geschäftsführer und die Kellnerinnen sie vertraulich anlächelten und schon im voraus wußten, welche Gerichte sie bestellen würde; oder, noch schlimmer, an ihrem überladenen Schreibtisch im Institut, wo sie meist geistesabwesend Joghurt in sich hineinlöffelte oder an einem Apfel oder Croissant kaute und stirnrunzelnd über Unterlagen brütete, die Mr. Morland ihr in seiner, wie sie meinte, bis in jede Faser gespielten vorzeitigen Senilität in den Schoß gekippt hatte. Hier zumindest, in dieser eleganten Umgebung mit dem blinkenden Besteck und dem goldgeränderten Geschirr und dem melodiösen Gemurmel des Weinkellners – hatte Dorothea beim Hereinkommen nicht mehrere Bekannte erspäht, die heute auch hier aßen, darunter einen Herrn mit gewelltem Haar, der auf den ersten Blick wie das Kuratoriumsmitglied Dr. Roger Krauss aussah, der ihr inbrünstig übel wollte? – könnte man Dorothea Deverell irrtümlich für eine bedeutende Persönlichkeit halten. Denn würde sonst ein so eindrucksvoller junger Mann mit schikkem schwarzem Seidenhemd und lässigen Jeans, ein junger Mann, der weder mit ihr verwandt noch ihr in irgendeiner Weise verpflichtet war, sich ihr so interessiert und überschwenglich zuwenden? Würde er jedem ihrer Worte sonst

so aufmerksam lauschen, als ob er sie sich einzeln einprägen wollte?
Colin Asch sagte gerade: »Ich habe schon befürchtet, Dorothea, Sie würden sich nicht an mich erinnern.«
Dorothea entgegnete mit mildem Tadel: »Natürlich hab ich mich an Sie erinnert.«
»Aber in Ihrer Stellung treffen Sie doch sicher viele Leute – viele bedeutende Leute.«
»Nicht besonders viele. Und nicht durchweg bedeutende.«
»Ach, das kann ich mir kaum vorstellen!«
Colin beugte sich mit aufgestützten Ellbogen eifrig vor und betrachtete Dorothea mit ernsten, fragenden, warmen braunen Augen. Seine feingeschnittenen Züge schienen von innen zu leuchten; er lächelte viel. Er hatte sein langes blasses Haar geschickt aus der Stirn gebürstet, so daß es in weichen Wellen hinter die Ohren fiel und sich über dem Kragen kräuselte. Er hatte sich sorgfältig rasiert und mit einer milde duftenden Lotion eingerieben. Seine Fingernägel waren kurz, als wären sie abgebissen, aber peinlich sauber; am Mittelfinger seiner rechten Hand trug er einen goldenen Siegelring; eine ultramoderne Digitaluhr mit schwarzem Leuchtzifferblatt schimmerte an seinem linken Handgelenk. In der zu großen Sportjacke mit den unförmigen Schultern und den breiten Revers sah er wie ein Junge aus, der sich aus Jux mit den Sachen seines Vaters verkleidet hatte.
Während des Essens, das ohne Zwischenfälle verlief – der lächelnde junge, italienisch aussehende Kellner hatte sich von Anfang an geschickt Colin Aschs Autorität gefügt –, entspannte sich Colin zusehens, ebenso wie Dorothea. Selbst mit der Speisekarte oder dem Essen gab es kein Theater; da die vegetarischen Gerichte nicht sonderlich verlockend wirkten, bestellte Colin Asch weichschalige Krabben, wobei er bemerkte, daß er seine vegetarische Ernährungsweise bis zu einem gewissen Grade hätte umstellen

müssen, seitdem er bei Weidmanns wohnte. »Ich wollte nicht, daß Tante Ginny extra für mich besondere Gerichte kocht«, sagte er.
Eine Weile sprachen sie über Vegetarismus und Tierschutz und das philosophische Problem, welche Eigenschaften das Bewußtsein, die Persönlichkeit und das Selbst ausmachen: ob die Sprachfähigkeit die Voraussetzung für eine Definition des »Selbst« sei, wie es sich dann mit hirngeschädigten Menschen verhalte, die keine Sprache haben? Sind sie mehr »Tier« als normale Menschen? Sind Tiere, die auf Sprache reagieren oder (wie im Fall gewisser berühmt gewordener Schimpansen) Sprache tatsächlich zu benutzen lernen, »menschlicher« als diese Kranken? Dann aber – denn Colin Asch wechselte abrupt zu anderen Themen über – sprachen sie wieder über die Marin-Aquarell-Ausstellung und über »große Kunst« und ihre Wirkung auf die Seele, und welche Kunstschule Dorothea in der Gegend empfehlen würde? Colin hatte vor, sich bald zu bewerben. Er fragte nach ihrem Werdegang, ihrer Ausbildung und überlegte, ob auch er sich in Yale bewerben sollte, verwarf den Gedanken dann aber. Yale war wahrscheinlich eine genauso versnobte intellektuelle Angelegenheit wie John Hopkins, Harvard, Princeton, die auf einen heruntersahen, wenn man nicht den richtigen College-Abschluß hatte. »Der Job, den Sie haben, Dorothea«, sagte er mit einem fragenden Lächeln, »der muß fabelhaft sein. Im Brannon Institute. Tante Ginny hat mir ein bißchen davon erzählt.« Er hielt inne. »Und von Ihnen.«
Dorotheas Gesicht, das ihre Gefühle viel zu unverhüllt zeigte, hatte sich wohl in banger Erwartung schmerzlich verzogen, denn Colin Asch ergänzte mit feinfühligem Takt: »Ich meine – wie aktiv Sie sich für das Gemeinwesen einsetzen. Daß jeder Sie gern hat, daß Sie viele Freunde haben.«
Die Worte blieben sonderbar in der Luft hängen, als woll-

ten sie Dorothea herausfordern, sie zu widerlegen. Aber sie hatten viel Wahres für sich, vermutete sie. Nicht die ganze Wahrheit, aber doch viel Wahres.
Mit einem eigentümlich gepreßten Lächeln fragte sie: »Und kein Wort über mein ›tragisches‹ Leben?«
Zu Dorotheas Erleichterung ging er nicht weiter auf das Thema ein, sondern sprach in seiner mitreißenden Art von anderen Dingen, und Dorothea konnte sich das obligatorische Aufzählen persönlicher Umstände ersparen, die mit der Zeit so traurig, aber unausweichlich zu bloßen Fakten verdorrt waren – das »stürmische Liebeswerben«, die kurze Ehe, die Witwenschaft danach. Wenn sie neuen Bekannten von ihren Lebensverhältnissen erzählte – denn sie fragten unweigerlich danach, wie Dorothea nach den ihren fragte –, sah sich Dorothea in die ironische Lage versetzt, Mitgefühl, bei ihren sensibleren Zuhörern sogar Betroffenheit zu erregen, die sie selbst im Grunde nicht mehr empfinden konnte. So erwähnte Charles Carpenter bei ihren frühen, ziemlich schwindelerregenden, ziemlich ungeplanten Begegnungen fast schuldbewußt den Schock, den sie vor so vielen Jahren erlitten hatte, und wie tapfer sie gewesen sei und so weiter und so fort, wobei er sie mit einer Leidenschaft umarmte, küßte, die ebenso ehrfürchtig wie sexuell erschien, so daß Dorothea dem Impuls widerstehen mußte, mit gesunder Empörung zu sagen: »Aber Michel ist doch schon so lange tot! Du bist der Mann, den ich über alles liebe!«
Gegen Ende des Essens schien es Dorothea, daß Colin Asch schneller zu reden begann; er sprach intelligent, brillant, komisch, elektrisierend. Es war spät – fast zwei Uhr –, aber er bestand darauf, daß Dorothea ein kleines leichtes Früchtesoufflé mit ihm teilte und Kaffee oder Tee – Kräutertee? – nahm, woraufhin der lächelnde Kellner enteilte, um die Bestellung auszuführen. Als Dorothea das Thema der zu halbierenden Rechnung anzuschneiden wagte – »Sie können

sich das wirklich nicht leisten, suchen Sie nicht einen Job?« –, starrte Colin Asch sie einen Augenblick lang bestürzt, verletzt an, als habe sie etwas Unfaßliches geäußert. »Auf keinen Fall, Dorothea«, sagte er sanft. »Auf gar keinen Fall.«

Als sie das Restaurant verlassen wollten, traf Dorothea, was ihr überaus peinlich war, Roger Krauss in der ausgelassenen Gesellschaft mehrerer Männer, zweifellos Geschäftsleute wie er, und Mr. Krauss, ein gedrungener Mann Ende Fünfzig mit dichtem, dunklem Haar, das sich über den Scheitel ringelte, und durchdringenden, schlauen, boshaft vergnügten Augen, begrüßte sie nicht nur mit gespielt überschwenglicher Freundlichkeit – »Miss Deverell! Ich hab mir doch gedacht, daß Sie es waren da drinnen!« –, sondern stand auch so felsenfest vor der Garderobe, daß Dorothea nichts anderes übrigblieb, als ihn mit Colin Asch bekannt zu machen. »Colin ist Ginny Weidmanns Neffe, er bleibt eine Weile zu Besuch bei ihnen«, murmelte sie leise, obgleich es wahrlich keinen Grund für eine Erklärung gab – wahrlich nicht! Colin Asch, der gerade, das Gesicht von der Aufregung des Essens gerötet, den Reißverschluß seiner schmuddeligen Schaffelljacke zuzog, warf Krauss reflexartig ein unheimlich schönes Lächeln zu und schüttelte ihm dabei kräftig die Hand. In Begleitung seiner grinsenden Freunde (mit denen er, Dorothea wußte es, über sie gesprochen hatte) zog Mr. Krauss ab, wobei er seine flotte schwarze Astrachanmütze tief in die Stirn drückte und sagte: »Wie nett von Ihnen, Dorothea, daß *Sie* sich des Jungen annehmen!«

Eine sinnlose, aber grausame Erwiderung: grausam, weil sinnlos, und Dorothea war auf der Rückfahrt zum Institut so schweigsam, daß Colin Asch schließlich mit fast furchtsamer Stimme fragte: »Dieser Mann – ist er ein böser Mensch?«

Dorothea lachte: »Oh, eigentlich nicht böse, nur nicht besonders nett.«
»Er schien Sie ganz gut zu kennen«, sagte Colin zögernd.
Und Dorothea sagte: »Er hat mit dem Institut zu tun – er ist eins der Kuratoriumsmitglieder«, aber weil es ein so strahlend sonniger Tag war und schon die Tatsache, in Colin Aschs ansehnlichem Cutlass Calais zu fahren, eine so unschuldige Freude war, beschloß sie, nicht mehr über Roger Krauss zu sprechen oder, solange es ging, nicht einmal an ihn zu denken. Später, zu Hause, würde sie noch reichlich Zeit für Roger Krauss haben. Im Bad. Im Bett. In den verschwommenen, halluzinatorischen Stunden der Nacht, wenn sie von einer eindringlichen Stimme, im selben Zimmer wie sie, aus dem Schlaf gerissen wurde: und oft nächtelang lange Zeit steif, widerstrebend und hilflos wach lag.
Colin Asch ließ mit einem Seitenblick auf Dorothea nicht locker: »Er hat Sie aber, wie es scheint, verstimmt. Wie war der Name? Roger Krauss?«
Dorothea sagte fast fröhlich: »Er hat mich überhaupt nicht verstimmt. So leicht lasse ich mich nicht verstimmen.«
Beim Institut dankte sie Colin Asch für das elegante Mittagessen – zu teuer, wie sie gefürchtet hatte, aber köstlich. »Nun hoffe ich, daß Sie und Weidmanns bald einmal zu mir zum Essen kommen, jedenfalls noch vor Weihnachten«, sagte sie, dem jungen Mann die Hand reichend; und er sagte, ihre Hand für den Bruchteil einer Sekunde zu lange in der seinen haltend, stirnrunzelnd, mit schmollend aufgeworfenen Lippen: »Bis Weihnachten ist es noch lange hin, Dorothea.«

Dorothea Deverell lebte – anscheinend aus eigenem perversem Entschluß allein – in der Biegung einer Sackgasse, die Marten Lane hieß. An dem Weg standen nicht mehr als sechs oder sieben alte Häuser aus Ziegel- oder Naturstein, wie aus einer bröckeligen Märchenbuch-Idylle, die allerdings nicht – noch nicht – nachweisbar »historisch« war. Dorotheas Haus, das sie von einer kleinen Erbschaft gekauft hatte, als sie einunddreißig Jahre alt war, bestand aus Tuffstein; in eine der Eingangsstufen war das Datum 1878 gehauen. Jedes Stockwerk hatte zur Straßenseite zwei quadratische Fenster, mit schweren Läden, die einen frischen Anstrich brauchten; das tief heruntergezogene Dach aus schwarzen Schindeln sah aus wie eine niedrige Stirn. Die Zimmer im Erdgeschoß waren zwar groß genug, aber nicht weitläufig; die oberen Räume, drei Schlafzimmer und ein altmodisches Bad, waren eher eng. Die einzige Treppe in der Mitte des Gebäudes war schmal und steil wie in einem Bauernhaus – »Natürlich war es ursprünglich ein Landhaus«, fühlte sich Dorothea zu erklären verpflichtet, wenn Besucher kamen, die es nicht kannten. »Wahrscheinlich war es ein Bauernhof; das Gelände hier lag außerhalb der Dorfgrenzen.« Dann folgen die üblichen Ausrufe – wie reizend, wie geeignet für Sie, was hatten Sie für ein Glück, so etwas zu finden –, und Dorothea wußte, es traf alles zu. Das Ironische an der Situation war, daß sie zu der Zeit, als sie wie wild nach einem Haus suchte, beschlossen hatte, etwas für sich allein, fürs Leben zu finden; sie würde nie wieder heiraten, sich nie wieder dem Risiko (nun nicht mehr notwendig: denn war sie nicht finanziell unabhängig?) eines unsäglichen Verlustes aussetzen. Und es war Agnes Carpenter, die – damals umgänglicher und anscheinend sogar Dorothea in Grenzen gewogen – ihr von dem Haus erzählt hatte, sie gedrängt hatte, die ältere Besitzerin (eine Witwe) anzurufen, bevor es einem Grundstücksmakler offiziell zum Verkauf übergeben wurde.

Obwohl Dorotheas Haus von früheren Besitzern mit nicht geringen Kosten renoviert worden war – neue Küche, neue elektrische Anschlüsse, neue Fensterscheiben auf der Rückseite –, verströmte es noch immer eine dumpf-brütende

Feuchtigkeit, als hüteten seine Mauern düstere Geheimnisse, die kein noch so helles Licht, keine noch so heitere Innenausstattung vertreiben könnte. Und obgleich die Decken im Grunde nicht niedrig waren, sahen sie doch so aus. Wenn Dorotheas Gäste das Eßzimmer betraten, blickten sie fast immer zur Decke, und die größeren Männer zogen instinktiv die Köpfe ein. Auch Charles Carpenter blickte mit einem leisen, nervösen Lächeln zur Decke, wenn er Dorotheas Schlafzimmer betrat. Er war ein hochgewachsener Mann von ein Meter achtundachtzig, und niedrige Türen ließen ein Gefühl des Unbehagens in ihm aufkommen.

Dorotheas Lieblingsraum im Haus war trotz der mit ihm verbundenen romantischen Erinnerungen und Hoffnungen nicht ihr Schlafzimmer, sondern das um einen großen Feldstein-Kamin angelegte Wohnzimmer, das sie mit vielen verschiedenen, teils aus der Zeit ihrer Ehe stammenden, teils geerbten, teils neuerworbenen Dingen eingerichtet hatte: einem Couchtisch mit Marmorplatte und rustikalen italienischen Beinen, zwei gleichen Queen-Anne-Stühlen mit altrosa Kissen, einem unpraktisch cremefarbenen Sofa im Stil einer Chaiselongue mit zahlreichen Kissen, auf dem sie abends gern ausruhte. Auf dem Holzfußboden lag ein ausgeblichener chinesischer Teppich, der für das Zimmer zu klein war, aber das machte nichts. Herabhängende Pflanzen, Pflanzen auf Fensterbrettern, sich neigende Topfpflanzen in den Ecken. Von den vier antiken Uhren gingen drei, schlugen aber die Stunde zu unerwarteten Zeiten. Dorothea hatte diese Eigenwilligkeit gern, gab sie doch zu erkennen, daß Zeit keine Rolle spielte, sondern womöglich ein Ausdruck individueller Exzentrik war. Auf dem Couchtisch stapelten sich Zeitschriften und Bücher, denn Dorothea Deverell gehörte inzwischen zu den Leuten, die ein Buch anfangen, es beiseite legen und ein neues anfangen, auch dieses beiseite legen und wieder ein neues anfangen und so weiter, bis sich mehrere gleichzeitig auf der Umlaufbahn befinden, keins so überzeugend, daß es die anderen aus dem Feld schlagen könnte, aber auch keins so unerheblich, daß es ad acta gelegt oder weggeworfen würde. Seit ihrer Mädchenzeit hatte Dorothea das undeutliche Gefühl, daß ein Buch – zumindest ein ernstzunehmendes Buch – zu öffnen bedeutet, freiwillig eine Art Vertragsverhältnis mit dem Autor einzugehen: Man mußte bis zum Schluß dabeibleiben oder sich jedenfalls anstandshalber darum bemühen. Auch las sie mit einer beinahe inbrünstigen Konzentration, einer tastenden Intensität wie auf der Jagd nach vergänglichen, lebensverändernden Wahrheiten oder geisterhaften Bildern ihrer Selbst, die in fernen Spiegeln unbekannter Räume aufschienen. Und als sie an jenem Abend in ihrem schon schäbigen Kaschmirmorgenmantel zusammengerollt auf dem Sofa lag, auf dem Schoß die Taschenbuchausgabe von Shelleys *Ausgewählten Gedichten,* fand sie zu ihrer alten Liebesaffäre mit dem Lesen zurück. Sie las, wobei sie hin und wieder innehielt, um sich den so unerwarteten Tagesausflug ins Gedächtnis zu rufen und sich über Ginnys jungen Neffen Gedanken zu machen, der ihn orchestriert – ja (im Hinblick auf die ohne Dorotheas Wissen vorgenommene Reservierung) arrangiert hatte. Seine Gegenwart hatte Dorothea abwechselnd bezaubert und überwältigt; nun fühlte sie sich leicht verwirrt, wie unter der Nachwirkung von zuviel zu früh am Tag genossenem Wein. Colin Aschs flammend intensives Wesen war bewundernswert, aber auch anstrengend: Sie wollte ihn nicht so bald oder nicht zu häufig wiedersehen – den Rest des Nachmittags im Institut hatte sie erschöpft mit Kopfschmerzen hinter sich gebracht, als ob die anderthalb Stunden im abgedunkelten Restaurant ihr bei aller Stärkung die Lebenskraft entzogen hätten. (Denn das Essen war wirklich köstlich gewesen und ließ kein Bedürfnis in ihr aufkommen, jetzt am Abend noch etwas zu sich zu nehmen.) Irgendwann auf der

Rückfahrt zum Institut hatte Colin Asch entschuldigend gesagt, er hoffe, er habe nicht zuviel gesprochen und sie zu oft unterbrochen – es sei eine alte Angewohnheit von ihm, aber nur in Gegenwart bestimmter Menschen. Die meiste Zeit sei er allein und schweige, hatte er gesagt, und dieses Schweigen liefe über – »überlaufen«, den Ausdruck hatte er gebraucht – in die Zeit, die er mit anderen Leuten verbringe; wenn er jedoch mit bestimmten Menschen zusammen sei, passiere irgend etwas. »Ich glaube, ich bin einfach einsam. Und sehne mich nach einem richtigen Freund.« Darauf hatte Dorothea nicht eingehen wollen. Sie hatte irgendwas gemurmelt, seine Tante habe ihr erzählt, er hätte eine Menge Freunde – hatte ihn diese junge Frau Hartley Evans nicht angerufen? –, aber darauf mochte Colin Asch wiederum nicht eingehen, als verdiene es ihre Aufmerksamkeit nicht oder als habe er selber sich darüber keine großen Gedanken gemacht.
Wie viele stille, intelligente, introvertierte Menschen hielt sich Dorothea Deverell einiges auf ihre Fähigkeit zugute, sich und andere analysieren zu können. Nicht daß sie sich mit dieser Fähigkeit nach außen Geltung verschafft hätte, aber sie konnte in Zeiten wie dieser Trost in ihr finden, denn ihr schien, daß das Rätsel Colin Asch – Ginny Weidmann hatte ihn als ein »Geheimnis« bezeichnet, aber das war doch wohl eine Übertreibung? – logisch gelöst werden könne, wenn sie sich damit befaßte. Zunächst einmal war die sicherlich vorübergehende Vorliebe eines jungen Mannes für sie die eines Sohnes für seine Mutter. (Es hätte Dorothea nicht im mindesten überrascht, wenn sie der seit langem verstorbenen Mrs. Asch ähnelte. Sie würde Ginny bitten, ihr Fotos zu zeigen.) Das Entscheidende war freilich nicht, daß Colin Asch Waise war – schließlich gibt es viele Waisen –, sondern daß er ein außergewöhnlicher Mensch war: begabt mit einem blitzschnellen Verstand, einer scharfen, wenngleich sprunghaften Intelligenz, einer lebhaften, unermüdlichen

Neugier und einer bei jungen Leuten selten vorkommenden Achtung vor den Gefühlen anderer, die zuweilen fast krankhaft gesteigert schien. Er hatte Dorotheas Gesicht genau betrachtet, fast gierig angestarrt hatte er sie – wie ein Säugling, der die Gesichter der Erwachsenen über ihm anstarrt, von der Natur mit neurologischen Mechanismen ausgestattet, die mit der Zeit das Dechiffrieren dieser bizarren Äußerungen erlauben, allerdings erst mit der Zeit.
Wie anstrengend ist doch solche Sympathie, dachte Dorothea. Ihr ungestümer junger Begleiter hatte mehrmals und meistens erfolgreich versucht, ihre Gedanken zu erraten.
Wie Dorothea Deverell selbst mußte sich Colin Asch, wenn auch auf extremere Weise, erst noch auf das Leben »einlassen«. Man konnte es in seinem freimütigen, unschuldigen, offenen Blick erkennen, bevor er den Mund aufmachte, um etwas zu sagen. Er hatte keinen Beruf, und seine Aussichten waren unstrukturiert wie die eines intelligenten Fünfzehnjährigen. Zu vieles reizte, ja begeisterte ihn. Ein junger Mann mit seinen Talenten, der seine Zeit damit zubrachte, ziellos im Land herumzufahren und bei Verwandten hereinzuschauen oder mit dem Rucksack quer durch Europa oder Nordafrika zu ziehen – es war ersichtlich, daß niemand ihn an die Hand genommen, niemand ihn gezwungen hatte, sich der Mühe des Erwachsenwerdens zu unterziehen. Vielleicht war es schon bewundernswert, daß er sich nach einem Job umsah – Ginny Weidmann fand das anscheinend –, aber für welchen Job eignete er sich? Sein zugleich ausweichendes und harmloses Gerede über sich selbst an diesem Tag hatte gezeigt, daß er noch nie einen Studiengang abgeschlossen, keinen akademischen Grad erworben hatte. Die Kunstschule war wohl das jämmerlichste Hirngespinst überhaupt.
Dorothea erkannte, daß wie sie selbst auch Colin Asch an einem verhängnisvollen Mangel an Kraft, Antrieb, Ehrgeiz litt. Nicht zuviel, sondern zuwenig Selbstbewußtsein war

das Problem. Er war ein junger Mann, der sich bei Parkwächtern und Kellnern durchsetzen konnte, dem es aber nicht gelungen war, sich im Leben durchzusetzen. Eine stürmische, unerschlossene Energie wie Shelleys Westwind schien ihn umzutreiben, und Dorothea war bei seinem unbedachten Gebrauch des Wortes »böse« leicht zusammengezuckt – auch wenn sie bezweifelte, daß er es in einem wortwörtlichen Sinne meinte. Es war ein Kinderwort, und es war ihm auf kindliche Weise entschlüpft. Aber, sagte sich Dorothea abschließend, er hatte es nicht so gemeint – er war ihr zu ähnlich.

Als Charles Carpenter an diesem Abend anrief (an der Unbefangenheit seiner Stimme erkannte Dorothea, daß er nicht zu Hause, sondern in seinem Büro in Boston oder vielleicht an einem neutralen Ort war) und sich nach Dorotheas Tagesablauf erkundigte, erzählte sie ihm nichts von Colin Asch, weil sie annahm, der kleine Ausflug würde sich doch nicht wiederholen, dagegen erzählte sie ihm, daß sie gemütlich auf dem Sofa läge, in einem angegilbten Taschenbuch aus ihrer Bryn-Mawr-Zeit läse und sich pudelwohl fühle, fast überglücklich sei; und was er von diesen Versen hielte:

Sei du mein Selbst, treib, die wie tot verschallen

Wie Blätter, die du welk vom Baume reißt,
Meine Gedanken wirbelnd übers Land,
Neu sie zu wecken. Wie mein Vers es weist,

Streu aus die Asche aus des Herdes Brand,
Mein Wort gleich Funken aus des Feuers Kern,
Posaune sei durch meiner Lippen Band,

Der Erde künde, Wind, der Hoffnung Stern.
Ist denn, wo Winter herrscht, der Frühling fern?*

»Ist das nicht schön?« fragte Dorothea etwas atemlos. »Wir nehmen Shelley so selbstverständlich hin.«
»Ja. Schön«, sagte Charles Carpenter.

* Percy Bysshe Shelley, »Ode an den Westwind«. Deutsch von Uwe Grüning. In: Ausgewählte Werke. Dichtung und Prosa. Leipzig 1985.

4

»Schön.«

Weißlich entströmte Colin Asch der Atem, ein blutwarmer Dampf, der sofort kalt wurde. Fast direkt über ihm schien der Vollmond: knochenweiß, stark wie ein Leuchtfeuer, das seinen Augen angenehm weh tat. Mondsüchtig: was bedeutete das? Gab es das wirklich, war es eine wissenschaftlich begründete Tatsache oder ein archaischer Aberglaube? *Ich war mondsüchtig* sollte Colin hinterher in sein Blaues Kontobuch eintragen, nicht eintragen aber sollte er seine nervöse Erregung, sein hoffnungsvolles Lächeln, als er das schwere Fernglas noch einmal an die Augen hob. *Nicht schuldig:* MONDSÜCHTIG.

Drinnen, im warmen Licht des Hauses, etwa fünfzehn bis achtzehn Meter von Colin Aschs geschütztem Standort unter einer verschneiten Douglastanne entfernt, lag sie, die sich in aller Unschuld unbeobachtet wähnte, zusammengerollt auf dem Sofa. Aus ihrer Stellung, den unter den Saum ihres schönen grünen Morgenrocks gesteckten bloßen Füßen, dem unter die Schultern geschobenen Kissen schloß Colin Asch, daß dies eine vertraute Lage, ein Lieblingsplatz war:

Niemand hatte Dorothea Deverell je auf diese Weise gesehen, noch hatte sie sich selber je so gesehen.

Gerade hatte das Telefon geläutet, und Dorothea Deverell hatte sich auf die linke Schulter gestützt und wickelte sich die gedrehte Telefonschnur ... nervös? glücklich? ... um die Finger der rechten Hand. Colin fragte sich, mit wem sie wohl sprechen mochte, aber es war wirklich nur eine Überlegung, keine Eifersucht, denn es machte ihn glücklich, daß

sie glücklich war, wenn das, was er auf ihrem Gesicht wahrnahm, ein Zeichen des Glücks war.
Es war nicht das erste Mal, daß Colin Asch sich so geschickt aufgestellt hatte, daß er Dorothea Deverell unbeobachtet beobachten konnte, aber es war das erste Mal, daß er ihr Grundstück betreten hatte, das erste Mal, daß er ihr in ihrer häuslichen Zuflucht zuschaute, *wo sie in dieser Nacht doppelt sicher war*, geschützt durch die Mauern des Hauses und ihren Freund draußen. Darum fühlte er sich nicht oder kaum schuldig. Er nahm an, daß Dorothea Deverell, falls sie eine Ahnung von seiner Anwesenheit hätte, die Haustür aufreißen und ihm zurufen würde: Colin, sind Sie es? Colin? Warum stehen Sie draußen in der Kälte, warum kommen Sie nicht herein ...?
Er konnte sich ihre Stimme vorstellen, diese lieblich ansteigende, glockenhelle Stimme.
Aber natürlich sprach sie immer noch ins Telefon, immer noch so gemütlich auf dem Sofa zusammengerollt, mit dem im Lampenlicht glänzenden mahagonidunklen Haar, der wie Alabaster schimmernden blassen Haut, denn selbst wenn Dorothea Deverell eines Tages vermuten sollte, daß Colin Asch sie wie jetzt privat oder auch in der Öffentlichkeit beobachtete, würde sie als geborene Dame Colin nie wissen lassen, daß sie wußte, daß er wußte ... denn das Besondere zwischen ihnen war eben dies: daß beide »wußten«, obgleich sie sich den Anschein gaben, nicht zu »wissen«. Denn wenn dieses Wissen zu direkt offenkundig wurde, konnte es alles zerstören, das Heilige des Einverständnisses ... wie beim Theaterspielen, wo man gleichzeitig »spielt« und sich des Publikums und seiner Selbst bewußt ist, daher die Gefahr, ganze Dialogpassagen zu vergessen und das Stück selbst vorzeitig abzubrechen.
Aber sie wußte. Etwa nicht? Sie wußte – irgendwie. Wie auch Colin Asch sofort gewußt hatte. Vor Wochen. Der er-

ste Blickaustausch, das erschrockene Wiedererkennen. *Seelengefährte* war Shelleys Wort dafür, *Seelengefährte* das Dichterwort. Es sind die Augen, durch die sich die Seele am Anfang zu erkennen gibt, während die Worte nur tastend, unzureichend folgen können.

Und jener Tag – die Zeit zusammen. Als sie so freundlich, so verständnisvoll zugehört hatte. Ihr Lächeln, ihre warmen, intelligenten Augen, ihre kleine Hand warm und trocken in seiner, ja, danke, vielen Dank, es war eine herrliche Überraschung, obwohl er einsah, daß er sie auch etwas geängstigt hatte; in Zukunft mußte er darauf achten, sie nicht zu sehr zu bedrängen.

Zuviel geredet, Arschloch. Reg dich ab.

Ich glaube, ich bin einfach einsam. Sehne mich nach einem Freund.

Danach war er lange Zeit verschreckt und aufgeregt, hatte dauernd Wasser in den Augen, die Tränen rannen ihm übers Gesicht, und sein Puls pochte, schneller als ihm lieb war, als ob er unwissentlich irgendwas geschluckt oder ohne sein Wissen oder seine ausdrückliche Einwilligung eine intravenöse Injektion bekommen hätte. Fuhr mit dem Olds durch Straßen, die er nicht kannte, eine Zeitlang auf der Schnellstraße nach Westen, lachte, sprach vor sich hin, sang eine Weile Strophen aus Kirchenliedern seiner Knabenchor-Zeit vor dem Stimmbruch (»Komm, o heiliger Erlöser« war das, was er noch am besten konnte), jener Zeit (Jahre her), die Colin Asch nun fern und gleichgültig war wie eine Szene auf einer Fotografie oder auf der anderen Seite des Flusses, man kann sie anschauen, sogar hören, ohne vom Gefühl oder vom Begehren befleckt zu werden; es sind ja nur andere Leute, und sie haben nichts mit einem zu tun. Gegen Abend, als die Straßenbeleuchtung anging – *wie er diesen Augenblick liebte! Wie der Ur-Augenblick der Schöpfung!* –, stabilisierte sich sein Zustand; er war in der Lage, H. E. zu treffen, wie sie es bei Luigis in der Nähe vom Fernsehstudio verabredet hatten, und sie hatte gute Nachrichten über den Job für ihn, weswegen er das Vorstellungsgespräch gehabt hatte, obgleich sie zuerst eingeschnappt und mißmutig war, weil er aus unschuldiger Vergeßlichkeit, nicht aus Berechnung, bereits mit fast einer halben Stunde Verspätung kam, aber er war so süß, entschuldigte sich so inständig, daß sie ihm natürlich verzieh, und sie gingen zu ihr nach Hause, und Colin Asch bumste mit ihr, und das stabilisierte ihn noch ein bißchen mehr, *Du bist so schön Himmel ich bin verrückt nach dir kann nicht genug von dir kriegen lieb dich lieb dich lieb dich Baby*, so aufrichtig und fast flehentlich, als ob er Angst vor ihr hätte, vor der Macht, die sie über ihn gewinnen könnte, wo doch sein Hirn die ganze Zeit schnell und glatt wie eine Maschine arbeitete, und er erklärte, daß er nicht über Nacht bleiben könne, weil seine Tante und sein Onkel ihn erwarteten und er schon spät dran sei. So kam es, daß er kurz nach zehn Uhr abends wegging, er küßte sie am Aufzug, wobei er den Arm so fest um ihren Kopf schlang, daß sie vor Schmerz zusammenzuckte und ihre Münder aufeinanderprallten, Zungenlutschen wie's nicht besser ging, *O Liebling ich ruf dich morgen an versuch dich morgen zu sehen wenn ich so lange warten kann*, wischte sich im runterfahrenden Aufzug Lippenstift und Speichel vom Mund, aber er mochte sie, mochte sie wirklich, sie hatte Wort gehalten, ihm geholfen, er würde den Job bekommen, *Colin Aschs erster Schritt ins Fernsehgeschäft*, aber er mußte noch ein etwas höheres Gehalt durchsetzen, als Taxikurier hatte er schon mehr verdient und noch viel mehr vor ein paar Jahren als Arbeiter auf einer Bohrinsel im Golf von Mexiko. »Haben Sie das ernst gemeint mit dem Gehalt?« würde er mit seinem lieben skeptischen Lächeln fragen; dann würde er mit einem sanften kleinen Lachen sagen: »Na ja – haben Sie wohl.« Er stieg in den Olds und fuhr nach Lathrup

Farms, parkte im Dunkel der Einfahrt zur Marten Lane, wo so leicht niemand den Wagen bemerken würde, durchquerte dann schräg mehrere Nachbargrundstücke von Marten Lane 33, wo Dorothea Deverell wohnte – schöne, leicht verschneite Bäume, und die Rückseiten der Häuser den Blicken wie aufgesägte Schädel preisgegeben: toll! –, doch ging er kein unnötiges Risiko ein, nicht jetzt, das war jetzt nicht angebracht, die Augen im Dunkeln erweitert und die Sinne geschärft wie ein von Feinden umstelltes Wildtier, bis er die Rückseite von Dorothea Deverells Tuffsteinhaus erreicht hatte, wo er noch nie zuvor gewesen war (obwohl er bei Tage, als sie, wie er wußte, nicht zu Hause war, zweimal vorn vorbeigegangen war, nur um mit den Augen alles in sich aufzunehmen), stand geduckt im Schutz eines Nadelbaums und hob das Fernglas zitternd an die Augen. Und da war sie plötzlich. Da – war sie.

Sie lag auf dem cremefarbigen Sofa, Kissen um sie herum, leuchtendgrünes Gewand, hervorlugende bloße Zehen, ganz vertieft in das Buch, das sie las – mit freudiger Erregung erkannte er Shelleys *Ausgewählte Gedichte*: sein Buch! Natürlich wußte sie nichts von ihm. Spürte nicht die Gegenwart eines Fremden. Er wollte nur ein paar Minuten bleiben, dann so still weggehen, wie er gekommen war, denn um keinen Preis der Welt wollte Colin Asch Dorothea Deverell erschrecken oder ärgern oder in Verlegenheit bringen: »Eher würde ich mir eine Kugel in den Kopf jagen.«

Im grellen, wenig schmeichelhaften Mittagssonnenschein war Dorothea Deverell Colin Aschs scharfem Auge nicht ganz so schön erschienen, wie er sie von jenem Abend in Erinnerung hatte, als er sie zuerst gesehen, und dem Konzertnachmittag, als er sie durch seine magische Rauchglasbrille betrachtet hatte, doch jetzt bei Lampenlicht war die jugendliche Schönheit der Frau wiederhergestellt. Alabasterglatte Haut, die Augen so tiefdunkel, daß sie fast schwarz

wirkten... die Wölbung der Stirn und der schmale Bogen der Nase... die vollkommenen, leicht geschürzten (feuchten?) Lippen. Während sie in Shelleys Gedichten las, formte sie die Worte wie eine Melodie. Sie las die Gedichte, als ob sie auf diese Weise Colin Asch lesen würde.
Kein lebendiges Gesicht, sondern das gemeißelte Antlitz der heiligen Teresa. Der italienische Bildhauer Bernini. War es Bernini? Das vollkommene Gesicht – war es die heilige Theresia? –, erhoben in träumerischer Ekstase, schläfrig schwere Lider, und vor ihr stand ein lächelnder Engel mit goldenem Speer, noch gerade daran gehindert, ihr Herz mit der Waffe zu durchbohren – oder war es Leonardo? Colin Asch war jetzt erregt, *machte aber keinen Versuch, sich zu berühren, denn er wollte den Augenblick nicht entweihen.*
Mondsüchtig.
Er senkte das Fernglas, um die erstarrten Unterarme zu entspannen, hob es dann wieder an die Augen. Ein altmodisch schweres, aber gutes Fernglas: Er hatte es beim Herumstöbern in Weidmanns Keller angestaubt auf einem Bord zusammen mit alten zerfransten Tennisschlägern, solche mit dem Holzrahmen, gefunden. Wenn er seine Tante oder seinen Onkel gebeten hätte, das Fernglas benutzen zu dürfen, hätten sie natürlich ja gesagt, aber er war zu schlau, zu fragen: nie mehr Gefälligkeiten als nötig erbitten. Einfach nehmen. *Und den Mund halten.* (Colin hatte vor, das Fernglas ebenso unauffällig zurückzulegen, wie er die Brillantohrringe und die Onyxmanschettenknöpfe zurückgelegt hatte, als er sich entschloß, als Gast bei Weidmanns zu bleiben... allerdings hatte er sich die Mühe erspart, das Geld in Tante Ginnys Portemonnaie zurückzutun, weil er wußte, die reiche Hexe würde das bißchen Kleingeld doch nicht vermissen, hatte sie auch nicht, und selbst wenn, würde sie es wagen, ihn offen ins Gesicht zu beschuldigen... *ihn*?)
Drinnen hatte das Telefongespräch eine neue Dringlichkeit

angenommen. Dorothea Deverell wickelte die Schnur nicht mehr um die Finger, sondern gestikulierte mit der Hand, aufrecht sitzend, angespannt sprechend, stirnrunzelnd und lächelnd, sogar nickend, wobei sie, vor innerer Bewegung eine Grimasse schneidend, die Zähne entblößte. Was sagte sie bloß? War es ein Streit? Plötzlich ging Colin Asch auf, wie pervers die Situation war: Denn Dorothea Deverell fuhr mit der Hand emphatisch durch die Luft, verhielt sich, wie es Menschen in solchen Fällen tun, als ob der Gesprächspartner am anderen Ende der Leitung sie sehen könnte, wohl wissend natürlich, daß er (oder sie) es nicht konnte, während sie doch gleichzeitig ohne ihr Wissen *durch ein Fernglas beobachtet wurde*. Und zum ersten Mal überschwemmte Colin Asch eine Woge der Schuld, der Scham. Denn er hatte sich gegenüber der Frau, die er von allen am meisten bewunderte, einen Vorteil verschafft, und er konnte sich nicht einreden, daß ihr das gefallen hätte – o nein!

Dennoch setzte er das Fernglas nicht ab. Es war spät – fast Mitternacht. Der weißlich grelle Mond über ihm hatte seine Stellung verändert. Als ob sie Colins Gegenwart spürte, blickte Dorothea nach oben, starrte mit sorgenvoll gerunzelter Stirn zum Fenster – aber er wußte, sie konnte ihn nicht sehen; er war zu weit weg und verdeckt; und ohnehin spiegelte die Fensterscheibe eines erleuchteten Zimmers in der Nacht nur das Innere des Raums wider. Dorothea fuhr sich in plötzlicher Ungeduld mit den Fingern durchs Haar, eine Geste, die Colin untypisch für sie fand. Fing sie an zu weinen? Lachte sie? Eine nicht zu deutende Gefühlsaufwallung huschte über ihr Gesicht. *Was sagte sie bloß? Zu wem sagte sie es? Und so spät. Zu einem Liebhaber? Hatte Dorothea Deverell einen Liebhaber?*

Colin Asch trat einen Schritt zurück, als ob jemand ihn geschoben hätte.

»Das hätte ich nicht gern.«

Es war nicht das erste Mal in Colin Aschs Leben, daß er, ohne Widerstand leisten zu können, in die Einflußsphäre (so sah er es und so beschrieb er es im Blauen Kontobuch) des weiblichen Geschlechts geriet. Denn viele Jahre vor Dorothea Deverell war da ein Sommer gewesen, als Colin Asch, dreizehn Jahre alt, bei Verwandten wohnte und mit ihnen zu ihrer Ranch in Wyoming fuhr, wo eine Frau namens Mindy – oder hieß sie Mandy? – lebte, die junge blonde Ehefrau eines Ranchers aus der Nachbarschaft, mit denen Colins Verwandte befreundet waren, und diese Frau brachte Colin das Reiten bei, und diese Frau sah in Colins Gesicht etwas, das kein anderer sehen wollte. Zu schade, daß du nicht mein kleiner Junge bist, pflegte sie im Scherz zu sagen, strich ihm durchs Haar, haute ihn auf den Arm, wie das Jungen untereinander tun, aber sie hatte selber Kinder, reitende lautstarke Kinder, die Colin Asch haßten, und in jenem Sommer war er ihr mit seinen weit offenen schlaflosen Augen gefolgt und mehrmals vor Sonnenaufgang bei ihrem Haus entdeckt worden, wo zu sein er weder einen Grund noch ein Recht hatte, und deshalb wurden gemeine Witze gerissen, und sie kam nicht mehr vorbei, und Colin wußte, daß sie alle hinter seinem Rücken redeten; also nahm er vor der Abreise Ende August Rache, und obwohl niemand beweisen konnte, daß Colin Asch das Feuer gelegt hatte, schienen es alle zu wissen; so begann er, Mindy (oder hieß sie Mandy – er haßte sogar ihren Namen) und die Familie zu hassen, bei der er gewohnt hatte und deren Namen er nie in das Blaue Kontobuch eintrug. Und in der Monmouth Academy gab es Mrs. Kendrich, die Frau des Hausgeistlichen, die sich von Anfang an seiner angenommen, ihm Bücher zu lesen gegeben und ihm angeboten hatte, seine Gedichte zu beurteilen, und mit ihm gebetet hatte, und als die Gerüchte über den Geheimzirkel des Schulleiters die Runde machten, war es Mrs. Kendrich, die zu Mr. Kreuzer ging; so kam es zur Verbitterung zwischen ihnen und zu Unstimmigkeiten in der Schule... und in der Nacht, als Colin Asch die Leiche in den blutigen Bettüchern entdeckte und barfuß in den Schnee lief, war es Mrs. Kendrich, die ihn fand... die ihm das Leben rettete. Und bei der gerichtlichen Untersuchung hatte sie sich vor ihn gestellt.

Und dann gab es noch ein oder zwei andere im Blauen Kontobuch aufgeführte Frauen – nicht mehr. Im Lauf von fünfzehn Jahren nicht mehr. Und keine der Frauen war so wundervoll wie Dorothea Deverell gewesen: keine so schön, keine so gut erzogen und damenhaft, so kultiviert und auch so intelligent – *denn Dorothea Deverell konnte es intellektuell mit jedem Mann aufnehmen.* (Nur durch Zufall, durch eine Bemerkung seiner Tante hatte Colin erfahren, daß Dorothea die Verfasserin von drei kleinen Kunstbüchern war: Bildmonographien über die amerikanischen Künstler Isabel Bishop, Charles Demuth und Arthur Dove! Natürlich war sie zu bescheiden, sie Colin gegenüber zu erwähnen, als er sie nach ihrer Arbeit gefragt hatte.)

> Und sie ist Erbin. Wird eines Tages (vielleicht) noch mehr erben.
> Und sie ist von jedem Manne unabhängig.
> Und sie ist rein. Und gut. Und maßt sich doch kein Urteil an.
> Von dem einen Zehntel des einen Prozents der Weltbevölkerung, das abseits steht, ist sie eine von uns – und spricht doch sanft und voller Mitgefühl.
> Ihr Einfluß ist so fühlbar wie der des Mondes auf die Gezeiten, doch ist es ein Einfluß, der Frieden, Ruhe, Liebe, Hingabe bedeutet. Nicht die wild schäumende Brandung, sondern das sanfte Plätschern am Strand, wie das Nahen des Schlafs. Wie die Freude des Blauen Zimmers – kein Geräusch, keine Schatten! Keine Schwerkraft!

So trug es Colin Asch, um vier Uhr morgens hellwach auf seinem Bett sitzend, in das Kontobuch ein und schrieb und schrieb ... dic Feder eilte ohne Rücksicht auf Linien, Ränder, rote Spalten wie verzückt über die Seite. (Das Kontobuch, das er sich in der Monmouth Academy aus einem Wandschrank mit Büromaterial angeeignet hatte, war ein Rechnungsbuch unhandlicher Größe mit einem durch jahrelangen Gebrauch schwer ramponierten und fleckigen Einband aus fester Pappe. Im vorderen Teil fehlten Seiten, die achtlos herausgerissen waren. Verschiedene Handschriften in unterschiedlicher, hauptsächlich blauer, aber auch grüner, roter, lila und purpurfarbener Tinte bedeckten weitere Seiten; durchsichtige Klebestreifen hielten beim Ausradieren entstandene Risse zusammen; einzelne Abschnitte waren so sorgfältig ausgestrichen, daß *nicht einmal Colin Asch selber sie hätte entziffern können*. In den letzten sechs Jahren oder so hatte Colin konsequent denselben Code benutzt, davor hatte er jedoch andere, viel kniffligere Chiffrierungen verwendet. Wenn er sich frühere Eintragungen ansah, war er daher oft völlig ratlos, obwohl er nie daran zweifelte, daß er sein sinnreiches System knacken könnte, wenn er die Zeit und Geduld aufbrächte, sich darüber den Kopf zu zerbrechen!) Wie jemand, der mit einer Eierpyramide in den Händen läuft, atemberaubend schönen exotischen Eiern, er sah sie vor sich, aquamarinblaue Rotkehlcheneier, aber größer, vielleicht angemalte Ostereier, wie jemand, dem etwas Schönes von exquisiter Zerbrechlichkeit anvertraut ist, mußte er unbedingt ein Wunder festhalten, *ihm anvertraute Visionen und Offenbarungen für immer schriftlich niederlegen*, die sich ausschließlich auf Dorothea Deverell bezogen und nicht das geringste mit dem zu tun hatten, was anderen so gut gefiel – etwa die vielen Vorstellungsgespräche, die Colin Asch in den vergangenen zwei Wochen geführt hatte, man hatte ihm mehrere Angebote gemacht, ausgezeichnete Angebote darunter, *denn der junge Mann haute interessierte Arbeitgeber durch seine Erscheinung sein Auftreten seine Intel-*

ligenz Sensibilität seinen vielseitigen Werdegang und seine Lebenserfahrung vor allem durch seine Redegewandtheit und intuitive Einfühlungsgabe einfach um, und schließlich hatte er sich entschlossen, die Stellung bei WWBC-TV anzunehmen, obwohl das Anfangsgehalt bescheiden war und Colin Aschs Umzug in eine eigene Wohnung eine Zeitlang verzögern könnte. Wie aufregend, Liebes, wie schön, hatte Tante Ginny gesagt und dabei innig seine Hände ergriffen; man konnte die Zuneigung in den Augen der Alten sehen, Tante Ginny war einer der wenigen Menschen auf diesem beschissenen Planeten, denen was an ihm lag, und er wußte, er konnte sich auf sie verlassen, wenn es mit Martin Weidmann haarig werden würde – und Colin Aschs Wahrnehmungsfähigkeit steigerte sich in solchen Fällen bis zur n-ten Potenz. *Ihr Wichser könnt ja mal versuchen, diesem Jungen was in die Schuhe zu schieben* –, er wußte, Tante Ginny würde ihn in Schutz nehmen, seine Partei ergreifen, denn dazu würde es doch kommen, wenn man unter solchen Umständen so eng wie eine Familie zusammenlebte, auch wenn Weidmanns vernünftig genug gewesen waren, Colin einen eigenen Schlüssel zu geben, und ihn völlig in Ruhe ließen, am Ende kam es trotzdem immer dazu: eine Frau, die Colin Asch tapfer gegen einen Verleumder oder einen Feind verteidigte.
»Arschlöcher.«
Und dann, einen Augenblick später, weil das derbe Wort absonderlich in der Luft hing: »Aber jetzt ist alles anders.«

Es traf zu: Colin Asch hatte einen Job beim Fernsehen. Er hatte in der Talk-Show – Dave Slatterys *Auf Zack sein* – so charismatisch gewirkt, daß die Anrufe im Studio, wie Hartley sagte, fünf zu eins für ihn standen, was »phantastisch« und »noch nie dagewesen« sei, weil Slattery ein überwiegend konservatives, wenn nicht reaktionäres Fernsehpublikum hatte und alles tat, um die Leute vor der Kamera aufs Glatteis zu führen, aber Colin hatte gutmütig-lächelnd-ruhig Haltung bewahrt, während er immer daran dachte, in die Kamera mit dem roten Licht zu blicken, *um mit den unsichtbaren Zuschauern Augenkontakt herzustellen;* auf diese Weise hatte er, wie es schien, sogar dem unwirschen Slattery Respekt abgenötigt – so daß Zuschauer, die man nicht gerade als tolerant gegenüber abwegigen Ideen wie Vegetarismus und Tierschutz bezeichnen konnte, von Colin Aschs langem, glänzendem, blaßblondem Jesushaar ganz abgesehen, regelrecht auf ihn abgefahren waren, wie Hartley Evans sagte. Und sie sagte auch jedes Mal, wenn sie Colin einem ihrer Kollegen vorstellte: »Der ist ein Fernseh-Naturtalent.« Und Hartley Evans' Kollegen hatten Colin Asch tatsächlich sehr gern. Schüttelten ihm herzlich und aufrichtig die Hand. Gratulierten ihm. Ein paar Tage später führte der Abteilungsleiter im Studio bei einem Kaffee in Styroporbechern ganz beiläufig ein Vorstellungsgespräch mit ihm; ja, es gäbe eine freie Stelle, so eine Art Assistent des Assistenten, man könnte es ein Praktikum nennen, kein großes Gehalt am Anfang, aber »zweifellos mit Zukunft«, und Colin erzählte ihm von seinen Deutschland-Erfahrungen und auch von einem Job, den er bei einem kleinen Fernsehsender in Galveston, Texas, gehabt hätte, klar, er könne Referenzen beibringen, wenn das nötig sei, wenn das nicht zu zeitaufwendig sei – »wissen Sie, mir liegt daran, endlich *anzufangen*«. Der Abteilungsleiter tat die Sache mit den Referenzen in diesem Fall mit einem Achselzucken ab, der Job wäre schließlich eine Art Volontärstelle, ein Händedruck und es war abgemacht, und Hartley Evans schlang hinterher den Arm um seinen Hals, schnüffelte an seinem Mund und biß ihm auf die Unterlippe, spielte mit den Fingern in seinem Haar, als ob sie das Recht dazu hätte, aber Colin war freudetrunken und ließ es zu, ließ alles zu, was sie wollte, kindlich passiv, wie Wachs in ihren Händen, bis es natürlich an der Zeit für ihn war, seine Überlegenheit zu beweisen, zwischen ihren Beinen in sie einzudringen, »Liebe zu machen«, wie man das nannte – während sein Geist frei schwebend seinem Körper entglitt, der sich zwischen den dicklichen weißen Schenkeln abmühte, die sich in immer wilderem Rhythmus öffneten und schlossen, bis es mit einem Schrei (Colin Asch hätte nicht sagen können, ob er aus ihrer Kehle kam oder aus seiner) vorüber war und er eine Stunde später, so schien es ihm, obwohl es in Wirklichkeit bereits am nächsten Vormittag gewesen sein mußte, eine Stippvisite in dem alten restaurierten Tudorlandhaus, also dem Brannon Institute, machte, nur um Dorothea Deverell ruhig, aber stolz mitzuteilen, daß er einen Job beim WWBC-Fernsehen mitten in Boston hätte – »wahrscheinlich bin ich in etwa sechs Monaten auf dem Bildschirm« –, wobei sein Gesicht über ihr *glückstrahlendes Gesicht* bei dieser guten Nachricht vor Glück strahlte. Er war etwas enttäuscht, als sie zugab, sie hätte die Talk-Show nicht gesehen, sie sähe selten fern, sagte sie, aber sie war sichtlich beeindruckt von der neuen Stellung, von der Bedeutung, die sie für Colin Aschs Zukunft im Medienbereich hatte; er hörte sich aufgeregt sagen, daß »die elektronischen Medien die Seele Amerikas, die Kollektivseele« seien, was Dorothea Deverell mit verblüffter Zustimmung quittierte, und obwohl er sich vorgenommen hatte, von ihren Büchern zu sprechen – daß er beabsichtigte, sie zu kaufen, zu lesen, zu diskutieren, bisher hätte er aus Zeitmangel nur die bei seiner Tante vorhandenen Exemplare durchblättern können, es wäre einfach toll! die vielen Vorstellungsgespräche, die vielen Telefonanrufe in den letzten fünf oder sechs Tagen! –, entfiel ihm all das in diesem entscheidenden Augenblick, doch als Dorothea Deverell ihn aufforderte, ein paar Minuten zu bleiben, kam er schnell wieder zur Besinnung und erkannte, daß er lieber Zurückhaltung üben und sich verzie-

hen sollte: Er wußte, daß sie zu tun hatte (das Telefon auf ihrem Schreibtisch hatte geklingelt, sie hatte den Anruf auf Warteleitung gelegt, *und auch er hatte zu tun*, wurde am frühen Nachmittag im Studio erwartet. Ich wollte nur mal vorbeikommen, um guten Tag zu sagen, sagte er, und Dorothea Deverell lächelte und sagte, wann immer Sie mögen, Colin, und alles ging glatt, ging *vollkommen natürlich ohne eine einzige Entgleisung* ab. An der Tür ein Zögern, ein Blick zurück – »Ich glaube, ich verachte das Fernsehen wie Sie, Dorothea, aber es ist immerhin ein Job: ein Anfang.«
Und sie sagte prompt: »O ja, natürlich.«

> Die Welt ist ein einsamer Ort, einsam wie das Grab. Wir leben vorwiegend in Stille – und in Einsamkeit –, und diese Tatsache wird von den »Medien« geleugnet. Daraus ergibt sich die Macht der »Medien« zum Guten wie zum Bösen.

Diese Betrachtungen trug Colin nach seiner ersten Woche beim Sender als Assistent des leitenden Assistenten nachdenklich in das Blaue Kontobuch ein. Eines nicht fernen Tages würde er seine Befunde dem Fernsehpublikum offenbaren – wenn die tonangebenden Arschlöcher bei WWBC ihm die Gelegenheit dazu gaben.

»– Es kommt mir bloß so verdammt ungerecht vor, daß eine Frau mit Dorotheas Qualifikation und, machen wir uns doch nichts vor, ihrer *Qualität* derart behandelt wird«, sagte Ginny Weidmann am Telefon, als Colin zufällig an der Tür vorbeikam. »Erst recht, wo Howard Morland sie immer so gern mochte, und in den letzten paar Jahren – ist es eigentlich sein Gesundheitszustand? Sein Herz? – hat er ihre Gutmütigkeit und, tja, ihre Fähigkeit – also ich weiß nicht –, ihre Fähigkeit, die Situation nicht erkennen zu wollen, richtig

ausgenutzt. Ich meine natürlich nicht – wer bin ich denn –, daß Roger Krauss' Neffe, oder wer immer es ist, nicht geeignet sei, vielleicht sogar, was wissen wir denn schon, geeigneter ist –, nein, aber das hab ich *nicht* gesagt, Sandra! Um Gottes willen, zitier mich nicht falsch! – aber ich *sage*, daß Dorothea ein Anrecht auf die Direktorstelle hat, ein moralisches Recht, ganz abgesehen von ihrer Qualifikation, und notfalls müßte das Kuratorium nachdrücklich daran erinnert werden.« Sie hielt inne; sie hörte zu; Colin Asch, der unmittelbar hinter der Tür herumhing, hielt mit heftig, doch langsam schlagendem Herzen ebenfalls inne. Ginny sagte mit einem Atemstoß, der wie ein Seufzer klang: »Nein, nichts ist entschieden, alles ist nur ein Gerücht. Martin sagt, wir sollten den Dingen ihren Lauf lassen – Howard hat sein Ausscheiden ja noch nicht offiziell bekanntgegeben –, und Dorothea hat in dieser Saison ein so erfolgreiches Programm durchgeführt, daß nicht einmal Roger Krauss daran etwas auszusetzen haben kann, ich wüßte wirklich nicht, wie das Kuratorium dagegen stimmen könnte, ihr den Direktorposten anzubieten, weißt du, wie sie *das* fertigbringen wollen. Also Evelyn Mercer sitzt im Kuratorium, und sie ist ein Schatz, im Grunde eine ganz liebe, anständige, gerechte Frau – allerdings die einzige Frau; das ist ja gerade eins der Probleme. Roger Krauss hat das Ganze ja zu einer Angelegenheit des Geschlechts gemacht und redet so unverantwortliches Zeug, als ob Dorothea ihre jetzige Stellung nur deshalb habe, weil sie eine Frau ist und das Kuratorium ihr mit der Einstellung einen Gefallen getan habe!«
Colin, der in seinem Wagen durch den frühabendlichen Verkehr den Boulevard entlangfuhr, um sich eine Wohnung in Lathrup Farms Mews anzusehen – einer nagelneuen Anlage mit Eigentumswohnungen, die eigentlich in dem Lathrup Farms unmittelbar benachbarten Vorort Danvers lag:

Colin »besichtigte« jetzt Wohnungen –, pfiff Schumanns »Widmung« von Anfang bis Ende fehlerlos vor sich hin.

19. Dezember: Colin Asch ist achtundzwanzig Jahre alt.
Liegt schwitzend wach und überlegt... wenn es eine taktvolle Möglichkeit gäbe, Dorothea Deverell wissen zu lassen, daß er Geburtstag hat, würde sie ihn und natürlich Weidmanns sicher zum Abendessen bei sich haben wollen, denn hatte sie das nicht vor Wochen versprochen, und sie gehörte doch bestimmt nicht zu den Leuten, den Frauen, die ihr Versprechen nicht einlösen, er hat sie zufällig – ach, wirklich nur zufällig, *wirklich* zufällig! hier und da im Ort gesehen, bei Lyman's (dem erstklassigen Lebensmittelgeschäft, wo auch Ginny Weidmann einkauft und Colin vergnügt Besorgungen für sie macht, wenn er in Stimmung ist) und in der Reinigung und in der Bibliothek, wo selbstverständlich jeder ihren Namen kennt, jeder sie gern hat – *die Gesichter strahlen, wenn sie kommt, als brächte sie eine warme Woge leuchtenden Lichts mit* –, und beim Einkaufen im Drugstore, den geraden, elastischen Rücken in dem reizvollen schwarzen Tuchmantel mit dem Pelzkragen ihm zugekehrt, dann beim Überqueren der Main Street zum Parkplatz zu ihrem Auto, dem weinroten Klasse-Mercedes, den Colin inzwischen so gut kennt, er hat in aller Ruhe seinen Beobachtungsposten neben einem Gebäude bezogen, nur um zu sehen, ob der Motor anspringt oder ob, was man nie weiß, die Räder auf dem Eis zu rotieren anfangen; unter dem Pulverschnee ist eine tückische harte, wellige Eisschicht, und Dorothea Deverell braucht vielleicht Hilfe...
Colin Asch hat das Thema vorsichtig bei seiner Tante Ginny angeschnitten, natürlich nicht so, daß Dorothea Deverell beabsichtigen könnte, ihm eine Geburtstagsparty zu geben, sondern daß er, Colin, zur Feier des Tages Weidmanns zum Essen ausführen wolle – sie könnten sich das Restaurant aus-

suchen, und vielleicht käme Dorothea Deverell mit? –, aber wie Colin sich hätte ausrechnen können, bestand Ginny darauf, das Essen selber zu geben, zu Hause; sie hatte nicht gewußt, daß der neunzehnte Colins Geburtstag war – und es käme so überstürzt! warum hatte er ihr nicht Bescheid gesagt? – und gäbe er nicht zuviel Geld für Restaurants aus – ihre liebevoll besorgten Augen blickten forschend in seine –, doch Colin Asch hörte nicht genau hin; er nickte, wand sich, sagte etwas ungeduldig: »Ist ja gut, aber glaubst du, daß deine Freundin Dorothea gern dabeisein würde?«, und Ginny zögerte einen Augenblick, bevor sie sagte, ja, sicher, sie würde Dorothea anrufen, das sei eine gute Idee, aber sie habe gedacht – wieder mit dem fragenden Blick in seine Augen –: »Wahrscheinlich möchtest du, daß ich Hartley einlade? Ihr beide seid doch...?« und ihre Stimme verlor sich diskret, und Colin sagte mit plötzlich aufkommender Arroganz: »Hartley und ich –«, als könne er sich tatsächlich nicht vorstellen, woran Ginny dachte, wie nämlich der sachliche oder auch klinische Ausdruck dafür lautete; so mußte die pausbackige aufdringliche Fotze selber einen anbieten, nicht »ficken« (wie sie vielleicht dachte; die Alte war ja nicht auf den Kopf gefallen), sondern »– zusammen? Ziemlich oft? Diesen Eindruck habe ich jedenfalls – irre ich mich?«
Colin hatte sich wieder gefangen. Reg dich ab. Immer sachte. Lächelnd sagte er: »Du hast schon recht, Tante Ginny. Ich bin dir so dankbar, daß du uns miteinander bekannt gemacht hast.« Er hielt inne, und sie lächelten einander glücklich wie Verschwörer an. »Hartley ist ein ganz besonderer Mensch.«
»Ist sie, ist sie!« sagte Ginny, als ob es darüber einen Zweifel gegeben hätte. »Also würdest du dich freuen, wenn ich sie anrufe? Samstag abend dann?«
»Und deine Freundin Miss Deverell auch?«
»Und Dorothea auch – natürlich.«

Danach sagte Ginny fast anklagend: »Colin, ich bin so froh, daß du mir von deinem bevorstehenden Geburtstag erzählt hast. Es wäre ein Jammer gewesen, wenn keiner von uns das gewußt hätte. Gibt es sonst noch etwas, mein Lieber, was du uns erzählen solltest?« – lächelnd wie im Spaß – »andere Geheimnisse?«
Colin lachte. »Kein einziges, Tante!«

Zu Colins Bedauern konnte Dorothea Deverell jeoch nicht zu seinem Geburtstagsessen kommen: leider leider nicht, sagte sie zu Ginny, sie hätte an dem Abend etwas anderes vor, eine andere Verabredung.
Schickte ihm freilich eine Geburtstagskarte. Aus einem Geschäft für Geschenkartikel. Kein Geschenk. Kein anderes Zeichen des Gedenkens. Wenn er enttäuscht war – und, ja, das war er –, verbarg er seine Enttäuschung so gründlich, daß jeder (Weidmanns, H. E., die in etwas Weichem, Spitzenartigem, Pastellfarbenem hübscher aussah als sonst; Colin Asch bewirkte dies oft, selbst bei den willensstärksten ›Karrierefrauen‹) sich glänzend, hervorragend amüsierte, denn Colin Asch erzählte lustige, fabelhafte Geschichten über seine Reisen in Europa, seine Reisen in Nordafrika, über die Wechselfälle des Gammlerlebens unterwegs, und er brachte Leute gern zum Lachen, insbesondere Leute, die ihn mochten, die auf seiner Seite standen; man konnte die innere Erregung in H. E.s großen, sagenhaft getuschten Augen sehen: Also das war ein Mädchen (genaugenommen kein Mädchen: einunddreißig Jahre alt), das ihn hinreißend fand, seinen Schwanz hinreißend fand, alles, was er mit ihr machen wollte, würde sie gern mit sich machen lassen, wenn es soweit war, wenn er langsam genug vorging, allmählich vorging (was er natürlich tun würde: Colin Asch war kein ruckzuck-rammelndes Chauvi-Arschloch), nicht durchdrehte, wenn sie ihr Klein-Mädchen-Gesäusel anstimmte und sich

unter der Dusche vor ihm genierte mit ihren schlaffen geäderten Brüsten, den Speckhüften, dem Blähbauch und der ohne dicke Make-up-Schicht doch ziemlich großporigen Haut, Herrgott, wie er sich ärgerte, wenn sie beim Orgasmus ihre verrückte Show abzog, als ob er sie umbringen wollte oder so, und dadurch seinen Rhythmus und seine Konzentration kaputtmachte, was ihn ankotzte, er war dann drauf und dran, gemein zu werden, gemein, im entscheidenden Moment seinen Schwanz aus ihr rauszuziehen, wie er's früher schon mit ein oder zwei Fotzen gemacht hatte, die Colin Asch wie selbstverständlich hingenommen hatten, oder auch, warum nicht – bloß so ein quecksilbriger Nebengedanke: *nichts Ernstes*! – die Fotze tatsächlich umzubringen, indem er ihr mit seinen beiden großen Daumen die Kehle zudrückte – die Halsschlagader, oder? –, mal sehen, wie ihr das dann gefiele, wenn sie ihm keuchend und stöhnend Mord und Totschlag ins Ohr schrie und hinterher schluchzend seinen Namen wie eine Beschwörung aussprach, *als hätte sie das Recht dazu*, nur weil er gesagt hatte, er glaube, er sei verliebt in sie, hätte nie ein Mädchen wie sie kennengelernt und so weiter und so fort, es kotzte ihn auch an, daß sie so vertrauensselig war, es drehte ihm das Herz vor Mitleid im Leib herum, und er *verabscheute Mitleid: es machte nur schwach.*

»Vielen Dank euch allen ... dies ist vielleicht« – mit Tränen in den Augen wie bei echtem Schmerz – »der glücklichste Geburtstag meines Lebens«.

Das war's also, du Arschloch.
Colin Aschs achtundzwanzigster Scheißgeburtstag.

Und dann kam Weihnachten und ging vorüber, und Colin Asch sah Dorothea Deverell nicht ein einziges Mal, war aber erleichtert, als er hörte, daß sie irgendwo bei Verwandten zu

Besuch sei – »entfernte Verwandte, glaube ich«, wie eine Freundin von Weidmanns ihm erzählte, »das arme Ding, sie hat nur entfernte Verwandte« –, deshalb fühlte er sich gleich besser und legte seine Pläne für das neue Jahr im Blauen Kontobuch fest. Ungeduldig blätterte er die früheren Seiten durch auf der Suche nach, was war es doch, dem lateinischen Spruch, den Mr. Kreuzer an die Tafel geschrieben hatte, was hatte die Klasse für eine Gänsehaut gekriegt, als er ihn übersetzte, und sein seltsam wissendes Augenpaar glitt wie stets, unweigerlich, zu C. A., dem hochgewachsenen, steif dasitzenden, hübschen Jungen in der ersten Reihe, was verdammt noch mal war es, und wo stand es? – dann hatte er es plötzlich gefunden, starrte drauf. Blockbuchstaben in verwischter Ausziehtusche: *Mors tua, vita mea.*

Er lächelte; er erkannte, was er tun mußte. Und sie würde es nie erfahren – nie etwas davon wissen.

»Dein Tod – mein Leben.«

Zweiter Teil

5

»Ja? Wer ist da? – Was?«

Dorothea Deverell wachte mit rasendem Herzklopfen, die zur Faust geballten Hände in instinktiver Abwehr vorm Gesicht, aus tiefem narkoseähnlichem Schlaf durch ein Geräusch auf, das von etwas oder jemandem in ihrem Zimmer herzurühren schien. Einem gemurmelten Wort, einem heftigen Atemzug, einer Verschiebung (kein richtiges Knacken) der Dielen in ihrem Schlafzimmer... und plötzlich war sie wach und zutiefst erschrocken.

Steif und starr lag sie da. Sie hörte nichts. Sie sagte sich ganz ruhig: Niemand ist mit dir in diesem Zimmer, niemand ist mit dir in diesem Haus... das weißt du doch. Dorothea Deverells innere Stimme war wie immer in solchen kritischen Augenblicken forsch, sachlich und tadelnd, obwohl ihr Sehvermögen, so unsanft aus dem Schlaf gerüttelt, unscharf war, wie verschleiert, als ob sie durch ein Element so dicht wie Wasser blickte. Was hatte sie gehört, wenn sie etwas gehört hatte? Es war früh am Tag, noch dunkel, zu früh, als daß die Trauertauben auf dem Dachvorsprung sie mit ihrem melancholischen Gurren hätten stören können, zu früh auch für den sattsam bekannten Stadtreinigungswagen oder den Zeitungsboten... Vielleicht ein Düsenflugzeug über ihr. Ja. Das die Fensterscheiben erzittern ließ, ein ungutes Flirren der Luft hervorrief. Das schien die einleuchtendste Erklärung.

Die Angst wich von ihr, verschwand jedoch nicht. Dorothea zog sich die Decke über den Kopf, um sich mit einem kindlichen Täuschungstrick unsichtbar zu machen, und drückte ihr Gesicht in das Kissen... Sie versuchte sich wie sonst auch mit dem Gedanken zu trösten, daß sie in ihrem Bett lag: nach zehntägiger Abwesenheit wieder zu Hause, zwischen ihren vertrauten Sachen, unter ihrer Zimmerdecke, darauf eingestellt, bald einen ihrer vorbildlich bewältigten Arbeitstage zu beginnen. Aber diese Gedanken erzeugten eine unvermutete Beklemmung, wie zur Unzeit aufgewühlter Schlamm. Heute war der 4. Januar, der erste Montag des neuen Jahres, und obwohl sie den Feiertagen in Lathrup Farms entflohen war, um sich zu einer Entscheidung über ihre Zukunft zu zwingen, war es ihr nicht gelungen, eine Entscheidung zu treffen: Das neue Jahr, das sich endlos vor ihr ausdehnte, würde sich zu einer angestrengteren Variation des alten auswachsen.

Sie war aus Angst vor den »Feiertagen« – jener lähmenden Zeit in Amerika, wo gefestigte Männer und Frauen ins Wanken geraten und die Unverheirateten wie Dorothea Deverell das Pathetische ihrer Lage besonders deutlich zu spüren bekommen – in einen kleinen Gasthof in Framington, Vermont, gefahren, ohne irgend jemandem außer Charles Carpenter ihren Aufenthaltsort zu nennen; sie war allein weggefahren, um über ihr Leben nachzudenken: die Ruinen ihres Lebens, wie sie es ironisch sah, wenn sie zur Ironie aufgelegt war. Denn sie wußte sehr wohl – wie sollte sie es nicht wissen –, daß ihre Tage im Brannon Institute, wo sie sich so glücklich gefühlt hatte, gezählt waren und schnell dahinschwanden, und sie konnte sich nicht mehr sehr lange über Charles Carpenter etwas vormachen – nämlich daß so etwas wie ein vernünftiges Glück in dieser Richtung läge. Sie hatten sich am Telefon erbittert gestritten; sie hatten einander bittere Vorwürfe gemacht. Dorothea Deverell, die sanfteste aller Frauen, hatte sich zu dem Menschen, den sie von allen auf der Welt am meisten liebte, sagen hören: »Um es grob auszudrücken, Charles, du wartest anscheinend darauf, daß Agnes ernstlich krank wird und stirbt – *du* würdest nichts unternehmen, um dich von ihr scheiden zu lassen oder dich von mir zu trennen.«

Vor Dorotheas Abreise nach Vermont hatte Charles darauf bestanden, sie noch einmal zu sehen, um sie anzuflehen – nicht die Geduld mit ihm oder den Glauben an ihn zu verlieren, nicht aufzuhören, ihn zu lieben: Denn was wäre sein Leben ohne sie? »Was ist denn dein Leben *mit* mir?« hatte Dorothea sich erkundigt, nicht spöttisch, sondern ganz ruhig wie jemand, der eine durchaus ernsthafte Frage stellt; und Charles Carpenter hatte, das Gesicht an ihrem Hals vergraben, gemurmelt: »Eben – mein Leben.« Er hatte ihr die Reise allein nach Vermont, noch dazu in dieser Zeit, auszureden versucht. Sie würde sich dann noch einsamer fühlen. Sie würde sich sterbenselend fühlen. (Charles wußte, daß Dorothea mit ihrem Mann im ersten Sommer ihrer Ehe durch New England gefahren war, in romantischen Landgasthöfen gewohnt hatte.) Vor allem aber würde er sie furchtbar vermissen: »In dieser Jahreszeit ist es noch viel quälender, sich allein zu fühlen«, sagte Charles und rieb sich mit beiden Händen die Augen, »wenn man tatsächlich keine Zeit findet, allein zu *sein,* durchzuatmen. Wenn man zwischen anderen Leuten eingequetscht und gezwungen ist, sich wie sie zu amüsieren.«

Dorothea überging Charles' liebenswürdigen Versuch, witzig zu sein; solche Versuche waren von beiden Seiten meistens auch Versöhnungsgesten. Sie sagte unfair: »Du könntest ja mitkommen.« Mit starrem Blick sagte er: »Ach Dorothea – das kann ich doch gerade nicht.« Und so ging es weiter, denn solche oder ähnliche Gespräche hatten sie schon viele Male geführt; wenn der eine, wie in diesem Fall Dorothea, impulsiv drauflos redete, brauchte sich der andere kaum ernstlich zu verteidigen – und Dorothea wußte im Grunde ja, daß Charles Carpenter nicht der Mann war, der seine Verantwortung auf die leichte Schulter nahm – er hatte

eine labile Frau, die durch ihr rücksichtsloses Verhalten die ständige Möglichkeit eines Selbstmords nicht so sehr androhte als andeutete, und er hatte (dieses schwergewichtige »hatte«! dachte Dorothea) alternde Eltern in Boston, überaus nette Leute, deren einzige seelische Stütze er war. Als Partner bei Bell, Carpenter, Smith & Lowe hatte er, gerade zu dieser Zeit des Jahres, die Pflicht, bei zahlreichen festlichen Gelegenheiten zu erscheinen, von Abendgesellschaften im Smoking bis zur Betriebsweihnachtsfeier für die Angestellten der Firma. Sich in einen romantischen Gasthof in den Green Mountains zu verziehen, hatte lediglich den Reiz des Unmöglichen.
Dorothea sagte: »Eigentlich will ich ja nur eine Zeitlang ungestört Depressionen haben. Ich habe neulich, als das Telefon ein halbes Dutzend Mal in der Stunde klingelte, gemerkt, daß ich schon eine ganze Weile nicht mehr die dafür nötige Gelegenheit zum Alleinsein hatte. Wenn man arbeitet, kann man sich auf eine Depression einfach nicht systematisch einlassen.«
Charles lachte erschrocken. Obgleich er Dorothea Deverell besser kannte als irgendein lebender Mensch, fand er ihre äußerst freimütigen Bemerkungen nicht selten erschreckend, als paßten sie nicht zu ihr. »Du machst natürlich Spaß?« sagte er.
Sie küßten sich, zuerst verhalten, dann drängender. Das plötzlich aufflammende Begehren ihres Geliebten rief bei Dorothea Beklommenheit und Erregung hervor. Denn Charles Carpenter war nun einmal der Ehemann einer anderen Frau: Dorothea Deverell war ein Eindringling; das stellte doch einen Rechtsbruch dar? Also verhielten sie sich beide doch kriminell? Charles murmelte: »Wollen wir nach oben gehen? Dorothea – Liebling? Können wir – wenigstens eine Zeitlang?« aber Dorothea sagte unerwartet: »Nein, bitte nicht – dann fällt das Wegfahren nur schwerer.« »Aber wer

von uns beiden fährt denn weg?« sagte Charles verletzt. Und dann, als er Dorotheas Gesicht sah: »Ich habe dir wohl doch das Leben verdorben. Und du weißt, ich habe nur das Beste gewollt.« Ungeduldig entgegnete Dorothea: »Sag nicht so was – du sprichst, als ob ich ein armes Opfer sei, als ob mein Leben vorbei sei! Wir wußten beide von Anfang an, daß du verheiratet bist. Wir wußten es beide.« »Aber ich hindere dich daran – andere Männer kennenzulernen«, sagte Charles zerknirscht. Und Dorothea trat lachend von ihm weg und sagte mit einem verzweifelten Stocken in der Stimme: »Ich lerne dauernd andere Männer kennen! An Begleitern hab ich keinen Mangel! Nur daß sie verglichen mit dir nicht besonders faszinierend sind.« In Dorotheas Geist tauchte blitzartig das Bild des jungen Neffen von Ginny Weidmann auf – die feingeformten Wangenknochen, die intensiven, intelligenten Augen –, wurde aber ebensoschnell wieder verscheucht. Sie unterbrach sich. Sie sagte: »Jerome Gallagher hat neulich abend angerufen.« »Wer?« »Jerome Gallagher, du weißt doch – der Mann, den mir Ginny letzten November vorgestellt hat. Bei diesem Abendessen bei ihnen.« Charles runzelte die Stirn, als sei er plötzlich verärgert. »Ach ja. Dieses Abendessen«, sagte er lahm. »Der Abend, wo Ginny Weidmanns eigenartiger Neffe erschien«, sagte Dorothea, als ob es weiterer Worte bedürfte. Sie wußte, Charles mochte nicht an den Abend erinnert werden, weil seine Frau so viel getrunken hatte, daß sie zum Schluß merklich schwankte und sich von Charles helfen lassen mußte, um überhaupt aufstehen zu können; und doch hörte sie sich in heiter-neutralem Ton sagen: »Wie fandest du ihn eigentlich, Charles? Wir haben nie richtig über ihn gesprochen: Colin Asch.« Charles fuhr sich mit der Hand über die Augen; seine Haut war stellenweise stark gerötet, fast rot. Er stand in Dorothea Deverells bezaubernd eingerichtetem Wohnzimmer auf ihrem exquisiten alten chinesischen Teppich, als

ob er für den Bruchteil einer Sekunde selber im Begriff sei, zu schwanken – ein so rascher Übergang aus dem Ansturm sexuellen Begehrens in die Ellipsen des Gesprächs war, wie Dorothea hinterher reumütig überlegte, womöglich nicht gerade gesund. Seine Stimme klang freilich klar, wenn nicht sogar schroff: »Ich konnte gar nichts an ihm finden.«
Charles Carpenter hatte Dorothea das unbestimmte Versprechen abgerungen, ihn irgendwann während der Feiertage aus Vermont anzurufen; das tat sie allerdings nicht: zu ihrer ungeheuren, aufsässigen Erleichterung tat sie es nicht. (Wie oft sich Dorothea Deverell in den letzten Jahren auf das beschämende Unternehmen eingelassen hatte, ihren Geliebten anzurufen und wortlos aufzulegen, wenn seine Frau am Apparat war, mochte sie nicht nachrechnen, auch konnte sie es in ihrem Stolz nicht über sich bringen, sich wenigstens selber einzugestehen, wie oft sie ohne irgendeinen Entschuldigungsgrund an dem hübschen alten Säulenhaus der Carpenters am West Fairway Drive vorübergefahren war.) Also hatten sie während der Dauer ihres Aufenthalts in ihrem Zufluchtsort keusch keinen Kontakt miteinander, was Dorothea ebenso erquickend wie traurig fand, denn sie vermißte ihn schrecklich, vermißte sogar den stechenden Schmerz, ihn nicht sehen zu können, den wir nur dann empfinden, wenn wir in unmittelbarer Nähe des Menschen leben, den wir nicht sehen dürfen – denn Entfernung ist in Liebesdingen ein wirksames Analgetikum.
Daher war sie erleichtert, als sie in dem Stapel von Karten, Briefen und Päckchen verschiedener Größe, die sich während ihrer Abwesenheit angesammelt hatten, einen Brief von Charles Carpenter entdeckte, den sie sofort aufriß und schnell überflog: Er sagte ihr freilich in seiner sorgfältig formulierten, fast erhabenen Diktion nichts, was sie nicht schon wußte. Ihr anfangs schmerzhaft pochendes Herz hatte gegen Ende des Briefs seinen normalen Rhythmus wiedergefun-

den. Hatte ich erwartet, er würde Schluß machen? fragte sich Dorothea. Charles ist schließlich nicht der Mensch, der eine Verbindung löst. Eins der Päckchen, von verheißungsvollem Format, in Geschenkpapier von Saks und mit einer Weihnachtskarte des Geschäfts trug keine Unterschrift; Dorothea öffnete es langsam und zog aus dem Seidenpapier entzückt eine weiße Spitzenbluse – oder war es ein Jäckchen? – von ausgesuchter Schönheit und in ihrer Größe und dazu einen passenden Rock, bodenlang, seidenweiche Wolle, strahlendweiß. Es war ein so bezauberndes Geschenk, so unverhofft – sie hatte Charles nichts gekauft, hatte darauf bestanden, dieses Jahr von Geschenken Abstand zu nehmen –, daß sie atemlos zu schluchzen anfing.

»Das ist zu gut für mich, ich verdiene es gar nicht!«

Oben in ihrem Bett war sie von unliebsamen Gedanken so bestürmt worden, daß sie den Versuch, wieder einzuschlafen, aufgegeben hatte. Sie stand auf, duschte, zog sich an und begann ihren langen Tag wie eine Aufziehpuppe, obwohl es noch nicht einmal sieben war. Im Gasthof in Framington hatte Dorothea in ihrem ziemlich kalten Einzelzimmer mit den lupenrein imitierten antiken Möbeln und den auf die Dorfwiese blickenden Fenstern tief und fest geschlafen, und doch hatte sie sich nicht wirklich erholt gefühlt, sondern benommen, beklommen, dumpf im Kopf und nervös – als ob ihre Flucht von zu Hause gefahrvoll gewesen sei und ihr haarfeine Risse in der Seele offenbarte, die sie sonst womöglich nicht wahrgenommen hätte. Schlafen war stets ein Problem für Dorothea: Schlief sie gut, bekam sie leicht ein schlechtes Gewissen, als sei es ein Symptom für das Vordringen von Faulheit und Verfall; schlief sie schlecht, sehnte sie sich fast den ganzen Tag danach, wieder in Schlaf zu fallen. In Vermont hatte sie den Gedanken, daß irgend etwas nicht in Ordnung sein könnte – ein durch ein warnendes Vorgefühl ausgelöstes seelisches Unbehagen –, nicht wahrhaben wollen. Nachts war sie mehrmals so aufgewacht wie heute morgen, als ob etwas oder jemand bei ihr im Zimmer wäre. Oder sie beobachtete. Oder bloß an sie dächte.

Und wenn sie zweimal täglich, außer wenn es eisig kalt war, das Hotel verließ, um die verschneiten Landstraßen entlangzustapfen, mußte sie gegen die panikartige Empfindung ankämpfen, daß jemand ihr folgte. Ihr folgte! Dorothea Deverell in einem altmodischen Pelzmantel mit tief in die Stirn gezogenem Pelzhut, kniehohen Stiefeln ... derart fest eingemummelt mußte sie doch alterslos, geschlechtslos wirken. Sie wußte, es war absurd; sie wußte, diese Angst, diese dunkle *Ahnung* tief innen war unbegründet. In einer fleckigen alten Ausgabe von Montaignes *Essais*, die auf einem Bord in ihrem Zimmer stand, entdeckte sie mitten in Montaignes freundlicher Prosa eine giftige Perle, ein übersetztes Pythagoras-Zitat: *Das Gute ist endlich und gewiß, das Böse ist unendlich und ungewiß*. Die Einsicht gab ihr unversehens einen widerwärtigen Stich – »natürlich!«

Trotzdem konnte sie ihren Aufenthalt genießen. Sie war stark, abgehärtet, zäh: ja, und nicht unterzukriegen. Sie hatte einen ganzen Koffer voll Arbeit mitgenommen – Institutsangelegenheiten und Korrespondenz, außerdem Notizen zu Charles Burchfield mit Dias und Entwürfen zu einem umfangreichen Aufsatz, für den sie einen Vertrag mit einem New Yorker Kunstbuchverlag abgeschlossen hatte –, und es gelang ihr in jenen langen ungestörten Wintertagen, eine Menge zu erledigen. Für ihre Mahlzeiten war gesorgt, ihr Zimmer wurde immer zügig saubergemacht und gelüftet. Es stand kein Fernsehgerät drin. Kein Telefon. Das Brannon Institute war über die Feiertage geschlossen, so daß sie keinen triftigen Grund hatte, daran zu denken. Oder an Mr. Morland, der ihr trotz seiner Liebenswürdigkeit in letzter Zeit aus dem Weg zu gehen schien. Oder an Mr. Krauss, der ihr neulich im französischen Restaurant so ostentativ nicht aus dem Weg gegangen war. (»Wie nett von Ihnen, Dorothea, daß *Sie* sich des Jungen annehmen!«) Nach einem späten Abendessen im Speisezimmer des Gasthofs mit der niedrigen Balkendecke machte Dorothea es sich auf ihrem Bett bequem und las in diesem oder jenem ihrer zahlreich mitgebrachten Bücher; bei den meisten handelte es sich um kurz zuvor gekaufte Romane mit leuchtenden, auffallenden Schutzumschlägen. Sie las gern lange, gewichtige Romane, die thematisch dicht (wenn nicht gar kompliziert und verwickelt) waren wie das Leben, Romane, in denen sie sich stundenlang verlieren konnte. Und sie hatte auch den bewährten Gefährten, ihre alte Ausgabe von Shelleys Gedichten dabei.

Und nun war der 4. Januar, ein schmuddelig-trüber Montagmorgen, und Dorothea war wieder in Lathrup Farms und in Bewegung, in unaufhörlicher Bewegung, wie sie manchmal meinte, aber entschlossen, ihre Pflicht und Schuldigkeit zu tun. Sie könnte ihre Stellung im Institut aufgeben, bevor man sie dazu aufforderte – bevor Mr. Morland sie zu dieser peinlichen, bedauerlichen Unterredung hereinrief. Sie könnte Bewerbungsbriefe schreiben, um sich eine neue Tätigkeit zu suchen; sie könnte ihr Haus zum Verkauf anbieten, könnte wegziehen; alles war möglich, weil niemand da war, der es verhinderte. Sie schaltete das Licht an, das sie stets anschaltete, bevor sie das Haus an solchen kurzen Wintertagen tagsüber verließ, und stellte das Radio lauter (worauf Michel bestanden hatte: laute Stimmen im Haus halten Einbrecher ab). Sie ging in die eiskalte Garage und stieg in ihr Auto, ihr Atem dampfte, die Hände in den Handschuhen lagen kalt auf dem Lenkrad, sie fragte sich, warum sie in dieser vertrauten Umgebung diese Unruhe, diese Beklemmung empfand ... als ob gerade diese Stille um sie her starr vor Erwartung sei. Und stumpf, dicht. Undurchdringlich selbst für ihre Schreie.

Irgend etwas wird geschehen, dachte sie. Oder ist schon geschehen.

Dorothea Deverell, die für ihr Können und ihre Tüchtigkeit und die unerschütterliche Bereitwilligkeit, mit der sie ihre Arbeit tat, viel Anerkennung fand, hatte nie den Wunsch gehabt, ihren Bewunderern zu erwidern: Gäbe es denn eine andere Möglichkeit? Meine Bemühungen gelten doch einer einzigen großen Bemühung: dem Kampf gegen die Einsamkeit.

So war es schon seit ihrer frühen Kindheit gewesen, unterbrochen von den rasch verflogenen Monaten ihrer kurzen Ehe (und noch kürzeren Schwangerschaft); dann mit erbarmungsloser Pünktlichkeit immer wieder nach dem Tod ihres Mannes. Arbeit war das segensreiche schmerzstillende Mittel, der Hort, zu dem sie in Zeiten der Krise oder wenn sie an ihrem Selbstwert verzweifelte, flüchten konnte. Das eigentliche Problem bestand in der unumgänglichen Aufgabe, das Leben, dessen Randerscheinung die Arbeit angeblich war, wiederaufzunehmen.

In Zeiten höchster Konzentration war Dorothea Deverell freilich energiegeladen, wenn nicht sogar glücklich – und in diese Stimmung, die durch die Stille der frühen Stunde im Brannon Institute und die angenehme Umgebung ihres Büros (eines erstaunlich geräumigen Zimmers mit glänzender Kirschholztäfelung und altmodischen Flügelfenstern, die fast bis zur vier Meter fünfzig hohen Decke reichten) gesteigert wurde, platzte Dorotheas Assistentin Jacqueline, die um fünf vor neun, noch im Mantel, atemlos von der Treppe, die fuchshaft schräggestellten Augen feucht von der Januarkälte, zu Dorothea Deverell mit den Worten herein: »Dorothea! Sie waren ja weg! Haben Sie's gehört? Haben Sie's gelesen? Über Roger Krauss – ?« Jacqueline, eine stämmige, extravagante, attraktive Mittvierzigerin, auf rätselhafte

Weise verheiratet, doch eine schmerzliche eheliche Enttäuschung andeutend, neigte zu despektierlichen Äußerungen hinter vorgehaltener Hand, mit denen sie Dorothea Deverell, der sie treu ergeben war und mit der sie ihr Schicksal im Institut verknüpft wußte, besänftigen oder unterstützen oder unterhalten wollte. Sie hatten sechs Jahre lang zusammengearbeitet, und obwohl Dorothea sich in Fragen, die Takt und Diplomatie erforderten, insbesondere am Telefon, nicht völlig auf Jacqueline verließ, konnte sie sich das Institut doch kaum ohne die überschäumende Präsenz der Frau vorstellen.

Nun starrten Dorothea Deverell und Jacqueline einander an, und Dorothea spürte, wie ihr Herz sich zusammenzog, denn sie sah in Jacquelines aufgeregt glitzernden Augen – ah, was sah sie? Jacqueline sagte, immer noch atemlos: »Es stand vorgestern in der Zeitung, wie er gestorben ist ... Mr. Krauss, also eines unserer Kuratoriumsmitglieder«, fügte sie unnötigerweise hinzu, als ob Dorothea Deverell nicht schon wüßte, wer Roger Krauss sei – »...durch so eine Sexualgeschichte, kein richtiger Raubmord, und es gibt alle möglichen Gerüchte, aber jedenfalls steht fest«, sagte Jacqueline, wobei sie ihren Mantel forsch aufknüpfte, »der Mann ist *tot.*«

Dorothea hatte so gut wie nichts begriffen. »Was? Was ist passiert?« fragte sie matt.

»In der Neujahrsnacht. In einem Parkhaus in der Innenstadt. Mr. Krauss ist ermordet worden.«

»Mr. Krauss?«

»Ja. Der. Bis jetzt weiß man nicht, wer es getan hat.«

Jacqueline gab sich große Mühe, auf den Ausdruck grausamer Befriedigung zu verzichten. »Aber wir wurden nicht erwähnt, das Brannon Institute wurde nicht erwähnt – also in der Zeitung, meine ich –, hauptsächlich sein Ruf als Geschäftsmann, wer sein Vater war in Boston und so was, es kam natürlich auch im Fernsehen, denn es wird ja wohl einen Riesenskandal geben.« Jacqueline hielt inne und heftete ihren Blick fest auf Dorothea. »Das ist nun der Mann, der über *uns* ein Urteil fällen wollte, Dorothea, über *Sie,* als er im letzten Frühjahr in der Zeitung dieses üble Zeug über unsere Ausstellung schrieb, und *jetzt* – da sieht man, was *ihm* passiert ist!«

»Roger Krauss ist tot? Er ist *gestorben*?«

»Nicht gestorben«, sagte Jacqueline ungeduldig und zog mit elegantem Schwung eine Zeitung aus ihrer Handtasche, »sondern ermordet, ›Erdrosselt‹, hat die Polizei gesagt.«

»Erdrosselt!«

Das Wort hing in Dorothea Deverells Büro wie eine exotische Obszönität in der Luft.

Allein in ihrem Büro breitete Dorothea bei geschlossener Tür und ausgehängtem Telefon die zerknitterten Seiten des *Boston Globe* aus, den Jacqueline ihr besorgt hatte, und las mit Entsetzen, Erschütterung und einer im Verlauf der Minuten sich eher steigernden als nachlassenden Ungläubigkeit vom gewaltsamen Tode des sechsundfünfzigjährigen Roger Krauss, eines »hiesigen Geschäftsmannes und Philanthropen«: Er war mit einer Drahtschlinge erwürgt und barbarisch in die Augen und in den Unterleib gestochen worden; man hatte ihm die Brieftasche, die Armbanduhr, die Manschettenknöpfe, die Krawattenklammer, den Ring und sogar Gürtel, Kopfbedeckung und Schlips gestohlen; gefunden wurde er, fast in der Haltung eines Lebenden am Steuer seines Wagens, eines zwei Monate alten Lincoln Continental, am 2. Januar um 4 Uhr 40 vom diensthabenden Wächter des Parkhauses in der Providence Street bei Tremont. Krauss' Wagen stand im dritten Geschoß des Parkgebäudes; niemand hatte etwas von einem Kampf gehört. Sein Parkschein war um 8 Uhr 15 abends abgestempelt worden; der Wächter, der zu diesem Zeitpunkt Dienst hatte, konnte sich nicht an ihn erinnern, weil um diese Stunde Hochbetrieb war, aber der Nachtparkwächter erinnerte sich, daß Krauss gegen 3 Uhr zu Fuß zurückgekehrt war und den Aufzug genommen hatte, obwohl keine Worte zwischen ihnen gewechselt worden waren. Er entsann sich ferner, um diese Zeit auch einen jungen oder jüngeren Schwarzen mit dunkler Brille, Spitzbart und beigefarbener modischer Wildlederkleidung gesehen zu haben, der eine Art Klarinettenkoffer trug, aber er hatte den Mann nicht deutlich erkennen können. Laut Mitteilung der Kriminalpolizei handelte es sich aufgrund der extremen Gewaltanwendung (der Mörder hatte dem Opfer mit dessen eigenen Wagenschlüsseln die Augen »ausgestochen« und ihm die Geschlechtsteile durch die Hose hindurch aufgeschlitzt) sowie anderer Einzelheiten, die man im Interesse der Ermittlungen gegenwärtig nicht bekanntgeben wollte, offenbar nicht um einen einfachen Raubmord.

Am frühen Abend hatte Krauss mit Freunden im Ritz-Carlton etwas getrunken und, ohne Namen zu nennen, davon gesprochen, danach mit anderen Freunden zum Essen gehen zu wollen. Seit elf Jahren geschieden, hatte er ein kleines Apartment in der Beacon Street, wohnte aber vorwiegend in seinem Haus in Lathrup Farms. Dorothea las, daß er in kommunalen, kirchlichen und sozialen Organisationen tätig gewesen sei. Er hatte die Harvard Business School absolviert. Er hatte als Oberleutnant in der U.S. Air Force gedient. Er hinterließ zwei Söhne, Roger und Harold.

»Wie schrecklich!« flüsterte Dorothea.

Das abgedruckte Foto zeigte einen jüngeren Roger Krauss mit dunklerem Haar, ausgeprägteren Zügen, freundlicherem Ausdruck, als Dorothea ihn in Erinnerung hatte. Sie betrachtete es genau und konnte in dem Gesicht nicht das Gesicht des Mannes erkennen, der sich vor ein paar Wochen in aller Öffentlichkeit über sie lustig gemacht hatte; sie be-

schloß, diese unselige Erinnerung aus ihrem Bewußtsein zu verbannen, denn weder gereichte sie dem armen Toten zur Ehre, noch gereichte es ihr zur Ehre, sie im Gedächtnis zu bewahren. Es genügt, daß er tot ist, dachte Dorothea, ohne vielleicht zu wissen, was sie damit meinte. Jetzt empfand sie nur Mitleid mit Roger Krauss, Schmerz und Erbarmen wegen seines schmachvollen Todes – gegen dessen Zwielichtigkeit er sich nicht wehren konnte.
Dorothea Deverell las den Artikel und las ihn noch einmal und saß lange wie betäubt an ihrem Schreibtisch. Dann faltete sie die Zeitung sorgfältig zusammen, legte den Telefonhörer wieder auf und ging an ihr Tagewerk.

Aber er war nicht so einfach – es kamen Anrufe von Freunden, Mitteilungen für Dorothea mit der Bitte um Rückruf (eine von »C. C.« mit der Geschäftsnummer – was selten vorkam); und vor allem war da die elektrisierte Jacqueline, die trotz Dorotheas Bitten, das Thema fallenzulassen, sich nicht abhalten ließ, mittags rauszulaufen, um die Vormittagsausgabe des *Globe* zu besorgen. »Sie haben ihn gefaßt! Den Mörder höchstwahrscheinlich!« berichtete Jacqueline wieder atemlos und legte Dorothea unaufgefordert die Zeitung mitten auf den Schreibtisch. Zwei andere Sekretärinnen traten hinzu, um die neueste Entwicklung im Fall Krauss zu lesen: Die Polizei hatte einen Verdächtigen festgenommen, der der ungefähren Beschreibung des Mörders entsprach, einen unrasierten zweiunddreißig Jahre alten, mehrfach wegen bewaffneten Raubüberfalls vorbestraften Schwarzen, der am 4. Januar um 1 Uhr morgens zwei Meilen vom Parkhaus Providence Street entfernt aufgegriffen worden war. Der Mann war »angetrunken« gewesen und hatte den Polizeibeamten »Widerstand geleistet«. Er trug eine neue Wildlederjacke ähnlich der des Mörders und konnte auf die Frage, wie er in den Besitz der Brieftasche und Kreditkarten von Roger Krauss gekommen sei, keine befriedigende Erklärung abgeben. Dieser Artikel war ohne Fotos erschienen. »Na, das ging aber schnell!« sagte Jacqueline leicht enttäuscht.

Dorothea Deverell beugte sich plötzlich vor und preßte die Handflächen gegen die Augen, als würde ihr schlecht, eine für sie untypische Geste in Gegenwart anderer. Auf die Frage, ob etwas nicht in Ordnung sei, antwortete sie fast unhörbar: »Natürlich ist etwas nicht in Ordnung – ein Mensch ist *tot*.« Die spröde Entgegnung entsprach nicht ganz ihrer Absicht; Jacqueline und die beiden Sekretärinnen zogen sich zurück, als wären sie gemaßregelt worden. Sie hörte sie auf dem Gang vor ihrem Zimmer flüstern und schloß die Tür. Sie rief Charles Carpenter an, aber natürlich sagte man ihr, daß er nicht da sei – es war halb eins, und er wurde erst nach zwei wieder im Büro erwartet, und wer am Apparat sei? Dorothea sagte rasch: »Vielen Dank, es ist nicht so wichtig, ich rufe wieder an.«

Als nächstes hätte sie gern Howard Morland gesehen, natürlich nicht, um mit ihm den Tod von Roger Krauss zu besprechen (das wäre undenkbar gewesen), sondern vielleicht um Neujahrswünsche auszutauschen und um sich von dem Älteren väterlich trösten und beruhigen zu lassen. Mr. Morlands Sekretärin teilte ihr jedoch mit, daß er erst in zwei Wochen zurückkäme – er machte Ferien in der Karibik. »Natürlich«, sagte Dorothea. »Das hatte ich vergessen.«

Den restlichen Nachmittag arbeitete sie mit sporadisch aufflammendem Feuereifer und versuchte sich der Gedanken an den Toten oder der häßlichen Umstände seines Todes zu erwehren, wurde aber von Wörtern wie *erdrosselt, ausgestochene Augen, aufgeschlitzt, verstümmelt* verfolgt. Sie versuchte das wie ein anstößiges Echo in einem geschlossenen Korridor klingende *Wie nett von Ihnen, Dorothea, daß Sie sich seiner annehmen!* nicht zu hören. Ich will nicht schlecht

von dem Toten denken, wies Dorothea sich zurecht, aber was kann man machen, wenn der Tote so schlecht von mir gedacht hat? Um 4 Uhr nachmittags – die Angestellten des Instituts arbeiteten noch – gab Dorothea ihre Bemühungen, die ihr Kopfschmerzen und ein unerklärliches Unwohlsein eingebracht hatten, allerdings auf, schloß ihr Bürozimmer ab und fuhr vom Parkplatz mit dem Gefühl weg, aus einem Gefängnis befreit zu sein.
Nach Hause wollte sie freilich noch nicht. Aus irgendeinem Grund hatte sie Angst davor.
Das bezaubernde weiße Gewand, das Charles ihr geschenkt hatte – hatte es nicht Ähnlichkeit mit einem Brautkleid?
War es ein Brautkleid?
»Und wir haben uns doch versprochen, uns dieses Jahr nichts zu schenken«, sagte Dorothea im Ton schwachen Protests laut zu sich selber. Aber natürlich war sie auch begeistert. Sie mochte sich nicht recht eingestehen, wie sehr.
Charles mußte es also bereut haben, daß er sie allein nach Vermont fahren ließ.
Allerdings hatte sein Brief – so seriös und umsichtig, so typisch *anwaltsmäßig* – das Geschenk überhaupt nicht erwähnt.
»Er hat es in letzter Minute gekauft«, sagte Dorothea laut. »Er hat es spontan gekauft.«
Während der Fahrt fühlte sie sich fast augenblicklich besser, viel besser, als wirke das Phänomen selbst mäßiger Geschwindigkeit, das Zurücklegen einer selbst mäßigen Anzahl von Kilometern zwischen ihr und dem Brannon Institute auf geheimnisvolle Weise kräftigend. Und dabei war sie doch gestern nachmittag so viele Kilometer gefahren! Schon hatte sie Prides Crossing hinter sich gebracht, Beverly Farms, und fuhr, so schien es fast, nach Maine ...

Sie parkte ihren Wagen am Ende einer der Küstenstraßen auf einem Felsvorsprung hoch über dem Atlantik und saß benommen und beschwingt da, als habe sie eine Riesenstrecke nur hierfür zurückgelegt: für dieses großartige Seestück aus Violett, Blau und Grün, unruhig bewegt und mit weißen Schaumkronen bedeckt, wie ein Gemälde von Winslow Homer. Trotz der Kälte stieg sie aus dem Auto und blickte, starrte eine Zeitlang auf den vereisten Küstenstreifen und die wilden Wellen und den finsteren Winterhimmel, während ihr Haar wie verrückt im Wind flatterte und ihre Augen sich mit Tränen füllten. Das sah ihr wirklich nicht ähnlich! Das sah Dorothea Deverell wirklich nicht ähnlich! Sie fühlte, wie eine unheimliche Art von Leben, *Lebendigkeit* sie durchpulste ... sie fühlte einen Strom von Kraft, Hoffnung, Entschlossenheit. Ihr Feind war tot, und sie war am Leben. Es war so einfach, daß man es hätte übersehen können.

Eine Weile stand sie mit verschränkten Armen zitternd da, das Gesicht feucht von Tränen, die auf ihren Wangen eine dünne Eisschicht bildeten. Sie blieb stehen, bis die Luft sich erst allmählich, dann wie vom brausenden Geräusch Abertausender schwarzgefiederter Flügel abrupt verdunkelte. Aber da waren keine Vögel, oder? Sie blickte erschrocken nach oben. Nur schneeschwere Wolken. Nur die hereinbrechende Nacht.

»Ist es nicht entsetzlich! Und doch, eigentlich nicht völlig überraschend, finde ich«, sagte Ginny Weidmann. Sie wirkte niedergedrückt, fast feierlich, aber resolut, als sie Dorothea Deverell und die anderen hereinließ. »Anscheinend hat der Mann ein Doppelleben geführt.«

»Wieso? Wie meinst du das?« fragte eine der Frauen.

»Setz dich, Dorothea, und laß dir von Martin was zu trinken geben; du siehst wunderhübsch aus«, sagte Ginny. Sie senkte die Stimme. »Die Polizei hat in seinem Wagen pornographisches Material gefunden. Das stand nicht in der Zeitung. Videokassetten, Magazine.« Ihre Stimme wurde noch leiser. »Pornographie für *Männer, Homosexuelle.*«

»Tatsächlich?«

»Roger *Krauss*?«

»Man hat in seiner Tasche auch den Abschnitt einer Eintrittskarte für irgend so ein verrufenes Kino gefunden«, sagte Ginny. »Martin mag es nicht, wenn ich Vermutungen anstelle«, setzte sie schnell hinzu, als Martin nicht im Zimmer war, »aber die Polizei vermutet selber, daß Roger den Mann in dem Kino aufgegabelt hat, also den jungen Schwarzen, meine ich, und ihn mit nach Hause nahm. Was – gewisse Dinge erklären würde.«

»Also, man kann es sich so schwer vorstellen, daß – «

»– so schwer vorstellen, daß *er* – «

»Ausgerechnet Roger Krauss – «

»Oh, heutzutage weiß man nie – «

» – kann man nie im voraus wissen – «

»Bei Roger Krauss im Grunde aber doch«, sagte Ginny vorwurfsvoll. »Erinnert ihr euch nicht an seine Kampagne gegen Dorothea? Gegen ›Feministinnen‹? Da lag eindeutig eine gefühlsmäßige Abneigung gegen Frauen vor.«

Die versammelten sechs oder sieben Leute blickten Dorothea in Erwartung einer Bestätigung an; sie murmelte indes nur ein paar vieldeutige Worte und hatte wohl ihr Unbehagen zu erkennen gegeben, denn sie ließen schnell von ihr ab und wandten sich ohne Dorotheas Mithilfe wieder ihrer beherzten Analyse des »Rätsels« Roger Krauss zu – die Sache lief auf vollen Touren und duldete wohl keine Unterbrechung. Mehrmals warf Ginny Weidmann gleichsam an Dorothea Deverells Stelle leidenschaftlich ein: »*Mich* hat das alles nicht überrascht. Für *mich* ist das Ganze durchaus logisch.«

»Aber hat denn der Schwarze schon gestanden? Ich hab heute morgen in den Nachrichten gehört – «

»Er behauptet natürlich, daß er unschuldig ist – was sonst?«
»Die Beweise sind aber anscheinend –«
» – *sehr* ungünstig!«
Es entstand eine allgemeine Pause. An der Haustür läutete es; ein Freund oder Nachbar war gekommen. Wieder erhob sich ein erstauntes Gemurmel: »Aber wer hätte das je von *Roger Krauss* gedacht?«
Es war Sonntagabend. Ginny Weidmann hatte Dorothea Deverell erst am Tag zuvor angerufen, um sie zu einem Drink einzuladen, nur ein paar Freunde wollten vorbeikommen, keine Party, sondern ein improvisiertes Treffen; wir haben dich vor Weihnachten zuletzt gesehen, Dorothea, wo um Himmels willen hast du die ganze Zeit gesteckt? Also erschien Dorothea mit leisem Widerwillen bei Weidmanns in zugleich angstvoller und gespannter Erwartung weiterer Gespräche über Roger Krauss, von dem sie in dieser letzten Woche schon so viel aus verschiedenen Quellen gehört hatte und mit dessen Namen der ihre, zumindest zeitweilig, so unselig verknüpft schien. Die »homosexuellen« Einzelheiten, die Ginny gerade beigesteuert hatte, waren Dorothea freilich neu und trafen sie tiefer, als sie sich eingestehen mochte. Während Fetzen der Unterhaltung ihr um den Kopf schwirrten, saß sie reglos auf dem Sofa, ohne ihr Getränk anzurühren, und dachte: Also das war es. Nichts Persönliches also.
Vielleicht war Dorothea zu ihren Freunden gegangen, um eben diesen Trost zu finden; oder nur aus Einsamkeit; oder Angst; oder Schuldgefühl. (Aber warum sollte sie sich schuldig fühlen?) Da Carpenters weißer Cadillac nicht draußen stand, wußte Dorothea, daß Charles nicht da sein würde; dennoch hatte sie sich unbewußt, leicht verkrampft, auf die Möglichkeit seiner Anwesenheit eingestellt – auf den raschen, innigen Blick, den er ihr aus zusammengekniffenen Augen zuwerfen würde, wie er es bei solchen geselligen An-

lässen unweigerlich tat. Aber niemand war da. Das heißt – mehrere Männer waren da, darunter (Dorothea bemerkte es erst später) Jerome Gallagher; aber kein Charles Carpenter. Dorothea hatte ihren Geliebten freilich vorgestern abend kurz gesehen und in dieser Woche ein parmal mit ihm telefoniert. Er hatte sich über das, was er mit einem gewissen Widerwillen die »Krauss-Affaire« nannte, sehr freundlich und verständnisvoll geäußert; war Dorothea gegenüber nicht weiter auf das Thema eingegangen, als spüre er (ach, wie gut Charles sie kannte!), daß sie unter aufkommenden Schuldgefühlen litt. (Aber warum sollte *sie* sich schuldig fühlen?) Und dann war da noch das quälende, um nicht zu sagen zermürbende Rätsel der Weihnachtsgeschenke: dasjenige, das Charles ihr wirklich geschickt hatte (ein mit Silber und Schildpatt besetztes Schmuckkästchen aus Ziegenleder), und dasjenige, das Charles Carpenter ihr *nicht* geschickt hatte (das weiße Spitzenjäckchen mit dem dazu passenden Rock). Der kleine Schmuckkasten war von einem bekannten Bostoner Juweliergeschäft in Geschenkpapier verpackt und mit einer beiliegenden Karte, *In Liebe, stets C.*, versandt worden, und Dorothea hatte ihn erst Montagabend beim Öffnen ihrer restlichen Post gefunden. Zwei Geschenke also? Hatte sie während ihrer Abwesenheit nicht nur ein, sondern zwei Weihnachtsgeschenke bekommen? »Wenn du mir das Schmuckkästchen geschenkt hast, wer hat mir dann das – andere geschenkt?« fragte Dorothea, fast erschrocken; und Charles Carpenter antwortete mit einem gleichgültigen, gekränkten Lachen: »Wenn *du* es nicht weißt, Dorothea, woher, verdammt noch mal, soll *ich* es dann wissen?«
Dorothea hatte jedoch keine Vermutungen anstellen wollen. Als sie bei Weidmanns gerade aufbrechen wollte, denn die anderen gingen noch zum Essen in ein Restaurant im Ort und sie hatte keine Lust, sich ihnen anzuschließen, erschien verspätet mit jungenhaft gelächelten Entschuldigungen Gin-

nys Neffe Colin Asch in Begleitung des betörenden Mädchens im Kleopatra-Look, an dessen Namen sich Dorothea im Moment nicht erinnern konnte; und sie erkannte plötzlich an ihrem unsinnig klopfenden Herzen, daß es ein Fehler gewesen war, hierherzukommen. Denn hier stand nun überraschend der Junge – der junge Mann – Colin Asch: mit seinen unheimlich gemeißelten Zügen wie ein zum Leben erweckter dreister Renaissance-Engel, seinem weißgoldenen Haarschopf, seinen schönen schlauen Augen ... er sah Dorothea Deverell mit einer eigenartig vertraulichen Intensität an, als ob sie alte, sehr alte Freunde seien oder Blutsverwandte oder ein Menschenschlag, der es eigentlich nicht nötig hat, sich untereinander in der Öffentlichkeit zu grüßen. Rundum aber gab es ein allgemeines Händeschütteln und Vorstellen, denn weder kannten alle Gäste Ginnys Neffen – »eigentlich mein Großneffe« – noch Hartley Evans, die, wie sich schnell herausstellte, die neue Koordinatorin der wochentags gesendeten WWBC-TV-Abendnachrichten war, demzufolge in der Gegend bekannt und Gegenstand sofortiger und angeregter Aufmerksamkeit. Dorothea Deverell, bereits auf den Beinen und im Begriff, sich zu verabschieden, mußte noch bleiben, lächeln und zuhören und die sonderbare Regung verbergen, die sie beim Anblick von Colin Asch (ach, so unterhaltsam! so gelöst!) mit Hartley Evans oder Hartley Evans mit Colin Asch empfand (die junge Frau stand dicht neben ihm, hatte sich beim Hereinkommen demonstrativ bei ihm eingehakt, wie um zu verkünden, daß sie ein Liebespaar seien) – diese hochgewachsenen, attraktiven, glückstrahlenden jungen Leute, die durch den bloßen Kontrast alle anderen im Weidmannschen Wohnzimmer matt und angejahrt erscheinen ließen. Dorothea Deverell spürte einen Stich – war es Neid? Eifersucht? Bloß Betroffenheit? Oder ein indirektes Vergnügen, herbe und unerforscht, an der rein physischen Gegenwart des jungen Paars?

Beide wirkten angeregt, aufgekratzt, wie Schauspieler, die es nur schwer über sich bringen, von der Bühne abzutreten; vielleicht hatten sie sich auch kurz zuvor gestritten – oder miteinander geschlafen. Dorothea blickte lächelnd von einem zum anderen. Hartley trug noch mehr Schmuck als an dem Abend bei Weidmanns, und ihr glänzendes schwarzes Haar umrahmte ihr Gesicht makellos, glatt wie ein Helm; ihre Augen und Augenbrauen waren kunstvoll nachgezogen, die Augenlider mit einem blassen Silberblau getönt; die vollen Lippen strahlten in sattem Rot. Und ihre Haut, ihre junge Haut – im Lampenlicht wirkte sie jedenfalls fast porenlos: vollkommen. Die Überraschung des Abends war freilich Colin Asch, der sich, vielleicht im Hinblick auf künftige Fernsehauftritte, das lange Haar hatte schneiden und frisieren lassen und statt seiner schludrig-spätpubertären Aufmachung einen Kamelhaarblazer mit Goldknöpfen, einen beigefarbenen Rollkragenpullover und marineblaue Hosen mit tadellosen Bügelfalten trug. An der rechten Hand der goldene Siegelring, an seinem linken Handgelenk eine schöne Armbanduhr mit Platinzifferblatt, die Dorothea schon einmal gesehen hatte. Als sie ihn betrachtete, während er gerade lächelnd Hartley Evans anblickte (die alle mit einer Anekdote über den ehemaligen Außenminister Henry A. Kissinger unterhielt, den sie kurz zuvor getroffen und interviewt hatte), spürte sie mit wachsendem Unbehagen, daß irgend etwas nicht stimmte oder nicht ganz in Ordnung war; denn wie sonst konnte *dieser* junge Mann – gesund, energiegeladen, die Augen glänzend vor kaum unterdrückter Erregung, mit den Fingern wie im Rhythmus einer inneren Musik zuckend – aus jenem *anderen* jungen Mann, Ginny Weidmanns »tragischem« Neffen, hervorgegangen sein, der erst im November, vor knapp zwei Monaten, bei Weidmanns gestrandet war? An jenem Abend war Colin Asch eine verirrte Seele gewesen: durcheinander, schmuddelig,

bleich, ein idealistischer Schwärmer. (Engagiert er sich immer noch so leidenschaftlich für den Tierschutz? fragte sich Dorothea. Sie hatte von Ginny darüber letzthin nichts mehr gehört.) Jetzt sah er wie ein Yuppie aus, überzeugt von seinen Fähigkeiten, doch respektvoll – anscheinend sogar ehrerbietig – gegenüber Älteren. Die beiden können unmöglich ein und dieselbe Person sein, dachte Dorothea verblüfft.
In diesem Augenblick warf ihr Colin Asch einen Blick zu, als habe er sie tatsächlich sprechen gehört; und ihre Augen hielten einander stand. Von einem plötzlichen Schwächegefühl überkommen, erklärte Dorothea, sie müsse aufbrechen – sie sei schon spät dran für ihre nächste Verabredung. Colin Asch sagte nur: »Dann bringe ich Sie zu Ihrem Auto, Miß Deverell – ich meine Dorothea«, nahm sanft ihren Ellbogen und führte sie aus dem Zimmer, wobei er sich mit so ungekünstelter Schroffheit von seiner Freundin mit ihrem charmanten Geplänkel abwandte, daß man den Eindruck, den beinah unerquicklichen Eindruck gewinnen mußte, daß er weder ihr noch sonst jemandem zugehört hatte. Er war lebhaft, aufgedreht, wirkte fast fröhlich berauscht, und tatsächlich spürte Dorothea seinen alkoholisierten Atem; er schwatzte munter drauflos, beschwerte sich vergnügt über WWBC-TV und die »Medienmentalität«, mit der er sich herumschlagen müsse, aber man wolle ihn unbedingt halten, habe ihm auch versprochen, daß er demnächst auf dem Bildschirm erscheinen würde, aber vielleicht würde er sowieso kündigen und bei einem Konkurrenzsender anfangen – »Das würde den Blödmännern einen schönen Schlag versetzen« –, wobei er Dorothea mit einem Blick aus blanken Augen streifte. »Aber Sie sehen wohl nicht fern, Miß Deverell? Dorothea? Warum sollten Sie auch bei Ihrem ausgeprägten Feingefühl und all den anderen Sachen, die Sie im Kopf haben?« Dorothea lachte, als wollte der junge Mann sie zutraulich-zärtlich aufziehen, sich über ihren hochgestochenen Bil-

dungsanspruch mokieren, was er allerdings nicht im Sinn hatte; er meinte es absolut ehrlich.
In der Weidmannschen Halle half Colin Asch Dorothea in den Mantel, den schweren, glänzenden, schönen alten Steinmarderpelz, und sie bereitete sich nervös darauf vor, ihm den Sachverhalt zu erklären: ein Erbstück von ihrer Tante – denn sie selber halte nichts von der grausamen Unsitte, Tiere wegen ihres Fells zu züchten und abzuschlachten –, er summte jedoch, ohne anscheinend davon Notiz zu nehmen, glücklich vor sich hin; dann hörte er damit auf und bemerkte, daß er sie lange nicht gesehen und schon vermißt habe; er hätte das Mittagessen neulich genossen; er sei enttäuscht gewesen, daß Dorothea nicht zu seiner Geburtstagsfeier hätte kommen können, natürlich sei die erst in letzter Minute arrangiert worden, und warum Tante Ginny Dorothea nicht früher angerufen hätte, wüßte er nicht, das sei ungefähr das einzige, was an Tante Ginnys Charakter auszusetzen sei – »ihre Angewohnheit, in letzter Minute alle zusammenzutrommeln, Leute anzurufen, wie wahrscheinlich auch gestern, um euch alle einzuladen«. Er stand hoch aufgerichtet und auf einmal sehr still hinter Dorothea, mit den Händen auf ihrer Schulter. »Aber es war sehr aufmerksam von Ihnen, Dorothea. Diese Karte. Diese Geburtstagskarte«, sagte er ruhig. »Ich habe sie aufbewahrt, ich halte sie in Ehren. Ich vergesse das nicht.«
Wieder lachte Dorothea, beklommen, und ihrer beider Augen trafen sich im Spiegel neben der Tür, und sie dachte: Er also hat mir das Geschenk geschickt – natürlich. Im selben Augenblick aber standen zwei Dinge zweifelsfrei fest: Sie hatte jetzt nicht den Mut, das Geschenk zu erwähnen und ihn um eine Erklärung zu bitten, und Colin Asch, der spürte, daß sie wußte, war zu taktvoll oder zu durchtrieben, die Sache selber zur Sprache zu

bringen. Vielleicht dachte er, träumerisch in den Spiegel lächelnd, unser Geheimnis bleibt unser Geheimnis.
Colin Asch brachte Dorothea zu ihrem Auto, das sie in Weidmanns kreisförmiger Auffahrt mit den ringsum frisch aufgeschaufelten Schneewällen geparkt hatte; sein Gang hatte etwas Überschwengliches, und er pfiff die Anfangstakte einer vertrauten – eindringlich vertrauten – Melodie vor sich hin, war es ein Schumann-Lied? Er hatte es nicht nötig gefunden, seinen Mantel anzuziehen, statt dessen hatte er sich eine schwarze Astrachanmütze keck aufgesetzt – »Gefällt Ihnen meine neue Mütze, Dorothea?« fragte er mit einem jungenhaft erwartungsvollen Lächeln. »Ich habe sie bei einem nachweihnachtlichen Ausverkauf hier im Ort erstanden – in einer dieser schicken Herrenboutiquen, wo Tante Ginny Sachen für Martin kauft.«
Hier wurde wohl ein Zuviel an Information geliefert; Colin Asch benahm sich jedoch völlig ungezwungen, so daß Dorothea ihn wie ein Kind mit den Worten lobte: »Ja, sie gefällt mir, sie ist sehr – hübsch.«
»Wissen Sie, Dorothea«, sagte Colin, indem er die Tür ihres Mercedes für sie öffnete und eine Verbeugung aus der Hüfte mimte, »ich dachte mir fast, daß sie Ihnen gefallen würde.«
Dorothea Deverell raffte ihren Rock zusammen – einen jagdgrünen Wollplisseerock, ein wunderschöner, von der Zeit so gut wie gar nicht mitgenommener Stoff – und schob sich sacht in ihr Auto. Sie atmete schnell, wie ein junges Mädchen; und Colin Asch lehnte sich, einem verwegenen Verehrer nicht unähnlich, über die Wagentür und schaute lächelnd auf sie herunter. Sein Atem dampfte und verflog, dampfte und verflog. Seine Lippen schienen ohne sein Zutun zu zucken und schürzten sich zu einem weißen wölfischen Grinsen. Als hätten sie in aller Ruhe über dieses Thema gesprochen, sagte er: »Ja, es ist merkwürdig, wie ein verabscheuungswürdiger Mensch, der das Leben nicht verdient, es

manchmal verliert. Als ob es am Ende doch eine irdische Gerechtigkeit gäbe, wie einige unserer großen Seher und Dichter glaubten.« Er hielt inne und fügte hinzu: *»Als ob.«*
Dorothea erschauerte und suchte in ihrer Tasche nach den Autoschlüsseln. Sprachen sie jetzt über Roger Krauss? Sie nickte vage; sie murmelte eine vage Zustimmung. In der Absicht, das Thema zu wechseln, eine Art Abschluß herbeizuführen, sagte sie fast fröhlich: »Sie und Ihr Mädchen. Sie sind ein eindrucksvolles Paar – Sie wirken sehr glücklich zusammen.«
»Mögen Sie diesen Typ? Wirklich? Ach, ich seh schon, Sie wollen höflich sein, Dorothea.« Colin Asch stand nachdenklich, zweifelnd, mit baumelnden Armen über Dorotheas Autotür gelehnt. Die Astrachanmütze gab ihm ein exotisches, fremdartiges Aussehen und war ihm in die Stirn gerutscht, als ob sie ein oder zwei Nummern zu groß für ihn sei. Mit leiserer Stimme sagte er: »Sie bildet sich ein, daß sie in mich verliebt ist – sie will ein Kind von mir und all das! Wenn sie könnte, würde sie mir das Leben aussaugen. Das Mark aus den Knochen.«
Diese plötzliche unerbetene Vertraulichkeit überrumpelte Dorothea. Was gab es da zu sagen? Warum sah Colin Asch sie so eigenartig, verständnisheischend an? Sie wurde allmählich nervös und wollte, daß dieser seltsame junge Mann sich von ihr entfernte und sie wegfahren ließ. Er starrte aus einem Blickwinkel auf sie herunter, der ihm einen Vorteil verschaffte; Dorothea konnte nur den Hals verdrehen und angestrengt zu ihm heraufschielen.
»Offen gestanden nehme ich das Fleischliche nicht so wichtig«, sagte Colin Asch mit einem lässigen Achselzucken. »Nur den Geist. Die Seele.«
Dorothea zog ostentativ die Wagenschlüssel aus ihrer Tasche: Ihr Lächeln wirkte jetzt gezwungen.
»Aber Sie, Miss Deverell – Dorothea –, gibt es jemanden, in

den Sie verliebt sind?« fragte Colin Asch auf einmal impulsiv, sich wie mit einem Kopfsprung in unbedachte Worte stürzend. »Von dem niemand weiß – außer er selber?«
Dorothea zuckte zurück, als ob der ungestüme junge Mann zu einem Schlag gegen sie ausgeholt hätte.
Rasch fügte er hinzu: »Bitte, Sie können es mir ruhig sagen. Sie können mir vertrauen. *Ich kann ein Geheimnis für mich behalten.*«
Obgleich Dorothea innerlich vor Angst, Empörung und Schreck zitterte, gelang es ihr, mit ruhiger Stimme zu sagen: »Ich plaudere keine Geheimnisse aus, weder meine noch die von anderen. Darf ich jetzt die Tür schließen? Ich möchte losfahren.«
Wie ein gekränktes, eigensinniges Kind ließ Colin Asch nicht locker. »Ich kann ein Geheimnis für mich behalten, Dorothea. Keine Macht der Welt kann *mir* ein Geheimnis entreißen.«
Dorothea gab keine Antwort und ließ den Motor an. Sie hatte plötzlich fürchterliche Angst, daß Colin Asch sie berühren würde – daß er wie ein Blinder tastend den Arm ausstrecken und ihr übers Haar streichen würde.
Statt dessen seufzte er, rückte seine Mütze zurecht und sagte entschuldigend, wobei er Anstalten machte, Dorotheas Tür zu schließen: »Die Hauptsache ist, Sie sind glücklich – gerade jetzt –, wo das neue Jahr beginnt und all das? Sie *sind* glücklich, Dorothea?«
»Ja«, sagte Dorothea Deverell fast wütend. »Sehr.«
Denn das war sie.

6

Es machte ihn glücklich, daß sie glücklich war, wenn das, was er auf ihrem Gesicht wahrnahm, wirklich ein Zeichen des Glücks war.

Sie schien ihm freilich noch nicht ganz zu vertrauen – er hatte sich ihr gegenüber bisher nicht restlos bewährt.

Vielleicht wenn er im Sender befördert wurde oder kündigte und irgendwo einen besseren Job fände. Vielleicht. Wenn er in eine neue Wohnung zöge. Eine Feier mit Champagner! Im Abendanzug! Eine Limousine, um sie abzuholen! Und sie würde das wunderschöne Kleid tragen, das er ihr gekauft hatte, blendendweiß, rein, vollkommen an ihr. »La Belle Dame sans Merci.« (Mr. Kreuzer hatte es der Klasse hypnotisierend langsam vorgelesen, so daß man den Takt, die fallende Betonung in der Schlußzeile jeder Strophe förmlich fühlen konnte, und seine Augen waren zu dem jungen C. A. geglitten, der schlaff auf seinem Platz am Fenster hing und regungslos, wie angewurzelt, auf seine Hände starrte. *Sah Lippen, klaffend schmal im Dunst/Aus denen Fluch und Warnung drang/Und wachte auf und fand mich hier/Auf dem kalten Hang**, und nachdem die letzten Worte verklungen waren, breitete sich ein so gespanntes, so eindringliches Schweigen aus, daß er hätte schreien schreien schreien mögen, um es ganz und gar zu vernichten, aber er hatte nur reglos auf seine Hände gestarrt.)

Aber sollte Colin Asch das Essen selber machen oder es bestellen? Die größten Köche der Welt waren Männer; man brauchte dafür eine besondere Begabung. Nicht jedes Arsch-

* Aus dem Englischen von Mirko Bonné

loch kann Feinschmeckergerichte zubereiten oder gar die Weinauswahl treffen. Ober sollte er es von einem Partyservice kommen lassen? Seine Tante würde das wissen. In den reichen Vororten gab es überall solche Firmen. Ein aufstrebender Geschäftszweig. »Die Scheißer hier draußen haben so viel Geld, daß sie es essen müssen, rausscheißen müssen.« Eins stand jedenfalls fest, die würden *ihn* nicht übers Ohr hauen.
Und was war mit Möbeln für die Wohnung? Mußte man die nicht Wochen vorher bestellen? Monate vorher? Es würde schwierig werden, sich aus seinen verschiedenen Quellen noch mehr $$$ zu verschaffen, wo er keinen Finger gerührt hatte, um irgendwas zurückzuzahlen. Die $$$ aus K. R.s Brieftasche (denn unter dieser Bezeichnung stand er im Blauen Kontobuch) waren eine nette Überraschung, aber hatten nicht lange gereicht, und die Kreditkarten waren unter diesen Umständen wertlos; man mußte schon high mit Crack, Coke oder anderem Shit sein, um das zu versuchen, wie der schwarze Typ, den sie geschnappt hatten, der arme elende dämliche Saftarsch, was hatte der sich bloß gedacht – daß es wie Manna vom Himmel gefallen sei? Und die tolle Wildlederjacke mit den Ärmelflecken auch? Da war noch H., und da war S. (die er gerade eben hier draußen in Lathrup Farms im Buchladen getroffen hatte), und da waren X, Y, Z; an Gelegenheiten, sich Kleingeld zu beschaffen, würde es ihm nie fehlen, aber G. fing schon an, sich Sorgen zu machen, wenn sie mit ihrer Kreditkarte Geld für ihn abhob (letztes Mal 1 500 Dollar für die Kamelhaarjacke, für Hemden, den Pullover aus Merinowolle, einen anständigen Haarschnitt – viel war's ja nicht), hatte Angst, einen weiteren Scheck auszuschreiben, obwohl sie ihr eigenes Konto hatte. »Bitte kein Wort darüber zu Martin!« hatte sie ihn gewarnt, als ob ausgerechnet C. A. eine Warnung nötig hätte. In kindlicher Dankbarkeit hatte er gelächelt und die Hand der Alten

an sich gezogen; er hatte die Stirn in kindlich beschissener Dankbarkeit auf ihren Handrücken gelegt, weiß nicht, was ich ohne dich täte, liebe Tante, du hast mir das Leben gerettet, als ich herkam und du mich aufnahmst, nicht wie die anderen: Auf der ganzen Welt gibt es keinen Menschen wie dich. Oh, liebe Tante G.

Wenn nun M. in diesen Tagen sterben würde? Auf der Straße überfallen, in seinem Wagen erschossen, allerdings *nicht* in der Gegend von Lathrup Farms – niemand darf vermuten, daß es irgendwas mit seinem Zuhause zu tun hätte. Auch Einbruch ginge nicht, wenn er sich wehrt und erschossen würde, weil dann auch G. da reingeraten könnte, und das würdest du ja nicht wollen; nein, das kam nicht in Frage oder lag zumindest noch in der Zukunft. Zuviel auf einmal zu bedenken.

Auch ist es immer riskanter, wenn Blutsverwandtschaft im Spiel ist, wo sie auf Tatmotive schließen können. XXX unbefleckt vom Begehren ist das Höchste. Aber Gefühle schleichen sich ein. Wie bei K. R., er hatte einen derartigen Haß auf das Arschloch angesammelt, bevor er ihn schließlich rankriegte. Und anderes auch. Anderes schleicht sich ebenfalls ein.

»Ich hab es gesehen.«

»Was gesehen?«

»Dich und sie. Die, für die du so schwärmst.«

»Was –?«

»Du weißt schon!«

»Nein, weiß ich nicht. Sag es.«

»Die Frau mit dem blassen, verträumten Gesicht – die Hochnäsige. Die Freundin von deiner Tante.«

»Was ist mit ihr?«

»Wie heißt sie?«

»Laß doch ihren Namen, was ist mit ihr?«

»Ich sagte, daß ich euch gesehen habe. Dich und sie.«
»Was gesehen, du Fotze?«
»Dich und sie! *Dich und sie!* Mich siehst du nie so an!«
Colin Asch stand hochaufgerichtet wie auf Stelzen und knackte mit den plötzlich sehr knochigen, gleichsam vergrößerten Fingerknöcheln: erst mit den linken, dann mit den rechten. Augenlider schoben sich über trockene schmerzende Augen. Sie waren high – kamen aber schnell wieder auf die Erde. Diese **$$$** und das Miststück holten sie herunter. Das hatte sie schon viel zu oft getan, die dämliche Fotze. Wilde nasse gekränkte Augen, die wie durchgestrichen aussahen von der verlaufenen Wimperntusche. Und die rotznassen Nasenlöcher. Und der nasse rote Sabbermund.
»Liebling, ich seh dich doch immer so an.«
»Scheiß drauf! Du kannst mich! Mach daß du hier rauskommst!«
Colin Asch fing plötzlich an zu pfeifen. Diese Erwiderung war offensichtlich nötig. Mit zurückgeworfenem Kopf und geschürzten Lippen wie für einen Supersaugekuß der Spitzenklasse. Pfiff den »Bolero«; sonst bestand Gefahr, daß was passierte. *Sie führen einen in Versuchung, indem sie die Beherrschung verlieren. Sich dagegen zu WEHREN ist das wichtigste.*
Er hatte sie angelogen, was die vorherige Nacht und den Grund für sein Fernbleiben von der Arbeit betraf – das dritte oder vierte Mal, daß er sich nicht hatte blicken lassen, und wer, wenn nicht sie bekam die Schuld dafür? Gab es eine andere Frau, war es *die Frau?* »Sie sieht so alt aus, daß sie fast deine Mutter sein könnte.« Und was war mit der Wohnung, die er suchte, warum wurde sie über das, was vorging, nicht auf dem laufenden gehalten? Oder wollte er etwa umziehen, ohne ihr Bescheid zu sagen?
Sie redete und redete, über den »Bolero« hinweg. Er zog sich bis auf die Unterwäsche aus, ihm war so beschissen heiß.

Schweißperlen auf der Stirn, Schweißperlen, die ihm an den Seiten heruntertröpfelten. Wütend lachend sagte sie: »Manchmal fehlt dir eine Schraube, Colin; manchmal jagst du mir Angst ein, du bist so –« obwohl er doch, wie er dachte, alles flüssig und zufriedenstellend erklärt hatte, und nun verkorkste die Fotze es in ihrer Maßlosigkeit wieder. Er durfte sich dadurch nicht durcheinanderbringen lassen. Mit den Daumen treffsicher die dicken bläulichen pulsierenden Arterien in ihrem Hals zudrücken ... oder vielleicht sollte er sie bei den Schultern packen und gegen die Wand, den Fußboden, den Türrahmen knallen, gegen irgend etwas Hartes, um ihr den Schädel zu zertrümmern. An einem gewissen Punkt geistiger Intensität *wird alles unerträglich – oder erträglich. Diesen Punkt gilt es zu erreichen.*
Er hatte sich bis auf die Unterhosen ausgezogen, schwitzte und keuchte. Das Pfeifen wurde schwächer, verhallte wie beim Abblenden im Radio, dann ist es plötzlich vorbei. An der Tür ihres billig glitzernden Badezimmers schaltete er das Neonlicht ein und sagte: »Was machst du denn da, Liebling? Was machst du da in der Badewanne?«
Mit suchendem Blick kam er näher. Seine Nasenlöcher blähten sich von dem Geruch.
Hinter ihm sagte sie: »Colin? Wie? Was ist – ?«
Halbwegs spielte er das Entsetzen, das er tatsächlich spürte. Starrte durch die Finger auf das Schauspiel vor ihm.
»Liebling? Hartley? *Was hast du dir angetan?«*
Angstvoll kam sie näher, tapste mit bloßen Füßen von hinten an ihn heran, wagte aber nicht, ihn zu berühren. Sagte: »Colin? Was ist los?« – wobei sie versuchte, über seine Schulter einen Blick auf das zu werfen, das da in der Wanne war. *Manchmal fehlt dir eine Schraube, Colin, du bist so –.*
Dann berührte sie ihn doch, strich mit den Fingern über sein Handgelenk, aber er merkte es nicht.
»Dein Kopf ist an einer Seite aufgeschlagen«, sagte er. »Im

Wasser ist Blut. Hartley? Liebling? Was ist passiert. *Was hast du dir angetan?«*
Hoch und zittrig auf seinen Stelzen sah er es dort in der Wanne, sah sie, es gab ihr den Rest, die Vision war so stark, daß sie es selber sah oder doch beinahe. Ihn bat, aufzuhören. Ihn bat, um Himmels willen bitte aufzuhören. Er näherte sich der Badewanne, sprach zu dem, was da beinahe war, der toten Frau, die nackt im schaumigen Wasser lag, große schwimmende Brüste, Brustwarzen wie blaugeschlagene Augen. Geronnenes Blut aus der klaffenden Wunde, wo der Schädel gegen den Rand gekracht war; Finger- und Zehennägel hatten sich blau verfärbt. Erstaunt und mitleidig beugte sich Colin Asch über die Leiche und sprach zu ihr, während Hartley ihn mit schrillem Lachen am Arm zog, ihn bat, bitte um Himmels willen aufzuhören – »Du machst mich wahnsinnig. *Du bist wahnsinnig.«*
Sie waren zusammen in einem Fahrstuhl, und das Kabel war gerissen. War es das? Wenn sie D. D. noch einmal erwähnte, würde er sie töten – so einfach war das. Er nahm an, daß sie Bescheid wußte. Oder vielleicht wußte sie's auch nicht, die Fotzenkuh. Nachher im Bett, als er sein Gesicht an ihrem Hals vergrub, Liebe Liebe Liebe flüsterte, hatte er Mühe, steif genug zu bleiben, um in sie einzudringen, dann, als es ihm gelang, zuckte sie wie im Schmerz zusammen, und er schlaffte ab, glitt raus, dachte daran, ihr endgültig und unmißverständlich weh zu tun, damit sie ihn gehen ließ, aber dann dachte er an D. D. und wie traurig sie darüber wäre, wenn sie es wüßte ... entsetzt, traurig, angewidert. Schließlich erwartete sie noch so viel von Colin Asch. *Bitte Dorothea, ich möchte gut sein. Ich versuche ja, gut zu sein.* Beschloß dann, H. nicht zu ficken oder zu erschrecken, bat sie statt dessen schluchzend wie ein Kind um Entschuldigung; sie wußte doch, nicht wahr, daß er eine Waise sei, sie würde ihm sicher verzeihen und ihn in die Arme nehmen, natürlich

täte sie das. *Bitte hilf mir, Dorothea, gut zu sein.* Und wie durch ein Wunder ließ die Gemeinheit von ihm ab.
Und am Morgen konnten sich weder C. noch H. an irgend etwas erinnern. Oder an fast nichts.

K. R. 8821Am lautete die Eintragung. So knapp, elliptisch. Ein Code, den nicht mal das FBI knacken konnte.
Allerdings auch nicht ausreichend, um all das auszudrücken, was er empfunden hatte. Nach so vielen Stunden, Tagen der Pirsch. *Und dann wurde die Welt ganz plötzlich vollkommen. Vollkommen.*
Eines Tages würde er sie in seine Geheimnisse einweihen; er würde ihr das Blaue Kontobuch in den Schoß legen und sie auffordern, es zu lesen. Mit der geübten Stimme eines Rundfunksprechers würde er ruhig und deutlich zu ihr sagen: »Sehen Sie, es ist wie bei Euklid, als er die Wahrheiten der Geometrie entdeckte. Die reinen, unversehrten Wahrheiten der Geometrie. Nicht *erfand – entdeckte*.«
Und die darauffolgende Euphorie war, obwohl vorübergehend, durchaus real. Die Bläue des Blauen Zimmers: Er würde sie dorthin mitnehmen. Eines Tages.
Sie sieht so alt aus, daß sie fast deine Mutter sein könnte: willkürlich drauflosgeredete Worte, grausam – unpräzise. Denn D. D. sah weder alt genug aus, um seine Mutter sein zu können, noch ähnelte sie Colin Aschs Mutter auch nur im entferntesten, soweit er sich an die erinnern konnte. Mrs. Asch, tot, ertrunken vor so vielen Jahren. Eine vage Frau mit weichen Formen und künstlerischen Ambitionen, einem derben blonden Haarkranz, wie ihn ein Bauernmädchen trägt, nervös zwinkernden Augen und keiner Spur von Colin Aschs feingeschnittenen Gesichtszügen: keiner Spur. Er besaß Aufnahmen, die das bewiesen! Sie war eine zwanghafte Raucherin, stank nach Zigarettenrauch. Sie hatte geraucht, *als sie mit Colin Asch schwanger war.* Er konnte sich

nicht daran erinnern, ob sie ihn geliebt hatte. Wenn sie ihn geliebt hatte, »war es nichts Persönliches; sie hätte jeden unter diesen Umständen geliebt«. Die Jungen hatten verstört gekichert, als Mr. Kreuzer ihnen einen König oder Soldaten aus alter Zeit zitierte, der seinen Bruder verunglimpft hatte – *Soll ich ihn ehren, nur weil wir beide aus demselben Loch gekommen sind?*

Und dann war da Mr. Asch, an den sich Colin Asch noch weniger erinnern konnte. Tot, ertrunken. Ein Lehrbuch-Verleger in Manhattan, von dem keiner je etwas gehört hatte, bevor die Nachrichtenagenturen die Geschichte über den untergegangenen Wagen, über den zwölfjährigen Jungen, der vom Ufer aus getaucht und getaucht und getaucht hatte, um seine unglückseligen Eltern zu retten, verbreiteten... Colin Asch konnte sich hinterher an nichts mehr erinnern oder nur an sehr wenig, wußte eigentlich nur das, was die Polizei oder andere ihm zu erzählen für richtig hielten, und er hatte keine Fragen gestellt, weil er nie zu dieser Art von Kindern gehört hatte. *Denke daran, daß deine Mutter und dein Vater in einer besseren, schöneren Welt bei Gott sind,* sagte Mrs. Kendrich und tätschelte ihm die Wange. *Lenke deinen Wagen über die Knochen der Toten,* sagte Mr. Kreuzer und tätschelte ihm die Wange. In Katonah, New York, gab es ein gemeinsames Grab mit einem Gedenkstein, aber Colin Asch mußte sich darum nicht kümmern, und weder hatte er es je gesehen noch seit Jahren daran gedacht.

»Und die Körperzellen ändern sich alle sieben Jahre von Grund auf.«

Seine Belohnung waren die 638 Dollar aus K. R.'s Brieftasche, ebenso die Platinarmbanduhr, die ausgefallene Krawattenklammer, der Krokodilledergürtel, die Manschettenknöpfe, der Seidenripsschlips, die Schuhe, die Astrachanmütze, die der Dreckskerl getragen hatte – *dem Sieger die Beute.* Vor allem die Mütze: Man konnte nicht behaupten, daß Colin Asch ängstlich wäre, da er die Mütze für alle sichtbar trug, falls sie Augen hatten zu *sehen*. Aber niemand außer D. D. – natürlich – vermochte Colin Asch auf den Grund seiner Seele zu sehen!

Er stand dicht hinter ihr, hielt ihr behutsam den Mantel, half ihr mit den Ärmeln. Herrlicher seidiger schwärzlich schimmernder Pelz – war es vielleicht Nerz? Fast einen Kopf größer als die Frau, hatte er sie gierig im Spiegel betrachtet, ihre dunklen schönen bekümmerten Augen, die überaus zarten weißen Linien, die ihren Mund einrahmten, der gedankenvoll verschleierte Blick; er sagte, wie aufmerksam es von ihr gewesen sei, ihm eine Geburtstagskarte zu schicken – »Ich habe sie aufbewahrt, ich halte sie in Ehren. Ich vergesse das nicht.« Mit beinah bebender Stimme.

Denn wer auf der ganzen Welt hatte ihn anständig behandelt, wie ein menschliches Wesen – wie eine menschliche Seele – und nicht wie ein Stück Dreck, das man links liegenlassen und beleidigen und vergessen und mißbilligend ansehen konnte (womit sein Scheiß-›Onkel‹ Martin jetzt angefangen hatte) oder dem man sagen konnte, hau ab, geh weg, verkriech dich meinetwegen in eine Höhle und verrecke? *Auf der ganzen Welt gab es niemanden, der sich etwas aus ihm machte oder ihn kannte außer D. D.*

Sie wußte natürlich, daß Colin Asch derjenige gewesen war, der ihr das Weihnachtsgeschenk geschickt hatte: das Spitzenjäckchen, den bodenlangen Rock. In dem Augenblick, wo ihrer beider Augen sich getroffen hatten, stand diese Tatsache fest, *trotz der Anwesenheit der anderen Quaßler.* Also hätte die Frau Colin Asch nicht die Hand zu drücken und »vielen Dank« zu flüstern brauchen, doch als sie sich die Hand gaben – weil das zum Stil des reichen Amerikas gehört, dies energische, aufrichtig scheinende Händeschütteln ringsum, von beiden, Männern wie Frauen –, erreichte ihn die Mitteilung durch die Wärme und erstaunliche Kraft ihrer

Hand: *Unser Geheimnis bleibt unser Geheimnis – unseres allein.*
Und als er sich die Mütze aufgesetzt hatte, heiter, aufgekratzt, ein kleines bißchen verrückt mit einem Schuß Risiko und auch dem dazugehörigen Spaß, hatte D. D. es bewußt erfaßt, hatte mit jenen dunklen bekümmerten Augen zu ihm aufgesehen (denn natürlich fürchtete sie um seine Sicherheit, weil sie keine Kenntnis von seinen früheren Leistungen oder von der Raffinesse der Großen Täuschung, keine konkrete Kenntnis von der Dummheit der Polizei hatte) und gesagt, daß sie ihr sehr gefiele: »Sie ist sehr hübsch!«
An ihrem Auto hatten sie ganz offen miteinander gesprochen. Jetzt wußte sie Bescheid, wenn sie nicht schon vorher Bescheid gewußt hatte; jetzt wußte er, daß sie wußte – *dieses Band zwischen ihnen bestand für alle Zeit,* als hätten ihre Finger die seinen geführt, sich warm, weich, erstaunlich kräftig den seinen angepaßt, als er die Drahtschlinge dem Arschloch so schnell und sauber über den Kopf gestreift, als er sie unverzüglich fest fest fest zugezogen hatte. So erging es Colin Aschs Todfeinden: Er hatte gewußt, was er tun wollte, und hatte es getan! Getan und erledigt! Sie wäre sicherlich nicht gern Zeuge des realen Vorgangs gewesen, möglicherweise war Mitleid einer ihrer wie auch Colin Aschs Fehler, oder war es eher Großmut – wie bei den Dichtern und Sehern, die das All zu umarmen trachten –, so daß die Wirklichkeit, das Faktische daran sie geängstigt, verstört hätte, weil der Tod ja nur ein schwaches Wort ist, eine bloße Silbe, verglichen mit dem Sterben – seiner Körperlichkeit, seinen grauenvollen, schändlichen, krampfhaften Kämpfen – und der plötzliche Gestank der Scheiße in den Unterhosen des Arschlochs, die Verwandlung von R. K. in K. R., in bloßes Fleisch. Der Mann war kräftig gewesen, aber Colin Asch auch mit seinen steinharten Schulter- und Armmuskeln, den eisernen Muskeln seiner Oberschenkel, die er als

Hebel gegen das Opfer eingesetzt hatte; ah, Colin Asch, dieser strahlende Engelsknabe war stärker! – ist immer stärker!
»Hast du an mir gezweifelt, Dorothea? Weil ich scheinbar so lange brauchte? Du solltest nie an mir zweifeln, Dorothea.«
Sie hatte ihn wissen lassen, beim Abschied, daß sie sein Geheimnis nie preisgeben würde – selbstverständlich nicht. Denn es war ebenso ihr Geheimnis. Und daß, ja, daß er sie glücklich gemacht hatte – »sehr«.
Was schließlich der Sinn der Sache gewesen war.

ALLES WAS FORTAN GESCHIEHT IST GESEGNET
WEIL ES DER SEELE ENTSTRÖMT

So schrieb es Colin Asch in jener Nacht in das Blaue Kontobuch.

Das Blaue Kontobuch, kostbar wie Colin Aschs Leben, denn in gewissem Sinn *war* es sein Leben, wurde manchmal in seinem Kleidersack herumgetragen, manchmal im Kofferraum des Olds eingeschlossen, weniger häufig zwischen den Sprungfedern und der Matratze seines Bettes in dem geräumigen Gästezimmer mit der Seidentapete versteckt, das Weidmanns ihm seit seiner Ankunft im November kostenlos überlassen hatten. Doch genau dort, in jenem Zimmer, ließ das Blaue Kontobuch beunruhigende Spuren erkennen – als ob es aus seinem Versteck genommen, wahrscheinlich angesehen, wenn auch nicht genauestens untersucht, dann zurückgelegt, *aber ungeschickt zurückgelegt!* worden sei, so daß Colin Asch mit seinem scharfen Auge und untrüglichen Instinkt für Gefahr sofort wußte, was passiert war. Seine Nasenlöcher zogen sich wie von einem plötzlich auftretenden Geruch zusammen.
»Wenn sie es war, werde ich sie doch töten müssen.«
Der Gedanke brachte ihn aus der Fassung und betrübte ihn –

seine Tante gehörte zu den wenigen Menschen auf diesem Planeten, denen er *vertrauen* zu können glaubte.
Aber als er dann zu ihr ging, ruhig, lächelnd, die geballten Fäuste hinter den Hüften verborgen, zeigte sie sich so unschuldig und unwissend, daß Colin begriff, sie hatte das Kontobuch doch nicht gesehen; sie wußte nichts davon. Gewitzt wie er war, hatte er das Buch nicht erwähnt, nur die Tatsache, daß sich jemand ohne sein Wissen und seine Erlaubnis an seinen Sachen im Zimmer zu schaffen gemacht, seine Sachen anders hingelegt hätte, *und das gefiele ihm nicht.* »Ich dachte, Tante Ginny«, sagte er etwas atemlos, »daß sich niemand in diesem Haus herausnehmen würde, meine Privatsphäre zu verletzen. Daß ich in diesem Haus von allen beschissenen Orten auf der Welt den Menschen trauen könnte.« Ginny Weidmanns Augen weiteten sich und wurden erkennbar feucht. Sie sagte: »Ich könnte mir denken – vielleicht war es Tula.«
Colin sagte, immer noch ruhig: »Ich habe dich doch gebeten, sie nicht in mein Zimmer zu lassen.«
»Ja, Liebes, und ich hab es ihr erklärt, aber – «
»Ich habe doch gesagt, ich besorge das beschissene Saubermachen selber.«
»Colin, Liebes, bitte – bitte sei nicht böse«, sagte Ginny Weidmann. »Ich bin sicher, es war ein harmloses Versehen. Ich bin sicher, Tula hat es bloß vergessen. Vielleicht hat sie auch mißverstanden, daß ich – «
»Du hast ihr gesagt, daß sie da drinnen aufräumen soll, oder? Weil du Sorge hattest, ich könnte meinen Scheißdreck nicht selber aufräumen, was?«
»Nein, Liebes, ich bin sicher, daß ich – ich kann mich nicht mehr *genau* erinnern – «
»Weil du mir nicht traust. Nicht zutraust, daß ich selber saubermachen kann. Und ich hab's dir schon am ersten Tag gesagt, ich hab dir gesagt, daß ich es nicht ertragen kann, wenn

eine Schwarze hinter mir herräumen muß, ich kann es nicht ertragen; ich hab es dir gesagt, ich hab's *erklärt*, und du sagtest, du hättest es verstanden.« Das Ungerechte daran schoß wie eine Flamme durch sein Hirn, seine Seele. Trotzdem gelang es ihm, seine Stimme unter Kontrolle zu halten. »Weil wir eine weiße Haut haben und sie eine schwarze und wir sie Jahrhunderte hindurch ausgebeutet haben und die Verhältnisse immer noch Sklavenverhältnisse sind, *nur die Proportionen haben sich verändert.*«

»Aber Colin«, sagte Ginny Weidmann, nahm ihre Lesebrille mit den Halbgläsern ab und legte sie nervös beiseite. »Tula arbeitet schon seit Jahren bei uns! Ich bin sicher, sie hat uns sehr gern!«

»Für *mich* arbeitet ›Tula‹, wie du sie nennst – obwohl sie dich ja nicht ›Ginny‹ nennt, oder? –, nicht schon seit Jahren.«

»Aber sie – «

»Für mich arbeitet sie nicht schon seit Jahren!«

Er ging rückwärts aus dem Zimmer, und sie folgte ihm unter Entschuldigungen und schwachem Protest, folgte ihrem Neffen, der nun rasch die Selbstbeherrschung zu verlieren begann, *denn ebenso plötzlich wie manchmal sexuelles Begehren erwachte es in ihm: das Bedürfnis, Schmerz zuzufügen! Das Gleichgewicht wiederherzustellen! Gerechtigkeit!* Sie händeringend, Tränen in den Glotzaugen: »Colin? Findest du wirklich, daß es – falsch ist?«

In einem anderen Teil des Hauses arbeitete das schwarze Dienstmädchen mit dem Staubsauger. Das Geräusch durchfuhr Colin Asch, vermischte sich pochend mit dem Toben seines Blutes.

»Daß wir sie einstellen? Wir Weißen? *Die Schwarzen?*«

Colin Asch wich vor der Frau zurück, die Hände jetzt mit einer Gebärde zorniger Unterwerfung vorgestreckt. Er würde ihr nicht weh tun; *sie gehörte zu denen, denen er nicht weh tun würde,* auch wenn sie ihn noch so sehr in Versuchung führte. Dicke Kuh mit ihrem zugekleisterten Gesicht, fünfundfünfzig Jahre alt und eine »Rotspülung« im Haar, ganz zu schweigen von den Brillanten – ach ja, die Brillanten – an ihrer linken Hand, die ihm höhnisch zuzwinkerten. Er hatte sich hin und wieder aus ihrem Portemonnaie mit Kleingeld bedient, und er hatte sich ein paar Scheißkleinigkeiten angeeignet, die niemand im Haus je vermissen würde, einen sieben bis acht Zentimeter großen Jade-Elefanten auf dem Kaminsims, eine kleine Silberschale, die Martin Weidmann 1977 von einem Geschäftsmann bekommen hatte, und ein Paar vulgäre goldene Manschettenknöpfe aus Martins Schmuckschubfach im Schlafzimmer, die ganz unten lagen und aussahen, als ob sie nie benutzt worden wären, aber um die großen Sachen hatte er Zauberkreise gezogen, *die er nie überschritt oder verletzte,* weil er aus Erfahrung wußte, daß er, wenn er einmal anfing, nur schwer aufhören konnte. »Zum Schluß bleibt einem dann nichts anderes übrig, als ihnen den Schädel einzuschlagen.« Aber das Weibsstück hatte Nerven – das mußte man ihr lassen –, wie sie da mit ihren Juwelen vor seinem Gesicht herumfuchtelte, wo sie doch wußte, daß Colin Asch nichts hatte, und keine Zukunftsaussichten: nicht auf eine der Eliteuniversitäten gehen konnte wie ihre saublöden Kinder; ihm blieb eben nichts anderes übrig, als sich sein Leben lang mit einer untergeordneten Stellung abzufinden – oder nicht?

Er war nach oben gelaufen, um seinen Kleidersack zu holen (in dem er das Blaue Kontobuch sorgfältig versteckt hatte); keuchend schmiß er mit beiden Händen ein paar Sachen hinein, während die verängstigte Ginny Weidmann ihn zu besänftigen suchte. Aber Colin Asch konnte man nicht so leicht besänftigen. *Seine Lauterkeit ließ das nicht zu. Er hatte es in tiefster Seele satt.* Vor Aufregung fing er an zu stottern, redete auf die Weiße, seine Tante, ein, daß sie und ihresgleichen sich schämen sollten, die Schwarzen aus der Unterschicht auszubeuten – »Eine ganze Klasse von Menschen zu bezahlen, damit sie euren Dreck zusammenkehren. Und sich als ›Arbeitgeber‹ aufzuspielen! Sich mit ›Löhnen‹ aufzuspielen!«

Hier fing Ginny Weidmann schließlich an zu weinen, Ginny Weidmann, die in ihrem bornierten, selbstzufriedenen Leben noch nie so attackiert, so *bloßgestellt* worden war, das Miststück duckte sich, glotzte ihn an, als hätte er ihr ins Gesicht geschlagen, man konnte glauben, es ginge um Moses und den brennenden Dornbusch, um Jacob mit dem Engel, und darum tat sie Colin Asch – fast – leid, als sie flehte: »Colin? Colin? Ich bin sicher, Tula hat uns gern, vergibt wenigstens *uns*. Und sie braucht das Geld, das ich ihr zahle, ich geb ihr auch Trinkgeld, Colin, ich versuche ja, großzügig zu sein.«

Colin empfand plötzlich Mitleid mit seiner Tante, beinahe Erbarmen; er zerrte sich den neuen Merinopullover über den Kopf, den heidekrautfarbenen aus handgestrickter Wolle, der im nachweihnachtlichen Ausverkauf im Herrenmodegeschäft von Lathrup Farms, wo er ihn gekauft hatte, von 198 Dollar auf 125 runtergesetzt worden war; gereizt wischte er sich das Haar aus den Augen und versuchte seiner Tante geduldig wie einem Kind oder einem geistig zurückgebliebenen Erwachsenen zu erklären, daß die Tragödie das kapitalistische Klassensystem sei, daß sie und Martin ebenso zu dessen Opfern zählten wie Tula – »Wenn diese Leute für gutbezahlte Jobs ausgebildet würden, wenn sie ins College gehen könnten wie die meisten weißen Angehörigen der Mittelschicht, müßten sie nicht als Sklaven für euch arbeiten oder verhungern.«

Ginny Weidmann stand mit einem zusammengeknüllten Papiertaschentuch an den Mund gedrückt da und beobachtete Colin Asch. Ihre vor Schmerz schwimmenden Augen folg-

ten ihm, ohne zu begreifen. Sie rief: »Colin, Liebes – was tust du? Packst du deine Sachen? *Gehst du fort?*«
Höflich, aber dennoch energisch schob er sie beiseite und ging zum Wandschrank. Scheiße: Er würde ein paar Reisen unternehmen müssen, wohin mit den neuen Sachen zum Anziehen und den Büchern, und das machte ihn stocksauer, echt sauer – am schlauesten wär's gewesen, das Auto klammheimlich vollzupacken, dann einfach rauszugehen und die Tür hinter sich zu schließen. Oder konnte er seine Tante überreden, ihm behilflich zu sein?
»Du – du gehst weg? Einfach so? Verschwindest? Einfach so? Sogar ohne Martin auf Wiedersehen zu sagen?«
Colin Asch warf der Frau einen Blick zu, der Ja bedeutete. Der bedeutete, *wie kannst du nur fragen?* Der bedeutete, *das hast du erzwungen, nicht ich.*

Natürlich wußte er, wohin, er hatte genug Möglichkeiten – Herrgott! mehr als er zählen konnte –, aber er hatte noch nicht den Mietvertrag für die Wohnung unterzeichnet, hatte schon unterzeichnen wollen, dann Bedenken gekriegt, dann sich zur Besichtigung der anderen Wohnung verabredet. Sylvan Tower hieß die eine, Farleigh Place die andere, er konnte sich nicht zwischen beiden entscheiden, weil die Miete etwa gleich war und beide »gebührenfrei« angeboten wurden; dann Susannah – Mrs. Hunt; er hatte sie im »Bücherwurm« kennengelernt – zuerst war ihm der Zobelmantel angenehm aufgefallen, dann das starke, stumpfe Profil, dann die hin und her flitzenden Augen, die etwas Wissendes, Zotiges an sich hatten – und er war (das war offensichtlich) ihr angenehm aufgefallen: Zottelmähne und etwas mürrisch wie ein College-Knabe, der die Ferien zu Hause verbringt und sich mit seinen Eltern gestritten hat und nun im einzigen Buchladen am Ort mit dem Ausdruck milder Ungläubigkeit herumwandert. *Was, das soll eine Buchhandlung sein – das*

hier? –, und er benutzte eine Krücke, rechter Fuß bandagiert, ein Skiunfall in Vail oder war es in der Schweiz – »Die Leute mögen dich lieber, wenn du irgendwie verletzt oder behindert bist« –, dann bestand Susannah Hunt darauf, daß er sich eine Wohnung in ihrem Gebäude ansah, Normandy Court, das ihm sehr zusagte: Er war einfach überwältigt von der Aussicht auf eine Ecke des Parks und von einem Balkon, auf dem er morgens frühstücken konnte, und die Wände ein makelloses Weiß und die glänzenden Edelholzfußböden – zwei Schlafzimmer, zwei Bäder –, ein langes Wohnzimmer mit einer durchgehenden Fensterwand, wo er die Party zur Feier von Dorothea Deverells Beförderung geben würde, wenn es soweit war – man konnte dort bequem fünfzig Leute unterbringen –, und die Küche, obwohl klein, war komplett modern ausgestattet, richtig cool: »In der könnte ich zum Hausmann werden«, hatte er auf den Absätzen wippend gesagt, und Mrs. Hunt lachte durch ihren Zigarettenrauch, drückte ihm das Handgelenk und sagte: »Ich hab genau die gleiche Küche, Colin, und *mir* hat sie nichts genützt.«
Also zog er in Normandy Court ein. Nicht in die Wohnung, sondern bei Susannah. Er erzählte ihr, Weidmanns führten so eine seltsame Ehe, die Frau tränke den ganzen Tag, und der Ehemann lebe praktisch sein eigenes Leben, er erinnerte Colin irgendwie an den Mann, der da in der Innenstadt ermordet worden sei – wie hieß er noch, Robert Krauss, Roger? –, ein erfolgreicher Geschäftsmann und all das, aber an den Rändern schon zerfasert, gab sich mit seltsamen Leuten ab, ein rauhes Gewerbe vielleicht; tja, er hätte versucht, sich an Colin ranzumachen, aber so vorsichtig, daß er so tun konnte, als ob nichts gewesen sei; die Leute täten ihm leid, sie meinten es gut, seien im Grunde sehr nett, sehr freundlich, sehr großzügig, aber mitleiderregend wie so viele in dieser Gegend – »ich glaube, Sie passen überhaupt nicht in das

Schema, Susannah. *Sie* müssen hier doch einsam sein oder?« –, und das waren die richtigen Worte, denn Mr. Hunt war weggegangen (Wohin? Hatte er eine Jüngere geheiratet?), und die Kinder waren erwachsen und aus dem Haus, und ringsum gab es böses Blut, Colin Asch konnte es riechen.

Er würde zu ihr sagen, *es gibt keine Tür, aber man kommt überall hinein. Wie Gott, dessen Mittelpunkt nirgends und überall zugleich ist.*

Vor langer Zeit, auf der anderen Seite des Flusses ... atemlos vom eisigen Wind kommt er in die Hotelhalle, prachtvoll wie der Innenraum einer Kathedrale, und seine Hand im Fäustling hatte sich aus der behandschuhten Hand seiner Mutter befreit, und es zog ihn vorwärts zum riesigen Weihnachtsbaum, der anders als alle Weihnachtsbäume war, die er je gesehen hatte, weil er nicht *grün*, sondern *weiß* und mit augengroßen blauen Lichtern, die in schnellem, nervösem Takt funkelten, und mit glitzerndem blauen Glasschmuck von der Größe einer Männerfaust übersät war ... und die Luft pulsierte im Rhythmus eines kühlen Blaus, spürbar vibrierend von den Stimmen und schweren Schritten fremder Menschen. Er hatte voller Erstaunen etwas angestarrt, das weder ein wirklicher Weihnachtsbaum noch die Idee eines wirklichen Baums war, sondern die Darstellung eines ganz und gar künstlichen Baums, der die Idee eines wirklichen Baums durch seine Vollkommenheit zunichte machte ... er war weiß, ein Kunstwerk, er würde nie sterben. Die gewölbte Nische der Halle, in der er stand, war über und über blau, ein bleiches, kaltes, künstliches Blau, und zwischen verspiegelten, mit künstlichem Schnee zart bereiften Wänden stand ein Kind mit blaßblondem Haar und einem kleinen blassen Gesicht, starr, wie gelähmt von dem unheilverkündenden Wunder, das es umgab: Da war ein Kind im

Spiegel und ein Kind in einem Spiegel jenes Spiegels, der von den gegenüberliegenden und angrenzenden Wänden reflektiert wurde, und in diesen anderen Wänden war ein Kind in einem Spiegel, das vervielfältigte Kinder in Spiegeln von der Seite, von hinten, von vorn, in ihrer Ganzheit oder in Teile zerlegt betrachtete, ein unendlich wiederholtes Kind und doch stets dasselbe Kind, identisch und unverkennbar, mit hin und her und wieder her und hin flitzenden Augen, das schließlich entgeistert in Colin Aschs gepeinigtes Gesicht starrte. Wie war es möglich? Und doch *war* es so! Sein Kopf von vorn, wie man ihn ursprünglich im Spiegel sieht, doch zugleich von jedem anderen Blickwinkel aus, wie Gott es sehen würde, so daß das Kind sowohl inner- wie außerhalb seiner Selbst war und kein Kind da war!
Wie Sterben, würde er zu ihr sagen, *aber ohne weggehen zu müssen, um zu sehen, wie es nach dem Wegsein wäre.*

Im Blauen Zimmer konnte er sich stundenlang treiben lassen. Denn die Stunden zogen sich wie Tage dahin, wie ein unaufhaltsamer Strom schwerer Wolken sich über den Himmel zieht. *Und niemand konnte ihn berühren: Er war körperlos, gewichtlos, schattenlos. In der Schwebe.*
Er hatte gewußt, was er tun wollte, und hatte es getan. Also ward es getan.
Und es konnte nie ungeschehen gemacht werden.
Durch keine Macht der Welt.
Durch keine Macht des Universums.
Durch keine göttliche Macht – wenn es einen Gott gab.
Ein geschickt und präzise ausgeführter XXX, zugegeben: nach Tagen der Wut und Enttäuschung, die seinen Schlaf und seine Verdauung beeinträchtigten, weil er nicht nahe genug an sein Ziel herankommen konnte, oder wenn er nahe genug herankommen konnte, waren die Umstände (andere Leute in der Nähe, Zeugen) seiner Absicht nicht günstig. Er

wußte, Miss Deverell würde möglicherweise warten ... sich wundern. Warum brauchte Colin Asch so lange, um sich für sie zu verwenden? Nach dem lüsternen Blick, den das Arschloch ihnen zuzuwerfen gewagt hatte, Augen und schmieriger Mund beleidigend zu Schlitzen verengt, als ob er nicht schon dafür Strafe verdient hätte! – als ob er nicht für diesen augenblickskurzen flüchtigen Angriff, der Miss Deverell messerscharf durchbohrte, *wie Colin Asch mit seinen hellwachen Sinnen erfaßte,* jede nur mögliche Strafe verdient hätte! »Obgleich das Arschloch wohl schon tot war, als ich das andere machte« – also das Ausstechen der Augen, was eine impulsive, einer wilden, wunderlichen Laune entsprungene Tat war, und das Aufschlitzen mit dem Rasiermesser, was er mehr oder weniger geplant hatte, je nach den Umständen. Denn natürlich kommt es auf die Sekunde an. Man muß wissen, was man will, und man muß wissen, wie. Schnell.

Und dann muß man wissen, wie man verschwindet. *Schnell.* Vor der Ausführung des Plans jedoch war er tagelang behindert und hereingelegt worden, sozusagen. Wie bei einer Erektion, die sich nicht abreagieren ließ, und er wurde immer gemeiner und ekelhafter, steigerte sich in dem Zustand fast in eine Raserei. Als ob es R. K.s Schuld sei, daß C. A. nicht an ihn rankam, um entweder den Draht oder das Rasiermesser zu benutzen, nicht einmal, nicht zweimal, sondern tatsächlich dreimal hatte er ruhig und methodisch gedacht: *Jetzt ist es soweit,* aber im allerletzten Moment hatte sich die Situation verändert, wie ein Bild, das plötzlich unscharf wird ... was ihn so überrascht hatte, daß er nicht einmal Zeit gehabt hatte, Angst zu kriegen, das kam erst hinterher, als er daran dachte. Denn wenn Colin Asch das Glück nicht treu geblieben wäre, wenn er nicht ein besonderes Schicksal hätte, sondern ein gewöhnlicher Mensch wäre, säße er jetzt vielleicht hinter Gittern oder hätte eine andere

Person oder mehr als eine töten müssen ... nicht geschickt, sondern aus Verzweiflung, in Panik.
»Aber natürlich blieb Colin Asch das Glück treu.«
Es sprach für seine Genialität, daß er sein Gesicht mit Theaterschminke dunkel angemalt und den wolligen kleinen Spitzbart getragen hatte, den er schon einmal mit Erfolg benutzt hatte, und natürlich die dunkle Brille mit Seitenschutz, die seine Augen völlig verbarg... und eine schwarze Wollmütze, die seinen Kopf wie eine Badekappe umschloß, so daß sein Haar nicht zu sehen war... und die beigefarbene Wildlederjacke, die vermuten ließ, daß er einer bestimmten Schicht von Schwarzen angehörte, die Geld, Geschmack, Stil hatte. Und der Klarinettenkoffer. *Genie zeigt sich im Detail; am Detail erkennt man den Künstler.*
Aus diesem Grund scheute Colin Asch den flüchtigen Blick des Parkwächters nicht, der der einzige Zeuge sein würde. Der einzige überlebende Zeuge.
R. K. hatte den Aufzug zu den Parkdecks genommen, deshalb benutzte C. A. die Treppe, obwohl er sich nicht ganz sicher war, in welchem Geschoß R. K. seinen Wagen abgestellt hatte, aber es war nicht schwer, ihn ausfindig zu machen – in seinem dunklen Mantel und mit der Scheiß-Astrachanmütze ging er leicht torkelnd auf sein Auto zu, zog die Schlüssel aus der Tasche, um die Tür aufzuschließen. Die späte Stunde und das fast leere Parkhaus brachten alles zum Schweigen. *Es hatte etwas Heiliges an sich. Ohne Schatten.*
C. A. schluckte heftig, er spürte dieses lustvolle Herzflimmern, das besagte, daß er sich dem Rande dessen näherte, wozu er geboren war, *was notwendig war, um die Wiederherstellung des Gleichgewichts zu erzwingen.* Das Geheimnis hieß Beherrschung. Das Geheimnis bestand darin, sich behutsam auf die Todesachse zu begeben, wo man zum Vollstrecker des Todes wird, zum Herrscher über den Tod, nicht zum zufälligen Opfer oder Zeugen. Also erschien auf

dem Deck 3B des Parkgebäudes dieser hellhäutige, noch junge, aber altmodisch wirkende liebenswürdige Neger, wahrscheinlich bürgerlicher Mittelstand, gehobener Beruf, der locker und ohne Hast zu einem ein paar Schritte neben R. K.s Lincoln geparkten Datsun schlenderte, ein Zufall, daß die beiden Männer gleichzeitig zu ihren Autos gingen, sicherlich nichts weiter als ein Zufall, und als R. K. mit zusammengekniffenen Augen zu ihm hinsah, nickte der Schwarze respektvoll und blickte wie unter solchen Umständen üblich weg; dann blickte er noch mal zu ihm hin, als ob er ihn wiedererkannt hätte, lächelte zögernd, sagte mit singender, freundlicher, absolut nicht einschüchternder Stimme: »Mr. Krauss, nicht wahr?« Und es war Krauss, dickleibig, stiernackig, leicht entzündete Augenlider von einer langen, durchzechten Nacht, aufgeworfene Lippen, verdutzt, aber bemüht, sich nicht danebenzubenehmen, also sagte der Schwarze mit seiner tiefen melodischen Stimme rasch: »Kein Wunder, daß Sie sich nicht an mich erinnern, aber wir haben uns, glaub ich, vor ein paar Wochen in Lathrup Farms kennengelernt, bei einem Konzert, einem Liederaberd im Kunstzentrum – war es nicht Howard Morland, der uns miteinander bekannt gemacht hat?«
So das Szenario: Und natürlich fiel R. K. darauf rein, denn es wirkte selbst in einer derart verlassenen Umgebung mit ihrem Geruch nach Beton und Kälte und Schmutz völlig unschuldig, und da streckt ein gut angezogener Schwarzer, Typ Künstler, die Hand zu einem brüderlichen Händedruck aus, und R. K. bleibt nichts anderes übrig, als den großmütigen Weißen herauszukehren, der ebenfalls freundlich ein Nicken des Wiedererkennens andeutet und die behandschuhte Rechte mit jener automatischen Reaktion ausstreckt, die man bei Fremden ohne weiteres auslöst, wenn man die richtigen Einsatzzeichen gibt, wie sie hier mit der Präzision eines Uhrwerks gegeben werden. Und schlangenschnell und ge-

schmeidig setzt der liebenswürdige Schwarze dicht vor ihm zu einem Lächeln an, das nicht gerade als ein Lächeln endet. »Du Arschloch! Hast du gedacht, du könntest *mir* entkommen!«

Der Angriff durch den Vollstrecker des Todes erfolgt so rasend schnell und unerwartet – in einer einzigen fließenden Bewegung wird die Pelzmütze vom Kopf geschlagen, die Drahtschlinge übergestreift und zusammengezogen –, daß es nur noch zu einem schwachen gurgelnden Protest reicht, zu einem erstickten Überraschungsschrei wie im Traum, wobei die Augen hervortreten, die Haut innerhalb von Sekunden blutrot anschwillt wie eine überreife Tomate kurz vor dem Platzen, dann sinkt das Opfer im Schüttelkrampf wild um sich schlagend auf die Knie, reißt mit den Nägeln an dem unbegreiflichen Druck um den Hals, der ihm in präzise abgestimmtem Zeitmaß den Garaus macht – *ein Uhrwerk, das nur in einer Richtung ablaufen kann, unanfechtbar, selbst durch Gottes Macht.*

So steht der siegreiche Jäger über seiner gestürzten Beute, deren Tod er sich verdient hat, deren Tod *ihm* zusteht. Beine gespreizt, Knie gebeugt, die Muskeln bis zum äußersten gespannt, der Ausdruck nachdenklich, geduldig – denn die Todeszuckungen sind das *Ausströmen des Lebens* bei dem, der sich dem *Einströmen des Lebens* in den anderen ergibt.

Hast du gedacht, du könntest *mir* entkommen?

Mr. Kreuzer hatte C. A. und einer sehr kleinen Gruppe anderer privilegierter Jungen das Geheimnis des X-Faktors enthüllt, den Demokratien, das Christentum und »Restbestände archaischer Ethik« zwar zu leugnen versuchen, der sich jedoch schon in den Genen und Chromosomen biologischer Organismen manifestiert – daß nämlich etwa ein Zehntel eines Prozents der Spezies *Homo sapiens* durch Überlegenheit des Intellekts, der Persönlichkeit, der geistigen und körperlichen Kraft sowie durch jenes ungreifbare Element der menschlichen Psyche, das man Wille nennt, dazu ausersehen ist, über die übrigen zu herrschen. »Der Wille ist das Medium des Schicksals«, sagte Mr. Kreuzer. C. A. hatte es anfangs nicht verstanden, denn er war sehr jung, ein Knabe noch, ein *Engelsknabe,* in dem der *Teufelszwilling* noch schlummerte. *Der Wille ist das Medium des Schicksals.*

Also muß der Wille die Oberhand behalten, wenn man von Gefühlen, von rohen Impulsen bedrängt wird, die einem wie wildgewordene Wespen um den Kopf schwirren, so wie er bei Colin Asch nach dem erfolgreich ausgeführten XXX am 2. Januar die Oberhand behielt, und das Leben, das durch die prickelnden Hände und Arme gespenstisch in ihn eingeströmt war, war fast zu stark, um in Schach gehalten zu werden, er wollte schreien, er wollte lachen, rufen – wollte der Welt verkünden, was er getan hatte und daß es gerecht war! Zugleich wollte er so schnell wie möglich da raus und mußte dem panikartigen Instinkt wegzulaufen widerstehen (denn wenn nun jemand aus dem Aufzug käme, die Tür zur Treppe öffnete?), aber er hatte einen *Plan,* er hatte eine *Methode,* er hatte eine unerschütterliche *Disziplin.* Daher befahl er sich, jene Handlungen auszuführen, die er in der Phantasie bereits ausgeführt hatte, ruhig, kaltblütig fast, obwohl sein Herz hämmerte, der Schweiß ihm in winzigen Rinnsalen an den Seiten herunterlief und seine Hände bebten: sich nämlich gewisse Kleidungs- und Schmuckstücke anzueignen und, natürlich, die Brieftasche (voll von Geldscheinen und Kreditkarten), *dem Sieger die Beute,* auch fand er noch Zeit, gewisse unerläßliche Bestrafungen vorzunehmen – an den Augen, die sie beleidigt hatten, den Hoden, dem dicken Schwanz, ungeachtet der Schwere des Körpers im Tod, bloße taube Leblosigkeit. Denn ihr gebührte die Rache, und sie mußte vollständig vollzogen werden.

»Ich bin nur der Vollstrecker.«
Dann stopfte er die abgerissene Eintrittskarte (von einem Pornokino, das zu Neujahr zwei Hauptfilme im Programm hatte, *Knaben der Nacht* und *Geheimnisse der SA-Männer*), die er schlauerweise vorher gekauft hatte, in die Hosentasche des Toten; dann stemmte er den Leichnam hoch und schob ihn hinter das Lenkrad des Lincoln, den Kopf an die Kopfstütze gelehnt, die schon steif gewordenen Arme auf dem blutigen Schoß verschränkt, so daß es so aussah, als ob er sich tatsächlich nur ausruhte. Dann zog er einen mit Farbverdünner getränkten Lappen aus der Kunststoffumhüllung und warf ihn auf den Rücksitz des Autos; dann legte er drei Porno-Schwulenhefte, die er ein paar Wochen vorher bei der ersten Planung seines Vorhabens gekauft hatte, unter eine Gummimatte im Kofferraum – eins vom Januar 1988, die anderen älter, fleckig und zerknittert, aus zweiter Hand.
Das Wesen der Großen Täuschung ist Einfachheit: *Gib den Arschlöchern etwas Bestimmtes zu denken, und sie denken dran.*
Das alles erledigte Colin Asch gewandt und freudig und in kürzerer Zeit, als er danach zu Hause bei seiner Tante brauchte, um es, im Schneidersitz auf dem Bett hockend verschlüsselt ins Blaue Kontobuch einzutragen.
Dann stieg er rasch die Treppe zum Erdgeschoß des Parkgebäudes herunter, traf niemanden, wurde von keinem gesehen, wartete im Erdgeschoß vielleicht zehn Minuten geduldig, bis der Parkwächter mit einem Kunden beschäftigt war, und schritt dann ohne Zögern zum Ausgang an der Providence Street – ein freier Mann. Zu dieser späten Stunde (auf der Armbanduhr des Toten, nun an Colin Aschs Handgelenk, war es 3.20) lag die Straße bis auf vereinzelt geparkte Autos und einen in gemächlichem Tempo über die Kreuzung fahrenden Polizeiwagen verlassen da. Inzwischen fühlte sich Colin Asch so gereinigt von allen Emotionen, so

geläutert, so kindlich, so tugendhaft und geistig so regeneriert – *XXX als Ausgleich für Ungerechtigkeit, »Auge um Auge, Zahn um Zahn«* –, daß der Anblick des Streifenwagens keinen besonderen Eindruck auf ihn machte. Und ohnehin fuhr der in die entgegengesetzte Richtung.

7

An einem schneereichen Montag Anfang Februar schaute Mr. Howard Morland, gebräunt und ausgeruht von einem längeren Ferienaufenthalt auf Barbados, bei Dorothea im Institut herein, um sie, dem Anschein nach spontan, zum Mittagessen in seinem Club einzuladen. »Wir beide«, sagte er mit der zartesten Andeutung eines verlegenen Lächelns, »haben einiges nachzuholen.«
Ohne nachzudenken sagte Dorothea Deverell: »Oh, ich glaube, das kann ich nicht, Howard – nicht heute. Ich habe noch zuviel zu tun. Ich hatte gar nicht vor, zum Mittagessen wegzugehen.« Beim Anblick von Mr. Morlands Ausdruck vornehmer Enttäuschung – oder war es eine subtilere Mischung aus Mitleid und Ungeduld – spürte Dorothea, wie sie rot wurde, als hätte sie einen Fauxpas begangen. Aber sie ließ sich nicht umstimmen. »Wirklich«, sagte sie mit stokkender Stimme, »es gibt einfach noch zuviel zu erledigen.«
Mr. Morland lachte nur und zog sich mit einer feschen kleinen Grußgeste zurück. »Natürlich, Dorothea«, sagte er, »ich verstehe. Aber vielleicht könnten Sie zu mir herüberkommen? Irgendwann heute vormittag? Ich verspreche Ihnen, Ihre Zeit nicht zu lange in Anspruch zu nehmen.«
»Das kann ich«, sagte Dorothea mühsam schluckend. Denn natürlich hatte sie diese Aufforderung erwartet. »Ich meine, das tu ich.«
Als Dorothea eine Stunde später von der lächelnden Sekretärin in das Büro des Institutsdirektors geführt wurde, saß Mr. Morland nicht an seinem Schreibtisch, sondern lehnte in einem schwarzen Lederarmsessel mit aufgestellter Fußstütze; er richtete sich auf und gab mit einer gleichsam über-

fälligen Geste zu verstehen, daß er aufstehen wollte, obwohl Dorothea Einspruch erhob. Sie waren schließlich bewährte Bundesgenossen: nie vertraulich, aber wohl doch vertraut. »Wie hübsch Sie heute aussehen, Dorothea!« sagte Mr. Morland wie fast stets und schüttelte Dorothea die Hand, wie fast stets mit einem jungenhaften Schwung, der nie unecht wirkte. Mit seinen Einmeterfünfundsechzig kaum größer als Dorothea, war Howard Morland ein eher klein geratener, kompakt drahtiger Mann, der es als Meister so stürmischer Sportarten wie Squash, Racketball und Handball genoß, größere Männer und auch Frauen durch die Kraft seines Händedrucks zusammenzucken zu lassen. Dorothea hatte freilich schon gelernt, sich dagegen zu wappnen.

Die ersten Minuten einer Unterhaltung mit Mr. Morland in seiner Eigenschaft als Leiter des Brannon Institute vergingen unweigerlich mit sinnverwirrendem Geplauder, das den Austausch gesellschaftlicher Informationen einschloß: Gesundheitszustand, kurz zurückliegende Ereignisse, Neuigkeiten über gemeinsame Freunde. Dorothea machte Mr. Morland Komplimente über seine Bräune und stellte ein oder zwei einschlägige Fragen nach dem Haus, das Morlands auf Barbados besaßen. Zerrte dieses einleitende Gesprächsritual normalerweise an Dorotheas Nerven, weil Mr. Morland mit seiner zweckfreien aristokratischen Haltung alles mit der gleichen Ernsthaftigkeit behandelte, war sie an diesem Vormittag dafür dankbar. Obgleich sie bereitwillig lächelte und lachte – denn auch Dorothea hatte Haltung –, war ihr das Blut erschreckend jäh aus Fingern und Zehen gewichen, und es kam ihr vor, als sähe sie ziemlich blaß aus. Ihr war unbehaglich zumute wegen der noch ausstehenden Unterredung, und sie konnte sich nicht vorstellen, wie sie verlaufen würde. Andererseits wußte sie, daß Roger Krauss' Name nicht erwähnt werden würde. Dieser Name war früher, als Krauss noch so angelegentlich am Leben gewesen war, nicht über

Mr. Morlands Lippen gekommen und würde nun, da Krauss tot war, nicht über seine Lippen kommen.
Howard Morlands Büro, ursprünglich ein Wohnzimmer im Herrenhaus Brannon, war anderthalbmal so groß wie Dorotheas und hatte die gleichen elegant hohen Decken, die langen, schmalen Fenster und die gleiche erlesene Holztäfelung. Überdies war Mr. Morlands Büro mit antiken Möbeln des Vorbesitzers ausgestattet, darunter kostbaren Bildern – einem herrlichen, in Sonne getauchten Bonnard, einem kleinen düsteren Corot. An den Fenstern lange Gardinen aus spanischer Spitze, eingefaßt von schweren Samtvorhängen, dazu ein irischer Kristallkronleuchter, ein herrschaftlicher Travertinkamin, der in seiner Farbe und Beschaffenheit an geschlagene Sahne erinnerte. Ein Musterbeispiel des alten Ideals von Kunstkennerschaft, war Mr. Morlands Büro weniger ein »Büro« im üblichen Sinn – das die vulgären Assoziationen von Nutzen, Pflicht, *Arbeit* nahelegt –, sondern eine sich selbst genügende Demonstration von Reichtum und Geschmack. In den sechs Jahren ihrer Tätigkeit als Howard Morlands Assistentin hatte Dorothea Deverell, wenn sie diesen Raum betrat und in ihm Platz nahm, nie den Gedanken erwogen, daß sie ihn eines Tages erben könnte; ihre Hoffnungen auf einen Aufstieg hatten sich immer im Abstrakten bewegt. Denn natürlich verdiente sie eine solche Herrlichkeit nicht.
Howard Morland war nicht nur für seinen Hang zum Wirrwarr bekannt, sondern auch, zumindest bei seinen Berufskollegen, für jähe, zuweilen schwindelerregende Themenwechsel. Schwatzte er im einen Augenblick liebenswürdig und ausführlich über die »wunderbaren wilden – ach, so scheuen – Affen« der Windward Islands, erzählte er Dorothea im nächsten, mit gleichem Tonfall, gleichem Lächeln, daß er letzten Freitag auf der Sitzung des Kuratoriums offiziell das Datum seines Ausscheidens bekanntgegeben habe:

11. Juni. »Und ich habe darum ersucht, und man hat zugestimmt – ich kann sagen, Dorothea, einmütig und begeistert zugestimmt –, daß Sie zu meiner Nachfolgerin ernannt werden.« Sein Lächeln vertiefte sich; seine herrlich überkronten Zähne schimmerten weiß. Wegen seines gebräunten Gesichts schimmerte auch sein Haar weiß, ein gütiges, schneeiges, unschuldiges Weiß, immer noch dicht. »Dorothea? Haben Sie es verstanden? Wir möchten, daß Sie die Nachfolgerin des Institutsdirektors werden.«
Dorothea hatte, angespannt zuhörend, irgendwie nicht verstanden.
Es gelang ihr freilich, zu nicken und zu lächeln, ein paar konfuse Worte der Zustimmung zu murmeln, sie spürte, wie ihr unversehens Tränen in die Augen stiegen. Sie mußte dem Impuls widerstehen, zu Howard Morland, in dem sie plötzlich einen väterlichen Wohltäter sah, der ihr die ganze Zeit als Freund und Beschützer zur Seite gestanden hatte, zu sagen: »Aber die Direktorenstelle ist zu gut für mich – ich verdiene sie nicht.«
Statt dessen sagte sie: »Ich fühle mich sehr geehrt.«
Mr. Morland ging ausgiebig auf die Kuratoriumssitzung ein, bei der er natürlich die Hauptrolle gespielt hatte. Er erzählte Dorothea, wer was gesagt hatte; daß ihre einzigartigen Talente hochgeschätzt würden; daß die Befürchtung bestände (weil seit kurzem gewisse Gerüchte umliefen), daß Dorothea sich nach einer neuen Stellung umsehen könnte. Des weiteren sagte er, das Kuratorium hoffe, daß sie, vorausgesetzt sie akzeptiere die mit dem Posten verbundenen Bedingungen, bereit sei, in ein paar Wochen die Aufgaben einer »stellvertretenden Direktorin« zu übernehmen, um sich den Übergang zu erleichtern.
»Natürlich mit einer sofortigen Gehaltsangleichung«, beeilte sich Mr. Morland hinzuzufügen, weil er Dorotheas zu Boden gerichteten Blick falsch deutete.

Sodann sprachen sie über praktische Angelegenheiten und über Probleme, die sich während Mr. Morlands Abwesenheit angesammelt hatten; und der Rest der historischen Unterredung versank für Dorothea in einer Art trunkenem Taumel – sie fürchtete nämlich, daß sie in Tränen ausbrechen und Mr. Morland sich verpflichtet fühlen könnte, sie zu trösten. Dennoch entging ihr nicht die Ironie der Situation, denn sie wußte ja, daß es durchaus – o ja, durchaus! – fraglich war, ob der Direktor des Brannon Institute dieses ausnehmend erfreuliche Gespräch mit seiner Assistentin geführt hätte, wäre nicht Roger Krauss durch Tod aus dem Kuratorium ausgeschieden und wären die Umstände seines Todes nicht so unsäglich grauenvoll gewesen; es hätte sehr wohl eine insgesamt sehr schwierige Unterredung werden können. (Er ist sich über alles dies aber überhaupt nicht im klaren, dachte Dorothea. Das Faktum Roger Krauss ist seinem Gedächtnis entschwunden.)
Sie fand es auch – auf eine unschuldigere Weise – lustig, daß Mr. Morland ihr feierlich eine Übergangsfunktion als stellvertretende Direktorin vorschlug, als hätte sie diese Stellung im Brannon Institute de facto nicht schon seit Jahren innegehabt.
Als sie jedoch aufstand, um sich zu verabschieden, und Mr. Morland ihr wieder die Hand schüttelte oder fast liebevoll drückte, stiegen Dorothea Tränen der Dankbarkeit, der Erleichterung, Tränen mädchenhafter Freude in die Augen. Nun ist meine Zukunft geklärt, dachte sie. Jedenfalls ein Teil meiner Zukunft.
»Wissen Sie, Dorothea, ich habe das immer so gewollt«, sagte Mr. Morland herzlich. »Daß Sie meine Nachfolgerin werden. Ich hoffe, meine Liebe, daß Sie nie einen Grund hatten, daran zu zweifeln –?«
Mit gleicher Herzlichkeit und vor Rührung leuchtenden Augen rief Dorothea: »Niemals!«

Als sie in ihr Büro im zweiten Stock zurückkehrte, erwartete Jacqueline sie schon freudestrahlend zusammen mit anderen Mitarbeitern – denn natürlich wußten die Sekretärinnen und Schreibkräfte bereits seit der Kuratoriumssitzung am Freitag von Dorotheas Beförderung. »Hier«, sagte Jacqueline halb vorwurfsvoll und überreichte Dorothea eine langstielige rubinrote Rose in einer schlanken Glasvase. »Was glauben Sie wohl, warum *dies* hier auf meinem Schreibtisch stand? Haben Sie gedacht, daß ich mir das einfach so, nur für mich selber gekauft habe? Um mir meinen Montagmorgen zu versüßen?«

Dorothea nahm die Rose und wurde rot vor Freude. Sie hatte sie überhaupt nicht auf Jacquelines Schreibtisch bemerkt.

Später rief sie Charles im Büro an, um ihm die ungewöhnliche Neuigkeit mitzuteilen, die ihm allerdings nicht so ungewöhnlich erschien. »Das wurde auch Zeit«, sagte er. Grimmig fügte er mit einem Anflug von ehelicher Loyalität hinzu: »Diese Schweine.« Dorothea ließ ihn jedoch nicht in diesem Ton fortfahren und erzählte ihm, wie ungemein liebenswürdig und auch aufrichtig Howard Morland gewesen sei; und natürlich kein Wort über ihren alten Feind Roger Krauss. »Das will ich wohl hoffen«, sagte Charles Carpenter. »Ich finde, sie haben allen Grund, sich bei dir zu entschuldigen – allen voran Howard. Er hat sich in den letzten sechzig Jahren immer mit seinem Charme durchgemogelt.«

In den letzten Wochen, seit Dorothea sich nach Vermont zurückgezogen hatte, schienen sie und Charles Carpenter einander wieder nähergekommen zu sein; sie befanden sich in einem jener Zyklen intensiver, beinahe geschwisterlicher Vertrautheit, telefonierten täglich, manchmal zweimal am Tag, miteinander, sahen sich jedoch normalerweise nicht mehr als einmal in der Woche. Charles vertraute ihr an, daß er öfter mit ihr als mit seiner Frau spräche, und stets über

wichtigere Dinge. Wofür ich, dachte Dorothea, wohl dankbar sein sollte: *Wenigstens habe ich das.*
Zur Beförderung gratulierte ihr Charles jedoch; er sei glücklich, sagte er, daß sie glücklich sei. »Nun ist meine Zukunft in Lathrup Farms geklärt«, sagte Dorothea beseligt. Fügte dann aus Sorge, sie könne ihren Geliebten verletzen oder beunruhigen, hinzu: »Jedenfalls ein Teil meiner Zukunft.«

Obwohl seit Roger Krauss' Tod kaum mehr als ein Monat vergangen war, wurde in Lathrup Farms über seinen Tod und die entsetzlichen Umstände desselben nicht mehr viel gesprochen; andere Dinge, weniger skandalös, aber erfreulicherweise von lokalem Interesse, traten in den Vordergrund. Aus Angst, sie könne den Anschein erwecken, sich am Unglück eines anderen zu weiden, verfolgte Dorothea Deverell die Nachrichten in der Zeitung über polizeiliche Ermittlungen nicht, falls es solche überhaupt gab; auch beteiligte sie sich nicht an Unterhaltungen, die sich diesem Thema zuwandten. Mit der Zeit würde sie sich vielleicht sogar einreden können, daß Mr. Krauss sie bloß hatte ärgern wollen, indem er in puncto »Feminismus« die Rolle des Advocatus Diaboli übernahm, wie es gutmütige Männer, die es im Grunde nicht böse meinen, in Gesellschaft häufig tun. Ihn als Feind zu betrachten war doch wohl übertrieben? »Davor muß ich mich hüten.«
Dorothea hatte die unbestimmte Vorstellung, daß der Mordfall mehr oder weniger aufgeklärt sei; daß die Polizei den Richtigen gefaßt hätte; daß es irgendwann zu einem Gerichtsverfahren kommen würde. Und sie würde sich alle Mühe geben, auch dieses, dieses posthume öffentliche Todesritual, zu ignorieren, um sich die Reinheit ihres Gewissens oder ihrer Seele zu bewahren, die in ihren Augen ebenso zu Dorothea Deverells Identität gehörte wie ihre

dunkelbraunen Augen, ihr dunkelbraunes Haar, ihr cremefarbener Teint, ihre zarte Gestalt.

An dem Tag, da Dorothea Deverells Ernennung zur Direktorin des Brannon Institute öffentlich bekanntgegeben wurde – wobei »öffentlich« hier lediglich das Erscheinen eines Artikels an exponierter Stelle im Wochenblatt von Lathrup Farms bedeutete –, kam sie um etwa halb sieben nach Hause und hatte gerade ihren Mantel abgelegt und angefangen, ihre Vormittagspost zu sortieren, als es an der Tür läutete. Als ob, so dachte sie, jemand auf sie gewartet hätte. Oder ihr nach Hause gefolgt sei.
Es war Colin Asch, den sie seit Wochen nicht gesehen hatte, mit einem Blumenstrauß. »Ich hoffe, ich störe Sie nicht, Miss Deverell! Ich wollte nur vorbeikommen, um Ihnen zu gratulieren!«
Dorothea war erschrocken, als sie ihn sah, so groß, so blond, so leibhaftig *da,* aber sie war auch froh, denn sie hatte an ihn gedacht und ihn sogar in gewisser Weise vermißt. Sie bat ihn herein und bot ihm Tee oder Sherry an – »vielen Dank, das ist sehr freundlich von Ihnen, ich würde gern dasselbe trinken wie Sie: Tee?« – und stellte die Blumen in eine Vase. Ein halbes Dutzend prachtvolle feuerrote Gladiolen. Jeder Stiel war etwa fünfundsiebzig Zentimeter lang, jede Blüte so groß wie eine Männerfaust. Dorothea lachte laut über die Üppigkeit des Geschenks. Ihr war plötzlich ganz schwindlig, festlich zumute. »Sherry«, sagte sie. »Und Keks.«
Sie saßen im Wohnzimmer, Colin Asch, zuerst ziemlich schüchtern, auf dem Sofa, dessen Überfülle kleiner Kissen ihn anfangs zu verwirren schien; Dorothea ihm gegenüber auf einem Queen-Anne-Stuhl. Wie groß, überlebensgroß, ihr Besucher ihr vorkam, und wie quicklebendig, aufgedreht, körperlich *rege* – er beugte sich vor, um Bücher und

Zeitschriften auf Dorotheas Couchtisch durchzusehen, verdrehte den Hals, um den gerahmten asiatischen Holzschnitt an der Wand hinter dem Sofa zu betrachten, lächelte wie ein Kind bei einem seltenen Ausflug oder wie ein soeben ins Wonnegemach eingelassener Liebhaber. Er trug eine Jacke aus hellem Harristweed und nicht ganz dazu passende gestreifte Tweedhosen – vermutlich das Allerneueste in der Männermode; sein weißblondes Haar war an den Seiten und am Hinterkopf kurzgeschnitten, stieg aber am Scheitel zu dichten Büscheln auf. Ein kaum wahrnehmbarer Schleier blasser Barthaare flimmerte auf seinen Wangen und Kinnbacken, und auch dies war, wie Dorothea zu wissen glaubte, hochmodern – allerdings hatte sie keine Ahnung, warum. Und war das ein Ohrring im rechten Ohrläppchen des jungen Mannes? Kein richtiger Ohrring, sondern eine Art Klammer aus Gold oder Messing und ziemlich barbarisch aussehend?
Mit hoher, schneller, befangener Stimme erklärte Colin Asch, als ob so etwas wie eine Erklärung erwartet würde, daß er die erfreuliche Neuigkeit vor Tagen von seiner Tante erfahren habe – »Sie hat mir aber geraten, nicht zu voreilig zu sein. Ich solle die offizielle Bekanntgabe abwarten.« Sein Ausdruck veränderte sich, um die Tage ungeduldiger Erwartung anschaulich zu demonstrieren. »Es ist eine so wunderbare Nachricht, Miss Deverell – ich meine Dorothea! Und Sie haben es so verdient!«
Dorothea dankte ihm und versuchte nach einer taktvollen Pause von sich abzulenken, indem sie sich nach Colin Aschs Arbeit beim Fernsehsender und nach seiner neuen Bleibe erkundigte – sie habe gehört, sagte sie, daß er eine Wohnung irgendwo in Lathrup Farms gefunden habe? Es kam ihr jetzt, wenn auch nicht so deutlich wie hinterher, sonderbar vor, eine Spur sonderbar, daß ein junger Mann, den sie kaum kannte, sich von ihrem bescheidenen beruflichen Erfolg so

beeindrucken, ja geradezu innerlich aufwühlen ließ. Und auch die Art, wie er sie ansah, mit vor respektvoller Bewunderung geweiteten Augen: Es war schon sonderbar. Aber schmeichelhaft.

Als Colin Asch Dorothea erzählte, daß er nicht mehr bei WWBC-TV arbeitete, sondern einen Job bei einer Public-Relations-Firma hier in Lathrup Farms habe, der ihn »viel stärker forderte«, erinnerte sie sich vage, daß Ginny Weidmann ihr davon und von Colins ziemlich abruptem Auszug bei Weidmanns berichtet hatte. Sie erinnerte sich auch, daß es Unstimmigkeiten – verletzte Gefühle bei Ginny – und einiges mehr gegeben hatte, aber aus irgendeinem Grund war ihr das alles entfallen; vielleicht hatte sie von Ginnys außergewöhnlichem jungen Verwandten nur Gutes annehmen wollen. Mit einem verlegenen Achselzucken sagte er: »Die Leute beim Fernsehsender wollten mich nicht gehen lassen, und zum Schluß wurde alles ziemlich schwierig. Einer ihrer Konkurrenten hatte gehört, daß ich wegwollte, und machte mir ein Angebot *am Telefon* – was mir fast den Atem verschlug. Aber ich hatte es satt bis hier, Dorothea«, sagte er und fuhr sich mit dem Zeigefinger über die Kehle, »die Medien und ihr erbarmungsloses Pochen auf Einschaltquoten. Die einzige Frage, die sich die Leute stellen, ist, ›Verkauft sich das?‹ oder ›Kommt das bei der Werbung an?‹. Der Inhalt eines typischen Fernsehprogramms hängt von so vielen anderen Faktoren ab, von so vielen anderen *trivialen* Faktoren – also das ist eine Beleidigung für das Menschengeschlecht! Jedenfalls«, sagte er mit leiserer Stimme, »war es eine Beleidigung für *mich*. Sie haben mich praktisch gebeten, eine Pilotsendung zu machen, so eine Art Interview-Programm auf hohem Niveau wie bei einem großen Sender, wo der Interviewer sein Material auch wirklich kennt, eine Menge Bücher und Sachen liest, um sich vorzubereiten, und es reizte mich auch, aber nicht wirklich, nicht ernsthaft – die

Medien saugen einem ja die Seele aus dem Leib, Dorothea: genau das. Deshalb hab ich gekündigt. Bin weggegangen. Und hatte das Glück, daß ich woandershin konnte – also einen viel besseren Job fand.«
Dorothea, benommen von der Schnelligkeit, mit der ihr junger Freund das alles vortrug, und der Intensität, mit der er sie betrachtete, konnte nur ein banales »Wie gut für Sie« murmeln, obgleich sie den Eindruck hatte, daß Public Relations, soweit sie über das Gebiet Bescheid wußte, nicht unbedingt eine Verbesserung gegenüber dem Fernsehen bedeutete.
Colin Asch trank seinen Sherry aus, leckte sich wie ein kleiner Junge die Lippen und sagte lachend: »Ich weiß, was Sie denken, Dorothea – «
»Ja?«
»– daß ein Public-Relations-Job ungefähr dasselbe ist wie ein Job beim Fernsehen, daß beide im Grunde das gleiche Ziel haben – nämlich Oberfläche, Bilder und all das. Aber eigentlich doch nicht«, sagte er stirnrunzelnd. »Ich meine, es kann so sein, aber diese Stellung, die ich da habe, als Assistent des Art Directors bei L. L. Harris & Co. – kennen Sie die? Schon mal von denen gehört? Eine hochmoderne Firma, ganz große Klasse, witzig, schwer auf Draht, aber im *guten* Sinn auf Draht – der Direktor ist ein Typ ungefähr in meinem Alter, nur ein paar Jahre älter, richtig toll, mit dem zusammenzuarbeiten. Ich hab mir auf dem Weg hierher überlegt, Dorothea – also, ich habe noch einen Grund, einen Hauptgrund, warum ich hier bin – ja, ich habe mir gedacht, ich könnte Ihnen, ich meine, dem Institut, vielleicht mit Werbung helfen für Programme und Ausstellungen, so was in der Art – «, sagte er atemlos, »also, wenn Sie wollen.«
Dorothea lächelte reumütig und sagte: »Tja, Werbung war nicht gerade unsere Stärke. Ich hab da gar keine – «
»Es geht ja nicht nur darum, daß Sie die Leute über das in-

formieren, was Sie machen, man muß sie *zwingen,* es zur Kenntnis zu nehmen«, sagte Colin Asch leidenschaftlich. »Die Programme, die Sie sponsern, die sind zum Teil so gut, die verdienen eine viel größere Verbreitung – die sind ebenso wichtig wie das, was in Boston oder in Cambridge vor sich geht –, aber man muß die breite Masse ansprechen. Natürlich wollen Sie nicht zu viele Leute haben; der Zuhörersaal würde dafür nicht ausreichen. Aber bei den Kunstausstellungen ist es was anderes, da verteilen sie sich irgendwie, glaube ich.« Als er Dorotheas Lächeln sah, fragte er: »Stimmt irgendwas nicht?«

»Mir fiel nur gerade ein, Colin, daß wir das Problem bisher im Institut nie hatten: zu viele Leute – Menschen›massen‹.«

»Ja, ich weiß schon«, pflichtete Colin Asch mit verlegenem Lächeln bei, »es ist ein kleiner Betrieb, hauptsächlich auf die hiesigen Verhältnisse abgestimmt, auf die Bedürfnisse dieser Gemeinde. Aber da Sie jetzt die Verantwortung haben, fängt sozusagen eine neue Ära an – muß anfangen. Vielleicht könnten Sie mir, bevor ich weggehe, Ihr Programm für dieses Frühjahr geben, damit ich schon mal ganz unverbindlich loslegen könnte. Mehr so auf eigene Faust.« Als wollte er sich für seine erregte Redeweise bestrafen, hielt er plötzlich inne; Dorothea sah, wie er die Kiefer zusammenpreßte. Dann sagte er: »Ich meine, *nur so.* Auf eigene Faust, Dorothea. Sie brauchen sich keine Sorgen wegen eines Honorars zu machen. Kostenlos.«

Dorothea sagte unsicher: »Das wäre sehr nett von Ihnen.«

»O nein! Ich bin nicht nett! Ich bin nur – ein Kulturvermittler!«

Colin Asch hatte sich auf dem Sofa mit den säuberlich neben ihm aufgebauten Kissen fast häuslich eingerichtet. Jetzt schlug er das eine lange, schlaksige, tweedbehoste Bein über das andere und nahm sich einen Keks von dem Teller, den Dorothea ihm hinhielt. Sie sah, daß er riesige lavendelfar-

bene Laufschuhe trug. Und – war es denn möglich bei 8 Grad Kälte? – keine Strümpfe.
Wie um ihr einen kleinen Anstoß zum Sprechen zu geben, sagte er: »Aber es *ist* doch eine neue Ära, Dorothea. Mit einer Frau, die die Verantwortung hat, und all das.«
Dorothea Deverell hatte tatsächlich vor, Veränderungen und Neues einzuführen; sie hielt es jedoch für besser, langsam vorzugehen und die eher konservativen Kuratoriumsmitglieder und das treue kleine – vornehmlich weibliche – Freiwilligenkorps, welches das Institut unterstützte, nicht zu beunruhigen, zu verärgern oder zu kränken. Sie vertraute Colin Asch freilich an, daß sie, ja, beabsichtige, insbesondere den Rahmen der Vortragsreihen zu erweitern: Der ehemalige Direktor hatte ihr nicht erlaubt, eine »umstrittene« Anwältin zu verpflichten, die sich für mißhandelte Frauen und Kinder einsetzte, und diese hervorragende Frau würde sie bestimmt für das nächste Jahr einplanen; hin und wieder würde sie auch Dichterlesungen veranstalten; und in zwei oder drei Jahren wolle sie vielleicht für einen ihrer ehemaligen Professoren in Yale, einen namhaften Kunsthistoriker auf dem Gebiet der Renaissance, der dann emeritiert werde, eine Festschrift vorbereiten und dazu weitere auf diesem Arbeitsfeld tätige Kunsthistoriker, darunter frühere Studenten, zu öffentlichen Vorträgen einladen ... und das Ganze natürlich mit einer Kunstausstellung verbinden.
»Das sind ja großartige Ideen«, sagte Colin Asch und starrte sie an. »Also wirklich – ganz brillante Ideen.«
Auf diese Weise ermutigt, fühlte sich Dorothea Deverell veranlaßt, ihrem jungen Freund noch mehr anzuvertrauen, einiges rein theoretisch und alles gestaltlos und noch in den Anfängen: Ihr schwebte ein Bildungsprogramm vor, ihr schwebte eine umfangreiche Gebäuderenovierung vor, ihr schwebten Anbauten vor – ein für Kunstausstellungen besser geeigneter Flügel des Hauses, ein neues Auditorium.

Atemlos sagte sie: »Neulich habe ich über einiges davon mit einem guten Freund gesprochen, Colin, und er sagte fast erschrocken, ›Ich wußte gar nicht, daß du solche Ideen hast, Dorothea‹, und ich sagte zu ihm, ›Es stand bisher nicht in meiner Macht, und Macht bringt Ideen mit sich.‹ Er sah mich befremdet an und sagte dann: ›Ich glaube, die Verwirklichung von Ideen ist letzten Endes tatsächlich eine Machtfrage.‹ Ich konnte nicht umhin – obwohl ich ihn keinesfalls kränken wollte! –, ihm zu antworten, ›Nicht letzten Endes, sondern *von Anfang an*.‹ Und da«, sagte sie mit einem fast mädchenhaften Lächeln, »und da sah er mich wirklich befremdet an.«
Colin Asch ließ sich jedoch nicht von Dorothea Deverells Lachen anstecken. Umständlich wischte er sich ein paar Krümel von den Lippen und sagte nüchtern: »Ja, der Durchschnittsmann ist meist sehr neidisch auf die ›Macht‹ einer Frau. Wer, sagten Sie, ist dieser Freund?«
»Charles Carpenter«, sagte Dorothea. (Aber warum hatte sie mit Colin darüber gesprochen? Das hatte sie nicht gewollt.) Ihre Wangen glühten; entschuldigend fügte sie hinzu: »Sie werden sich nicht an ihn erinnern, aber er –«
»Natürlich erinnere ich mich an ihn«, sagte Colin Asch. Er blitzte Dorothea mit seinem unheimlich strahlenden Lächeln an, als habe sie ihn aufziehen wollen. »Ein Anwalt. Ein Freund von Weidmanns. Seine Frau hat mich wegen meiner vegetarischen Ernährungsweise angegriffen. Sie war betrunken – trank wie eine Alkoholikerin. Aber wissen Sie, Dorothea, daß Mrs. Carpenter hinterher versucht hat, es wiedergutzumachen? Sie hat einen Scheck über zweihundert Dollar für den Tierschutzverein geschickt, durch meine Tante.«
Dorothea Deverell riß die Augen auf. »Was? Agnes Carpenter?«
»War das nicht nett von ihr?« fragte Colin Asch. »Auch wenn sie nur ihr schlechtes Gewissen erleichtern wollte.«
»Ja«, sagte Dorothea langsam. »Das war nett von ihr.« Ohne

zu wissen, was sie damit meinte, fügte sie hinzu: »Die großzügigsten Dinge im Leben geschehen wohl meistens, um das schlechte Gewissen zu erleichtern. Was sie nicht –«
»Nicht weniger großzügig macht.«
Es entstand eine beklommene Pause. Dorothea bot ihrem Gast ein zweites Glas Sherry an, was er dankbar annahm – »Köstlich!« Sie spürte deutlich, daß ihm eine unverblümte Frage in bezug auf Charles Carpenter durch den Kopf ging, und sie wollte sie weder hören noch beantworten.
Sie sagte: »Ginny hat mir erzählt, Sie haben eine neue Wohnung gefunden?«
Colin Asch nickte und streichelte die Metallklammer in seinem Ohr. »Die Anlage heißt Normandy Court, kennen Sie sie? Nein? Ich wohne im elften Stock und schaue auf einen kleinen Park. Eine Freundin – eine neue Freundin – hilft mir bei der Finanzierung, bis ich mich bei L. L. Harris eingearbeitet habe. Ich fahre auch ihren Porsche – aber vielleicht haben Sie gar nicht gesehen, daß ich mit dem hierhergekommen bin? –, ein 86er Modell, den ich kaufen kann, wenn ich will. Süßer kleiner Wagen und eine *phantastische* Wohnung. Was auch der Grund ist, warum ich hier bin, Miss Deverell, ich meine, Dorothea – ich hoffe, daß Sie mich mal besuchen und ich dann ein Abendessen für Sie geben darf? Ich dachte an eine Art Festessen zur Feier Ihrer Beförderung, ja? Ich würde auch Tante Ginny und Onkel Martin einladen, es sind so wunderbare Menschen, und irgend jemand, den Sie gern dabei hätten, und meine Freundin Mrs. Hunt, Susannah Hunt, Sie kennen Sie vielleicht? – irgendwoher? – sie sagt, sie kennt Sie. Nur ein kleines Abendessen unter Freunden. *Bitte sagen Sie ja.*«
»Ja also – gern«, sagte Dorothea langsam. »Wenn – das heißt –«
»Es würde mir so viel bedeuten! Es wäre eine solche Ehre für mich!

»Wenn Sie nicht finden, daß es zuviel –«
»Was halten Sie vom 5. März? Einem Sonnabend? Zwanzig Uhr?«
»Soweit ich weiß, ist der Tag –«
»Daß ich das Essen so lange hinausschieben muß«, sagte Colin Asch mit einem verkniffenen, gequälten Ausdruck, »liegt daran, daß ich mich nicht darauf verlassen kann, daß mir die Möbelleute die Möbel vor diesem Termin bringen. Diese schöne Eßzimmereinrichtung aus Glas und Chrom – zuerst haben sie mir versprochen, in drei Wochen zu liefern, nun haben sie's auf fünf Wochen verlängert, diese Schweine! Und diese wunderschöne Halogenlampe, die ich im Ausverkauf bekommen habe, von 460 Dollar auf 399 herabgesetzt, ein regelrechter Gelegenheitskauf, und als sie geliefert wurde, war der Fuß zerkratzt – also hab ich die Bezahlung verweigert und sie zurückgehen lassen. *Aber ich will sie immer noch haben.* In der Wohnung sind ein paar Gegenstände, zum Beispiel ein hübsches Sofa in gebrochenem Weiß, so ein bißchen wie das, auf dem ich jetzt sitze, aber anderes fehlt, deshalb hat mir Susannah für die Zwischenzeit ein paar von ihren Sachen geliehen. Bis zum 6. März ist bestimmt alles in Ordnung.«
Dorothea sagte matt: »Ich möchte aber nicht, daß Sie sich so viel Mühe machen, Colin. Oder so viel Geld ausgeben –«
»Aber wieso Mühe, Dorothea«, fragte Colin Asch und sah sie gekränkt an, »wo ich es doch für *Sie* tue?«
Dorothea hielt ihr Sherryglas mit beiden Händen, um zu verhindern, daß es zitterte. Sie dachte, was will er von mir – und warum? Gereizt erinnerte sie sich an das Weihnachtsgeschenk, diese unerwartete und unerwünschte Gabe. Sie wollte sie erwähnen, bevor Colin Asch wegging. Und Susannah Hunt: Wie war dieser arglose junge Mann an sie geraten? Dorothea Deverell konnte nicht behaupten, die Frau direkt zu kennen, aber sie hatte im Lauf der Jahre erstaunli-

che Geschichten gehört, die sich um ihre legendäre Gier auf Männer (auch junge) und ihre – juristischen und sonstigen – Streitigkeiten mit ihrem früheren Ehemann, einem prominenten ortsansässigen Arzt, drehten. Einmal hatte Dorothea auf einer Cocktailparty eine qualvolle halbe Stunde damit zugebracht, ihren geliebten Charles Carpenter aus dem Augenwinkel in angeregter, von Gelächter unterbrochener Unterhaltung mit der rasanten Person zu beobachten; zufällig hatte sie sich im Zimmer umgesehen und tief beschämt feststellen müssen, daß Agnes Carpenter das Paar ebenfalls beobachtete... sie mit Gorgonenblick unverwandt anstarrte. In diesem Augenblick hatte sie sich mit Agnes Carpenter schwesterlich verbunden gefühlt. Vereint in gemeinsamer Hilflosigkeit.

Charles Carpenter gegenüber hatte sie die Episode mit keinem Wort erwähnt, noch hatte er sie ihr gegenüber mit einem Wort erwähnt.

Mit neutraler Stimme sagte sie nun zu Colin Asch: »Sehen Sie diese junge Frau vom Fernsehsender nicht mehr? Wie war noch der Name – die mit dem herrlichen schwarzen Haar –?«

Colin Asch sagte vage: »Das lief nicht mehr.«

Dorothea sagte: »Ach ja? Tut mir leid.«

»Oh, das muß Ihnen nicht leid tun! Wirklich nicht«, sagte Colin Asch. Er grinste, faltete seine langen übereinandergeschlagenen Beine auseinander und fuhr sich mit der Hand grob durchs Haar. »Hartley war zu intensiv. Sie wollte zuviel von mir. Wir waren nicht füreinander bestimmt, wissen Sie. Und dann, Dorothea«, fuhr er mit gesenkter Stimme fort, »nahm sie Kokain. Eine teure Angewohnheit.«

»Kokain!«

Wieder entstand eine peinliche Pause, und Colin setzte sein Sherryglas ab und erhob sich. Er sah auf seine Platinarmbanduhr und sagte widerwillig: »Tja, ich glaub, ich muß gehen.« Dann sagte er fast im gleichen Atemzug: »Sie haben ein so schönes Haus, Dorothea! Dürfte ich es mir vielleicht ansehen?«

Dorothea hörte sich selber sagen: »Natürlich.«

Im Geist sprang sie zur oberen Etage hinauf: Wie sah es da aus? Mußte sie ihrem stürmischen jungen Freund alles zeigen – auch das Schlafzimmer? Ihre Nebenräume?

Beim Anblick ihres Gesichtsausdrucks sagte Colin: »Wenn es Ihnen nicht zuviel Mühe macht? Sie sind doch sicher erschöpft nach Ihrem langen Arbeitstag.«

»O nein, es macht keine Mühe.« Dorothea lachte.

Und dann läutete das Telefon.

Sie entschuldigte sich und nahm den Hörer im Eßzimmer ab, wobei sie ihren Besucher geistesabwesend im Spiegel – genaugenommen in zwei Spiegeln – betrachtete, ohne daß er es merkte. Die Anruferin war eine Freundin, Merle, eine intelligente, etwas einsame, verheiratete Frau, mit der Dorothea Deverell manchmal zu Ballettaufführungen ging, und obwohl Dorothea das Gespräch abzukürzen versuchte, wollte Merle offenbar reden, dringend reden. »Kann ich dich zurückrufen? Ich habe Besuch«, sagte Dorothea. Sie sah, wie Colin Asch in seiner kastenförmigen Tweedjacke mit erstaunlicher Wendigkeit, wie eine große Wildkatze auf den Hinterbeinen, in ihrem Wohnzimmer hierhin und dorthin ging... die Augen über ihre Bücher im Regal schweifen ließ, die Sachen auf dem Kaminsims untersuchte, eine kleine Elfenbeindose von einem Tisch aufnahm und wieder hinstellte... mit einer geübten Drehung des Handgelenks das Schloß ihrer Terrassentür ausprobierte... auf Zehenspitzen zur Treppe schlich und stirnrunzelnd in das Dunkel hinaufspähte. (Aber warum bloß? dachte Dorothea fasziniert. Ich bin doch nicht da oben: Ich bin hier unten.) Es war, als ob ihre Mundhöhle sich mit einem dünnen Angstschaum über-

zog, und mit Erleichterung stellte sie fest, daß die hochgewachsene blonde Gestalt aus der Reichweite des Spiegels verschwand. In möglichst freundlichem Ton raunte sie Merle zu: »Ich muß dich später anrufen. Ich kann jetzt nicht sprechen.«
Als sie wieder ins Wohnzimmer kam, erwartete Colin Asch sie jedoch mit seinem fragenden, strahlenden Lächeln. Er hielt einen Kunstband mit Farbdrucken der amerikanischen Künstlerin Alice Neel in der Hand – »Das ist ein eigenständiges Talent!« sagte er. Er stellte Dorothea Deverell Fragen über Neel, und Dorothea erzählte ihm einiges von dem, was sie wußte, und erbot sich, ihm das Buch zu leihen – was er dankbar annahm. Er war so wißbegierig, so naiv in seinem Lerneifer, daß ihr Argwohn unbegründet schien.
Angesichts der hinreißenden Persönlichkeit des jungen Mannes war es in der Tat schwer, sich ein negatives Urteil über ihn zu bilden.
Dorothea erzählte Colin Asch die Geschichte ihrer drei portugiesischen Zwergorangenbäumchen in den grünen Keramiktöpfen, die an der südlichen Eßzimmerwand aufgereiht standen – der Rundgang durchs Haus schien zumindest für den Augenblick glücklicherweise in Vergessenheit geraten oder aufgeschoben zu sein –, als das Telefon ein zweites Mal läutete. Ein zorniges Zucken lief über das Gesicht des jungen Mannes, aber er biß die Zähne zusammen und sagte: »Sie sind eine sehr beliebte Frau, Dorothea – oder ich bin zur falschen Zeit gekommen.«
»Ich sag demjenigen, er soll wieder anrufen«, entschuldigte sich Dorothea.
Aber dann war es Charles Carpenter, mit dem sie unbedingt sprechen wollte und der, anscheinend dringend, mit ihr sprechen wollte. Ob er auf seinem Nachhauseweg bei ihr vorbeikommen könne. Er sei noch in Boston und habe einen sehr schwierigen Tag hinter sich.

»Stimmt irgend etwas nicht?« fragte Dorothea erschrocken. »Was ist los?«
»Ich sag's dir, wenn wir uns sehen«, antwortete Charles Carpenter.
Dorothea fragte sanft: »Geht es um – ?«
»Um dich und mich? Ja, Liebling«, sagte Charles. »Und um Agnes.«
Dorothea Deverell stand im Halbdunkel des Eßzimmers, den Telefonhörer ans Ohr gepreßt, und brachte kein Wort über die Lippen. Sie weiß Bescheid, dachte sie ruhig. Nun ist zwischen mir und Charles alles zu Ende.
Charles fragte: »Ist jemand da, Dorothea – bei dir?«
Dorothea murmelte, blind auf den Fußboden starrend, absichtlich nicht in die Spiegel blickend, unbestimmt: »Nein, eigentlich nicht.«
Ihr Geliebter nahm die Doppeldeutigkeit oder den Hintersinn ihrer Worte nicht wahr, er sagte: »Dann sehen wir uns gleich, Dorothea. In ungefähr einer Stunde.«
Dorothea sagte begriffsstutzig: »Heut abend? Ach so, ja. Natürlich.«
Sie verabschiedeten sich, und wie eine Schlafwandlerin kehrte Dorothea zu ihrem Gast zurück, der quasi in Habachtstellung auf genau demselben Fleck stehengeblieben war, auf dem er beim Läuten des Telefons gestanden hatte. Diesmal argwöhnte Dorothea, daß er ihr Gespräch belauscht hatte. Sie konnte sich nicht erinnern, ob sie den Namen ihres Geliebten ausgesprochen hatte, und war plötzlich zu erschöpft, um sich darüber Gedanken zu machen.
Colin Asch betrachtete ehrfürchtig eine Chagall-Lithographie eines schlafenden Liebespaars, die – ein Geschenk von Michel Deverells Großvater zu ihrer Hochzeit – an deutlich sichtbarer Stelle an Dorotheas Wand hing, ein geheimnisvoll schönes Kunstwerk, das Dorothea freilich selten ansah: Es war ihr im Verlauf der Jahre so vertraut geworden und rief

vor allem so melancholische Assoziationen in ihr hervor. Der Künstler hatte es in der unteren rechten Ecke mit Bleistift signiert, und auf den Namen *Marc Chagall* deutend, rief Colin Asch mit rührender Naivität: »Er hat es wirklich selber signiert, ja! Dann ist es sicher ein echtes Sammlerstück!«

Dorothea sagte: »Es ist nur eine Lithographie – ein Blatt unter vielen.«

Sie teilte Colin mit, daß es sich um einen wichtigen Telefonanruf gehandelt habe und daß heute abend noch jemand zu ihr käme; es täte ihr leid, aber sie könne ihm das Haus nicht zeigen, vielleicht ein andermal...?

»Ja«, sagte Colin. »Ich verstehe.«

Dorothea kam sich wie eine schuldbewußte Ehefrau oder Kurtisane in einer Komödie von Molière vor, die einen Mann hinauskomplimentiert, während sie den Weg für den anderen freimacht, und warum diese mit Hysterie aufgeladene Situation ihr fast wie eine Volksposse vorkam, hätte sie nicht erklären können. Es hatte weiß Gott nichts Komisches an sich.

An der Tür sagte Colin: »Sie vergessen es nicht, Dorothea, ja? 5. März, 20 Uhr? Einladungen schicke ich, sobald ich kann, aber bitte notieren Sie sich schon das Datum.«

»Ja, tu ich«, versprach Dorothea. »Ich notiere mir das Datum.«

Im trüben Licht einer Straßenlaterne konnte sie am Bordstein Colin Aschs geborgten Sportwagen erkennen. Klein, schnittig, Klasse. Sie fürchtete, er könne sie spontan zu einer kleinen Rundfahrt einladen und sie würde sich gegen ihren Willen ja sagen hören.

Auf der Vordertreppe schüttelte Colin Asch ihr kräftig die Hand und hielt sie einen Augenblick lang in der seinen. Dorothea sagte vorsichtig: »Was wollen Sie eigentlich von mir, Colin?«

Es war das erste Mal in ihrem Leben, daß sie so zu einem Menschen sprach.

Colin Asch blinzelte, als ob sie ihn geschlagen hätte. Gekränkt sagte er: »Ich ›will‹ gar nichts von Ihnen, Dorothea. Es macht mich glücklich, daran zu denken – ich meine, zu *wissen* –«

»Ja?«

»– daß Sie da sind. Daß es Sie gibt.« Er sprach langsam und gequält und wich Dorotheas Blick aus. »Daß, ja, daß unser Leben ... parallel verläuft.«

Dorothea wartete, aber mehr sagte er nicht. Tränen der Erleichterung sprangen ihr in die Augen. Sie drückte ihm die Hand: »Das ist sehr nett von Ihnen, Colin. Sie sind ein außergewöhnlicher Mensch. Mir geht es mit Ihnen ebenso – Sie haben es sehr charmant ausgedrückt.«

»Das wäre dann alles«, sagte Colin Asch ernst und trat zurück.

Sie sah zu, wie er zu seinem Auto lief, und wußte, daß er sich vor dem Einsteigen umdrehen und ihr zuwinken würde, nur einmal. Was er tat.

Ein gescheiter Gedanke kam ihr in den Sinn: Parallelen treffen sich nie.

In Erwartung von Charles Carpenter wechselte Dorothea Deverell das graue Jerseykleid, das sie trug, gegen einen karierten Wollrock und einen übergroßen Shetlandpullover und zog Schuhe mit niedrigen Absätzen an. Sie trug die Vase mit den langen feuerroten Gladiolen aus dem Wohnzimmer, wo sie viel zu schrill wirkten, und ging von einem Zimmer zum anderen, bevor sie sie in einer dämmrigen Ecke des Eßzimmers absetzte. Dann machte sie sich eine starke Tasse Tee und trank sie stehend in der Küche. Sie war zu aufgeregt, um sich hinzusetzen; im Sitzen würde sie ihr Herz zu deutlich schlagen hören. Sie überlegte, daß das Leben, das sie während des fast vergangenen Jahrzehnts geführt hatte, nun vorbei sei und daß es trotz aller Enttäuschungen, zeitweiligen Demütigungen und Schmerzen doch ein angenehmes Leben gewesen war. Sie war – weniger die Geliebte eines verheirateten Mannes als seine zweite und viel umgänglichere Ehefrau – richtig glücklich gewesen. Die Worte ihrer Mutter fielen ihr ein. »Du machst Jahre und Jahre immer so weiter und denkst nicht einmal daran, wie glücklich du bist, und dann ist eines Tages plötzlich alles zu Ende« – diese traurige, stoische Betrachtung anläßlich der ersten Krebsoperation ihres Vaters, als Dorothea in der High School war. Jetzt dachte Dorothea: ja. Aber ich muß es ertragen.

Und dann erschien zu ihrer Überraschung innerhalb einer Stunde Charles Carpenter mit der völlig unerwarteten Neuigkeit: »Ich hab mit ihr gesprochen, Dorothea. Ich hab es ihr gesagt!«

Er hatte seinen Mantel, der nach Kälte roch, noch nicht abgelegt und nahm langsam seinen grauen Filzhut ab, den Dorothea sehr elegant fand.

Er sagte: »Dorothea, hast du's gehört? *Ich hab es ihr gesagt.*«

»Ihr gesagt – ?«

»Ich meine, ich habe damit angefangen. Endlich!«

Dorothea starrte Charles Carpenter an, den sie selten so aufgeregt, so elektrisiert erlebt hatte. Fast erschrocken wich sie zurück – dann trat sie auf ihn zu, in die schwerfällige, harte Umarmung des Mannes, sie hielten sich wie schuldbewußte Kinder aneinander fest und schwankten vereint in Dorotheas kleine Diele.

Triumphierend sagte Charles: »Gestern abend – und heute nachmittag am Telefon! Ich habe endlich einen Anfang gemacht. Jetzt gibt es kein Zurück mehr!«

Wie in einem Gespann tappten sie in Dorotheas Küche, wo

Charles unaufgefordert in einem der Schränke eine Flasche irischen Whiskey ausfindig machte und sich und Dorothea einschenkte. Im Wohnzimmer saßen sie zwischen den herumliegenden Kissen auf dem Sofa, hielten sich an der Hand, während Charles redete und Dorothea mit großen Augen ungläubig zuhörte.

»Plötzlich, aus heiterem Himmel – wir haben uns nicht gezankt; unser Schweigen ist viel viel schlimmer als Reden –, sagte ich einfach zu ihr: ›Wir lieben uns doch nicht mehr, Agnes, warum bleiben wir noch zusammen?‹, und sie warf mir einen absolut haßerfüllten Blick zu, als ob ich eine geheime Abmachung zwischen uns gebrochen hätte, und als ich weitersprechen wollte, stand sie auf und verließ das Zimmer, was sie schon öfter gemacht hat, ging einfach raus – *als ob ich nicht vorhanden sei.* Ich folgte ihr aber und bestand darauf, daß wir miteinander sprechen, und das taten wir oder ich zumindest. Ich erwähnte die Möglichkeit einer Trennung, und sie schrie mich an, ›Dazu gebe ich nie meine Einwilligung. Vorher bringe ich uns beide um!‹ Danach hat sie mir vorgeworfen, daß ich *sie* umbringen wolle; ich wüßte ja, daß es ihr nicht gutginge, sagte sie; und was meine Eltern – ›deine teuren Eltern‹ – sagen würden; und meine Geschäftspartner – ›diese heuchlerischen Mitmacher‹. Sie rannte raus, knallte die Tür zu, und eine Zeitlang blieb ich sitzen; dann ging ich nach oben, wo sie wartete, aber sie hatte die Tür zugeschlossen, und – und so ging es weiter. Stundenlang! Buchstäblich stundenlang!« Er starrte Dorothea an und lächelte sonderbar; er umklammerte ihre Hand so fest, daß sie vor Schmerz zusammenzuckte. Mehrmals sagte er verwundert: »Aber ich habe endlich einen Anfang gemacht. Ich habe einen Anfang gemacht – endlich.«

Dorothea sagte matt: »Ich bin so froh, Charles.«

»Es wird meine Eltern sehr mitnehmen, und ich habe Angst, es ihnen zu sagen, aber es läßt sich nicht ändern. Sie haben mich – uns – zu lange mit ihrer Güte, ihrer lieben, klaglosen, vorbildlichen Art tyrannisiert. Zu gut zu sein ist eine Form der Erpressung, es versklavt die anderen. Agnes hat das immer gewußt – gewußt, daß sie sich auf meinen ›guten‹ Charakter, meine Treue, meine absurden Skrupel verlassen konnte. Ja, ja, das hat sie gewußt! Sie hat es *ausgenutzt*! Jetzt kann sie sich als Märtyrerin fühlen und das gehässige, bittere Vergnügen auskosten, mich als Schurken hinzustellen, als das ›typische Spießerarschloch‹ – das sind ihre Worte – und Mitleid und Anteilnahme einheimsen, denkt sie wohl. Als ob auch nur einer von unseren Freunden mit ihr befreundet bliebe! Als ob irgend jemand außer ihrem Mann sie ertragen könnte, jahrelang!«

So sprach Charles Carpenter; und Dorothea Deverell hörte ihm mit einer an Betäubung grenzenden Verwunderung zu. Konnte sie glauben, was sie da hörte? Aber was hörte sie eigentlich? Einen leidenschaftlichen Wortschwall über Agnes' übermäßigen Alkoholverbrauch unterbrach Dorothea mit der Frage, ob das Wort »Scheidung« gefallen sei und Agnes davon gesprochen habe, einen Anwalt aufzusuchen – und Charles Carpenter starrte sie an, als habe er nicht verstanden.

Er fuhr sich mit der Hand über die Augen und sagte: »Sie wird einen Anwalt beauftragen, der ein Feind von mir ist – das weiß ich.«

Dorothea sagte: »*Unsere* Beziehung sollte vorläufig wohl lieber geheim bleiben, nicht wahr?«

»Dorothea, ich kann mir nicht vorstellen, wie das gehen soll«, sagte Charles. Er hatte seine Jacke ausgezogen; nun zerrte er gereizt an seiner Krawatte. Auf seinem Gesicht hatte sich eine dünne, glitzernde Schweißschicht gebildet. »Weißt du, ich dachte, die Hauptsache, der Sinn des Ganzen war, daß ich mit ihr gesprochen habe, die Dinge ans Tageslicht gebracht habe. Vielleicht ist der Zeitpunkt nicht gerade

ideal, wegen deiner neuen Stellung im Institut und so, aber wie ich schon sagte, ich habe es nicht geplant – ganz plötzlich, aus heiterem Himmel, aus unserem verdammten eisigen *Schweigen* heraus hab ich angefangen zu sprechen und konnte nicht mehr aufhören. Du weißt, ich liebe dich, und ich möchte dich heiraten; du erwartest doch nicht von mir, daß ich dich *verleugne*? Agnes oder sonst jemand gegenüber?«
Dorothea mußte einem kindlichen Impuls widerstehen, die Augen fest zuzumachen. Sie fragte: »Aber hast du ihr gesagt, Charles, daß – ?«
»Sie hat mich unter anderem auch angeschrien: ›Es gibt doch eine andere Frau oder etwa nicht?‹ – und ich hab nicht geantwortet; ich hab es irgendwie fertiggebracht, die Frage abzuwehren, aber nach einer Weile kam sie darauf zurück und sagte: ›Ist es Dorothea Deverell?‹, und ich fürchte, Dorothea, daß ich in dieser Klemme gesagt habe: ›nein‹. Ich hab dann gesagt: ›Die Gleichgültigkeit in unserer Ehe hat nichts mit einer dritten Person zu tun, das weißt du doch‹, und das hat sie abgelenkt von – Dorothea? Was hast du?«
Dorothea umklammerte Charles Carpenters Hand mit beiden Händen. »Hat sie – hat sie das wirklich gefragt? ›Ist es Dorothea Deverell?‹«
»Ja, das hat sie. Sie ist schließlich kein schlechter Beobachter.«
»Aber du hast ›nein‹ gesagt.«
»Ich hab ›nein‹ gesagt, um ihr auf diese Weise etwas anderes mitzuteilen – um mich nicht weiter darüber auszulassen –, nicht gerade mutig, muß ich zu meiner Schande gestehen, aber in dieser verzweifelten Lage angebracht. Ich wollte nicht, daß Agnes dich in ihrer Wut in die Sache hineinzieht. Den Hörer nimmt und dich anruft. Der Gedanke, Liebling, wäre mir unerträglich gewesen.«
Dorothea hielt Charles Hand immer noch mit beiden Hän-

den umklammert, und nun beugte sie sich plötzlich vor, als würde sie ohnmächtig, und drückte ihre Stirn darauf. Sie dachte: Was wird nun geschehen? Was geschieht jetzt? Sie murmelte: »Also hast du's ihr gesagt, Charles, endlich!« Benommen küßte sie seine Hand, das Gesicht feucht von Tränen – sie hatte gar nicht gemerkt, daß sie weinte. Sie flüsterte: »Ich liebe dich«, und Charles küßte sie auf die heiße Stirn und flüsterte leidenschaftlich, mehrmals: »Ich liebe dich«, als lege er ein Gelübde ab.

»Jetzt können wir hoffentlich all diese – Täuschungsmanöver aufgeben. Diese verdammten, erniedrigenden Täuschungsmanöver. Es war unrecht von mir, daß ich es so lange aufgeschoben habe, mit meiner Frau zu brechen; nachträglich widert mich meine Feigheit an. Meine sogenannte Güte! Mein Selbstgefühl als aufrechter Bürger! Du bist so geduldig gewesen, Dorothea, eine richtige Heilige, daß du so fest an mich geglaubt hast. Aber jetzt können wir bald offen zusammenleben – wir können heiraten und zusammen in einem eigenen Haus wohnen – wie normale Menschen.« Er lachte aufgeregt, als ob ihm das eine Glas Whiskey zu Kopf gestiegen sei; fast grob schlang er einen Arm um Dorothea und preßte sie an sich. »Stell dir vor, Dorothea, Liebling: verheiratet sein. *Wie normale Menschen.*«

»Ja«, sagte Dorothea Deverell. »Ja«, weinte sie, obgleich sie es sich im Grunde nicht vorstellen konnte. Nach so vielen Jahren der Hoffnung.

In dieser Nacht lag Dorothea Deverell, nachdem sich Charles Carpenter von ihr verabschiedet hatte – sie waren schließlich in ihr Schlafzimmer hinaufgegangen und hatten sich so glühend geliebt, als sei es das erste Mal –, starr, mit weit offenen Augen und von Gedanken bestürmt wach. Die Frage: *Was wird nun geschehen? Was geschieht jetzt?* bedrängte sie wie ein Schwarm wildgewordener Wespen. Obwohl sie an Charles Carpenter und ihre Liebe zu ihm und an die Möglichkeit – oder war es jetzt eher die Wahrscheinlichkeit – zu denken versuchte, irgendwann bald mit ihm verheiratet in einem eigenen Haus zu wohnen – ja, das Haus sah sie genau vor sich: neugeorgianisch, elegant, herrschaftlich, aber nicht groß, im älteren, »guten« Viertel von Lathrup Farms –, stellte sie sich in einem fort vor, wie Agnes Carpenter, ihre schwesterliche Rivalin, in eben diesem Augenblick schlaflos in *ihrem Bett in ihrem* Schlafzimmer auf der anderen Seite von Lathrup Farms lag; sie stellte sich das fassungslose, faltige, gealterte Gesicht der Frau und diese angstvollen, stechenden Augen vor – *Gibt es eine andere Frau? Ist es Dorothea Deverell?*

Mir wäre es so viel lieber, ich wäre ein Objekt ihrer Selbstsucht, dachte Dorothea bekümmert, als sie das der meinen.

So verbrachte Dorothea eine höllische Nacht, die erste, wie sie meinte, von vielen noch kommenden; und *dies* nun als Folge ihres Glücks – ihres und Charles Carpenters! Gegen Morgen stand ihr Entschluß fest; sie rief Charles Carpenter im Büro an und teilte dem erstaunten Mann in einem Wortschwall mit, daß er noch warten sollte – daß sie warten sollten, warten *müßten* – und er nichts mehr tun dürfe, was Agnes aus der Fassung bringen könnte.

»Agnes aus der Fassung bringen?« fragte Charles Carpenter, als hätte er nicht richtig gehört.

Dorothea sagte: »Sei bitte nicht böse, Liebling, aber ich – ich kann es nicht ertragen, ihr weh zu tun. Ich kann es nicht ertragen, daß wir beide ihr aus Egoismus weh tun. Mit der Zeit vielleicht – allmählich, in ein paar Monaten, könnte man ihr alles erklären, aber nicht so plötzlich – so grausam. Ein derartiger Überfall – das ist Mord! Und wir sind zwei, Charles, sie ist allein: Wenn man bedenkt, wie ihr zumute sein muß!«

Charles protestierte: »*Ich* will Agnes auch nicht weh tun,

aber es muß sein. Es ist viel zu lang hinausgeschoben worden, das fandest du doch auch. Wenn wir beide noch –«

»Ich habe Agnes in all den Jahren beneidet und war so erbittert ihretwegen oder dachte das jedenfalls, und nun habe ich das Gefühl – ich möchte sie einfach nicht verletzen. Kann es nicht ertragen, sie zu verletzen. Du hast sie doch mal geliebt, oder? Und sie hat dich sicher auch geliebt, nicht wahr? Es ist ihr jahrelang nicht gutgegangen; sie wird jetzt nur noch mehr trinken –«

»Dorothea, um Gottes willen, du klingst richtig hysterisch. Bist du zu Hause? Bist du nicht zur Arbeit gegangen? Ich komme rüber –«

»Nein, komm nicht! Nicht jetzt!«

»Du klingst so durcheinander –«

»Ich *bin* durcheinander; wir müssen es überdenken!«

»Aber ich dachte gestern abend, wir seien zu so was wie einem Ergebnis gekommen –«

»Hast du *ihr* gestern abend noch mehr gesagt? Als du nach Hause kamst?«

»Nein. Ich nicht. Aber dir, Dorothea, ich meine – ich habe mit *dir* gesprochen –, wir waren doch zu so etwas wie einem Ergebnis gekommen, oder?« Es entstand eine Pause; Charles Carpenter atmete schwer, wie jemand, der aufs äußerste strapaziert wird. Diese Seite von ihm, diese kaum unterdrückte Ungeduld, ja Wut, war Dorothea neu und schüchterte sie ein. »Und jetzt«, sagte er erbittert, »jetzt ziehst du dich von mir zurück. Jetzt willst du *mich* verleugnen.«

»Nein, bestimmt nicht! Ich liebe dich. Aber Agnes ist nun mal da, es gibt sie, es gibt noch andere Menschen auf der Welt, und wir können sie nicht einfach niedertrampeln. Denk doch nur daran«, sagte Dorothea mit heiserer, angstvoller Stimme, »wie ihr in diesem Augenblick zumute sein muß!«

»Ich denke mehr daran, wie mir zumute ist«, sagte Charles Carpenter.
»Aber ich –« fing Dorothea an.
Da brach die Verbindung ab: Zum ersten Mal in Dorothea Deverells Leben hatte jemand in einem Gespräch mit ihr einfach aufgelegt.

Ein paar Tage nach Colin Aschs Besuch bekam Dorothea Deverell durch Eilzustellung ein Päckchen mit einem Muster der Einladungskarte, die Colin an die Gäste der Abendgesellschaft für Dorothea schicken wollte.

Colin Andrew Asch

würde sich freuen

Sie zur Feier der Ernennung von

Dorothea Deverell

zur Direktorin des Morris Brannon Institute

am Sonnabend, dem 5. März 1988, bei sich zu sehen.

1104 Normandy Court, Lathrup Farms, Massachusetts

R. s. v. p. — *20 Uhr*

Telefon: 617-555-5825 — *Abendanzug*

Das Papier: elfenbeinfarbener Karton; der Druck: eine elegante, um nicht zu sagen etwas pompöse Prägung. Die Karte in der Hand haltend, lachte Dorothea laut vor Verlegenheit.

»Ganz unmöglich.« Was bewog diesen gutherzigen jungen Mann, immer und ewig am Rand des Absurden entlangzutaumeln, ein Zuviel aus einem Zuwenig zu machen, seine Gefühle in Gefäße fließen zu lassen, die zu zerbrechlich waren, um sie auffangen zu können? In seinem beigefügten Brief bat er Dorothea um eine Liste der Leute, an die er Einladungen verschicken sollte; teilte ihr mit, daß er sie an dem Abend von einem Chauffeur mit Limousine abholen und wieder nach Hause bringen lassen würde; und daß sie, wenn es ihr gefallen hatte und sie »dazu aufgelegt« sei, zu der Party doch »das vor kurzem erhaltene Weihnachtsgeschenk von einem unbekannten Verehrer« tragen möge.

»Unmöglich!«

Als Dorothea jedoch Colin Asch anrief, um so diplomatisch wie möglich gegen die unangebrachte Feierlichkeit der Einladung und den Ton der »Selbstbeweihräucherung« zu protestieren, entgegnete er mit dem Argument, daß die Ernennung nun wirklich eine Ehre sei und man ihr öffentlich gratulieren müsse. »Sie gratulieren sich doch nicht selbst, sondern Ihre Freunde tun es.« Dorothea brachte es nicht übers Herz, ihm zu sagen, daß die Freunde des Brannon Institute nach dem offiziellen Ausscheiden von Howard Morland ihr zu Ehren Anfang September ein Festessen veranstalten würden und daß weitere, informelle Essen und Zusammenkünfte geplant wären und noch würden – Lathrup Farms sei schließlich Lathrup Farms. Heftig abwehrend, als hätte Dorothea einen wunden Punkt bei ihm getroffen, antwortete Colin, daß jeder, mit dem er darüber gesprochen hatte, es für eine großartige, eine phantastische Idee hielte und daß seine Tante Ginny regelrecht neidisch sei. »Sie versuchte sogar, mir zuvorzukommen – ›Warum geben wir die Party nicht bei mir, Colin, wir haben hier doch mehr Platz‹ –, aber ich habe mich strikt geweigert. Es ist *meine* Idee, und es soll in *meiner* Wohnung sein, es ist *mein* Festessen für Sie.«

Dorothea wandte sanft ein, daß ihr schon der Gedanke an eine Feier peinlich sei; sofort sprach Colin Asch mit der Verve eines geübten Diskussionsteilnehmers ziemlich laut auf sie ein: »Aber für wen peinlich? Für *wen*? Sie können in einem solchen Fall nicht ausschließlich an sich denken, Dorothea, Sie müssen doch auch an Ihre Freunde denken, ja? Die wollen Sie doch ehren und kämen sich betrogen vor, wenn Sie ausstiegen – oder nicht? Das ist wie bei gewissen wichtigen Leuten, die in ihrem Testament festlegen, daß ihre Beerdigung ohne jedes Aufsehen und Aufhebens vor sich gehen soll; irgendwie ist das unheimlich *egoistisch*, finde ich, anderen gewisse Feierlichkeiten – ja, vorzuenthalten. Was wäre das menschliche Leben, Dorothea, ohne Feierlichkeiten? Ich meine nicht solchen Scheiß wie Weihnachten und Ostern, diesen öden abgedroschenen Kram. Ich meine etwas *Lebendiges*, von *Herzen* Kommendes –«
So gab Dorothea, aufgeweicht vom leidenschaftlichen Engagement ihres jungen Freundes, das dann doch ihre Abneigung gegen das Projekt entkräftete, am Ende nach und zog ihre Einwände zurück. Selbst die gegen die etwas lächerliche Förmlichkeit der Karte. Selbst die gegen den mahnenden Hinweis auf den »Abendanzug«. Sie vergaß die Limousine zu erwähnen und das Weihnachtsgeschenk, das bezaubernde weiße Kleid aus Wolle und Spitze – beidem wollte sie sich, wenn es soweit war, ohnehin nicht beugen. Ihre Hauptsorge galt im Grunde nicht solchen Einzelheiten, sondern der Gästeliste: ob sie es wagen konnte, Charles einzuladen, ohne daß Agnes von der Party wußte; wie man bei dem obwaltenden Protokoll und der endogamen Natur des gesellschaftlichen Lebens in Lathrup Farms diese Angelegenheit geschickt regeln könnte. Auch wenn Charles ihr noch böse war und möglicherweise sowieso absagen würde... er fand Anlässe mit Smokingzwang gräßlich. Und zu Hause waren die Dinge, wie er grimmig und anklagend gesagt hatte, völlig festgefahren.

Am Ende beschloß Dorothea einfach, Charles allein einzuladen, indem sie ihm eine Karte ins Büro schickte. Vielleicht würde er ihr bis zum 5. März verzeihen.

8

Was wollen Sie eigentlich von mir, Colin, hatte sie, mit ihren wunderschönen bekümmerten Augen zu ihm aufblickend, gefragt, und ohne nachzudenken sagte er ihr, was in seinem Herzen aufwallte und in seinem Blut so stark pochte, daß es ihn fast erstickte, *Ich will nichts von Ihnen, Dorothea, außer daß es Sie gibt, daß unser Leben parallel verläuft,* und dabei sah er die Freude, die in ihren Augen wie Kerzenflammen aufleuchtete. Zitternd vor Angst, diese Augen könnten ihn verleiten, mehr zu sagen, mehr zu enthüllen, als sie zu hören bereit war, zog er sich zurück.
»Ich war nur Ihr Werkzeug.«

Anschließend trug er in das Blaue Kontobuch ein:

> Parallelen treffen sich nie!
> Außer im Auge!
> – Wie am Horizont!
> Also *müssen* sich Parallelen stets im geistigen Auge treffen!

Auch trug er anschließend in abgekürzter und verschlüsselter Form ein, wie er von 33 Marten Lane weggefahren war, dann den Porsche (der sich fabelhaft fuhr – endlich mal ein Traumwagen) in einer Seitenstraße parkte, dann, wie schon früher stets mit bemerkenswertem Erfolg praktiziert, nach Berechnung der direkten Strecke, die den Erfordernissen der Sicherheit und des gesunden Menschenverstands entsprach, durch die Gärten der Nachbarn von Dorothea Deverell zurücklief, wobei ein Hund in einer offenbar verglasten rückwärtigen Veranda wie verrückt kläffte – aber vielleicht war

da niemand zu Hause? –, jedenfalls gab es für C.A. kein Zögern und keine Panik, denn er wußte, dies war für ihn ein besonderer Abend, *nichts kann dir zu bestimmten Zeiten der Erleuchtung etwas anhaben, wenn alles »da draußen« aus der Seele strömt*... er joggte so dahin wie irgend so ein joggender Blödmann aus der Gegend, nur daß er statt auf der Straße durch die Gärten seiner Nachbarn in Lathrup Farms trabte... durch fünfzehn Zentimeter hohen verharschten Schnee mit neuen Nike-Laufschuhen ohne Socken. Da kriegt man eben ein bißchen Schnee in die Schuhe, Scheiß drauf: »Hauptsache, es ist gesund.«
Auf der Rückseite von 33 Marten Lane blieb er keuchend stehen und starrte in das warm erleuchtete Innere des Wohnzimmers, in dem er, *Mensch! Toll!*, noch vor ein paar Minuten gesessen hatte, *was für ein unheimlicher Perspektivenwechsel*, nur daß Colin Asch jetzt weg war und auch Dorothea Deverell weg war, dort das Sofa mit den kleinen Kissen neben dem Kamin und der rosarote Stuhl, in dem sie gesessen hatte, ihn angelächelt hatte, das Sherryglas in beiden Händen haltend, in fröhlicher, strahlender Stimmung – *Wie schön*, hatte sie gesagt, als sie die Gladiolen entgegennahm, *vielen Dank, Colin, das hätten Sie nicht* –, und da standen die Gladiolen in der hohen Vase aus geschliffenem Glas stolz auf dem Kaminsims, *aber Herrgott wie unheimlich das alles von draußen durchs Fenster aussah, beinahe als könnte er (wie beim Theaterspielen auf der Bühne) sich selber von außen beim Agieren zuschauen.* Er hatte das beschissene Fernglas vergessen. Mußte also näher als die anderen Male an das Haus heran. Sich direkt unter dem Terrassenfenster, der großen Fensterscheibe, die die ganze Wand dort einnahm, hinhocken.
Vielleicht war D.D. nach oben gegangen, aber er wartete, C.A. hatte alle Zeit der Welt, nun, da der Sherry, den sie ihm gegeben hatte, ihn erwärmte, die Kekse, im Mund noch der

Zuckergeschmack, Kristalle auf der Zunge, alle Zeit der Welt, *es hat etwas Heiliges an sich, das Schattenlose,* und sie hatten sich zum Abschied die Hand gegeben, ihre Augen leuchtend vor Zuneigung zu ihm und Anerkennung. *Nur zu wissen, daß es Sie gibt,* und sie hatte gesagt, *Mir geht es mit Ihnen ebenso – Sie haben es sehr charmant ausgedrückt.* So wartete er, und nach einer Weile erschien D.D. wieder, jung wie ein Schulmädchen in ihrem Schottenfaltenrock und gelben Pullover, doch jetzt nicht mehr lächelnd, sondern besorgt, der Mann, den sie heimlich liebte, war unterwegs, aber es war ein Besuch, der keine Freude verhieß oder keinen Trost – »Könnte sein, daß er ihr zur Zeit das Leben schwer macht.« Es gab Colin Asch einen Stich, als Dorothea die Vase mit den Blumen, seinen Blumen, vom Kaminsims entfernte und sie *wie auf Anweisung des unsichtbaren Liebhabers* aus dem Zimmer trug.
(Bei dem es sich, wie er vermutete, um den Mann handelte, dessen Namen sie ausgesprochen hatte, »Charles Carpenter«, Freund von Weidmanns – vorsichtig wirkender Gentlemenkacker, mittelalterlich, Anwalt, wohlhabend –, natürlich erinnerte sich Colin an den, vergaß nie einen Namen; und die Frau, Agnes. Er besaß das akustische Gegenstück zum fotografischen Gedächtnis: perfektes Erinnerungsvermögen. Hatte D.D. raffiniert dazu gebracht, den Namen laut zu sagen: »Charles Carpenter«. Und aus ihrem glänzenden, verschwimmenden Blick und dem weichen Klang ihrer Stimme konnte er messerscharf schließen: *Das ist er! Das ist der Mann!* Klar, wenn man in jemanden verliebt ist, spricht man den Namen so oft wie möglich aus, zum Beispiel war jetzt Susannah in dem Stadium, wo sie unentwegt seinen Namen sagte – »Colin, Co-liin« –, und die Dinge, die sie machten, oder vielleicht auch nur die Tatsache, daß sie sie machten, gespielt schnulzig, liebkosend, veralbernd parodierte (damit ihr junger Liebhaber ihr nicht zuvorkam: Colin konnte spü-

ren, daß S.H. zu den Frauen gehörte, die schlechte Erfahrungen mit jüngeren Liebhabern hinter sich hatten) und dazu die üblichen Worte gebrauchte wie *ich liebe dich, ich bin verrückt nach dir* oder *du bist so schön* oder *Gott, war das gut,* als ob kein Mensch solche Worte je gesagt hätte, aber man mußte an sie glauben und wollte es auch.
Und plötzlich stand da der Mann, in Dorotheas Wohnzimmer, wo kurz zuvor noch Colin Asch gewesen war: Charles Carpenter in Person. Größer, als Colin ihn in Erinnerung hatte. Und so ernst. So *aufgeregt.* In der einen Hand ein Glas, mit der anderen D.D. hinter sich her ziehend. Als ob er das Recht dazu hätte.
Also war Colin gezwungen, sich vor Kälte zitternd zwischen den stacheligen immergrünen Büschen in den Schnee zu hocken, während drinnen die Liebenden ihre heimliche Zusammenkunft – *Stelldichein* nannte man das wohl – abhielten, sich küßten, umarmten... dann wieder voneinander abließen, um zu reden... und D.D. weinte anscheinend... und Carpenter versuchte sie zu trösten, obwohl doch *er* offensichtlich derjenige war, der *ihr* Kummer machte – hatte sie nicht kurz vorher in Gesellschaft von Colin Asch vor Freude gestrahlt?
Er sah also zu. Konnte nicht hören, was sie sprachen. Nicht einmal ihre Stimmen, die wohl hier und da lauter wurden. Man mußte sich das mal vorstellen: Das Arschloch war ein verheirateter Mann, also untreu, unaufrichtig, verlogen; D.D. war blöd, daß sie ihm vertraute; vertraute ihm wahrscheinlich auch nicht; wenn sie glücklich mit ihm, in ihrer Liebe zu ihm war, warum war sie dann jetzt so aufgewühlt? Warum glänzte ihr Gesicht von Tränen? *Und für diesen Mann hatte sie Colin Aschs sagenhafte feuerrote Gladiolen versteckt.*
Wie lange das so ging, daß die beiden sich unterhielten, umarmten, küßten, hätte Colin Asch nicht sagen können, viel-

leicht eine Stunde oder länger; er war mit offenen Augen in eine träumerische Trance hinübergeglitten, ohne darauf zu achten, daß seine Füße beschissen kalt waren und kein Mond die Dinge in ein mildes Licht tauchte, starrte auf den Mann und die Frau im Inneren des Hauses nur ein paar Meter von ihm entfernt, aber doch *fern* ... diese unheimliche Empfindung stieg in ihm auf, wie wenn ihm einer abginge, wie beim Beobachten eines Zielobjekts, das von der Beobachtung nichts weiß, so daß *die eigene Macht unendlich gesteigert wird, während die ihre sich verringert,* bis zur völligen Vernichtung verringert. Dann standen beide abrupt vom Sofa auf und verließen das Wohnzimmer, verschwanden aus Colin Aschs Gesichtsfeld. Deshalb kletterte er auf die Terrasse, um nach drinnen zu spähen – konnte sie nicht sehen –, probierte mit einer reflexartigen Bewegung die Tür aus: aber natürlich war sie abgeschlossen. (Ein Schloß, das er allerdings in dreißig Sekunden aufbrechen könnte.) Ging Carpenter endlich weg? *Oder gingen sie nach oben in D.D.s Schlafzimmer?* Colin entfernte sich vom Haus, wobei er schlurfend und stampfend die vereiste Schneedecke zertrat, um seine Fußspuren zu verwischen, aber er konnte keine Stimmen an der Haustür und keine Wagentür zuschlagen hören und so weiter, was bedeutete, daß die beiden nach oben gegangen waren und ihn in der Eiseskälte wie einen Köter alleingelassen hatten, nur daß man einen Hund nicht so gemein behandeln würde – es war die Abendstunde, wo die Menschen sich zu einer Mahlzeit niedersetzen, zu einer Feier versammeln und nicht in diese beschissene arktische Kälte gestoßen werden, und er hatte ganz deutlich den Eindruck gehabt, daß sie ihn zum Abendessen einladen wollte, natürlich wollte sie ihn zum Essen einladen, nach dem Rundgang durch ihr Haus, dann klingelte das Scheißtelefon, dann war *er* es gewesen – Carpenter –, das Arschloch. In plötzlicher Wut, die ihn wie ein Schluckaufkrampf überfiel, dachte er daran, sich in Carpenters Auto auf dem Rücksitz zu verstecken, und wenn der Mistkerl endlich einstieg und abfuhr, würde er noch eine Zeitlang abwarten und ihn dann bei einer Verkehrsampel oder sonstwas einfach von hinten in den Würgegriff nehmen, wie ihn die Polizei anwendet, *ihm die Halsschlagader zudrücken, um den Kreislauf zum Gehirn zu unterbrechen, eins zwei drei vier fünf! Presto!* – dann ruhig aussteigen und weggehen – »Klar, das könnte ich machen. Leicht!« Aber dann durchfuhr ihn blitzhaft wie im Traum eine noch überzeugendere Vorstellung: Er sah sich selber die Treppe im Haus wie ein Schlafwandler hinaufsteigen, wie Shelley, der gesagt hatte *Ich ziehe meines Weges wie ein Schlafwandler, bis ich aufgehalten werde, und ich werde niemals aufgehalten,* die Treppe rauf in ihr Schlafzimmer, wo es dunkel sein würde, doch er würde sie deutlich sehen, die beiden Schlafenden, nackt nach der Liebe, dem Liebesakt, *obwohl es im Grunde unvorstellbar war, daß Dorothea Deverell so etwas wirklich tun würde,* dennoch sah er sie beide schlafen und sah sich über sie gebeugt, und er hatte ein Messer in der Hand oder ein Rasiermesser ... und Colin Asch schlitzte dem schlafenden Charles Carpenter anmutig die Kehle auf – er war stolz darauf, alles mit Grazie zu tun, als sei es mühelos, obgleich er sein ganzes Leben, seine Genialität, seine körperliche Kondition in die geringfügigste Geste legte! – und irgendwie verblutete Charles Carpenter einfach, ohne aufzuwachen... auch sie wachte nicht auf... denn er konnte sich das alles, die ganze Szene, nicht vorstellen, ohne daß *sie* weiterschlief, nicht ahnend, was Colin Asch da tat, tun mußte *nur um ihretwillen: um sie glücklich zu machen.*

Aber diese Vision tauchte ebenso blitzartig auf, wie sie erlosch, wie die Scheinwerfer eines Autos: ein kurzes Aufblinken, das blendet, dann ist es vorbei, obschon Colin Asch sich danach benommen fühlte und weiche Knie hatte... wie damals, als er nackt bis auf ein Unterhemd auf einem Teppich gestanden und aufgeregt, angstvoll die Zehen gekrümmt hatte und Mr. Kreuzer die Hand ausgestreckt hatte, um ihn zu berühren, Colins kleinen pochenden Vorsprung, und in dem Augenblick war er wimmernd, verschreckt gekommen, ein dünner Samenstrom hatte sich aus ihm ergossen und war in einem Bogen zu Boden gefallen... und Mr. Kreuzer sagte: »*Das* war aber vorschnell, Colin.«

Wochen später, am Nachmittag des 5. März, deckte Colin Asch in seinem neuen Smoking mit schon erhöhtem Puls trotz der morgens eingenommenen zwei »Quaaludes« den Tisch für das Abendessen, pfiff dabei abgehackt eine mißtönende Version der »Träumerei« vor sich hin – die er als Elfjähriger sauber auf dem Klavier gespielt hatte –, sprach zu sich selber, um sich aufzuheitern – *heut abend ist der große Abend! Nach so langer Erwartung! Colin Aschs Debüt in der Gesellschaft von Lathrup Farms!* –, blieb einen längeren Augenblick stehen, in den zitternden Fingern die Tischkarte, die in elegant altmodischer Schrift den Namen Charles Carpenter trug – Colin Asch hatte jede einzelne Karte selbst geschrieben: mit schwarzer Ausziehtusche, vorn abgestumpfter Zeichenfeder –, und dachte, daß er sich bald entscheiden müsse, was er mit Charles Carpenter machen sollte. Oder ob er überhaupt etwas machen sollte.

5. März: Colin Asch wachte vor Tagesanbruch auf und dachte zuerst, er läge in Susannah Hunts übergroßem parfümiertem Bett, aber nein, sie hatte ihn in der Nacht davor ziemlich früh lachend rausgeworfen, nachdem ihr Verlobter (wie sie ihn nannte) angerufen hatte, dieser alte Kerl mit seinen zwei- oder dreiundsechzig Jahren, der Eigentumswohnungen auf den Karibikinseln besaß, ein ehemaliger Arzt und ehemaliger Praxispartner ihres Mannes, aber Colin Asch

achtete nicht auf die Einzelheiten, Susannah Hunt meistens ebensowenig, aber »Schatz, ich muß für meine Zukunft vorsorgen, nicht?« Also erwachte Colin Asch in seinem eigenen Bett, sofort von Panik ergriffen beim Gedanken an den heutigen Abend, die erste Abendgesellschaft seines Lebens, die vielen Gäste, die kommen sollten, und Dorothea Deverell ... Er war ein Anfänger in solchen Dingen, ein richtiges Baby nannten ihn die Frauen, deshalb halfen ihm Susannah Hunt und Ginny Weidmann, und dann hatte er diesen sagenhaften, von allen empfohlenen Partyservice mit Lohndiener engagiert, ja, der Typ kostete einiges, war aber sein Geld wert.

Nackt und bebend vor Erwartung schritt Colin Asch durch die Räume seiner Wohnung und lachte wie ein Kind – »Dies gehört *mir!* Herrgott! Dies alles gehört mir!« Blickte blinzelnd auf die verspiegelten Wände, an denen seine schöne Gestalt vorbeistrich, und die erstklassige Einrichtung, die er gekauft hatte, wie alles zusammenpaßte, die Abstimmung der Farben, Formen und Figuren: »Phantastisch.« In der Rhode Island School of Design und der Kunstschule in New Mexico, die er ein Semester lang besucht hatte, hatte man ihm gesagt, daß er ein angeborenes Talent für Innenarchitektur hätte, ein magisches Auge sozusagen, und der Name für diese spezielle Branche ist DOLLARS, sagten sie ihm, nichts von diesem Scheiß mit künstlerischer Glaubwürdigkeit, man betrachtet vielmehr ein Talent, das so mühelos daherkommt, einfach als selbstverständlich, aus diesem Grund hatte er auch nie versucht, sich in das Gebiet einzuarbeiten. Und nun hatte er diese tolle Wohnung, vor allem das Wohn- und Eßzimmer, wo es wie in *Art & Architecture* aussah, und vielleicht würde das Wochenblatt von Lathrup Farms einen Bildbericht darüber bringen, »Modernes Ambiente eines Junggesellen« vielleicht: die weißen Wände mit den Messingspiegeln und die fast durchgehende Fensterwand und das lange sandfarbene Sofa mit den Unmengen Designer-Kissen und die wannenförmigen Veloursledersessel in Umbra und Senfgelb, die beiden Halogenlampen (hoher graziler schwarzer Schaft, flacher weißer Schirm) und der hochflorige cremefarbene Auslegeteppich, der hinreißend schöne Eßtisch aus Glas und Chrom und das Sideboard und Colin Asch, der nackt und teils erotisch erregt, teils in einer Art Ungläubigkeit da hindurchglitt – »Hey, das gehört *mir.*« Über die Ratenzahlungen konnte er sich noch den Kopf zerbrechen, wenn es soweit war.

Du bist ein neurotischer Perfektionist, hatte Susannah Hunt ihn zärtlich zurechtgewiesen, und er hatte stolz geantwortet: Du kommst in dieser beschissenen Welt sonst nicht von der Stelle, und sie hatte lachend gesagt: Perfekt sein zu wollen hält nur auf.

Auch Dorothea Deverell sah seinen Charakter so; als er das letzte Mal mit ihr telefoniert hatte – er wollte unbedingt wissen, ob sie sich das Datum für das Abendessen, die Uhrzeit für die Limousine und so weiter richtig gemerkt hatte, *er könnte es nicht ertragen, wenn etwas schiefginge! Wenn er am Beginn seiner gesellschaftlichen Karriere in diesem reichen Bostoner Vorort gedemütigt würde!* –, hatte sie gesagt: Machen Sie nicht zuviel Aufhebens von all dem, Colin? Von mir! Und er hatte nervös gelacht und die letzten Worte mit absolut aasigem Charme betonend gesagt: »Ah, ich hab doch erst angefangen, Dorothea! Schauen Sie mir gut zu!«, wobei er sich, ganz unterkühlte Eleganz, wie ein englischer Schauspieler in einer BBC-Fernsehsendung, in einem der Messingspiegel betrachtete.

Aber die Eßzimmerstühle? Sie hatten drei Beine, was er nicht richtig eingeschätzt hatte, als er sie kaufte. Es konnte kitzlig werden, auf ihnen zu sitzen, weil sie leicht wackelten, aber wenn man aufpaßte und nicht mit dem Arsch auf ihnen herumrutschte, waren sie okay. Colin Asch kaute am Dau-

mennagel und überlegte, ob er seine Gäste heute abend wegen der Stühle beiläufig warnen oder nichts sagen sollte.
Auch entdeckte er plötzlich an einer Wand schwarze Kratzer von den Mistkerlen, die die Möbel geliefert hatten, und aus diesem Blickwinkel, bei dem grellen Sonnenlicht sah es so aus, als ob die Fenster voller Regenspritzer wären, dabei hatte er sie neulich in langwieriger mühseliger Arbeit selber geputzt, deshalb kotzte es ihn an, sie noch mal putzen zu müssen, nicht daß ihm der Energieaufwand etwas ausmachte (er hatte eine Menge Energie), aber der Gedanke, eine bereits verrichtete Tätigkeit zu wiederholen, *Scheißwiederholung von etwas, was man schon einmal und zur eigenen Zufriedenheit gemacht hatte,* entmutigte ihn – es war ein Merkmal des minderwertigen Menschen, der Sklaven-, nicht der Herrenmentalität.
Dann überkam ihn Panik, die nicht mal die ›Quaaludes‹ abfangen konnten. Daß er einen Fehler begangen hatte und den Lauf der Zeit nicht ändern konnte, um ihn rückgängig zu machen. Wie bei dem ins Schleudern geratenen Auto, das durch das verrostete Brückengeländer ins Wasser gekracht war, und nicht einmal Gott selbst konnte die Zeit umkehren, wenn der Scheißer es wollte, gewollt hätte.

Schon tags zuvor hatte er bei L.L. Loomis unheimlich unter Druck gestanden, weil sein sogenannter Vorgesetzter Jay – der Mistkerl hieß eigentlich Jason – ihn dauernd herumkommandiert hatte, er behandelte Colin Asch systematisch von oben herab, wies ihm Scheißaufgaben zu, die jedes Arschloch erfüllen konnte, so mußte er Fahnenabzüge gegenlesen und Paketadressen aufkleben, Gänge zum Drucker machen wie ein kleiner Botenjunge, er hatte den Job schon vor Wochen angetreten, und noch immer ließ man ihn nicht mit Entwürfen und Layouts experimentieren – es war offensichtlich, daß Jay Angst vor Colin Aschs schlummerndem

Talent hatte; auch war der Scheißer eifersüchtig auf Colins Beziehung zu Susannah Hunt, die eine gute alte Freundin von Mr. Harris war, dem der Laden gehörte.
Auch eifersüchtig auf den schwarzen Sexy-Porsche, den Colin Asch fuhr, und die eleganten Sachen, die er trug, und die luxuriöse Wohnung, von der er (aus Colins Geplauder mit den Büromädchen) wußte, die er aber todsicher nicht zu sehen kriegen würde. Deshalb nannte er Colin, nicht unbedingt hinter dessen Rücken, »Schönling«, »Goldjunge« und »Blonde Bestie«.
Laß sie doch erst mal sehen, wie einfallsreich du bist, Schätzchen, wie schlau und aufgeweckt, sagte Susannah Hunt zu ihm, und das hatte Colin allerdings vor, wobei ihm Jays Egoismus aber bisher in die Quere gekommen war – wiewohl er sich als eine willkommene Ergänzung des Mitarbeiterstabs empfand. Doch ein Tag nach dem anderen verging, ohne daß sein Vorgesetzter ihn an sich herankommen ließ, sein Lächeln beachtete, seine gutherzig beschwichtigenden Bemerkungen, klar war der Mistkerl eifersüchtig, der schwul aussehende Dickwanst von Anfang Dreißig, wahrscheinlich wußte er von Colin Aschs großem Abend, zu dem er nicht eingeladen war, denn er saß Colin den ganzen Tag im Nakken, und als er Colin dann noch mit irgendeinem Mist zum Drucker zurückschickte, um das Zeug neu setzen zu lassen, sagte Colin ganz ruhig: »Du kannst mich mal, ich bin kein Laufbursche«, und Jay antwortete aufgebracht, als hätte er darauf gewartet: »Genau das bist du, du Schönling, also mach schon, sei nicht so lahmarschig.«
Schlagartig offenbarte sich Colin Asch die Erkenntnis, daß die Kraft im Innern von »Jay« der Kraft im Innern von »Colin Asch« die Erlaubnis gab, ihr entgegenzutreten, sie zu zerstören, wenn er es vermochte, doch Colin saß ruhig da, unbeweglich, sein Verstand arbeitete schnell, er wollte Susannah Hunt, die so viel Vertrauen in ihn setzte, ihm so gehol-

fen hatte, ihm Geld geliehen hatte und ihm möglicherweise noch mehr leihen würde (obwohl »leihen« ein ungenaues Wort dafür war, weil sie womöglich nicht mehr dazu kommen würde, es zurückzuverlangen) nicht enttäuschen, das war das wichtigste, und er mußte vernünftig sein: Es handelte sich schließlich um seine Probezeit bei der Public-Relations-Firma, er mußte nur hart arbeiten und Erfolg haben, und wenn er dann später in die Führungsspitze aufstieg oder womöglich zu einer Milliarden-Dollar-Gesellschaft in Boston oder Manhattan übergewechselt war, würde er ihnen sagen, sie könnten ihn alle am Arsch lecken ... Herrgott, er konnte gut verstehen, daß ehemalige Angestellte so oft in Büros und Betriebe zurückkamen, auch dieses arme Schwein, das neulich in Kansas City unschuldige Leute in einem Postamt, aus dem er gefeuert worden war, mit Kugeln durchsiebte, die Mentalität konnte Colin allerdings verstehen, aber nach einem so primitiven Muster würde er nie vorgehen, aus dem einfachen Grund, weil er zu gewitzt war. *Verliert man erst die Beherrschung, ist alles vorbei.* Daher begegnete er dem mißbilligenden Blick seines Vorgesetzten mit einem treuherzigen Augenaufschlag, brachte ein kindlich gekränktes Lächeln zustande und sagte reumütig: »Tja, du hast wohl recht, Jay. Danke für den Hinweis!«

Gedanken über Jay vermischten sich mit Gedanken an Dorothea Deverell und die bevorstehende Party, also verbrachte er eine Weile mit dem Blauen Kontobuch in der heißen Badewanne, um sich über alles klarzuwerden, *Selbstbeherrschung ist entscheidend fürs Überleben,* nahm noch ein ›Quaalude‹, *alles was fortan geschieht ist gesegnet weil es der Seele entströmt,* aber immer noch war ihm seltsam zumute, und so zog er sich an und fuhr beim Partyservice vorbei, um nachzufragen, wie alles lief, fuhr zu einem Blumenladen, wo er tolle Blumen kaufte – ein Dutzend rubinrote

Rosen, einen Riesenstrauß lila Zwergiris, einen Riesenstrauß gemischte Gladiolen, Colin Aschs Lieblingsblume –, kehrte dann zurück und telefonierte, unter anderem mit dem Limousinenverleih und Susannah Hunt, die anscheinend nicht zu Hause war oder jedenfalls nicht ans Telefon ging, und mit Tante Ginny, die sagte: »Colin Liebes, *bitte* mach dir keine Sorgen – der Partyservice kümmert sich um alles oder fast alles, oder möchtest du, daß ich etwas früher komme, um dir zu helfen?« Es war erst fünf Uhr, aber er beschloß, sich auf jeden Fall schon mal fertigzumachen, zog den Smoking an, den er in der vorletzten Woche beim Herrenausstatter des Ortes mit 20 Prozent Preisnachlaß gekauft hatte, das elfenbeinweiße gefältelte Hemd und die bestickte rote Seidenweste und die schwarze Fliege, und als er sich im mannshohen Spiegel betrachtete, überkam Colin Asch Niedergeschlagenheit, so gut sah er aus, eine alte Melancholie überschwemmte ihn wie Schmutzwasser – *Warum ist dieser mit solchem Aussehen solchem Verstand solchem Talent gesegnete junge Mann sein Leben lang wie Dreck behandelt worden?*
Worauf es keine Antwort gab.
Barfuß in seinem feierlichen Aufzug verbrachte Colin Asch anderthalb Stunden damit, die Gedecke hin und her zu schieben, die Blumenarrangements immer wieder neu zu ordnen, die Tischkarten zu verteilen – zwölf Gäste, und der Ehrengast sollte doch wohl am einen Ende des Tisches, der Gastgeber am anderen sitzen, aber wo sollte man zum Beispiel Charles Carpenter unterbringen? Und wo die, die er für seine VIPs hielt, also den Direktor des Brannon Institute, Mr. Morland (der erst abgelehnt, dann aber, nach Colins persönlichem Besuch bei ihm, zugesagt hatte), und dessen Frau und Tracey Donovan, die junge Frau, die für den *Lathrup Farms Monitor* über »gesellschaftliche und kulturelle« Ereignisse der Gegend berichtete. Dann waren da noch Weidmanns und Dorothea Deverells Assistentin Jacqueline

und ein unbekannter Faktor mit Namen Paul Wylie, ein weiterer Mitarbeiter des Instituts, Colin hoffte, daß es sich nicht um einen Kerl seines Alters oder Typs handelte, und ein zweiter unbekannter Faktor, aber wohl harmlos, nämlich eine Freundin von Dorothea Deverell mit Namen Merle Altman. Fünf Männer und sieben Frauen, was ein Problem war, das er nicht zu seiner Zufriedenheit lösen konnte, und wo sollte er Susannah Hunt hinsetzen, zu seiner Rechten, was sie natürlich erwartete, oder vielleicht an der langen Seite in der Mitte neben Charles Carpenter? Sie kannte Carpenter, hatte sie gesagt, und mochte ihn. Sehr.
Colin prüfte noch einmal den Champagner, zählte die Weinflaschen – Martin Weidmann hatte ihn beim Wein beraten, und er hoffte zu Gott, daß er seinem Urteil trauen konnte –, und dann gab es noch Brandy und Pfefferminzlikör sowie zwei oder drei andere ausgefallene Liköre, die er für alle Fälle bereitstellte, und die sorgsam in ein Kleenextuch eingewickelte pulverisierte Tablette auf dem Bord, die er gegen Ende des Abends in Dorotheas Glas oder in ihren Kaffee schütten wollte: Er hatte den Namen der Tablette vergessen, es war aber eine von den riesigen weißen, eine der ganz wenigen, die er von seinem Aufenthalt bei der Frau in Lauderdale übrigbehalten hatte. »Lieber in die Tasche tun«, sagte er laut und steckte sie ein.
Wie versprochen kamen die Leute vom Partyservice um Punkt sieben Uhr, so daß ihm etwas wohler wurde; und um halb acht erschienen dann Weidmanns, und da fühlte er sich noch besser, war bei ihrem bloßen Anblick fast zu Tränen gerührt – Tante Ginny eine gutaussehende Frau in ihrem aquamarinblauen Cocktailkleid mit paillettenbesetztem Busen, Onkel Martin in seinem Abendanzug stattlich wie ein graumelierter Manager aus einer Anzeige – *die einzigen lebenden Verwandten, die sich verdammt noch mal um Colin Asch kümmerten.* Tante Ginny küßte ihn und schwirrte

dann in die Küche ab, um das Kommando zu übernehmen, und Martin schien beeindruckt von der Wohnung und der Einrichtung und fragte Colin nach seinem neuen Job und sagte ihm, er sähe fabelhaft in seinem Smoking aus, und Colin wurde rot vor Freude und streckte die Arme vor und fragte, wie ein Junge, der seinen Vater fragte, ob die Ärmel nicht vielleicht ein bißchen zu kurz seien? Gucken die Manschetten nicht zu weit heraus?

»Sieht sehr gut aus«, sagte Martin und schenkte sich einen Drink ein. »Das sind interessante Manschettenknöpfe«, fügte er hinzu, und einen schwindelerregenden Augenblick lang dachte Colin, daß es Martins Manschettenknöpfe wären, erinnerte sich dann aber, daß sie es natürlich nicht waren.

»Oh, die? Die hab ich geschenkt bekommen«, sagte er und hielt Martin seine Handgelenke hin, damit er sie sich ansehen konnte: Gold mit eingelegten Rubinen und Onyxen. »Eine Anspielung persönlicher Art; diese Frau, die ich damals kannte, nannte mich nicht ›Colin‹, sondern ›*K*olin‹ mit einem deutsch ausgesprochenen ›K‹ – deshalb ließ sie die Manschettenknöpfe mit einem ›K‹ gravieren.«

»Interessant«, sagte Martin. »Und wie geht's meiner alten Freundin Susannah Hunt?«

Dann war es acht Uhr, und Colin Aschs Gäste trafen ein; so viele sich lange dahinschleppende Stunden, und nun passierte alles auf einmal, kamen alle gleichzeitig, Gäste wie Paul Wylie und Mrs. Morland, die Colin noch nie zu Gesicht bekommen hatte, und Susannah Hunt in einem sagenhaften schwarzen Satinkleid, das über ihrem Busen förmlich zu bersten schien, glitzernde Brillanten an Fingern und Handgelenken: Mrs. Hunt, die ihm diskret einen flüchtigen Kuß auf die Wange hauchte und ihm ins Ohr »Hel-*lo* Colin!« säuselte. Und plötzlich stand in der überfüllten kleinen Diele Dorothea Deverell in ihrem Pelzmantel, ohne Kopfbedeckung, lächelte Colin Asch an und streckte ihm die Hand entgegen – und Colin konnte nicht anders, er starrte sie für den Bruchteil einer Sekunde zu lang an: Sie war so schön, sie war so vollkommen, *sie war zu ihm gekommen.*

Geblendet von ihrer Erscheinung, hatte er keine Zeit, enttäuscht darüber zu sein, daß sie nicht allein in der eleganten Limousine, dem eleganten Cadillac Brougham, gekommen war, wie er es sich ausgemalt hatte, sondern noch zwei andere Gäste vom Chauffeur hatte abholen lassen, nämlich ihre Assistentin Jacqueline und ihre Freundin Mrs. Altman. Als ob es Colin Spaß machen könnte, für *die* einen Wagen für 110 Dollar die Stunde zu mieten.

Aber Colin Asch ließ sich das nicht anmerken, als er seine Gäste begrüßte, Hände schüttelte, vorgestellt wurde, sich vorbeugte, um Namen zu hören. Dorothea Deverell schien von Colins herrlicher Wohnung beeindruckt, wenn nicht geradezu überrascht – »Wie schön, Colin! Ganz einmalig.«

»Ja wirklich?« fragte Colin eifrig. »Finden Sie?«

Als er Dorothea aus dem Mantel half, sah er mit ungeheurer Genugtuung, daß sie das Ensemble trug, das er ihr geschenkt hatte – das exquisite Spitzenjäckchen mit dem langen weißen Wollrock. Wieder starrte er sie an, ohne zu wissen, was er sagen sollte. Seine Augen verschleierten sich. Schließlich flüsterte er »Danke, Dorothea«, aber dann stürzten sich Weidmanns auf sie, sie und Ginny umarmten sich herzlich wie Schwestern, und es läutete an der Tür, und irgend jemand öffnete einer weiteren unbekannten Person, einer stupsnasigen lächelnden Frau – und Colin zog wie ein Schlafwandler mit Dorothea Deverells Pelzmantel ab, um ihn zärtlich über das Bett in seinem Schlafzimmer zu legen, beschwingt von dem Bewußtsein, daß, wenn auch alles andere schiefging, *sie zu ihm gekommen war: zu Colin Asch.*

Während der angeregten Cocktailstunde vor dem Essen hielt sich Colin beim Trinken klug zurück; Alkohol verstärkte zuweilen seine von Natur aus rasch reagierende, von Natur aus nervöse Sensibilität, deshalb beherrschte er sich, spielte die Rolle des vollendeten Gastgebers, stellte die Gäste, wo erforderlich, einander vor – nicht daß er diese Leute kannte, aber er hatte sich ihre Namen schnell eingeprägt! –, fädelte Gespräche ein und zog sich dann hochgewachsen und gutaussehend und anscheinend gelassen zurück: Was für ein bemerkenswerter junger Mann, was für ein erstaunlicher junger Mann, er ist Ginny Weidmanns Neffe, was ist er von Beruf, Schauspieler? Künstler? Junger Unternehmer? In Dorothea Deverells Gesellschaft allerdings kam er sich eigentümlich schüchtern vor, sonst aber hatte er sich in der Hand oder doch so gut wie – er brauchte nur die Zähne zusammenzubeißen, wenn er Gefahr lief, zu viel oder zu schnell zu reden. Der Smoking war zwar etwas zu warm, aber untadelig geschnitten, seine neuen Abendschuhe glänzten, mit Achtundzwanzig näherte er sich eindeutig dem Höhepunkt seiner jungen Mannesjahre *und vielleicht würde dieser Abend und die nun folgende Nacht die Krönung seines Lebens darstellen.*

»Hab ich's dir nicht gesagt, Liebes? Es läuft alles wunderbar«, sagte Tante Ginny.

Und Colin, der sich mit einem Taschentuch über die Stirn wischte, antwortete: »Ja, Tante, dank deiner Hilfe.« In Wirklichkeit ärgerte er sich bereits, weil die Frau die Lohndiener beim Servieren der Horsd'œuvres beaufsichtigte, denn wessen Party war das eigentlich? »Dir habe ich alles zu verdanken!« sagte Colin.

Dankbar war er freilich für Susannah Hunts glanzvolles Auftreten und für die keusche Distanz, die sie zu ihm hielt – würde irgend jemand erkennen, konnte irgend jemand *vermuten,* wie sie zueinander standen? Und es schmeichelte ihm, daß die kesse kleine Tracey Donovan, die für die Medien über dieses gesellschaftliche Ereignis berichtete, so ehrlich von Colin Aschs Gästen und seiner Wohnung und von *ihm* beeindruckt schien – sie stellte ihm zahllose Fragen über seine Public-Relations-Laufbahn, seine Fernseh-Erfahrungen, seine Reisen durch Europa und Nordafrika – »Wir müssen uns bald mal zusammensetzen, um ein richtiges Interview vorzubereiten!« Mr. Wylie, mit dem sich Dorothea intensiv über einen Maler unterhielt, dessen Namen Colin Asch noch nie gehört hatte (Burchfield? Charles Burchfield?), erwies sich zu Colins Erleichterung nicht als ein Rivale, sondern als ein stämmiger, lieb aussehender Mann in jüngeren Jahren mit einer Schildpattbrille; und Charles Carpenter, dem gegenüber er eine gewisse nervöse Gereiztheit empfand, war sehr liebenswürdig zu ihm, kultiviert und charmant, und bezog ihn so selbstverständlich in ein Gespräch (über Politik? Verhältnis Sowjetrußland – USA?) ein, das er mit Howard Morland und Martin Weidmann führte, als ob alle Freunde – Nachbarn, Gleichgestellte, ebenbürtig – wären. Mit ihnen zu reden, seine Meinung äußern zu können, erfüllte Colin mit einem jähen Glücksgefühl: *dem Glücksgefühl eines Mannes unter Männern.* Warum war er sein ganzes Leben lang darum betrogen worden?

Mit höchster Aufmerksamkeit führte er sich vor Augen, daß Charles Carpenter Dorotheas Liebhaber war und daß niemand außer Colin Asch davon wußte. Er war ihr Beschützer, in gewisser Weise. Man konnte es so sehen, gewissermaßen.

Er sehnte sich danach, Charles Carpenter in eine Ecke zu ziehen und ihm im Vertrauen, von Mann zu Mann, zu eröffnen: »Ich weiß es, Charles. Aber Ihr Geheimnis ist bei mir gut aufgehoben.«

Carpenter hatte eine hohe, schlanke Figur mit leicht runden Schultern und bei seinem Alter wahrscheinlich ziemlich schlaffe Muskeln; sein Haar wirkte grauer, als Colin es in Erinnerung hatte. Sein langes, mageres Pferdegesicht mit den edlen Zügen war von Sorgen- oder Müdigkeitsfalten durchfurcht... dennoch, Colin konnte verstehen, warum Dorothea Deverell und vielleicht auch andere Frauen ihn bewunderten. So *vernünftig*. So *verläßlich*. So *vornehm*. Wie der Vater, den man sich wählen würde, wenn man noch einmal ein kleines Kind wäre. Und die Wahl hätte.

Aber so war die beschissene Welt nun mal nicht beschaffen.

Dann wurde angerichtet, und es gab Ausrufe des Entzükkens über Colin Aschs herrlich gedeckten Tisch – die duftenden Kerzen, die Rosen, das schimmernde englische Knochenporzellan und Sterlingsilber –, und als alle Gäste sich gesetzt hatten und der Champagner eingeschenkt war, erhob sich der in seinem Smoking und der roten Seidenweste ebenfalls schimmernde Colin, um mit hoher, zitternder Stimme einen Toast auf Dorothea Deverell – »unseren Ehrengast: eine der vielseitigsten Frauen ihrer Generation« – auszubringen, und Dorothea rief lachend: »Mein Gott, Colin – also wirklich!«, als ob sie alte, lässig-vertraute Freunde wären, aber Colin fuhr fort, sprach aufgeregt von den Büchern, die sie geschrieben, den Jahren ihrer hingebungsvollen Tätigkeit für das Institut, bis er abrupt innehielt und sie über den Tisch hinweg anstarrte – er hatte noch mehr zu sagen, brachte aber kein Wort über die Lippen. Doch weil die Stimmung bei Tisch festlich und unbeschwert war, fiel Colin Aschs Unbeholfenheit kaum ins Gewicht, fiel vielleicht nicht einmal auf, deshalb kam er errötend zum Schluß – »jedenfalls wollen wir auf Dorothea Deverell trinken und ihr Glück und Gesundheit für ihr ganzes Leben wünschen!« –, und der Augenblick ging vorüber. Colin setzte sich. Sein Kopf dröhnte, als säße er im Inneren einer schlagenden Glocke.

Mit einemmal hatte er nur noch den Wunsch, jeden brutal zu ermorden. Sie alle. Alle, die da waren.

Nein – er war in rauschhafter Hochstimmung. Noch nie im

Leben hatte er etwas Derartiges versucht: eine anspruchsvolle Abendgesellschaft zu geben. Er erzählte seinen Tischnachbarinnen, daß er sich nichts Erfreulicheres auf der Welt vorstellen könne, *als Menschen in festlicher Umgebung zusammenzubringen.* Die angeheiterte Susannah Hunt hob ihr Glas und rief: »Darauf trinke ich!«

Nun kam die ausgeklügelte Speisenfolge an die Reihe, das Ergebnis der fieberhaften Besprechungen Colin Aschs mit dem Partyservice und seines wiederholten Sinneswandels: Austern forestière, danach Chateaubriand mit Sauce espagnole und wildem Reis und raffiniert geschnittenem Gemüse, gefolgt von Radicchio- und Endivien-Salat, danach französischer Käse gefolgt von Erdbeer-Soufflé, danach Kaffee, Tee, Liköre in winzigen geschliffenen Gläsern, Schweizer Pfefferminzschokolade ... und obgleich Colin Asch, der dies alles bezahlt hatte, sich tapfer abmühte, hatte er keinen Appetit. Er hatte sich abwechselnd an Champagner und Rotwein festgetrunken, bis der Champagner ausging, hatte eine Menge geredet und gelacht und hatte jetzt nicht mehr solche Angst, zu laut zu werden, *er hatte schließlich das Recht, sich auf seiner Scheißparty nach Kräften zu amüsieren,* unterhielt den ganzen Tisch mit Anekdoten über seine Reisen durch Deutschland, Griechenland, Marokko... und dann wurde allgemein über einen rassistischen Vorfall gesprochen, der sich ein paar Tage vorher in Roxbury abgespielt hatte, ein Gespräch, an dem Colin Asch sich als »ehemaliger Fernsehmann« beteiligen konnte, kein Geringerer als der weißhaarige aristokratische Howard Morland, der von seinem jungen Gastgeber sehr angetan war, erbat seine Meinung ... und die Unterhaltung wechselte, ging über zu AIDS und zu Politik und zu einem Ereignis, das demnächst im Brannon Institute stattfinden sollte, und zu einigen neuen, sehr empfehlenswerten Restaurants der Gegend, von denen Colin Asch noch nie gehört hatte, sich daher (beim

Gourmet Paul Wylie) über sie erkundigen konnte ... und Colin Asch sah, daß Dorothea Deverell glücklich war... ja, glücklich ... vertieft in ein Gespräch mit Freunden an ihrem Ende des Tisches, und nur hier und da (ah, wie diskret, wie *geschickt!*) ihrem Liebhaber Charles Carpenter einen Blick zuwarf, der sie seinerseits nicht häufig anblickte; sie waren sicher ein altes, gut eingespieltes Liebespaar und an solche Situationen gewöhnt.

Aber Colin Asch hatte die Macht, das alles zu beenden.

Man unterhielt sich angeregt über die Börse, die Armut in der Dritten Welt und die »globale Krise«, und als sich eine Gesprächslücke für Colin auftat, ließ er sich langatmig ernst über den X-Faktor in der Humangenetik aus – wüßten sie eigentlich, daß ein Zehntel eines Prozents des Menschengeschlechts durch instinktive Züchtung dazu ausersehen sei, die übrigen zu führen? Daß die Natur »Herren«- und »Sklaven«-Menschen hervorbringe? Daß gesellschaftliche Institutionen, die sich dieser Tatsache verschließen, zum Scheitern verurteilt seien? Ein scharfer, schriller Ton in seiner Stimme signalisierte einigen seiner Gäste, daß das Thema ihm viel bedeutete und daß man im Augenblick besser daran täte, ihm nicht zu widersprechen, während anderen nichts Ungewöhnliches auffiel, so daß sich eine lebhafte Diskussion anschloß, die konfus und zusammenhanglos und etwas aggressiv verlief, bis Colin selber merkte, daß er zu laut sprach, und wohlweislich den Mund hielt, sich nur noch zu einem Lächeln, einem Nicken aufraffte und die ahnungslosen Arschlöcher reden ließ, er war schließlich großmütig genug, abweichende Meinungen gelten zu lassen. Die vollbusigen parfümierten Frauen an seinem Ende des Tisches bemühten sich ohnehin mit vereinten Kräften, ihn zum Essen zu bewegen – »Colin, es schmeckt *köstlich*, Sie *müssen* es einfach essen« –, und Colin fummelte mit seiner Gabel herum, kaute ein bißchen und spülte mit einem gewaltigen Schluck Rot-

wein den undefinierbaren Bissen herunter, schüttelte sich dann wie ein Hund, um wieder einen klaren Kopf zu bekommen, und starrte über die hohen flackernden Kerzen und die rubinroten Rosen hinweg Dorothea Deverell am anderen Ende des Tisches an: so schön in ihrem weißen Spitzenjäckchen, mit strahlenden Augen wie ein kleines Mädchen. Plötzlich erhob er die Stimme, um ihnen allen zu danken: »Daß ihr hergekommen seid! Heut abend! Daß ihr meine Freunde seid!« Sein Mund zuckte ratlos: »Ich möchte euer Freund sein. Einer von euch sein! Ich bin einer von euch, Herrgottnochmal!« Er atmete schnell, fast keuchend. Die vielen Augen schüchterten ihn ein und erregten ihn zugleich. Sich an der Tischkante festhaltend, als fürchte er vom Stuhl zu fallen, fügte er hinzu: *»Ich möchte gut sein!«*
Daraufhin erhob sich ein – hauptsächlich weiblicher – Protestchor, allen voran Ginny Weidmann und Susannah Hunt in ohrenbetäubendem Sopran: »Aber du *bist* doch gut, Colin! Du *bist* gut! Du bist ein *Engel! Du Kindskopf, Colin!«*
Das brachte ihn eine Weile zum Schweigen, wühlte ihn aber innerlich auf, so daß er nahe daran war, zu weinen, er hielt den Kopf gesenkt, seine Augäpfel rollten in den Höhlen hin und her: unheimlich! Als sich das Essen dann seinem Ende näherte – *wie schnell es zu Ende ging!* –, sprang Colin Asch von einer neuen Inspiration erfaßt plötzlich auf, lächelte über das ganze Gesicht, hob sein Weinglas hoch über den Kopf und brachte einen letzten Trinkspruch aus: »Auf jemanden, der heute abend nicht bei uns ist, aber der dies alles ermöglicht hat« – und es begann ein vergnügtes, vielstimmiges Rätselraten, wer diese geheimnisvolle Person wohl sei – doch Colin Asch weigerte sich zwinkernd und grinsend, Auskunft zu geben, und wiederholte: »Auf jemanden, der heute abend nicht bei uns ist und der all dies ermöglicht hat, *weil er nicht bei uns ist«* – und daraufhin zuckte Dorothea Deverell merklich zusammen und warf Colin Asch einen so

entsetzt mißbilligenden, so offensichtlich warnenden Blick zu, daß er sich auf die Lippe biß und leise schwankend, das Glas noch über den Kopf erhoben, mit dümmlichem Lächeln verstummte... die Fröhlichkeit bei Tisch zerrann in peinliche Verlegenheit... bis Susannah Hunt mit kehlig-trockener Tallulah-Bankhead-Stimme sagte: »Zweifellos eine abwesende Vaterfigur – das Beste vom Besten.« Und das rief natürlich rundum neue Heiterkeit hervor, jedenfalls bei denen, die von Colin Aschs »tragischer« Familiengeschichte nichts wußten.
Dann hatte sich Colin wieder hingesetzt, mit rasendem Herzklopfen.
Er dachte: Sie hat mich gerettet.
Er dachte: uns beide gerettet.

Mit der Entschuldigung, beim Servieren des Kaffees und Tees helfen zu wollen, gelang es Colin Asch, in die für Dorothea Deverell bestimmte Tasse Kräutertee unbemerkt das vorbereitete Pulver einzurühren, so selbstverständlich und harmlos, als ob er Zucker hineintäte, und dies reichte er ihr, ohne den geringsten Argwohn zu erregen, und kehrte an seinen Platz am anderen Ende des Tisches zurück, trank ein letztes Glas Rotwein und betrachtete, wie sie an ihrer Tasse nippte – bis sie sie schließlich geleert hatte. Ein Pferdeschlafmittel hatte seine Freundin in Fort Lauderdale diese rezeptpflichtigen Pillen genannt, die so stark waren, daß sie ein Pferd umhauen konnten, und das, ja, das konnte Colin Asch bezeugen. Auch wenn er es, in der Regel, für unwürdig hielt, sich auf Medikamente zu verlassen.
Und dann war es Mitternacht und die Party vorbei – eine irrsinnig erfolgreiche Party, aber nun doch vorbei –, und Colin Asch sagte in seiner Miniaturdiele seinen Gästen gute Nacht, schüttelte Hände und dankte ihnen, daß sie gekommen waren, und da stand, eingehüllt in ihren Pelz, gewapp-

net gegen die Kälte, die bezaubernde Dorothea Deverell mit schweren Lidern und einem entrückten Lächeln ... schaukelte auf den hohen Hacken ihrer weißen Satinschuhe und beugte sich vor, um Colin Asch auf die Wange zu küssen, als wären sie uralte innige Freunde, *als hätten sie einander ein Leben lang gekannt.*

»Danke, Colin. Es war wunderschön.«

»Dorothea. Danke.«

Während die Lohndiener die Küche aufräumten, zog sich Colin Asch in sein Schlafzimmer zurück, um seinen Abendanzug gegen Jeans und einen schwarzen Rollkragenpullover und Nike-Joggingschuhe auszutauschen. Inzwischen war er so unruhig, daß er kaum mehr an sich halten konnte, und so machte er Liegestütze auf dem Teppich – fünfundfünfzig, sechsundfünfzig, *sieben*undfünfzig, dann gab er das Mitzählen auf –, bis die Hilfskräfte endlich nach Hause gingen und Grabesstille herrschte. Doch zwang er sich, gewitzt wie er war, noch fünfundvierzig Minuten zu warten, bevor er in dem flachen schwarzen Porsche zur Marten Lane 33 fuhr.

9

Das Telefon läutete andauernd, gellend, in einem weit entfernten Zimmer. Oder sprach jemand zu ihr aus einem weit entfernten Zimmer? Worte konnte sie nicht verstehen, nur gemurmelte Laute in wechselnder Tonart; sie konnte nichts sehen, obwohl sie mit offenen Augen dalag. Auch konnte sie sich nicht bewegen, denn ihre Glieder waren gelähmt... schwer und bleiern wie mit Wasser vollgesogen.
Es war furchtbar, grauenvoll: Doch in der Flaute, die über ihrem Bett lastete, ihrer Bewegungslosigkeit, war sie nicht imstande, solche Gefühle zu empfinden. Ihre innere Stimme sprach gedämpft, besorgt, zugleich warnend und sanft ermahnend zu ihr: *Das ist die Strafe. Das ist die Belohnung.*

»Wie ist das möglich? Mein Gott!«
Als Dorothea Deverell am Sonntag, dem 6. März, frühnachmittags schließlich aus ihrem dumpfen traumlosen Schlaf – dem Schlaf einer Toten – erwachte, stellte sie mit Bestürzung fest, daß sie fast fünfzehn Stunden geschlafen hatte.
Ihre Nachttischuhr zeigte zwanzig vor drei. Zuerst dachte sie, die Elektrizität müsse abgeschaltet worden sein, Tag und Nacht seien irgendwie (sie war zu benommen, um einen vernünftigen Gedanken zu fassen) vertauscht.
Sie war zu schwach, aufzustehen; ihre Beine wollten sie nicht tragen. Ein winziger Dorn in ihrer Halswirbelsäule mußte verrutscht sein, denn ihr Kopf kullerte hilflos auf den Schultern. »Was ist mit mir los? War ich gestern nacht betrunken?« Ihre Augäpfel brannten, als hätte sie stundenlang auf eine nackte Glühbirne gestarrt, und ihr Mund

fühlte sich ausgedörrt, verklebt, ekelhaft an; ihre Nasenlöcher waren so krankhaft trocken, daß es ihr vorkam, als seien es zwei Durchgänge, die direkt ins Hirn führten. Sie konnte sich nicht erinnern, sich je so von Grund auf entkräftet, so schauerlich *kaputt* gefühlt zu haben. »Hab ich mich blamiert?« Sie überlegte, ob sie es wagen könnte, Charles Carpenter anzurufen, um ihn zu fragen. Obwohl es wahrscheinlich klüger war, keine Fragen zu stellen, um keine Antworten zu bekommen.

Fünf schwindelerregende Minuten waren erforderlich, bis Dorothea Deverell nur aus dem Bett ins Bad kam, wo ihr im Spiegel über dem Waschbecken ein elendes, bleiches Gesicht begegnete. Eine weitere halbe Stunde war erforderlich, bis sie halbwegs angezogen war und nach unten gelangte ... sie stieg die Treppe wie eine Kranke herunter, die weder der Funktionsfähigkeit der eigenen Gliedmaßen noch der Stabilität der materiellen Welt als Halt und Stütze vertrauen konnte. Wie weh ihr der Kopf tat, wie ihre Augen schmerzten! Wie entsetzlich elend sie sich fühlte! Sie erkannte, daß es der Folklore des klassischen Katers bedurfte, um dessen ekelerregende Schrecken zu mildern. Um zu zeigen, daß der Säufer sich seine Qualen selbst zuzuschreiben hat, also für sein Schicksal verantwortlich ist.

Sie konnte sich freilich nicht entsinnen, auf Colin Aschs Party mehr als zwei Gläser Champagner getrunken zu haben und vielleicht ein einziges Glas Rotwein. Oder hatte sie, ohne es recht zu wissen, mehr getrunken? War sie unterwegs ohnmächtig geworden? Sie konnte sich weder an die Rückfahrt in der Limousine erinnern noch daran, wie sie sich ausgezogen hatte und ins Bett gekommen war ... Sie wußte, sie war nicht an Alkohol gewöhnt, vor allem nicht daran gewöhnt, so fieberhaft gefeiert zu werden, im Mittelpunkt so anhaltender Aufmerksamkeit zu stehen – sie: Dorothea Deverell. Es machte sie schwindlig und kindlich und völlig un-

kritisch, als sei sie, ein leichtsinniger Wanderer in den Bergen, unvorbereitet zu schnell zu hoch hinaufgestiegen.
Nicht in der Lage, an ein Frühstück auch nur zu denken, stand sie am Spülbecken und trank Eiswasser und versuchte, das Zittern ihrer Hände nicht wahrzunehmen. Wenn das dein Eintritt in ein neues Leben sein soll, Dorothea, mahnte ihre innere Stimme, hast du womöglich nicht das Zeug dazu.
Gegen Abend entdeckte sie zufällig, daß ihre Terrassentür auf der Rückseite des Hauses nicht verschlossen war. Das war ein böser kleiner Schock – obwohl sie sie selbst offengelassen haben mußte, denn soweit sie es beurteilen konnte, schien nichts im Haus zu fehlen oder auch nur verändert zu sein: Fußspuren auf dem Teppich waren ebenfalls nicht zu erkennen. In der Aufregung der letzten Wochen war sie doch zu leichtsinnig geworden; Berichten zufolge mehrten sich im Gebiet der Nordküste Einbrüche und Vandalismusdelikte. Du mußt dir eine Alarmanlage einbauen lassen, hatte ihr Charles Carpenter wiederholt eindringlich geraten, und wiederholt hatte Dorothea versprochen, daß sie es tun würde, ja.
Sie sah im oberen Stockwerk nach, und auch da schien nichts in Unordnung zu sein.
Immer noch schwindlig und von einem Gefühl der Unwirklichkeit durchdrungen, machte sie verspätet ihr Bett und sammelte die im Zimmer herumliegenden Sachen auf, ihren weißen Unterrock, den sie in der vergangenen Nacht auf einen Stuhl geworfen hatte, Büstenhalter und Unterhose, die auf dem Fußboden lagen, das herrliche weiße Ensemble, das ihr Colin Asch zu Weihnachten geschenkt hatte und das jetzt lieblos über ihrem Schreibtisch hing... Ängstlich suchte sie es nach Flecken ab, fand aber keine: Weiß ist so schön und so unpraktisch. Es war eine Aufmachung, die Dorothea Deverell sich nie gekauft hätte, selbst wenn sie bereit gewesen wäre, übermäßig viel Geld für ein Kleid auszu-

geben, aber sie mochte es jetzt, sehr sogar; denn sie hatte gestern abend wirklich besonders schön darin ausgesehen, wie in ihrer Blütezeit als junge Frau. Sie hatte gesehen, wie Charles Carpenters Augen zu ihr wanderten, auf ihr ruhten, voller Liebe – einer ehelich zu nennenden Zärtlichkeit, trotz Dorotheas Sprödigkeit während der letzten Wochen... mußte sie dafür nicht dankbar sein? Und Colin Asch hatte sich kindlich gefreut, sie darin zu sehen, nicht wissend, daß sie es nur getragen hatte, weil sie in Eile gewesen war: Sie hatte die Frage, was sie zu der Abendgesellschaft anziehen sollte, lange hinausgezögert, hatte erst nachmittags in wachsender Angst ihren Schrank durchsucht und festgestellt, daß sie tatsächlich nichts Geeignetes hatte: kein Abendkleid außer einer weinroten, an der Sitzfläche und an den Ellbogen reichlich abgetragenen Samtrobe und einem langen schwarzen Reyonrock, der am Saum ziemlich verschlissen aussah und eben nur aus Reyon war.
Glücklicherweise hatte sie jedoch weiße Satinschuhe, die zu dem Jäckchen und Rock paßten, und eine weiße Handtasche mit Perlstickerei. Was hervorragend paßte.

Dritter Teil

10

Der Anruf für Dorothea Deverell kam spätnachmittags am 11. April, einem windigen, von der Sonne gesprenkelten Tag. Sie sollte ihn stets als den zweiten jener Telefonanrufe in Erinnerung behalten, die ihrem Lebensweg abrupt eine andere Wendung gaben.

Dorothea führte gerade in ihrem Büro im Institut – noch im alten Büro, da Mr. Morland, der dieser Tage selten im Institut anwesend war, seins noch räumen mußte – eine tastende Unterhaltung mit einer seit kurzem verwitweten älteren Dame aus Lathrup Farms, die sich mit dem Gedanken trug, dem Institut im Namen ihres verstorbenen Gatten eine beträchtliche Stiftung unter der Voraussetzung zu machen, daß sie über die Verwendung »ein gewisses Mitspracherecht« behielte. Das glaubte Dorothea ihr kaum abschlagen zu können, doch weil sie sich an gewisse Vorfälle aus der Amtszeit des ehemaligen Direktors erinnerte, wo solche Bedingungen unvorhergesehene Probleme mit sich brachten, wollte sie nicht ohne weiteres zustimmen. Vielleicht würde Mrs. Harmon gern dem Baukomitee beitreten? Dem Planungskomitee? Vielleicht würde sie gern als Ehrenmitglied im Beratungsausschuß des Morris-T.-Brannon-Freundeskreises tätig sein?

Auf diese Vorschläge ging die tadellos gekleidete Mrs. Harmon nicht ein, als hätte sie nicht zugehört, statt dessen sagte sie, Dorothea unverwandt anlächelnd, mit schwacher, störrischer Stimme: »Die Sache ist die, Miss Deverell, ich möchte, daß Edgars Name erhalten bleibt. Ich möchte sicherstellen, daß er nicht *vergessen* wird.«

»Natürlich«, sagte Dorothea mitfühlend nickend, »das verstehe ich.« Sie wollte fortfahren, als sie plötzlich von einem kurzen und heftigen Klopfen an der Tür unterbrochen wurde und Jacqueline eintrat. Sie sah so anders aus als sonst – so bedrückt, so bedauernd –, daß es Dorothea eiskalt über den Rücken lief.

»Miss Deverell?« sagte Jacqueline, »es tut mir sehr leid, daß ich Sie und Mrs. Harmon stören muß, aber Sie werden dringend am Telefon verlangt. Ein Notruf.«

»Aha. Ja. Dann stellen Sie ihn bitte ins andere Zimmer.«

Dorothea sprach beinah gelassen. Ihre Familie hatte sich im Lauf ihrer reiferen Jahre so verkleinert, der Kreis ihrer Blutsverwandten war so geschrumpft, daß es in ihrem Leben keinen Notfall mehr gab, es sei denn, er hinge mit Charles Carpenter zusammen.

Er ist tot, dachte sie und nahm den Hörer auf.

Denn hatte sie dieses Entsetzliche nicht schon einmal durchgemacht? In einer fernen Vergangenheit, einem fernen Leben?

Daher brauchte Dorothea Deverell mehrere Sekunden, bevor sie begriff, daß Charles Carpenter am Apparat war und daß ihm das Entsetzliche zugestoßen war.

Er sagte: »Dorothea? Agnes ist tot.«

Dorothea umklammerte den Hörer und setzte sich auf die Kante eines Tisches. Verständnislos sagte sie: »Agnes ist –«

»Agnes ist tot.«

»– *tot*?«

»Grade eben. Ich meine – ich habe sie grade eben gefunden. Im Haus.« Er sprach in einer für ihn uncharakteristischen Art, stoßweise, abgehackt. Dorothea konnte im Hintergrund Geräusche und Stimmen hören. »Ich bin hier – im Haus. Die Polizei ist hier. Der Krankenwagen auch – aber es ist zu spät, sie ist tot. Dorothea? Ich hab sie eben erst gefunden – also vor kurzem. Den ganzen Tag hat niemand geantwortet, als ich anrief, darum bin ich hergekommen, hab die

Tür aufgeschlossen und bin raufgegangen, weil ich dachte, sie sei vielleicht – du weißt ja, wie sie war –, ich dachte, sie ist vielleicht krank oder ohnmächtig, im Bett. Weil ich dachte, sie ist womöglich gestürzt und hat sich verletzt. Ich hab sie gerufen, und sie hat keine Antwort gegeben, also bin ich raufgegangen, und da war die Badezimmertür zu und abgeschlossen, also hab ich sie aufgebrochen, und da lag sie – liegt sie noch; glaub ich jedenfalls, wenn sie sie nicht weggebracht haben – in der Badewanne. Im Badezimmer. Oben. Sie ist anscheinend verunglückt.«

Dorotheas Augen schwammen in Tränen. »Mein armer Liebling«, sagte sie. »O mein armer, armer Liebling Charles! Wie schrecklich! Für Agnes, und für dich! Soll ich rüberkommen, Liebling? Kann ich etwas tun?«

»Sie ist anscheinend irgendwie *ertrunken*«, sagte Charles verwundert. »In nur etwa dreißig Zentimeter Wasser – oder wie tief kann es sein? Ich hab sie im Wasser liegend gefunden – das Wasser war eiskalt – ihr Gesicht war untergetaucht –, ich hab versucht, ihr den Puls zu fühlen, aber konnte nichts feststellen. Es war furchtbar! Ihre Lippen waren lilablau. Ich wußte, sie war tot.«

Charles Carpenter hielt inne. Im Hintergrund gab ein Mann mit lauter Stimme Anweisungen. Dorothea wischte sich die Augen und fragte: »Charles? Geht es dir einigermaßen? Du hattest einen schrecklichen Schock, soll ich rüberkommen? Oder würde ich nur stören? Ich komme lieber rüber.«

Halb anklagend sagte er: »Sie hatte getrunken. Sie stank danach. Im Schlafzimmer waren Flaschen. Bourbon und Gin. Das muß es gewesen sein – das und das andere.«

»Ja? Welches andere?«

»Du weißt doch – ich hab es dir erzählt. Die Medikamente. Die Schlafmittel. Und auch die Schlankheitspillen, eine Zeitlang. Ich glaube aber nicht, daß Agnes je eine Medizin von sich aus aufgegeben hat; ich glaube, sie wechselte bloß die

Ärzte. Mein Gott, wie oft hab ich es ihr *gesagt*, sie *gewarnt!* Sie hat einfach nicht hingehört! Diese letzten Wochen, Dorothea« – Charles war Mitte Februar nach Boston in eine Pension gezogen –, »waren einfach die Hölle. Sie ist – war – einfach unmöglich. Das Trinken, das Toben, die Beschimpfungen, die Drohungen, die grausigen, unverzeihlichen Dinge, die sie gesagt hat – ach, ich hab dir ja schon genug davon erzählt, Dorothea, Liebes. Ich kann diesen Unrat nicht über dich ausschütten, ich kann es nicht – wage es nicht –« Er sprach immer schneller, hörte dann unvermittelt auf, und Dorothea hörte, es gab ihr einen Stich ins Herz, wie er schluchzte. Wie sie sich danach sehnte, ihn in den Arm zu nehmen, ihn zu trösten.

Sie hatte doch das Recht dazu? Wer von allen Menschen hätte das Recht dazu, wenn nicht sie?

Sie schlug ihm erneut vor, zu ihm zu kommen, doch Charles lehnte fast kurz angebunden ab, er hielte das jetzt nicht für eine gute Idee; er würde später mit ihr sprechen, versuchen, sie später, wenn möglich noch abends zu sehen – wenn die Polizei ihn bis dahin nicht mehr brauchte. »Man will mir sicher noch Fragen stellen«, sagte er in einem Anfall von grimmigem Humor. »Der Ehemann ist immer der Hauptverdächtige.«

»Aber Charles –«

Er legte abrupt auf – unter anderen Umständen wäre das unhöflich gewesen –, und Dorothea horchte, den Telefonhörer ans Ohr gepreßt, in die tote Leitung. Sie dachte, ja – wenn nun – *wenn Agnes nicht durch einen Unfall, sondern absichtlich ums Leben gekommen war?* Seit der Trennung von Charles Carpenter hatte Agnes wiederholt gedroht, sich umzubringen, hatte mehrmals gedroht, sich und Charles umzubringen. Dorothea brach erneut in Tränen aus, weinte bitterlich und verzweifelt.

»Diese schreckliche Frau – *es sähe ihr ähnlich.*«

Nach ein paar Minuten taktvollen Abwartens steckte Jacqueline den Kopf in die Tür, und als sie sah, in welchem Zustand Dorothea Deverell war, ging sie zu ihr, um sie zu trösten. Was war geschehen? Warum war sie so aufgewühlt? Mit tonlos schleppender Stimme sagte Dorothea: »Es ist furchtbar: Charles Carpenters Frau ist *tot,* sie ist *gestorben,* erst vor ein paar Stunden.« Jacqueline brachte ihre Überraschung und ihr Mitgefühl zum Ausdruck, bis zu einem gewissen Grade: Sie kannte schließlich Mrs. Carpenter nicht, nur Mr. Carpenter, flüchtig. Dorothea murmelte: »Furchtbar, furchtbar«, wobei sie sich den Rock glattstrich und Tränen über ihre Wangen liefen.
»Aber wie ist es passiert?« fragte Jacqueline.
»Ein Unfall«, sagte Dorothea. »Ich glaube, man weiß es bisher noch nicht. Er sagte – Charles sagte, Charles Carpenter –, daß er nach Haus gekommen sei und sie gefunden hätte in – oh, Jacqueline, es ist so schrecklich! und so erbärmlich!« Dorothea weinte heftiger, hilflos, über Charles und über die arme, unselige Agnes, vielleicht auch über sich selbst – aus Schuldgefühl, aus Scham, wegen des Unglücks. Denn zu diesem Zeitpunkt, am Spätnachmittag des 11. April, als Agnes Carpenter, wie der pathologische Befund später zeigen sollte, schon neunzehn Stunden tot war, war es Dorothea Deverell noch nicht in den Sinn gekommen, daß der Tod der Frau ihres Geliebten, ob nun durch einen Unfall oder sonstwie verursacht, ein Glücksfaktor für sie sein könnte.
Wenn Jacqueline über Dorothea Deverells leidenschaftlichen Kummer und den unverhohlenen Ausdruck schuldbewußter Angst in ihrem Gesicht im dunkeln tappte, war sie taktvoll genug, sich das nicht anmerken zu lassen. Sie war trotz ihres gelegentlich scharfen Mundwerks eine freundliche Frau, und sie betrachtete Dorothea Deverell – ihre Vorgesetzte im Institut – offensichtlich als ihren persönli-

chen Schützling, als ein dringend des Beistands bedürftiges Unschuldslamm. Während Dorothea weinte und immer wieder »furchtbar, furchtbar« vor sich hin murmelte, schickte Jacqueline Mrs. Harmon weg und sagte den anderen wohl einfach, sie könnten, ohne Dorothea zu stören, nach Hause gehen (für die Mitarbeiter war der Arbeitstag zu Ende). Hinterher erinnerte Dorothea sich, wie schnell ihre Assistentin nicht so sehr die Tatsache des Todes von Agnes Carpenter als die der innigen Beziehung zwischen Dorothea Deverell und Charles Carpenter geschluckt hatte.

Hat Jacqueline es schon immer gewußt? fragte sich Dorothea.

Haben alle es schon immer gewußt?

Das Faktum Tod ist eine öffentliche Angelegenheit: Das Persönliche daran beugt sich dem Unpersönlichen; sogar der Körper, nicht mehr bewohnt, entzieht sich dem eigenen Besitz. Daher wohnte der Beerdigung von Agnes Carpenter jeder aus ihrem Kreis oder aus Charles Carpenters größerem Kreis bei. Vor dem Begräbnis war eine Autopsie vorgenommen worden; innerhalb von zehn Tagen sollte eine gerichtliche Untersuchung der Todesursache folgen. Der Bezirks-Coroner würde seinen Bericht vorlegen. Die Lokalzeitung würde veröffentlichen, was »Neuigkeitswert« für sie hatte – nicht viel also, denn weder Agnes noch Charles Carpenter waren Persönlichkeiten des öffentlichen Lebens –, aber es wurmte Charles, daß die Information, Carpenters hätten zum Zeitpunkt des Todes von Agnes »bis zur anstehenden Scheidung offiziell getrennt gelebt« ungehindert gedruckt werden konnte. Am schlimmsten war, daß Carpenters Haus am West Fairway Drive – insbesondere das gemeinsame Schlafzimmer und Agnes' Badezimmer – zeitweilig, aber ausgiebig einem Trupp fremder Leute – Polizeifotograf, Fingerabdruckexperten, Gerichtsarzt, Kriminalbeamte – zugänglich war. Obwohl allem Anschein nach keine Beweise für einen unnatürlichen Tod vorlagen – keine Fingerabdrücke außer denen der Toten und ihres Ehemannes gefunden wurden, keine aufgebrochene Tür und kein mit Gewalt geöffnetes Fenster, kein Hinweis auf einen Diebstahl –, konzentrierten sich die Ermittlungen auf die Frage, ob Agnes Carpenter durch einen Unfall oder durch eigene Hand gestorben war.

Charles Carpenter stand im Zusammenhang mit dem Tod seiner Frau gewiß nicht in Verdacht, wie er Dorothea gegenüber scherzhaft bemerkt hatte, doch wurde er wiederholt bis zur Verzweiflung und Erschöpfung vernommen. Zu seinem (und Dorotheas) Leidwesen wurden im Papierkorb seines früheren Arbeitszimmers zwei zerknüllte Briefbogen gefunden, auf denen in Agnes' zitteriger, aber lesbarer Handschrift die Worte »Charles« und »Lieber Charles« standen: was auf die Möglichkeit eines Abschiedsbriefs, also Selbstmord, hindeutete.

»Das hätte Agnes nie getan«, sagte Charles Carpenter mehr als einmal. »Sie war einfach nicht der *Typ* dafür. Sie war nicht der *Typ.*«

Aber hatte sie nicht nach seiner eigenen Aussage mit Selbstmord gedroht? Konnte ihr Tod nicht sehr wohl mit der bevorstehenden Scheidung, der Trennung zusammenhängen?

Mit der Beharrlichkeit des Anwalts wiederholte Charles Carpenter: »Meine Frau hätte das nicht getan. Sie war nicht der Typ, der sich das Leben nimmt. Ich kannte sie seit mehr als zwanzig Jahren – *und ich würde einen Eid darauf schwören.*«

War denn aber nicht, fuhr der Untersuchungsbeamte unbeirrt fort, für nächsten Montag ein Treffen zwischen dem Ehepaar Carpenter und ihren Anwälten anberaumt, um die Bedingungen der Scheidung zu besprechen? Glaubte Charles denn, es sei lediglich ein Zufall, daß seine Frau nur wenige Tage vor diesem Treffen starb?

Und Charles sagte wütend: *»Ich würde einen Eid darauf schwören.«*

Tage vergingen, und Dorothea mußte sich mehrmals die Schilderung ihres Geliebten anhören, wie er in Sorge um seine Frau nach Hause gegangen war und ihre Leiche gefunden hatte; in seinem Leid (und Charles Carpenter litt wirklich) stand er wie unter einem Bann oder Zwang, die Geschichte wieder und wieder zu erzählen, neue Einzelheiten ans Licht zu zerren, das Geschehene richtig darzustellen. Und Dorothea, die seine Geschichte in gekürzter Form anderen mitteilte, geriet ebenfalls in den Bann des Bedürfnisses, alles richtig darzustellen.

Als ob wir vor Gericht aussagen müßten, dachte Dorothea. Wie angeklagte Verbrecher, über die nach der Glaubwürdigkeit ihrer Worte geurteilt wird.

Nach dem pathologischen Befund war Agnes Carpenter am 10. April gegen 9 Uhr morgens in ihrer Badewanne gestorben. Charles hatte zuletzt am 9. April spätabends mit ihr gesprochen; sie hatten sich gräßlich gestritten. »Ihre letzten Worte zu mir waren ›Du hinterlistiger Scheißkerl!‹« sagte Charles. »Und dann knallte sie den Hörer auf die Gabel und zerriß mir praktisch das Trommelfell.« Agnes war betrunken, irrational, rachsüchtig gewesen – in der Woche davor hatte sie Charles Carpenters Eltern angerufen, um ihnen zu erzählen, was für ein »verlogener Heuchler« ihr heißgeliebter Sohn sei, worüber die sich furchtbar aufregten; dann drohte sie, Charles' Partner in der Kanzlei aufzusuchen, um ihnen über seine wahre Natur die Augen zu öffnen. »Ich wollte sie nicht einmal durch Bitten provozieren«, sagte Charles zu Dorothea. »Ich hatte Angst, sie würde auf *dich* kommen – irgendwie herausbekommen, daß *du* es bist.«

»Aber ich finde es so unfair«, sagte Dorothea schuldbewußt,

wobei sie ihrem Geliebten übers Haar strich, »daß du das alles alleine abkriegst.«
»Agnes war meine Frau«, sagte Charles. »In gewisser Hinsicht hatte das alles nichts mit dir zu tun. Ich meine – ich liebe dich und will dich natürlich heiraten, aber Agnes und ich, wir hatten uns schon lange auseinandergelebt. Unsere Ehe war bereits Jahre, bevor wir beide uns kennenlernten, zu Ende.« Er sprach lebhaft, nickte dazu, erzählte die Geschichte auch sich selber, als ob an ihrer Wahrheit kein Zweifel bestünde, was vielleicht zutraf. »Ich bin zu der Einsicht gekommen, Dorothea, daß du nichts damit zu tun hast – überhaupt nichts. Mit der Gemeinheit, dem Skandal. Du bist wirklich ganz unschuldig an allem, Liebling.«
Als ob er wüßte, wie sehr ich gehofft habe, das zu hören, dachte Dorothea Deverell zerknirscht.
Allerdings konnte sie der Versuchung, Vermutungen anzustellen, nicht widerstehen: »Weißt du, ich frage mich, ob wir – ob ich irgend etwas hätte tun können... um es zu verhindern.«
»Nein, nichts«, sagte Charles nachdrücklich. »Absolut nichts.«
Und dann erzählte er die Geschichte in langsamem, verwundertem Ton wohl ein weiteres Mal und beschwor eine Vision herauf, die fast wie eine Filmszene vor Dorothea abrollte: wie er Agnes am Morgen des 11. April und mit Unterbrechungen den ganzen Tag über vergeblich angerufen hatte, dann zum Haus gefahren war... und gewußt hatte, daß irgend etwas nicht stimmte, als er mehrere Zeitungen auf dem Gehweg liegen sah. Und die Tagespost noch im Briefkasten. Und er hatte die hintere Tür aufgeschlossen und war durch die Küche hineingegangen, bestürzt über die überquellenden Abfalleimer und das auf Küchenschränken, im Spülbecken und selbst auf dem Fußboden unordentlich aufgestapelte Geschirr. Und die zahllosen leeren Gin-, Bourbon- und

Weinflaschen, die herumlagen. (In den letzten drei Wochen hatte Agnes der Reinemachefrau verboten, ins Haus zu kommen: Sie wollte nicht, daß »die ihre Nase in meine Angelegenheiten steckt.«)
Charles rief Agnes' Namen, aber keine Antwort – nichts.
Im Wohnzimmer lief das Radio auf vollen Touren, was Charles merkwürdig vorkam. Tagsüber stellte Agnes, wenn sie allein war, oft den Fernseher an, selbst wenn sie zu unruhig war, sich das Programm anzusehen; aber das Radio fast nie.
»Agnes?« rief Charles. »Wo bist du? Ich bin es, Charles.«
Er fürchtete sich vor dem, was er im Schlafzimmer oben vorfinden könnte. Auch hatte er Angst, sie könne sich versteckt haben und sich plötzlich auf ihn stürzen.
Er war entsetzt über den Zustand des Schlafzimmers: das Bett ungemacht, die Bettwäsche zerwühlt, die Jalousien heruntergelassen, überall schmutzige Kleidungsstücke auf dem Boden. Und auch hier leere Flaschen. Und stickige, abgestandene Luft, die nach Alkohol roch.
»Agnes?« rief er. »Wo bist du?«
Sie war aus Wut schon öfter vor ihm geflohen und hatte sich in ihrem Bad eingeschlossen, deshalb war er nicht überrascht, als er ihre Badezimmertür verschlossen fand. »Agnes? *Agnes*?« sagte er. Noch war er nicht sonderlich beunruhigt, aber er spürte, wußte nicht und wußte doch, daß es sich hier nicht um einen der üblichen Vorfälle handelte. Er rief sie, flehte sie an, die Tür zu öffnen, und als keine Antwort kam, warf er sich mit seinem ganzen Gewicht gegen die Tür und brach sie auf und fand Agnes mit zusammengesunkenem Körper, den Kopf halb unter Wasser nackt in der Badewanne ... Er wußte sofort, daß sie tot war: Das Badezimmer roch nach Tod. Dennoch konnte er es nicht wirklich glauben; er rief sie laut beim Namen, tastete nach ihrem Puls, versuchte sie aus der Wanne zu heben, als ob er sie

wiederbeleben könnte. Sie atmete nicht, und ihre Lippen hatten sich grauenerregend bläulich verfärbt, die Haut war weiß, runzlig vom Wasser. Ihre Augen waren halb nach hinten in die Höhlen gerutscht, wie er es noch nie bei menschlichen Augen gesehen hatte. Er wußte, daß sie tot war, konnte es aber nicht glauben: Er kannte das störrische Wesen, die Perversität der Frau – und dies hier kam ihm im Schock, in der Gefühlslähmung, die ein Schock anfangs auslöst, wie ein aus Niedertracht und Feindseligkeit inszeniertes Täuschungsmanöver vor. »Agnes! Agnes! *Agnes!*« schrie er. Dann lief er in Panik zum Telefon und rief die Polizei an. Und den Rettungswagen.

Wie ein verstörtes Kind flehte er um Hilfe. »Meine Frau – sie atmet nicht mehr! Bitte helfen Sie mir! Helfen Sie uns! Der Name ist Carpenter, wir wohnen 58 West Fairway Drive.«

Bis sie ankamen, lief er zwischen dem Bad und einem Fenster oben, von dem aus er die Straße überblicken konnte, hin und her, als müßte er alle paar Sekunden unbedingt prüfen, ob sich Agnes tatsächlich in dem Zustand befand, den er beschrieben hatte... denn jetzt, wo er die Nachricht durchs Telefon gegeben hatte, würde die Welt draußen über das Bescheid wissen, was bisher eine rein private Angelegenheit gewesen war; er gab sich der kindlichen Hoffnung hin, er habe sich womöglich geirrt, und Agnes sei gar nicht tot, sondern spiele ihm nur einen üblen Streich.

Er dachte: So etwas kann Menschen wie uns doch gar nicht passieren.

Und danach, als das Haus Fremden offenstand und Scharen von Leuten ungehindert ein- und ausgingen, darunter auch ein Polizeifotograf, ein jüngerer bärtiger Mann mit getönter Sonnenbrille, der Aufnahmen von der nackten Frau im schaumig-grauen Badewasser machte, die Charles Carpenters Frau gewesen war, korrigierte er sich: Wenn so etwas

passieren kann, dann waren wir nicht die, die wir zu sein glaubten. Dann waren wir die ganze Zeit über völlig anders.
»Weißt du, ich glaube, ich bin fraglos davon ausgegangen«, sagte Charles Carpenter zu Dorothea Deverell, »daß, wenn man so lebt wie ich, in dem Haus, am West Fairway Drive, in Lathrup Farms – und der Mensch ist, für den ich mich halte –, daß einem dann etwas so Ungeheuerliches erspart bleibt. Und daß man es anderen ersparen könnte.«
Mit einem liebevollen Blick in seine Augen sagte Dorothea Deverell naiv: »Aber Charles – du *bist* dieser Mensch!«

Dorothea Deverell war natürlich nicht die einzige, die Charles Carpenter in dieser kummervollen und aufreibenden Zeit tröstete – Weidmanns nahmen sich unter anderen seiner an –, aber sie war diejenige, auf die er offenkundig angewiesen war. Und je mehr Tage, Wochen und schließlich Monate vergingen, um so offenkundiger zeigte sich, daß ihre Beziehung, ihre innige Übereinstimmung, tiefer ging als bloße Freundschaft. Denn Charles Carpenter war oft bei Dorothea Deverell zum Abendessen (obwohl er nicht die Nacht bei ihr verbrachte), und Freunde, die einen von ihnen einluden, begannen allmählich wie von selbst, den anderen einzubeziehen. Falls diese Gewohnheit in ihrem Umkreis Neugier erregte – falls hinter dem Rücken von Dorothea und Charles darüber mehr oder weniger emsig geklatscht wurde –, erfuhren sie nichts davon; wenngleich Dorothea, die auf atmosphärische Schwingungen stets empfindlich reagierte, vermutete, daß die Leute darüber redeten – »Sonst wären sie nicht normal.«
Denn schließlich gehört Klatsch zum Wesen einer Gemeinschaft: beweist er doch, daß es sich nicht um eine bloß unwillkürliche Ansammlung von Einzelpersonen handelt, sondern um einen lebendigen Organismus mit eigenem Lebensnerv.

Und eines Tages rief Ginny Weidmann spontan bei Dorothea Deverell an und fragte sie rundheraus: »Seid ihr –? Du und Charles –? Ist es – Dorothea, ist es wahr?«
Dorothea hatte sich schon vor langer Zeit eine würdevolle kleine Ansprache zurechtgelegt, mit der sie sich Freunden wie Ginny Weidmann gegenüber zu rechtfertigen gedachte; sie würde sagen: »Ich weiß nicht genau, wonach du fragst, Ginny, aber ich kann dir mitteilen – ja, daß Charles Carpenter und ich sehr gute Freunde sind; ja, ich glaube, wir lieben uns, aber Agnes Carpenter wußte nichts davon, und es hatte mit der zerrütteten Ehe nichts zu tun – die Ehe der beiden war, wie jeder wußte, schon seit Jahren am Ende.« Jetzt, da die Frage endlich konkret gestellt wurde, antwortete Dorothea freilich nur mit einem leisen, hoffnungsvollen »Ja«.

Und dann fand Ende April die gerichtliche Untersuchung statt, die zu Charles Carpenters (und Dorothea Deverells) ungeheurer Erleichterung zu dem Urteil Tod durch Unfall führte.
Laut Bericht des Bezirks-Coroners war die eigentliche Ursache des Todes von Agnes Carpenter Ertrinken; in ihren Lungen war Wasser festgestellt worden. Der Alkoholgehalt im Blut der Verstorbenen war so hoch, und sie hatte so viele Valiumtabletten eingenommen, daß sie zum Zeitpunkt ihres Todes jedoch eindeutig bewußtlos, wenn nicht im Koma war. Hinzu kam ein medizinisch nachgewiesener langjähriger Alkohol- und Medikamentenmißbrauch.
»Also hat man davon Abstand genommen, die Sache mit den ›Abschiedszeilen‹ aufzubauschen«, sagte Charles Carpenter. »Wahrscheinlich dachten sie, es lohne sich nicht, bei so dürftigen Beweisen ein Verfahren gegen mich einzuleiten.«
»Ein Verfahren gegen dich?« fragte Dorothea verblüfft. »Hätte es dann nicht eher ein Verfahren gegen die arme Agnes wegen geplanten Selbstmords geben müssen?«

»Aber Agnes ist tot«, sagte Charles Carpenter vorsichtig. »Und ich als der überlebende Ehemann stehe bereit, ihren Nachlaß zu kassieren – und ihre Lebensversicherung, die im Fall eines Freitodes null und nichtig wäre.« Er hielt leicht beschämt inne und sah an Dorothea vorbei. »Ich dachte, darüber wüßtest du Bescheid, mein Liebes. Über die üblichen Bedingungen einer Lebensversicherung...?«
Und jetzt erst wurde Dorothea schlagartig klar, was sie natürlich wußte, hätte wissen müssen. Charles Carpenter war Erbe des Vermögens seiner Frau, wie Dorothea vor Jahren Erbin des Vermögens von Michel gewesen war. Damals hatte sie sich zu sehr gegrämt, um sich Gedanken über Geld oder ihre finanzielle Situation zu machen; diesmal wollte sie es einfach nicht wissen.
Charles sagte beschwichtigend: »Wir können das meiste in Agnes' Namen für wohltätige Zwecke verwenden.«

Dorothea Deverell wußte, daß Agnes schon vor der offiziellen Trennung nachlässig mit Geld umgegangen war, um sich gegen Charles durchzusetzen; als Entschuldigungsgrund gab sie stets an, daß es *ihr* Geld sei – sie hatte durch den Tod ihrer Mutter annähernd zwei Millionen Dollar geerbt. Ihr eigenes Girokonto war oft überzogen und ihre Buchführung darüber höchst unzuverlässig; obgleich sie am Ende wenig Sichtbares vorzuweisen hatte, belastete sie ihr Kreditkartenkonto mit hohen, oft unerklärlichen Beträgen. »Sie will mich zum Wahnsinn treiben«, klagte Charles, »und es gelingt ihr.« Er hatte die Verantwortung für alles Finanzielle und sie für den Haushalt – die Beaufsichtigung von Handwerkern, Arbeitern, den in den Sommermonaten einmal die Woche erscheinenden Leuten für den Rasen. Es gehörte zu Agnes' chronischen Gewohnheiten, Quittungen und anscheinend sogar Bargeld zu verlieren oder zu verlegen. Wie viele reiche Frauen, die nicht arbeiten und daher kein Gehalt beziehen, hatte sie eine merkwürdig ambivalente Einstellung zum Geld, war es für sie etwas Abstraktes. Sie genoß es als Ausdruck persönlicher Macht, darüber zu verfügen, und verachtete es zugleich. Ihr Zynismus hatte einen gewissen lyrischen Aspekt; Dorothea erinnerte sich an einen Ausspruch von ihr bei einem geselligen Beisammensein: »Glück kann man mit Geld nicht kaufen – aber es wird dadurch nebensächlich.« Charles Carpenter hatte sichtlich gelitten.

Nach Agnes' Tod versuchten Charles und sein Buchhalter tapfer, Ordnung in die Finanzbelege der Frau zu bringen. Außer vielen falschen Eintragungen und fehlenden Posten fand sich mindestens eine, aus den letzten sechs Wochen ihres Lebens stammende mysteriöse Angelegenheit: Am 7. März hatte Agnes einen Scheck über 7000 Dollar auf eine Person (oder ein Geschäft) mit Namen »Alvarado« ausgeschrieben; am 10. April, ihrem Todestag, hatte sie einen Scheck über 8500 Dollar auf denselben Empfänger ausgestellt. Charles hatte keine Ahnung, wer oder was »Alvarado« war: ein Laden? Ein freier Vermögensverwalter oder Kapitalanleger? Auch in Carpenters Freundeskreis wußte niemand Bescheid. »Sie kann schließlich nicht fünfzehntausendfünfhundert Dollar für Alkohol und Valium ausgegeben haben«, bemerkte Charles grimmig.

Aber es beruhigte ihn, daß der mysteriöse Betrag nichts mit dem Tod seiner Frau zu tun hatte. Denn wie sollte es da einen Zusammenhang geben?

Dieses und vieles andere teilte Charles Carpenter täglich mit Dorothea Deverell, wie sie, wenn auch vielleicht in geringerem Umfang, alles mit ihm teilte, was mit dem Morris T. Brannon Institute zusammenhing. Charles' Trauer um seine schwierige Frau nahm die Form einer sich in die Länge ziehenden Auseinandersetzung mit ihr an, die, da durchaus einseitig, *sein*seitig, zu Frustration und Zorn führen mußte;

Dorothea nahm dies aus einem Gefühl der Mitschuld nur allzu bereitwillig hin. Sie versuchte ihren Geliebten in seinem Schmerz zu trösten, hätte ihn aber nie deswegen kritisieren wollen. Sie sah voraus, daß sie und Charles noch vor ihrer Heirat und ihrem Zusammenleben unter einem Dach fast unvermeidlich als Paar in der Gesellschaft von Lathrup Farms figurieren würden. Wie Ginny Weidmann gesagt hatte: Sie »paßten ideal zusammen«.
Dorothea lächelte plötzlich, unerwartet.
Denn sie war glücklich.

Seit Colin Aschs luxuriöser Abendgesellschaft ihr zu Ehren war Dorothea Deverell Ginny Weidmanns jungem Neffen sehr zugetan. Sie lud ihn zu einem Cocktailempfang anläßlich einer neuen Kunstausstellung im Institut ein und stellte ihn einigen Kuratoren und Mitgliedern des Freundeskreises vor – vor allem solchen älteren und wohlhabenden Männern und Frauen, die für die Ausstrahlung der »Jugend« sozial empfänglich sind. Sie schenkte ihm ihre Bücher über Isabel Bishop, Arthur Cove und Charles Demuth mit einer Widmung. Statt eines Abendessens, das sie ihnen schuldete, lud sie Weidmanns und Colin zu einer Gastvorstellung des New York City Ballets in Boston und vorher zum Essen in einem Restaurant in der Nähe des Theaters ein – denn den Anforderungen eines Dinners bei ihr zu Hause fühlte sich Dorothea Deverell in dieser Phase ihres Lebens nicht gewachsen. Darüber hinaus schlug sie Mr. Morland, der sofort einverstanden war, vor, Colin Asch einen Honorarvertrag als »Werbeberater« des Instituts zu geben, denn Colin hatte gelegentlich auf unsystematische Weise geholfen, indem er Ankündigungen auf Veranstaltungen des Instituts in Bostoner Zeitungen und Zeitschriften plazierte und regionale Rundfunk- und Fernsehsender veranlaßte, derartige Hinweise in

ihr Kulturprogramm aufzunehmen. »Unser Büro verschickt seit Jahren sogenannte Pressemitteilungen ohne nennenswerten Erfolg«, sagte Dorothea verwundert zu Colin. »Wieso haben die auf *Sie* gehört?« Colin lachte bloß verlegen: »Ich glaube, man muß nur den Dreh raushaben. Ein bißchen Talent, Druck auszuüben.«
Er war Dorothea auf rührende Weise dankbar, daß sie ihm eine Stelle als freier Mitarbeiter des Instituts verschafft hatte. »Ich fürchte, das Beraterhonorar ist sehr mäßig«, sagte Dorothea, erfreut darüber, daß Colin Asch sich freute, »aber vielleicht ist unser Etat eines Tages groß genug für einen festangestellten Werbechef –«
»Oh, ich bezweifle, daß ich ganztags hier arbeiten möchte«, entgegnete Colin schnell. »Wissen Sie, es geht mir vor allem um die Auszeichnung. Um die Verbindung. Das Morris T. Brannon Institute.« Er unterbrach sich. Er ließ sein spontanes, heiteres Lächeln für Dorothea aufscheinen, das seine Wirkung auf sie nie verfehlte. »Aber – wer weiß? Was meine Karriere betrifft, kann ich keine Voraussagen machen. Die Arbeit als Model ist bekanntlich ein notorisch unberechenbarer Beruf.«
»Als Model?« fragte Dorothea erstaunt. Es war das erste Mal, daß sie davon hörte.
Anscheinend hatte Colin Asch Mitte März bei L.L. Loomis aufgehört; ein Kunde der Firma – »›Elite Models zu annehmbaren Preisen‹ wie ihr Werbeslogan lautet« – war an ihn herangetreten, um ihn als Fotomodell, vor allem für Männermode, zu gewinnen. Natürlich hätte er sich nie in seinem Leben vorstellen können, als Model zu arbeiten, weil er sein Aussehen ziemlich kritisch beurteile und schon der Vorstellung, mit seiner äußeren Erscheinung auf dem Markt hausieren zu gehen, skeptisch gegenüberstehe ... Allerdings sei er bei L.L. Loomis, wo man sein Talent und seine Energie lahmgelegt habe, nicht sehr glücklich gewesen, er habe

mit der Kündigung gezögert, weil ein Public-Relations-Job eines Tages womöglich zu einer Tätigkeit im künstlerischen Bereich oder sogar auf dem Gebiet der Architektur geführt hätte; aber dann sei plötzlich diese exklusive Model-Agentur gekommen und habe *ihn* gebeten, *ihnen* eine Chance zu geben. Daraufhin habe er sich eine Woche lang in schrecklicher Unentschlossenheit herumgequält; kaum hätte er das Angebot gehabt, dazu noch ein hervorragendes Angebot, wollten die bei Loomis ihn natürlich behalten – selbst sein Vorgesetzter, der so betont kühl und so offensichtlich neidisch auf ihn war. »Aber dann habe ich mich doch entschlossen, zu kündigen und mein Glück als Model zu versuchen«, sagte er. »Ich bin schließlich achtundzwanzig und werde nicht jünger.«

Dorothea lauschte Colin Aschs Worten, wie sie der Rede eines exotischen Ausländers oder dem Gesang eines exotischen Vogels hätte lauschen können. Sicher, er war, wie der Schlaukopf Howard Morland von ihm gesagt hatte, ein »Goldjunge – kein Angehöriger unserer bescheidenen Gattung«. Sie beneidete ihn nicht um das Abenteuer seines neuen Berufs – der bloße Gedanke, mit dem eigenen Aussehen auf dem Markt »hausieren zu gehen«, machte ihr angst –, aber sie beneidete ihn um das unverfrorene Draufgängertum der Jugend. Und sie zweifelte nicht daran, daß er, wenn er nicht zu schnell aufgab, sehr wohl Erfolg haben könnte.

Fast entschuldigend sagte sie: »Da muß Ihnen ja eine Beratertätigkeit bei uns ziemlich dürftig vorkommen. Das Institut ist nicht gerade glamourös, fürchte ich.«

Colin Asch durchbohrte sie mit einem fast herausfordernden Blick. »Als ob *mir* was an ›Glamour‹ läge, Dorothea!«

Eine Woche später, Ende April, erschien er unaufgefordert bei Dorothea zu Hause, um ihr seine Mappe mit Fotos zu zeigen. »Ich dachte nur, Sie sind vielleicht neugierig«, sagte er. Während Dorothea die Seiten langsam umblätterte, erklärte er, die meisten Fotos seien Eigentum der Agentur; bei dem halben Dutzend am Schluß handele es sich um die ersten Abzüge von Aufnahmen, die er vergangene Woche als Model für das elegante Herrenmodegeschäft Tatler & Co. gemacht habe. Dabei beobachtete er Dorotheas Gesicht mit einer unschuldigen, jungenhaften Eitelkeit. »Es ist unheimlich, sich selbst als Objekt zu sehen«, sagte er. »Aber ich glaube, es rückt die Dinge irgendwie zurecht.«

Tatsächlich? fragte sich Dorothea

Sie hatte eine Kanne Kräutertee gekocht; sie hatte die unförmige Mappe auf den Eßtisch gelegt und betrachtete die Hochglanzfotos nachdenklich der Reihe nach, als seien es Kunstwerke – was sie ja vielleicht wirklich waren. Es war klar, daß Colin Asch wollte, daß sie sich diese Aufnahmen von ihm ansah, aber es war Dorothea nicht klar, welche Reaktion von ihr erwartet wurde. »Eindrucksvoll«, murmelte sie. »Ungewöhnlich.« Sie merkte, daß sie auf das Foto eines sehr blonden, sehr arrogant aussehenden fremden jungen Mannes starrte, der sich an einen zwischen Dünen geparkten Jaguar-Sportwagen lehnte. Das Foto hatte offensichtlich den Zweck, den italienischen Designer-Anzug, mit überbetonten Schultern, schmaler Taille und breiten Aufschlägen, den das Model trug, zur Geltung zu bringen. »Ich glaube nicht, daß ich Sie erkennen würde«, sagte Dorothea verlegen lachend. »*Sind* Sie es, Colin?«

»Oh, Sie würden mich schon erkennen, Dorothea«, sagte er ernst. »Sie und ich, wir würden einander überall erkennen.«

Da posierte der verwegene junge Blonde in Reithosen und einem Polohemd, das seinen schlanken, doch muskulösen Oberkörper wie angegossen umschloß; da erschien er in einem eleganten gerippten Pullover und Blue Jeans und Laufschuhen; da rekelte er sich auf einer sonnenbeschiene-

nen Steintreppe, die mediterran wirkte (obwohl das Foto sicher in der Gegend von Boston aufgenommen war), das Haar grellblond, die Augenbrauen fast weiß, die Augen von einer getönten Brille verdeckt. Auf einem Foto, bei dem Dorothea lieber nicht verweilen wollte, trug er nur engsitzende Jockey-Unterhosen – war fast nackt. Auf allen Fotos wirkte Colin Asch viel sehniger, muskulöser, *maskuliner*, als Dorothea gedacht hätte, hätte sie ihn sich nur vorgestellt, sich sein Bild vor Augen gerufen. War er denn nicht immer noch der heimatlose Junge, der damals, im November, bei Weidmanns aufgetaucht war und Dorothea so flehentlich angeblickt hatte? Und wenn er jener Junge nicht mehr war, was war aus jenem Jungen geworden?
Sie sah zu Colin Asch auf, der, die Teetasse in einer Hand, die andere mit abgewinkeltem Ellbogen in die Taille gestützt, die Augen erwartungsvoll auf sie gerichtet, vor ihr stand, und erkannte, ja, der junge Mann vor ihr war tatsächlich der auf den Modefotos abgebildete junge Mann; er hatte den mageren Jungen mit dem schlaffen Pferdeschwanz, der fahlgrauen Haut völlig verdrängt. Der Fleischfresser hatte den Vegetarier verdrängt.
Es sei denn, dachte sie, es hat von Anfang an nie einen Vegetarier gegeben. Nur den Fleischfresser.
Aber das waren flüchtige, unkonzentrierte Gedanken, die ihrerseits im nächsten Augenblick von anderen verdrängt wurden – denn Colin Asch schien mit kindlichem Eifer auf ein Urteil von Dorothea Deverell zu warten. »Glauben Sie«, fragte er mit einer Geste in Richtung Mappe, »glauben Sie, daß ich da eine Zukunft habe, Dorothea? Oder finden Sie, das alles ist – ich weiß nicht – ein Hirngespinst? Es ist ein aufregendes Leben, aber es ist auch knallhart – so was wie ein Kampf aller gegen alle. Man konkurriert direkt und dauernd mit anderen Models, ich frage mich da schon, ob meine Nerven das aushalten können.«

Dorothea Deverell machte die Mappe vorsichtig zu. »Es scheint aber, daß Sie nicht nur eine vielversprechende Begabung sind, Colin, es sieht für mich so aus, als ob Sie es geschafft hätten«, sagte sie und wunderte sich gleich darauf über die eigentümlich vergnügte Zuversicht, die aus ihrer Bemerkung sprach. Meinte sie es so? Wußte sie überhaupt, wovon sie redete? Ihre Berufswelt hatte nicht das geringste mit der der Models zu tun.
Es war allerdings die Antwort, auf die Colin Asch begierig gewartet hatte; er strahlte wie ein Kind. Demütig sagte er: »Danke, Dorothea. Für Ihren Glauben an mich. Es gibt niemand, dessen Meinung mir mehr bedeutet als Ihre – und Ihr Glaube an mich. Das werde ich stets in Erinnerung behalten.«
So konnte Dorothea schwerlich einen Rückzieher machen oder ihre Äußerung auch nur einschränken. »Sind demnächst weitere Aufnahmen geplant?« fragte sie.
»Der Chef der Agentur hat mir eigentlich das gleiche gesagt wie Sie, Dorothea«, sagte Colin nachdenklich. »Auch die Fotografen, mit denen ich gearbeitet habe. ›Von Natur fotogen‹, meinen die – das ist der Ausdruck dafür in der Branche. Selbstverständlich kann ich mir das nicht als Verdienst anrechnen«, sagte er mit bescheiden gesenktem Kopf, »es ist nur ein genetischer Zufall. Als Junge hatte ich in der Monmouth Academy einen Lehrer, der zugleich der Leiter der Schule war; der sagte auch, daß er an mich glaubte, er könnte an meinem Gesicht sehen, daß ich ein besonderes Schicksal hätte, und das wollte er, wie er sagte, lenken, aber ...« Colin Aschs Stimme verlor sich träumerisch. Sekundenlang blickte er, die Teetasse in der Hand, durch Dorothea hindurch in einen Raum, der ihr verschlossen blieb: Sie spürte plötzlich, wenn auch nicht zum ersten Mal, seine ungeheure Einsamkeit. »Aber dann stieß ihm etwas zu, und alles änderte sich. Ist es nicht traurig, Dorothea?« fragte Colin mit ernst gefurchter Stirn. »Daß sich alles im Leben ändert?«

Dorothea, die im Geist schon seit der Todesnachricht vor zwei Wochen ständig die arme Agnes Carpenter vor sich sah, sagte nur: »Ja.«

»Die haben mir vorgeschlagen, ich solle ›Aktionäre‹ auftreiben, die in meine Karriere ›investieren‹, um mir bei den Kosten zu helfen«, sagte Colin Asch plötzlich spöttisch. »Ein Topmodel – der Agenturchef meint, daß ich vielleicht in fünf, sechs Monaten ganz oben bin – eine Million im Jahr machen kann, zwei Millionen, aber das ist von Anfang an mit Kosten verbunden, und ich habe die Wohnung und die Einrichtung und das Auto – also Ausgaben wie Miete, Versicherungen und all das.« Er sprach schnell, lachend. »Ich habe nicht die geringste Ahnung von diesen Dingen, bin so verdammt hilflos, wie ein *idiot savant* oder so – Mr. Kreuzer, mein Lehrer, der sagte immer: ›Colin, du brauchst vor allem jemand, der dich an die Hand nimmt, jemand, der dich liebt‹ –, aber Herrgott, Dorothea, ich hab denen gesagt, so was könnte ich nie tun!« stieß er hervor. »Ich meine, mich selber meinen Freunden andienen. Ich hab nein gesagt, ich hab mich geweigert, ich würde eher alles gleich hinschmeißen als – als das zu tun.«

Langsam, fast unbeholfen nahm Colin Asch die riesige Mappe an sich und traf mit berechneten Bewegungen Anstalten, zu gehen, so daß Dorothea, ihrer Rolle – und ihrer Grenzen – als Gastgeberin stets bewußt, deutlich den Eindruck hatte, ihr junger Freund wartete – hoffte – auf die Aufforderung, noch eine Weile dazubleiben. Es war Samstag abend; ein so gutaussehender, schicker junger Mann würde einen Samstagabend doch sicher nicht allein verbringen. Dorothea bekam ein schlechtes Gewissen, aber ihr Abend war reserviert: gehörte Charles Carpenter, für den sie hier zu Hause ein kleines Essen machen wollte, die glücklichste, gemütlichste Art, einen Abend zu verleben, die sie sich vorstellen konnte, obwohl sich ihre Unterhaltung sicherlich um die

arme Agnes und die mit ihrem Tod verknüpften Probleme drehen würde... und Colin Asch hatte da trotz seiner Anziehungskraft, in der sich die Einsamkeit des Knaben mit dem bestrickenden Elan des jungen Mannes verband, einfach nichts zu suchen.
An der Haustür sagte Colin Asch, als habe er, und das nicht zum ersten Mal, die unheimliche Gabe, Dorotheas Gedanken zu lesen: »Das kam aber plötzlich, wie? – Mrs. Carpenters Tod neulich.«
Dorothea sagte erschrocken: »Ja – ja, das stimmt.«
»Kannten Sie sie, Dorothea?«
»Nicht wirklich. Nein – nicht besonders gut.«
»Sie stehen wohl Mr. Carpenter näher.«
»Ja«, sagte Dorothea beklommen. »Wir stehen uns recht nahe. Er hat« – und das kam vage, tastend – »seit Jahren mit Institutsveranstaltungen zu tun. Ein sehr gebildeter Mann, ein – ein Mann, der sich gern für kulturelle Angelegenheiten engagiert. Obgleich das bei seinem Beruf –«
»Susannah Hunt hat mir erzählt, daß Mrs. Carpenter seit Jahren trank«, sagte Colin Asch ernst. »Wahrscheinlich seelisch labil? Und die Ehe war wohl nicht sehr glücklich? Sie hatten keine Kinder, oder?«
»Nein«, sagte Dorothea. Sie hätte das Gespräch gern abgebrochen, wußte aber nicht wie, weil Colin Asch mit dem Rücken zur Haustür stand, und die Tür noch nicht geöffnet war. »Sie hatten keine Kinder.«
»Das ist ein Segen«, sagte Colin. »Obwohl die Kinder jetzt schon alle groß wären, mehr oder weniger. Sogar schon aus dem College raus.«
»Wahrscheinlich, ja.«
»Susannah hat mir erzählt, daß Mrs. Carpenter eine Überdosis Schlafmittel genommen haben könnte. Ich meine, mit Absicht? Hat sie einen Brief oder so etwas Ähnliches hinterlassen, den die Polizei beschlagnahmt hat?«

»Nein«, sagte Dorothea in entschiedenem Ton. »Einen Brief gab es nicht.«

»Es gab keinen Brief?«

»Nicht daß ich wüßte.«

Colin Asch dachte gründlich darüber nach: nicht ungläubig, nur gedankenvoll. Die Messingklammer an seinem Ohr – er trug sie nach wochenlanger Pause wieder: Gott sei Dank hatte er sie für seine Abendgesellschaft abgenommen – blinkte verwegen. Die Büschel seiner Punkerfrisur türmten sich über der Stirn. Plötzlich lächelte er und sagte fast flüsternd: »Mrs. Hunt ist eine Frau, die sich gern was aus den Fingern saugt, es ist eigentlich kein Lügen, es ist bloß – Erfindung. *Sie* trinkt übrigens auch, eine ganze Menge. Ich glaube, deshalb läuft sie auch überall rum und erzählt diese Geschichten, diese unbewiesenen Geschichten über Carpenters – sie hat Angst, sie könnte wie Mrs. Carpenter enden.« Er unterbrach sich, nickte, anscheinend ohne Dorothea Deverells ängstlichen Ausdruck wahrzunehmen, und sagte: »Demnächst fängt sie noch an, Lügen über *mich* zu erzählen.«

Es war ein milder, nebliger Tag mit einem erwärmenden Frühlingshauch, so daß Dorothea ihren jungen Freund zu seinem am Gehsteig geparkten Auto begleitete – dem schwarzen, glänzenden Porsche. (Aber war da nicht eine Beule im rechten hinteren Kotflügel? Und war das nicht ein Riß in der Windschutzscheibe?) Sie überlegte, ob der teure Wagen wohl noch Susannah Hunt gehörte oder ob Colin Asch ihn ihr abgekauft hatte. Die seltsamen Auslassungen über seine Finanzen, über ›Aktionäre‹, die in seine Karriere ›investieren‹ sollten – Dorothea hatte sie diskret überhört: Selbst wenn sie Lust dazu hätte, würde Charles Carpenter es strikt mißbilligen, wenn *sie* in Colins Laufbahn investierte –, ließen ein extremes Interesse an Geld erkennen. (Was Dorothea im Grunde nicht überraschte, weil sie sich von Anfang an gewundert hatte, wie Colin Asch sich eine so luxuriöse Wohnung mit so luxuriösen Möbeln und einen so teuren Geschmack leisten konnte. Susannah Hunt bestritt doch sicher nicht seinen ganzen Unterhalt?) Schuldgefühle nagten an ihr wie ein leise ziehender Schmerz; natürlich könnte sie Colin aushelfen, wenn er dringend Bargeld brauchte, aber ihm Geld zu leihen würde ihn demütigen, und ihm welches zu schenken würde ihn beleidigen. Bei ihrem gemeinsamen Mittagessen im *L'Auberge* hatte er ein Gesicht gemacht, als ob sie ihn geschlagen hätte, bloß weil sie ihm angeboten hatte, die Hälfte der Rechnung zu bezahlen.

»Es war wie beim Tod von Krauss – ich meine, so unerwartet«, sagte Colin Asch, wobei er die Mappe in den Wagen warf und sich hinter das Lenkrad schwang. »Aber wiederum auch zu erwarten, wenn man den Lebenszusammenhang bedenkt. Falls man das Leben kennt.« Er holte eine Autobrille hinter der Sonnenblende hervor und rückte sie sich im Gesicht zurecht. Sogleich verwandelte er sich in den sehr blonden, sehr arroganten jungen Mann, den an einen griechischen Gott erinnernden jungen Mann auf den Modefotos. Er trug eine weiße Leinenjacke und ein minzegrünes kragenloses Jerseyhemd. Dorothea Deverell, die seine Worte nicht richtig verstanden hatte, lächelte ungewiß zu ihm herunter.

»Falls man es lesen kann«, sagte er mit rätselhaftem Lächeln.

»Lesen?«

»Ja, Dorothea, wie einen verschlüsselten Text.«

Und dann fuhr er wie ein zum Leben erwecktes Hochglanzfoto davon.

Anschließend, bei der Vorbereitung des Abendessens und in Erwartung der Ankunft von Charles, ließ Dorothea mit wachsendem Unbehagen ihr Gespräch mit Colin Asch noch einmal an sich vorüberziehen. Worüber hatte er eigentlich geredet? Hatte er sie, obwohl er so stolz war, wirklich dazu bringen wollen, in seine Karriere zu »investieren«? Oder war er aufrichtig gewesen, als er die Idee in Bausch und Bogen verwarf? Immerhin hatte er sich über die Aussicht, sich seinen Freunden andienen zu sollen, fast ungehalten geäußert.

Nein, dachte Dorothea schließlich, er kann es so nicht gemeint haben.

Charles gegenüber würde sie die Möglichkeit – oder auch die Unmöglichkeit – des Ganzen mit keinem Wort erwähnen.

Denn Charles hielt nichts von Ginny Weidmanns Neffen; anscheinend hatte er von Anfang an nichts von ihm gehalten. Dorothea hatte ein paar Mal versucht, eine Lanze für ihn zu brechen, aber Charles hatte sich nicht erweichen lassen. »Colin ist doch so gewinnend, so sympathisch«, sagte Dorothea, »liebebedürftig wie ein Kind«, und Charles antwortete: »Das ist auch der Grund, warum ich ihn nicht besonders mag – warum ich ihn ablehne.«

An jenem Abend schilderte Dorothea beim Essen Colin Aschs Besuch: seine Fotomappe, seine Aussichten in dem neuen Job. Charles gab wie ein eifersüchtiger Ehemann nur undeutliche Antworten von sich. Gereizt rief Dorothea: »Warum magst du Colin nicht? Er mag dich; er hat es mir erzählt. Er bewundert dich sehr.«

»Ach ja?«

»Er hat es mir selber erzählt.«

Charles Carpenter ließ sich freilich nicht gegen seinen Willen in eine Diskussion verwickeln. Er wollte es sich lieber, wie Dorothea vermutete, in einem jener melancholischen, zartfühlenden, grüblerischen Gespräche bequem machen, die sie ununterbrochen seit Tagen über Agnes und die Frage geführt hatten, wie weit sie beide möglicherweise in ihren Tod verstrickt waren.

Ungeduldig sagte Dorothea: »Du hast doch keinen Grund für deine Abneigung gegen Colin, oder?«

Nach einer kurzen Pause sagte Charles Carpenter trocken: »Nur mein Gespür, Liebling, daß der junge Mann ein Psychopath ist.«
Dorothea starrte ihren Geliebten entsetzt an, als hätte er zu einem Schlag gegen sie ausgeholt: »Ein ... *was*?«
»Du hast ganz richtig gehört, Dorothea. Ein Psychopath.«

Dorothea Deverell hatte zwar ganz richtig gehört, zog es aber vor, über die Worte ihres Geliebten nicht weiter nachzudenken. Sie waren grausam und unversöhnlich und warfen kein sehr günstiges Licht auf ihn. Sie zerrten jedoch an ihren Nerven, und ein paar Tage später fühlte sie sich an sie erinnert, als sie Susannah Hunt in einem Geschäft am Ort traf und eine peinliche Unterhaltung mit ihr hatte. Plötzlich drang eine Stimme an ihr Ohr: »Dorothea Deverell! Sind *Sie* es!« Sie blickte erschrocken auf und sah Mrs. Hunt, die stark geschminkt, elegant angezogen, auf sie zukam, als seien sie altvertraute Freunde – oder Feinde, die eine Rechnung miteinander zu begleichen hatten. Lauter als nötig sagte Mrs. Hunt: »Ich dachte mir doch, daß Sie es sind, Dorothea, aber Sie sehen – ja, irgendwie sehen Sie anders aus.«
Auf diese vorwurfsvoll klingenden Worte wußte Dorothea nichts Passendes zu erwidern, also blieb sie stumm und erwartungsvoll lächelnd mit ihrem Packen Durchschlagpapier in den Armen stehen. Sie war nur für diese Besorgung ins Schreibwarengeschäft gelaufen und hatte wahrhaftig keine Zeit, herumzustehen und zu schwatzen, wie es die bedrohliche Mrs. Hunt offenbar vorhatte. »Ich glaube, wir haben uns nicht mehr gesehen seit Colins Party. *Ihrer* Party«, sagte Mrs. Hunt, als ob Dorothea eine Gedächtnisstütze brauchte. »Geht es Ihnen gut? Und Charles Carpenter – geht es *ihm* gut? Was für ein schrecklicher, schrecklicher Schlag. Ich bin immer noch erschüttert.«

Susannah Hunt war eine durchschlagend attraktive Frau, groß und üppig, mit einem Anflug von fatalem Schick. Sie hatte die Konturen ihres breiten Mundes in einem kreidigen Preiselbeerton nachgezeichnet und blaßblauen Lidschatten aufgelegt, aber Mund und Augen schienen geschwollen. Mit ihrem Haar hatte sie etwas stilvoll Strenges anstellen lassen, es war glanzlos schwarzgefärbt und kurzgeschoren. Während sie sprach, nahm Dorothea flüchtig einen Herrn wahr, der vor dem Geschäft auf sie wartete, einen älteren weißhaarigen Mann, tiefgebräunt, der in seinem marineblauen Blazer an einen Schiffsoffizier erinnerte. Ihn schien Susannah Hunt freilich vergessen zu haben. Sie stand dicht bei Dorothea und lächelte sie etwas sonderbar an, fragte nach Colin Asch, den sie, wie sich herausstellte, eine Weile nicht gesehen hatte – seit zwölf Tagen. Dorothea, der unbehaglich zumute war, sagte: »Soweit ich weiß, geht es Colin gut. Er hat einen neuen –«
»Er ist *Model.* Ist das nicht erstaunlich? Aber irgendwie doch ganz richtig, finden Sie nicht? Wo er so attraktiv ist, und es gibt so wenig, was ein Mann – ein heterosexueller Mann – mit Attraktivität anfangen kann, außer zu *sein.* Model oder Schauspieler, das ist so ziemlich alles.« Nach diesem munteren, verwirrenden Wortschwall lächelte Susannah Dorothea wieder an, aber ihre Augen waren kalt. »Sagten Sie nicht, Sie hätten ihn gesehen? Er spricht natürlich immer von Ihnen – daß Sie ihm hier in Lathrup Farms sozusagen eine Starthilfe gegeben haben. Als er gerade am Verzweifeln war – ohne einen Pfennig Geld. Nachdem er praktisch als *beach boy* gearbeitet hatte – war es nicht in Florida? Oder Key West?«
»Das – davon weiß ich nichts«, sagte Dorothea.
»Jedenfalls ein sehr attraktiver junger Mann«, sagte Susannah Hunt.
»Ja, das ist er wohl.«

»Und süß.«
»Ja.«
»Aber so jähzornig. Manchmal.«
Als sie Dorotheas ungläubigen Ausdruck sah, fuhr sich Susannah Hunt flüchtig mit der Hand über die Stirn, als ob sie eine Verletzung am Auge andeuten wollte. Sie verbreitete einen schweren, beunruhigenden Duft: teures Parfum, Rotwein. War die Frau nur betrunken? Betrunken und theatralisch? Dorothea wollte es gern glauben. »Manchmal wirklich«, sagte Susannah Hunt seufzend.
Dorothea wäre gern weitergegangen, aber die Frau versperrte ihr den Weg. Jetzt fragte sie, ob sie in letzter Zeit von Ginny Weidmann gehört habe, ob Ginny ihren Neffen oft sähe. »Wissen Sie, ich mag sie nicht anrufen«, sagte Susannah. »Sie ist wie eine Glucke mit ihm. So besitzergreifend.«
Dorothea überlegte. Sie hatte seit über einer Woche nicht mit Ginny Weidmann gesprochen, aber es widerstrebte ihr, das Susannah Hunt mitzuteilen, deren vertrauliche, aggressive Art ihr ganz und gar nicht gefiel. »Ich fürchte, ich weiß es nicht«, sagte sie. »Wenn Sie mich jetzt bitte entschuldigen wollen –«
»Manchmal bleibt er über Nacht weg. Colin. Das hat er früher nie getan, wissen Sie – er war wie versessen auf die Wohnung. ›Den Mittelpunkt des Universums‹, hat er sie genannt. ›Mein Heiligtum.‹ Jetzt verschwindet das kleine Miststück einfach ohne Erklärung ... mal einen Tag und eine Nacht, mal zwei Tage, zwei Nächte ... und ich sitze da, *verzweifelt*. Aber Sie wissen auch nicht, wo er ist, Dorothea, oder bei wem er sein könnte?«
»Nein«, sagte Dorothea kühl.
»Aber Sie stehen sich doch so *nahe*.«
Auch dies klang wie ein Vorwurf, auf den zu antworten Dorothea keine Neigung verspürte. Der unangenehm betäubende Geruch von Parfum und Wein, den die andere ver-

strömte, war jetzt unverkennbar. Dorothea kam es vor, als überlegte Susannah Hunt, die sich nun hoheitsvoll aufrichtete und anscheinend entrüstet auf ihren hochhackigen Alligatorpumps schwankte, ob sie Dorothea direkt herausfordern oder ihr eine Art Scheinsieg zugestehen sollte.
Dann, als fiele ihr jetzt erst ihr Freund vor dem Laden ein, gab sie nach und ließ Dorothea an sich vorbei zur Kasse gehen. Sie sagte: »Wenn Sie ihn das nächste Mal sehen, Dorothea, grüßen Sie ihn von mir. Von Susannah. Und das wär's. Das wäre alles.«
»Ja«, versprach Dorothea. »Tu ich.«
Vor Widerwillen schaudernd ergriff sie die Flucht. Gott sei Dank, dachte sie, daß Colin dieser gräßlichen Frau entkommen ist.

11

Wo war das Geld geblieben? Wo war das Geld, das sich Colin Asch verdammt noch mal verdient hatte, für das er sich abgerackert hatte, *geblieben?* Der Begriff »flüssige Mittel«, den er nicht richtig verstand, ging ihm nicht aus dem Sinn: Ja, es verflüssigt sich, klar doch, es *fließt!* »Immer in ein und dieselbe beschissene Richtung.«

Sobald er sich zum Stillsitzen zwingen konnte, stellte er im Blauen Kontobuch seine Berechnungen an, mit Bleistift, mit Bleistift und einem guten Radiergummi, aber eigentlich brauchte er einen dieser kleinen japanischen Taschenrechner. Damit er seinen Kopf nicht auch noch mit Mathematik belasten mußte ... Er wollte es versuchen, weiß Gott, daß er es versuchen wollte; dann kam ihm das Ungerechte daran wie beim Erbrechen hoch, und er warf das Kontobuch hin und ging schnell, fast im Laufschritt durch die Zimmer der Wohnung, schlug sich dabei auf die nackten Schenkel (war er noch nicht angezogen? wieviel Uhr war es denn?), versuchte zu begreifen, warum Colin Asch immer Geld brauchte, Geld und noch mal Geld, Scheißgeld, wo doch schließlich Geld reinkam! rein*floß*. Oder reingeflossen war, bis vor ein paar Tagen, als ihm klar wurde, daß er vorläufig lieber aufhören sollte.

Unnötige Risiken einzugehen, seine Zukunft aufs Spiel zu setzen. Und nun hatte ihm Dorothea Deverell eine leitende Position im Institut anvertraut; er wollte sie nicht enttäuschen.

Trotzdem, es war eine anstrengende Aufgabe für Colin Asch, in diesem unheimlich elektrisierten Zustand, der sich seiner bemächtigt hatte, stillzusitzen, um seine nächsten

Schritte im Kontobuch zu planen, geschweige denn zu meditieren, wonach seine Seele dürstete – »Das Königreich Gottes ist im Inneren! Im Inneren!« –, geschweige denn das Modellstehen mit Anstand durchzuhalten, die endlos langen passiven Szenen, die Hilflosigkeit dabei, die Fotografen, die ihm Anweisungen gaben, die ihn wie ein unbeholfenes Kalb hierhin und dahin scheuchten oder ihn postierten, berührten – seine Arme, die Beine, den Kopf. Neulich hatte er die Scheißkerle dabei erwischt, wie sie hinter seinem Rücken Blicke wechselten, aber er hat sich nichts anmerken lassen, hat weiter gelächelt – entgegenkommend –, in jeder Hinsicht »professionell«. Dabei wäre er ihnen am liebsten mit den Zähnen an die Kehle gefahren.

In einem Jahr, hatte man ihm versprochen, würde er zu den Topmodels im Raum Boston gehören. Also gab er sich Mühe – unterwarf sich denen, die ihm intellektuell unterlegen waren.

»Colin Asch lernt. Eine Menge.«

Auch durch Susannah Hunt: die ihn angeschrien hatte, die gedroht hatte, zur Polizei oder zu ihrem Anwalt zu gehen, ihn provoziert hatte, sie zu schlagen, weil sie Colin Aschs Männlichkeit und Würde in Frage stellte, obwohl es der Fotze gefiel, geschlagen zu werden, ganz schön hart, aber nicht zu hart, nie blutig – »Blut mögen sie meistens nicht.« Aber er hatte von ihr abgelassen, gelacht, gesagt: Hoho*ho*. Hatte gesagt: Lady, du hast keine *Ahnung*. Als sie das erste Mal angedeutet hatte, sie wolle ihr Geld zurück, ihre »Investition«, war der Gedanke in ihm aufgeblitzt, warum diese Frau nicht erwürgen und die Leiche in die Dünen schmeißen, aber es war kein ernsthafter Gedanke; schließlich gab es jetzt Dorothea Deverell in seinem Leben – an sie zu denken, beruhigte ihn schon, bis zu einem gewissen Grade. Deshalb hatte er Susannah aufgezogen, sie rausgeholt aus ihrer Wut oder was es war – »Alles, was sie braucht, ist ein guter kräftiger Fick« –, und danach hatte er im Badezimmer in großen Blockbuchstaben auf den beschlagenen Spiegel geschrieben: HE, ICH MÖCHTE GUT SEIN!!!!

Aber das Geld. Hatte Freud gesagt, Geld ist Scheiße? Denn es *ist* Scheiße. Klar. Die geldgierige kapitalistisch-imperialistische Gesellschaft, die die Menschen zwingt, sich auf dem Markt zu verkaufen ... wenn auch nicht das eigene Fleisch (wie eure Millionendollarmodels), so doch ihr Talent, ihren Verstand, ihre Seele. Wenn Susannah ihre Drohung wahrmachte, ihren Anteil an seiner Miete in Normandy Court nicht mehr zu zahlen, hätte er auch noch diese Kosten und dazu die Raten für die Möbel et cetera und Nebenausgaben und natürlich die $$$, die er sich als Notgroschen ... für den äußersten Fall zurücklegen wollte. (Denn Colin Asch spürte, daß im Eiltempo die Zeit nahte, wo er diese Lebensphase beenden mußte, wie er früher andere Phasen beendet hatte; vielleicht sähe er sich genötigt, von einer Stunde auf die andere unterzutauchen, womöglich mit Dorothea als Freundin und Gefährtin, sonst allein: Deshalb war es unbedingt erforderlich, $$$ abzuzweigen und *hier in der Wohnung sicher zu verstecken.*)
»Aber das Geld.«
In der Aufstellung im geheimen Kontobuch stand D.T./ 2 300/»M« (was bedeutete, daß Tracey Donovan, die kesse, kleine dickarschige Reporterin des Lokalwochenblatts Colin Asch einen Scheck über 2 300 zahlbar an »T. Manatee« überreicht hatte – sein Berufsname als Model, wie sie annahm); dann stand da W.G./3 500/»A« (was bedeutete, daß eine Witwe aus Lathrup Farms Namens Gladys Whiting, mit der Dorothea Deverell ihn vor kurzem bekannt gemacht hatte, 3 500 in seine Karriere als »A. Avalon« investiert hatte) und dann stand da C.A./7 000/»Al« und C.A./8 500/»Al« (was bedeutete, daß Agnes Carpenter vor ihrem Tod insgesamt

15 500 in Colin Aschs künftige Karriere als gutaussehendes, wenngleich launenhaftes blondes Model mit Namen »Alvarado« investiert hatte) – *aber es war trotzdem nicht genug.* Addierte er falsch? Subtrahierte er falsch? Monatliche Ausgaben multipliziert mit zwölf plus Nebenkosten plus für den Notfall beiseitegelegte 15 Prozent ... es schien, daß, je mehr Geld *rein*floß, um so mehr Geld *raus*floß, und es gab nichts, was Colin Asch dagegen tun konnte. »Manchmal, Dorothea, habe ich das Gefühl, daß mein Kopf kurz vorm Zerspringen ist, *ich glaube, ich schaffe es nicht.*«

Langsam stiegen ihm Tränen in die Augen, während er mit nacktem Hintern an das Geländer seines verwahrlosten kleinen Balkons gelehnt stand. Eine sanfte Frühlingsbrise strich ihm durchs Haar ... aber welcher Frühling war es eigentlich? *Wenn ich dreißig bin, schneide ich mir die Kehle durch. Ich will nicht älter als dreißig werden.* Er wußte nicht, was er verdammt noch mal als nächstes tun sollte ... spürte, daß er versuchen sollte, Dorothea Deverell lieber ein paar Tage lang nicht zu sehen, statt dessen versuchen könnte, sich dadurch zu beruhigen, daß er an sie dachte. Und warm durchflutete ihn die Erinnerung, wie Mr. Kreuzer eines Tages seine Hand über die seine gelegt hatte, als er gerade schrieb oder Algebra machte, und Colin Aschs dünne Hand mit der seinen führte, Colins kalte, zögernde Hand umschlossen von der großknochigen Hand des anderen, die solche Hitze ausstrahlte, und auf diese Weise Colins Bleistift führte, ihm half, und die Leiden, die noch kommen sollten, waren damals kaum so etwas wie ein Vorgefühl; er hatte gespürt, wie sich seine Augen mit Tränen füllten ... die Freundlichkeit, die Erleichterung. Nur weil man weiß, da ist jemand, der sich um dich kümmert. Aber solche Fürsorglichkeit ist selten.

»Falls man es lesen kann.«
Beobachtete ihr Gesicht dabei: und sie hatte ihm, leicht verwirrt, wie es schien, zugeblinzelt, ihre braunen Augen gleichmütig, undurchdringlich. Schweigend, doch zugleich mit einem Händedruck wie zur Warnung, *sag es nicht,* wie um ihn zu warnen, *ja – aber sag es nicht.* Und er war in Hochstimmung wie ein superschlauer Halbstarker aus dem Stand abgezischt – konnte nicht anders, mußte mit dem Porsche angeben.
Obwohl Dorothea Deverell ihn auch enttäuscht hatte. Ihn nicht aufgefordert hatte, länger dazubleiben ... ihn nicht aufgefordert hatte, zum Abendessen dazubleiben, denn er hatte das Gefühl, daß Charles Carpenter kommen würde und sie alle drei so gut miteinander ausgekommen wären, Colin wußte das einfach. Das war im Grunde auch sein Plan. Sozusagen. Daß Dorothea Deverell und Charles Carpenter Colin Asch zu sich nehmen würden, wie es Ehepaare, besonders ältere Ehepaare ohne Kinder oder mit erwachsenen Kindern wie Weidmanns, manchmal tun. Nun, da Carpenters Frau aus dem Weg geräumt war, schuldeten die beiden Colin Asch schließlich eine Gefälligkeit. Wenn sie es doch nur wüßten.
(Wußten sie es? Wußte *sie* es? Manchmal glaubte Colin, sie müsse es wissen ... wie bei der Sache mit Krauss; er war sicher, sie wußte Bescheid über Krauss ... aber das andere, da war er sich nicht so sicher.)
»Es ist diese Stille in ihr.«
In jener Nacht nach der Feier, als sie alle so glücklich gewesen waren, war Colin Asch heimlich wie ein am Schicksalsfaden gezogener Schlafwandler zu ihrem Haus gegangen. Ohne zu wissen, was er tun würde, dennoch wissend, vertrauend; sein Instinkt würde ihn leiten, denn was entströmt in diesem seligen Zustand nicht der Seele? In ihrer Gegenwart wurde Colin Asch *erhöht, er wurde verfeinert, er*

wurde geläutert wie die Blütenblätter einer Blume, die sich unschuldig der Sonne öffnet. High von Champagner und Rotwein und ein oder zwei anderen Sachen, vom Lächeln und herzlichen Händedruck seiner guten Freunde – *Ich möchte lieben und geliebt werden! Ist das verdammt noch mal zuviel verlangt?* Und Dorothea Deverell hatte ihn auf die Wange geküßt, ihm für seine Liebenswürdigkeit gedankt. Und im Überschwang, aber völlig beherrscht war er ihr danach nachts nach Hause gefolgt und hatte das Schloß ihrer Terrassentür auf der Rückseite mit einem winzigen Schraubenzieher aufgebrochen; dann stand er drinnen im Dunkeln, das ihm so vertraut vorkam, als hätte er sein ganzes Leben hier verbracht, als wohnte er hier wie sie, *ebenso selbstverständlich* wie sie. Diesen Umstand sollte er später im Blauen Kontobuch festhalten. Mit Hilfe einer Bleistiftlampe fand er den Weg zur Treppe und nach oben ... eine schmalere Treppe, als er sie in Erinnerung hatte, und seltsam steil, ein Treppenhaus wie im Traum ... und vielleicht träumte er wirklich, denn er hatte keine Angst: Colin Asch, der ohne Zögern und geschmeidig wie ein Panther zu Dorothea Deverell hinaufsteigt, *wissend, daß weder ihm noch ihr etwas Böses zustoßen kann, weil alles der Seele entströmt.*

Im Dunkel ihres Schlafzimmers fühlte er, wie sein Atem schneller ging, denn da lag sie ... schlafend und schwer atmend, röchelnd, als ränge sie nach Luft ... *da*, nur wenige Schritte von ihm entfernt, ahnungslos! »Dorothea. Ich tu dir nicht weh.« Er kam näher, stand über ihr, staunend, verzückt, da war nichts Grobes oder Primitives, nichts Sexuelles – obwohl, ja, *das* schon (denn er fühlte, wie ihm das Blut wie aus einem plötzlich aufgedrehten Wasserhahn in den Penis schoß), aber viel mehr als nur *das*.

Er würde sich nicht berühren. *So* war es nicht, überhaupt nicht.

Der schwache Lichtstrahl flitzte schlangengleich durchs

Zimmer. Er sah, daß auch der Raum ihm vertraut war, die niedrige, an den Vorderfenstern abgeschrägte Decke, die Form der Fenster, die Türrahmen, irritierend vertraut, als hätte er all das jahrelang durch ihre Augen gesehen, ohne sich der gegenseitigen Verbundenheit bewußt zu sein. *Darum durfte er sich nicht berühren! Durfte nicht aufgehalten werden!* Er stand über der schlafenden Dorothea Deverell, starrte in ihr schlafumfangenes Gesicht wie in einem der Krankenhäuser (wann? wo? ja, dachte er, es war noch nicht lange her), als er sich nachts heimlich ins Zimmer einer jungen Frau geschlichen hatte, um sie im Schlaf zu betrachten, auch das ein Schlaf in tiefer Betäubung, unter Beruhigungsmitteln, totenähnlich, aber natürlich nicht wirklich tot. Die Haut wie Alabaster; das dunkle zerzauste Haar auf dem Kissen; die Augen (so schön! so *wissend!*) geschlossen; die Lippen feucht und geöffnet; der Atem tief, rhythmisch, mühselig ... dem er den seinen anzupassen versuchte. »Dorothea. Ich bin es, Colin Asch. *Ich bin es.*« Warum zitterte er, obwohl er doch keine Angst hatte und nicht einmal übermäßig aufgeregt war. Warum klopfte sein Herz so stark, als mache er sich schuldig, tue etwas Unrechtes. Colin Asch könnte in das duftende Dunkel, dicht wie Wasser, eintauchen, zu ihr gelangen, sie in seine Arme nehmen ... sie vor allem Bösen bewahren. Es war sein Auftrag, sein Schicksal. Er würde keinen Augenblick zögern. *Mein Leben für ihres!* dachte er fröhlich.

Aber sie schlief, ahnungslos. Und es bestand keine Gefahr. Das Zimmer mit der niedrigen schrägen Decke und der Blumentapete und den hauchdünnen weißen Gardinen verdichtete sich wie in einem Traum um die Träumerin. *Wir könnten zusammen sterben. Heute nacht.* Erregt zog er sich den schwarzen Rollkragenpullover über den Kopf und ließ ihn fallen. Seine Hände in den strammsitzenden Glacéhandschuhen waren unbeholfen, aber daran ließ sich nichts ändern.

Ihre Kleider lagen auf einem Schreibtisch und einem Stuhl daneben, hingeworfen; sie hatte es wohl gerade noch geschafft, sich auszuziehen: Da war das weiße Spitzenjäckchen, der lange weiße Rock teils auf dem Boden, ein weißer Seidenslip und ein weißer Büstenhalter; und als Colin Asch den Stoff berührte, konnte er nicht anders, er zog einen Handschuh aus, hielt ihn zwischen den Zähnen fest und drückte die seidige Unterwäsche an seine nackte Brust und zwängte sich den Slip (wie er duftete! so aufgeladen mit Elektrizität, daß in seinem Haar, seinen Wimpern Funken sprühten) über den Kopf, sein Mund war trocken vor Erwartung aus Furcht vor dem, was geschehen könnte, *oder war es schon geschehen und die Frau war tot ...?*

(Aber nur, wenn Colin Asch in der Falle säße, in die Ecke gedrängt würde. Nur wenn es keine Möglichkeit gäbe, seine Würde, seinen Stolz, seine Männlichkeit zu wahren. Nie würde er sie jedoch zwingen – »das verspreche ich« – oder auch nur bitten, wie Mr. Kreuzer, der dem Jungen zum Schluß das Rasiermesser unbeholfen in die Hand gedrückt, ihn herausgefordert, ja, aufgefordert hatte, es zu benutzen – »Gibt es denn einen vollkommeneren Tod als den gemeinsamen Tod? Zwei, die eins werden? Für immer?«)

Hinterher sollte er sich nicht mehr genau erinnern, aber es war wie ein in Fragmente zerstückelter, bedrängender Traum, keine Einzelheiten oder Bilder oder geäußerten Worte, nur die Gefühlsatmosphäre: Colin Asch, der über die schlafende Frau gebeugt langsam, bebend die Decke von ihr wegzog, ansteigend wie ein Lichtstrahl ... keine Schatten! keine Schwerkraft! ... und sie schlief weiter, unwissend, ihm vertrauend – eine Frau in einem sich an den Knien bauschenden Nachthemd, eine Frau mit zierlichem Knochenbau, flachem Bauch, auch die Brüste flach, weil sie auf dem Rücken schlief, aber in leicht verdrehter Haltung, als sei sie aus großer Höhe gefallen –, und Colin Asch beugte sich tie-

fer, die Augen weit aufgerissen, den Seidenslip straff über seine Brust gespannt, ein sanft aufsteigender Duft, seine Augen füllten sich mit Tränen wie im Schmerz. In Ekstase kniete er wie geblendet am Bett nieder und preßte die Stirn gegen den bloßen Fuß der Frau ... den blassen bloßen Fuß, kühl wie Stein und ebenso glatt.
Ich möchte gut sein!
Ich möchte die Welt zerstören!

Tage oder auch Wochen später änderte sich die Stimmung so plötzlich wie der Wald im Frühling, wurde beschissen. Colin Asch reagierte empfindlich in dieser Jahreszeit, einer neuen, frischen, zu Kopf steigenden Zeit des Jahres, wenn man eigentlich wie alle anderen Arschlöcher glücklich sein, das Gesicht der Sonne entgegenheben, die Erde, die Feuchtigkeit schnuppern sollte, wenn der Schnee schmilzt, die Dachrinnen tropfen und eilige Flüßchen sich durch die Rinnsteine schlängeln; und er gab sich Mühe. Herrgott, die Scheißer hatten keine Ahnung, wie er sich bemühte, wie es ihn anwiderte, wenn sie an seinem Körper herummachten, seine Haut zu berühren wagten, was ihm weh tat, es war ein echtes Leiden – Hyperästhesie hatte man es genannt, als würde ihm die Außenhaut abgezogen, weshalb er bestimmte Medikamente brauchte, aber er hatte diese Medikamente schon lange, lange nicht mehr genommen – »Ich mag nicht, wenn so ein Arztarsch an mir rumfummelt, als ob ich nur ein Körper oder sonst was wäre«, hatte er zu dem Richter gesagt, der seinen Fall verhandelt hatte, aber das war lange, lange her, in einem anderen Frühling. Jedenfalls, er gab sich Mühe. Ließ es zu, daß man ihn schminkte – »Du siehst ein bißchen blaß aus, Colin, und Schatten unter den Augen hast du auch: na?« –, und gab sich verdammt noch mal Mühe, mit dem Fotografen zu blödeln, um ihre Beziehung in etwas zu

verwandeln, *was herzlich war, was echt war, was mehr als das bloß Geschäftliche war,* denn er hatte sich gedacht, er würde wirklich gern Fotograf werden – aber ein richtiger Fotograf –, würde Portraitaufnahmen von hochrangigen Leuten machen, für *Time* (vielleicht) oder *Life* oder den *Boston Globe* in der Welt herumreisen; es war unnatürlich für jemand, der so viel Energie und Temperament und Phantasie und vor allem Würde hatte, so passiv, so wachsweich-gefügig zu sein wie die anderen Models (diese narzistischen Arschlöcher, diese in sich selbst verliebten Schönlinge), wo er doch selber Künstler war: und das in erster Linie. Also biß er die Zähne zusammen und lächelte und strengte sich an, zeigte, wie ernst er es meinte, wie kooperationswillig er war, fragte den Fotografen in einer Pause nach seinem Werdegang, seiner Arbeit, den nötigen Kontakten und ob die Fotoschule wirklich eine gute oder notwendige Sache sei oder ob man sich das alles selber aneignen könne – »vorausgesetzt, man wird gut beraten«. Natürlich hatte Colin Asch die Rhode Island School of Design besucht. Man hatte ihm gesagt, daß er für eine Einzelperson fast zuviel Talent hätte. »Es drängt sich irgendwie alles zusammen, wenn man über zu vieles nachdenken muß, in zu viele Richtungen gezerrt wird – wie von einer paragnosischen *Fugue*.«
Bob, der Fotograf, schielte über seinem dampfenden Kaffee in dem dicken weißen Becher zu Colin Asch rüber und fragte: »Einer was?«
»Einer paragnosischen *Fugue* –«
»Was, zum Teufel, ist das denn?«
Er blinzelte, setzte sein blendendweißes Lächeln auf und fuhr sich mit den Fingern rasch durchs frischgewaschene Haar: »Oh, hab ich vergessen.«
Dann, als er merkte, daß Bob nicht wußte, ob er lächeln sollte oder nicht, und ihn ansah, wie Bob Colin Asch zu seinem eigenen Schaden (vielleicht) schon ein paarmal zu oft

angesehen hatte (der Mistkerl: erzählte mit Sicherheit Lügengeschichten über ihn wie alle anderen), fügte er schnell hinzu: »So was wie ein Nervenkoller.«
»Oh«, sagte Bob, den Blick noch auf ihn gerichtet, den Becher mit dem dampfenden Kaffee noch vor dem Mund. »So was also.«

Er wollte sich ihr verständlich machen; er war umgeben von Leuten, die geistig und seelisch unter ihm standen – sie natürlich ausgenommen! und Charles Carpenter (wenn Charles Carpenter bloß *begreifen* würde!) –, hatte manchmal das Gefühl, er würde um sein Leben schwimmen, mit den Armen verzweifelt um sich schlagen, um nicht unterzugehen, zu ertrinken. »Die schlimmste Todesart, Dorothea. Das kennen Sie nicht.«
Es war die feucht-warme Luft, die ihn aus der Fassung brachte. Es war die Beschleunigung der Erde. Die nahende Sommersonnenwende, *bevor er sich darauf einstellen konnte.* Dieses Jahr drohte schlimmer zu werden als das Jahr davor, es versetzte ihn durch seine Aufregungen und Turbulenzen in Panik wie Regen, der gegen die Scheiben und auf das Dach des Wagens prasselt, wie Donnerschläge, wie der Geruch von Blitzen – sein Geruchssinn war in solchen Zeiten bis aufs äußerste geschärft, wie bei einem Hund: »Ich wäre gern ein Hund, wissen Sie, einfach so rumlaufen und schnüffeln und die Welt durch die Nase erleben«, hatte Colin Asch den Ärzten erzählt, als die Fuge gerade verflogen und er wieder oder fast wieder er selber war. Der Fehler lag bei dem unreinen PCP, das er sich reingezogen hatte, das einen Kurzschluß in seinem einen Schläfenlappen ausgelöst hatte (vermutete er jedenfalls: dem doppelzüngigen Gerede, das die Ärzte auf ihn und seine Mitpatienten losließen, konnte man weder trauen noch ernstlich mißtrauen) – all das würde er Dorothea eines Tages, bald, erklären. Daß es ihm angst machte, wenn alles

zu schnell ging, was manchmal vorkam. »Und ich habe schon jahrelang kein PCP mehr angerührt.«
Was die Wahrheit war. Die absolute, unbestreitbare Wahrheit.
Natürlich konnte Colin Asch Dorothea Deverell nicht *alles* anvertrauen. Daß es eine Qual für ihn war, nicht zu wissen, sich nicht entscheiden zu können, was er eigentlich mit Carpenters machen sollte: ob er den Mann oder die Frau vernichten sollte. Es gab stichhaltige Argumente auf beiden Seiten. Es gab Gejammer auf beiden Seiten.
Zunächst einmal haßte er Charles Carpenter, weil er Colin Aschs Platz in Dorothea Deverells Herzen einnahm; wenn Charles Carpenter stürbe, wäre er an der Reihe, sie zu trösten, und kein anderer. *Unser beider tragisches Leben.*
Aber er konnte sich nicht der Tatsache verschließen, daß Dorothea fassungslos wäre, wenn Charles Carpenter stürbe oder plötzlich getötet würde: Sie wäre untröstlich. »Herrgott, es könnte sie *umbringen.*« Und *das* wollte er nicht. Nein – nach gründlicher Gewissenserforschung –, *das* wollte er nicht. »Was ich will, ist Glück für sie und Glück für mich. Aber Dorothea steht an erster Stelle, sonst gibt es kein Glück für *mich.*«
So überlegte er hin und her. So kamen und gingen die Gedanken in seinem Kopf, strömten herbei, zerrannen und tauchten wieder auf, während er im sanften Frühlingsregen auf seinem Balkon stand ... oder mit dem Porsche über unbekannte Landstraßen fuhr ... oder fast nackt, den Kopf in einer unerträglichen Schräghaltung, meergrüne, im Schritt züchtig gewölbte Badehosen vorführte, die Augen trotz der gleißenden, hirnzersetzenden Beleuchtung weit offen. Stundenlang, oder waren es Wochen, analysierte Colin Asch die Möglichkeiten, die ihm und ihr offenstanden. Ja, es ging ihm nur um ihr Glück – »Also muß Mrs. Carpenter sterben.« So einfach war es. Unausweichlich.

Ein aus humaner Gleichgültigkeit, aus Desinteresse begangener XXX. Denn er hatte persönlich nichts gegen die Frau, sein Verhältnis zu ihr war nüchtern, neutral, er hatte ihr vergeben, daß sie ihn an dem Abend bei Weidmanns provoziert hatte – sie hatte ihm sogar in die Hände gespielt, als ob sie beide Darsteller wären und die anderen nur Zuschauer –, und es hatte ihm Spaß gemacht, sie davon zu überzeugen, daß das junge blonde New-Wave-Model »Alvarado« eine so vielversprechende Zukunft hätte, also warum nicht 10 000 Dollar in seine Karriere investieren? Und sie hatte eine Weile nachgedacht und dann gesagt, 7 000 Dollar wären ihr Limit. »Aber sagen Sie es nicht meinem Mann! Keiner darf es« – sie hatte mit alkoholgeröteten Wangen angefangen zu kichern – »diesem eiskalten *Pedanten* erzählen.«
Natürlich nicht, Mrs. Carpenter.
So kam Colin Asch in seinen geruhsamen Träumereien zu dem euklidisch logischen Schluß, daß Agnes Carpenter und nicht Charles Carpenter sterben mußte. Um den Weg für die Vermählung von Dorothea Deverell und Charles Carpenter freizumachen. Um mit der Zeit Platz für einen neuen Haushalt zu schaffen, zu dem der junge Colin Asch immer häufiger gehören würde: an Wochenenden, Feiertagen, Geburtstagen. Es wäre das Natürlichste von der Welt; ältere kinderlose Ehepaare nehmen häufig jüngere alleinstehende Männer bei sich auf. Eine Art geistiger Adoption.
»Du wirst nie mehr einsam sein.«

»Na so was, Colin. Oder vielmehr, Alvarado. Wie *nett. Endlich.*«
Am 10. April um halb acht Uhr abends klingelt Colin Asch an der Haustür von Charles und Agnes Carpenter, 58 West Fairway Drive in Lathrup Farms, Massachusetts, in der rechten Jackentasche ein zwanzig Zentimeter langes Spring-

messer aus rostfreiem Edelstahl, in der rechten Hand einen kleinen duftenden Blumenstrauß (Narzissen, Nelken, gelbe Tulpen), und nach fünf Minuten Wartezeit oder so läßt ihn die Hausfrau ein: Es ist sein zweiter und letzter Besuch in diesem Haus. »Komm rein, komm rein«, sagt Agnes Carpenter lässig. »Gerade rechtzeitig für einen Drink« – leicht schwankend führt sie ihn in das abgedunkelte, unaufgeräumte Wohnzimmer, das stark nach Alkohol und Zigaretten riecht. Colin Asch dankt ihr und geht selbst in die Küche, um eine Vase mit Wasser für die Blumen zu holen: Es ist das mindeste, was er unter diesen Umständen tun kann. Aus dem anderen Zimmer ruft ihm Agnes Carpenter halb anklagend, halb neckend zu, und er weiß nicht genau, was sie sagt, antwortet jedoch: »In Ordnung! Schön! Toll! *Jaaa!*« Flaschen auf dem Küchenschrank, auf dem Fußboden, schmutzige Teller im Spülbecken; seine Nasenlöcher ziehen sich in anmaßender Verachtung zusammen. Denn wer würde beim Anblick der Außenseite des schönen alten Carpenterschen Kolonialhauses diesen Zustand im Inneren vermuten.

Agnes Carpenter hat inzwischen im Wohnzimmer einen Drink für Colin Asch gemacht, einen tollen Scotch, so groß wie ihrer, reicht ihn ihm mit zitternden, beringten Fingern und Colin Asch stellt den Strauß auf den Kaminsims (»Wie nett, danke«, nuschelt Agnes achtlos), nimmt den Drink mit seinem lieben, fröhlichen, jungenhaft strahlenden Lächeln entgegen, zieht allerdings nicht die strammsitzenden schwarzen Glacéhandschuhe aus; er ist zu clever, hier irgendwo Fingerabdrücke zu hinterlassen. Er sieht, daß das armselige Miststück sich in aller Eile zurechtgemacht hat, als sie das Klingeln hörte – rasch überpudertes Gesicht, tristschicker purpurroter Lippenstift, ein Versuch, dem dauergewellten, strohtrockenen farblosen Haar irgendwie Fülle zu geben; und sie hat den smaragdgrünen Hausmantel oder Ki-

mono, den sie trägt, bis zum faltigen Hals (verkehrt) zugeknöpft: ohne zu wissen, wer um diese Zeit abends an ihrer Haustür läutet, aber doch in der Hoffnung auf eine angenehme Überraschung. Besorgt spähender Blick durch die farbigen Glasquadrate, die die Haustür umrahmen, bis sie, ja, ja, den schlaksigen Besucher endlich erkennt – ihren jungen Freund Colin Asch, ihre heimliche Kapitalanlage »Alvarado«. Ihn erkennt und die Tür weit aufmacht.
»Das ist aber lange her ... wie? Mindestens einen Monat?«
Betrachtet Colin Asch mit vorwurfsvollem Mopsblick aus zusammengekniffenen feuchten Augen, und das gefällt ihm, weil in so einem Vorwurf immer etwas von einem Flirt steckt, gibt ihm die Möglichkeit, verblüfft den Kopf zu schütteln und verlegen zu lächeln. »Ehem, Mrs. Carpenter – ich meine, Agnes –, ich wollte anrufen, aber ich hatte in den letzten sechs Wochen so viel zu tun, ich glaub, Ihre Investition fängt an, sich auszuzahlen, weil Alvarados Telefon überhaupt nicht mehr stillsteht –«
Und Agnes Carpenter übt ihre Macht aus, indem sie ihn, scheinbar unbekümmert, unterbricht: »Macht nichts! Macht nichts! Ich hatte auch viel zu tun! Versteh ich sehr gut!« Sie senkt gespielt dramatisch die Stimme: »Ich war im Grunde nur ein ganz klein bißchen beunruhigt, Colin, ob Sie überhaupt noch hier in der Gegend sind. Ob Sie nicht vielleicht verschwunden wären.«
Colin Asch, hochgewachsen, blond, geborener Aristokrat, richtet die weit geöffneten Augen fragend auf die Frau: »Verschwunden? Aber *wohin?*«
Agnes Carpenter lacht hell auf, als hätte sie absichtlich etwas Komisches gesagt.
Sie setzen sich; und Agnes redet. Drängend, stoßweise wie jemand, der lange keine Gelegenheit zum Reden gehabt hat. Sie ist angetrunken, nicht lallend volltrunken; auf den fahlen Wangen leichte Röte und ein plötzliches Aufleuchten in den

blutunterlaufenen Augen. *Mit einem Anflug von Bedauern tastet C. A. durch seine Jackentasche nach der Waffe. Warum ist es einigen von uns vom Schicksal auferlegt, nicht den Frieden, sondern das Schwert zu bringen?* Befangen nimmt Colin Asch in einem S-förmigen Samtsofa Agnes gegenüber Platz; neben ihm ein Mahagonischränkchen mit Messingbeschlägen und Perlmuttintarsien, das antik aussieht. Höflich lauscht er dem Gejammer seiner Gastgeberin, schlägt die langen sehnigen Beine übereinander, rückt die Schultern in seiner gestreiften, kastenförmigen Jacke zurecht, richtet nervös die Krawatte (ein Prachtstück von Dior, cremefarbene Seide, die mit winzigen schwarzen Pferdefiguren gemustert ist – ein Geschenk von Susannah Hunt zum Valentinstag): all das, um anzudeuten, daß er sich in diesem bürgerlichen Plüsch auf charmante Weise unwohl fühlt – er ist ein unschuldiger, naiver junger Mann, eine leichte Beute für die Modelbranche: und für raubgierige Frauen. Agnes Carpenter hält mitten im Satz inne, um ihn zu beäugen. »Ihre Handschuhe – warum tragen Sie *Handschuhe?*« fragt sie. Colin Asch antwortet verlegen: »Ach die? Ich bin zur Zeit so unruhig, ich habe wieder meine alte Angewohnheit angenommen, die Nägel zu beißen, bis sie bluten – besonders die Daumennägel –, und deshalb hat der Arzt gesagt, er sagte, die beste Methode, die praktischste ist, einfach Handschuhe zu tragen. Bis die Unruhe verfliegt.«
»Bis die Unruhe verfliegt«, wiederholt Agnes Carpenter, plötzlich gerührt. »Aber Colin, lieber Junge, Sie wissen doch, das kann lange dauern. Bei einigen – sehr sehr lange.«
Colin Asch blickt verstohlen auf die Platinarmbanduhr. Schon zwanzig vor acht: hoffentlich ist er bis halb zehn hier raus und hat die Kurve gekratzt.
Es sei denn, er kann es früher hinkriegen. Die Frau wird jetzt richtiggehend betrunken.
Und noch ein Drink für Agnes, während Colin Asch sich

(wie ein junger Sportler im Training) an seinem festhält und die Unterhaltung schlingernd und schlenkernd auf die gleiche Bahn gerät, wie bei Colin Aschs erstem Besuch im März. »Vermutlich haben Sie's gehört? Vermutlich reden alle hinter meinem Rücken über mich und lachen? Charles will, daß wir uns trennen; er will sich von mir *scheiden* lassen. Und nur aus Bosheit! Nur um mich zu kränken! Weil« – und hier fängt Agnes an zu lachen vor Heiterkeit und Entrüstung, lacht und hustet keuchend, mit zitterndem Unterkiefer – »er weiß, daß ich ihn kenne, in- und auswendig. Charles ist für *mich* kein Geheimnis! Für seine Frau. Ich bin sicher, er hat eine Freundin und bildet sich ein, wahnsinnig in sie verliebt zu sein – irgend so eine kalte, habgierige, ehrgeizige junge Frau, die zwanzig Jahre jünger ist als er und ihn sexuell attraktiv findet – als ob man meinen Mann sexuell attraktiv finden könnte, ohne einen Lachkrampf zu kriegen. Diese angeblich ›befreiten‹ jungen Frauen heutzutage, die machen sich alle an die Ehemänner anderer Frauen ran, weil es nicht genug heterosexuelle Männer gibt. Aber das Lächerliche oder das Tragische daran ist, Sie können sich's aussuchen, Colin, daß kein Mann für seine Frau ein Geheimnis ist – und keine Frau ein Geheimnis für ihren Mann.« Agnes Carpenter hält inne, lacht höhnisch, bekommt einen Hustenanfall, wischt sich den Mund am Ärmel ab, *der herrliche smaragdgrüne Stoff eine Beute verlotterter Betrunkenheit, die Colin Asch mit Ekel und Mitleid erfüllt. Und Zorn.*
»Irgendwer sollte Sie aus Ihrem Kummer herausholen, Agnes.«
»Was? Bitte nuscheln Sie nicht!«
»Irgendwer sollte Sie ausführen, zum Beispiel mal in die Stadt«, sagte Colin Asch wild drauflos improvisierend, als gerate nun auch er an den Rand der Betrunkenheit und in eine Art Partystimmung, was vielleicht sogar zutrifft, denn er hat vorher ein oder zwei Bennies geschluckt. »Eine gut-

aussehende Frau wie Sie, hier drinnen eingesperrt. Es ist zwar ein großes Haus, das ja, aber doch nur ein *Innenraum*.«

Agnes Carpenter lacht schrill, als habe ihr junger Besucher nicht nur etwas gewollt Komisches, sondern auch Tiefsinniges gesagt. »Herrgott. Wie recht Sie haben. Egal was es ist, es ist nur – ein *Innenraum*.«

So vergehen die Minuten. Colin Asch versucht in Anbetracht dessen, was er der Frau noch abverlangen wird, den Grad ihrer Trunkenheit abzuschätzen.

Da er als »Alvarado« noch auf einen großzügigen Scheck, auf eine weitere Geste des Vertrauens in seinen Aufstieg zum Topmodel hofft, lenkt er das Gespräch in diese Richtung, und Agnes Carpenter geht bereitwillig darauf ein, denn verbindet sich nicht schon mit der bloßen Vorstellung von einem männlichen Modemodel ein Kitzel, etwas Schlüpfriges? Also ergibt sich ein Geplänkel, teils fröhlich und flirtend, teils gehässig – »Finden Sie nicht, lieber Colin oder ›Alvarado‹, finden Sie nicht, daß in so engem Kontakt mit diesen Leuten eine Gefahr liegt? Zum Beispiel, AIDS zu kriegen?« –, und endlich stemmt sich Agnes Carpenter aus ihrem Sessel hoch, um Colin Asch in ein anderes Zimmer – Charles' »Klause«, wie sie es verbittert nennt – zu führen und einen Scheck für »Alvarado« über 8 500 Dollar auszustellen (der in weiser Vorausschau ein Sparkonto bei einer Regionalbank unterhält, von der er am 11. April morgens als erstes alle Gelder abheben wird). Das grimmig-befriedigte Lächeln auf dem Mopsgesicht der Frau läßt vermuten, daß sie dies in erster Linie aus Rache gegen den abwesenden, so auffallend abwesenden Ehemann tut: In der Wucht ihrer Unterschrift steckt eine vergnügte Gewalttätigkeit. Unter dem dünnen Firnis mädchenhafter Unbesonnenheit wird der Kern ihres Wesens sichtbar: Mit glühenden Wangen und leicht keuchend überreicht sie Colin Asch den Scheck, als

liefere sie dem jungen Mann ihre Tugend oder ihr Leben aus, und spricht fast dieselben Worte wie beim ersten Mal: »Aber sagen Sie es nicht meinem Mann, er würde es keinesfalls billigen. Der eiskalte« – sie sucht nach einem Wort – »Mistkerl.«
»Selbstverständlich nicht, Mrs. Carpenter«, sagt Colin Asch höflich, wobei er mit einem prüfenden Blick auf den Scheck feststellt, daß das Datum, der Betrag, die Rechtschreibung in Ordnung sind und die Unterschrift einigermaßen leserlich ist. »›Alvarado‹ hält immer dicht.«
»Ich hab Sie doch gebeten, mich Agnes zu nennen, Himmel noch mal!«
»Dann also Agnes«, sagt Colin Asch, plötzlich in jener Hochstimmung *die manchmal wenngleich nicht immer dem Eintritt ins Blaue Zimmer vorausgeht,* »Himmel noch mal!«

Nun, da die finanzielle Transaktion abgeschlossen ist, geht es Colin Asch nur noch ums Geschäftliche. Als Agnes Anstalten macht, das Arbeitszimmer ihres Mannes zu verlassen, und Colin fragt, ob er einen neuen Drink möchte, sagt er leise: »Nein – wir haben hier noch eine Kleinigkeit zu erledigen.« Den Scheck hat er in einer Innentasche verwahrt, und das Springmesser aus rostfreiem Stahl hält er mit aufgeklappter Klinge in der Hand. »Nehmen Sie noch mal den Füller, und schreiben Sie ein paar Zeilen an Ihren Mann«, sagt Colin Asch, der in einer der unordentlichen Schreibtischschubladen einen rosaroten und mit Rosenduft parfümierten Briefblock mit dem Aufdruck *Von Agnes Carpenters Schreibtisch* erspäht hat. Es entsteht eine Pause von mehreren Sekunden, mehreren langen Sekunden, während derer Agnes Carpenter Colin Asch und das Messer in seiner Hand, dessen glänzende Spitze nicht direkt auf sie gerichtet, dessen Bedeutung jedoch unverkennbar ist, ungläubig anstarrt. Schließlich sagt sie heiser, verblüfft: *»Was?«*
»Ich tu Ihnen nicht weh, Agnes, ich gebe Ihnen mein Wort

darauf, aber wie ich schon sagte, wir haben hier noch was zu erledigen. Schreiben Sie an Ihren Mann. Hier. Auf diesen Block hier. Mit diesem Füller hier. ›Lieber Charles‹. Los jetzt.«
Agnes starrt ihn jedoch weiter an. Zu geschockt, zu verwirrt, zu vertrauensvoll – selbst jetzt noch, merkwürdigerweise –, um Angst zu haben. »Aber Colin, was wollen Sie –? Was in aller Welt ist –? Das Messer – was soll das? Colin? Was –«
»Das erkläre ich alles später, wenn noch Zeit ist«, sagt Colin Asch forsch und reicht ihr den Füller, gibt ihr einen Schubs, damit sie schreibt. »Aber jetzt im Augenblick brauche ich Ihre Mitarbeit. ›Lieber Charles‹. Schreiben Sie, genau hier. Jetzt *sofort*.«
»Aber Colin – das Messer? Ist das ein richtiges Messer? Wollen Sie – heißt das – Sie wollen mich bestehlen? Wo ich doch so viel für Sie getan habe –«
»Und nun noch etwas, Agnes«, sagt Colin Asch. Ah, diese vorbildliche Ruhe, diese Gelassenheit. Hinterher wird er in das Blaue Kontobuch eintragen *Sauber & genial ausgeführter XXX & nicht befleckt vom Begehren*. Er erklärt der überraschten Frau, daß er ihr nicht weh tun wird – natürlich nicht –, er will ihr nicht weh tun, weil er sie gern hat, sie bewundert, aber er hat es eilig, und sie wird doch mitarbeiten, ja? Es handelt sich nicht um einen Raubüberfall, keineswegs, Colin Asch steht über so primitiven Sachen wie bewaffnetem Raubüberfall, Einbruch, Plündern, Entweihen, aber sie sollte sich lieber seinen Anordnungen fügen, denn er hat ein vollständiges Szenario im Kopf – »Und ich hab's eilig.«
Agnes Carpenter, die jetzt Angst bekommt, fragt, plötzlich ganz nüchtern, mehrmals: »Wollen Sie mir weh tun? Bitte – wollen Sie mir weh tun? Oh, Colin, warum wollen Sie mir weh tun?« und Colin antwortet mit wachsender Ungeduld, mehrmals, wobei er lächelnd seine vollkommenen Zähne entblößt: »Ich *will* Ihnen nicht weh tun, Agnes, ich habe nicht

die Absicht«, und schließlich sagt er, und dabei schießt ihm das Blut hämmernd in die Augen, als schnüre ein unsichtbarer Reifen seinen Brustkorb ein! »Jetzt nehmen Sie den Scheißfüller. Tun Sie, was ich sage.«
Also nimmt Agnes Carpenter den Füller und fängt mit vor Schreck oder Trunkenheit zitternder Hand an zu schreiben: *Lieber Charles* – doch Colin Asch, hochaufgerichtet über ihr, gibt ihrer Hand einen Schubs, so daß die Feder eine Krakelspur hinterläßt. »Noch mal. Von vorn. Diesmal nur ›Charles‹.« Und als Agnes *Charles* schreibt, stößt Colin sie wieder an und macht den zweiten Anlauf zunichte, und Agnes Carpenter fängt hilflos und in panischer Angst und vielleicht auch aus verletztem weiblichen Stolz an zu weinen, denn sie hatte gedacht, dieser junge Mann hätte sie gern, fühlte sich insgeheim zu ihr hingezogen, wie Frauen, gleichgültig in welchem Alter und in welchem Zustand körperlichen Verfalls oder geistiger Verwirrung sie sich befinden, zu glauben geneigt sind, auch wenn gewichtige Vernunftgründe dagegen sprechen.
»Danke, Agnes«, sagt Colin Asch leise und nimmt beide Blätter, zerknüllt sie und läßt sie – wie geheimnisvoll! wie scheinbar sinnlos! – in den Papierkorb unter dem Schreibtisch fallen. »Und nun«, sagt er, wie beiläufig mit dem Messer winkend, als sei es bloß eine Verlängerung seiner Hand, »nun gehen wir nach oben.«
»Wollen Sie mir weh tun? Oh, Colin, bitte –«
»Niemand will Ihnen weh tun, darauf hab ich Ihnen mein Wort gegeben«, sagt Colin Asch, als spräche er einen vorbereiteten Text, er ist ruhig, gelassen, beherrscht, am Rand eines Anfalls von Euphorie, weiß aber, wie er es verhindern kann, über den Rand gesaugt zu werden, als gelte es, den Augenblick des Orgasmus so lange wie möglich hinauszuzögern. »Aber wir gehen jetzt rauf, Agnes. Wir nehmen was zu trinken mit und setzen unser kleines Gespräch fort.«

Colin Asch führt seine taumelnde Gastgeberin ins andere Zimmer, packt sich die Arme voll mit Flaschen, Scotch, Gin, Bourbon, was er gerade findet, und hilft ihr mit Gewalt die Treppe hinauf, während sie von panischer Angst zu Auflehnung, Flehen, Weinen, Drohungen überwechselt – »Wenn Sie mich nicht loslassen, wenn Sie nicht *weg*gehen, *jetzt* sofort weggehen, hol ich, ruf ich die Polizei« – und wieder zurück zu flehentlichem Bitten, dem Ton im wesentlichen, mit dem ihr Leben enden wird: »Ach *warum*, Colin? – wie *können* Sie das tun, Colin? – wo ich Ihnen über fünfzehntausend Dollar gegeben habe; ich war doch *so* nett zu Ihnen, Colin –«

Oben weist Colin Asch wie ein effizienter Filmregisseur Agnes Carpenter an, ins Badezimmer zu gehen und Wasser in die Wanne einlaufen zu lassen – ja und auch Badesalz reinzuschütten und sich auszuziehen –, *als ob sie wie sonst ein Bad nehmen würde*. Als sie sich sträubt, hält er ihr das Messer an die Kehle: »Tun Sie's, Agnes.« Also tut sie es. Gehorcht unbeholfen, aber eifrig wie ein verängstigtes Kind, denn schließlich erweckt Colin Asch den Eindruck (egal, was sein Vorgehen vermuten läßt), daß er ihr nichts Böses tun wird, wenn sie jede seiner Anweisungen genau befolgt, denn warum sollte er ihr etwas tun (er benimmt sich so vernünftig!), wenn sie seine Anweisungen genau befolgt? »Tun Sie's. Und ich gebe Ihnen mein Wort, daß ich Ihnen nicht weh tue.«

Agnes ist nackt ein erbarmungswürdiger Anblick. Ihr fülliger fleischiger Körper zittert vor tierhafter Angst. Und in dieser peinlichen Lage ist Colin nicht imstande, wegzusehen (was er im Grunde gern täte, denn *diese Opferhandlung hat nichts Persönliches an sich, nichts, was sie durch bloßes Begehren beflecken würde*). Große schlaffe Hängebrüste ... großer schlaffer Hängebauch ... faltige speckige Hüften, Schenkel, Hinterbacken ... ein struppiges Büschelchen graubraunen Schamhaars ... sonderbar bläulich verfärbte Knie ... aber die Waden eher schlank, auch die Fesseln ... und die kleinen weißen Füße, die Zehen zucken vor panischer Angst. *Tu mir nicht weh.* Und Colin Asch verspricht ihr: *Natürlich nicht.*

Das luxuriöse Bad mit den zitronengelb gekachelten Wänden, den Spiegeln und dem schimmernden Keramikwaschtisch und der überdimensionalen Wanne füllt sich rasch mit Dampf. Das hat etwas Festliches an sich, der zu Kopf steigende Geruch des Whiskys (den Colin Asch ihr aufnötigt: das wird ihr alles viel leichter machen) und des Badesalzes (es ist eine der Duftnoten, die Susannah Hunt bevorzugt, und wäre er ein nostalgischer Mensch, was er natürlich nicht ist, *dazu hat er keine Zeit,* würde sich Colin Asch an die Anfangszeit ihrer Freundschaft erinnern, als er und Susannah in Susannahs überdimensionaler Badewanne aus imitiertem Marmor arglos verspielt wie Kinder herumplanschten, und *nie war Colin Asch auf den Gedanken verfallen, die Fotze umzubringen oder auch nur zu demütigen*), und Agnes Carpenter steigt gefährlich schwankend mit Colin Aschs Hilfe in das warme schwappende Wasser, und dann sitzt sie weinend in der Wanne, schüttelt den Kopf ungläubig, warum, warum, *warum* hat sich dieser junge Mann gegen sie gestellt, *warum* tut er ihr das an, wo sie es doch nur gut gemeint hat, nur freundlich, großzügig sein, ihm ihr Herz öffnen wollte, und nun reicht er ihr das Whiskyglas und nötigt sie, zu trinken, und er hat in ihrem Medizinschrank einen bis an den Rand gefüllten Behälter mit Valiumkapseln gefunden, und diese Kapseln muß sie nehmen, eine nach der anderen, und hinunterschlucken – so Agnes, los *weiter* –, er erweckt den Eindruck eines Menschen, der sich sowohl kopfüber in die Zukunft stürzt als auch zusammennimmt, der extrem unter Druck steht, wie eine Präzisionsmaschine, feinnervig, vor Energie vibrierend.

In den nächsten fünfundvierzig Minuten zwingt Colin Asch Agnes Carpenter, ohne den Ablauf zu beschleunigen, annähernd fünfzehn Valiumkapseln zu schlucken, und manchmal wehrt sie sich, und manchmal fügt sie sich, wobei ihr schwaches hysterisches Weinen jetzt zeitweilig aussetzt. Gegen Ende der Belagerung versucht sie sich wachzuschütteln, versucht sie die Augen zu öffnen, unstete Halbmonde von blutunterlaufenem Weiß, und ihre geschwollenen Lippen bewegen sich – »Laß mich los, tu mir nicht weh; *warum?*« – so schwach, daß Colin Asch sie kaum hören kann, dennoch sagt er und legt dabei eine behandschuhte Hand leicht auf ihren Kopf: »Ich tu Ihnen nicht weh, Agnes – Sie werden nichts fühlen.« Dann rollt ihr Kopf schlaff auf die Schultern, ihre blassen Brüste scheinen wie etwas Totes auf dem Wasser zu treiben, ihr Mund öffnet sich ... sie ist bewußtlos: schwer, heiser atmend.

Colin Asch wartet, auf dem Klosettdeckel sitzend, schwitzend im wohlriechenden Dampf, noch ein paar Minuten. Es ist acht Uhr fünfundvierzig. Vielleicht hört Agnes Carpenter zu atmen auf, ohne daß ihr Gewalt angetan wurde? Vielleicht sinkt sie einfach von selber hilflos ins Badewasser und ertrinkt?

Colin Asch möchte die Todgeweihte nicht zu genau betrachten. *Mitleid ist der destruktivste und nutzloseste aller menschlichen Instinkte* hatte er vor Jahren nach einem inzwischen längst vergessenen Vorfall in das Blaue Kontobuch geschrieben. *Mitleid schwächt. Mitleid entmutigt.* Hatte Colin Asch nicht einmal alle Selbstbeherrschung verloren und war halbnackt und barfuß in den Schnee gelaufen?

»Sie werden nichts fühlen.«

Die Manie hat ihn schon fast im Griff wie ein Riesenvogel, der ihm die Klauen in die Schultern schlägt, aber wie ruhig, wie cool, wie beherrscht er bleibt! Sorgfältig gießt er die Schnapsflaschen im Waschbecken aus und läßt eine Menge

Wasser nachlaufen, um den Geruch zu beseitigen, trägt dann die Flaschen in Agnes Carpenters Schlafzimmer (wo schon eine halbleere Flasche Dewar's auf dem Nachttisch steht) und läßt sie dort einfach fallen. Das Schlafzimmer ist weiträumig und luxuriös wie das übrige Haus eingerichtet, aber in größter Unordnung, heraushängende Kommodenschubladen, Kleidungsstücke auf dem Boden, das Bett ungemacht, ein schiefer Lampenschirm, über allem ein saurer, kränklicher Geruch: »Ekelerregend.« Er kann sich der Ironie der Situation nicht verschließen, daß er hier, bevor er weggeht, noch wird aufräumen müssen, denn obwohl er ein oder zwei kleinere Gegenstände, die man nicht vermissen wird, mitzunehmen gedenkt, will er auf jeden Fall vermeiden, daß die Polizei auf den Verdacht kommt, im Haus sei ein fremder, ein Eindringling gewesen ... die Arschlöcher werden als erstes nach Beweisen für einen Diebstahl suchen.

Im Badezimmer wickelt sich Colin Asch sorgsam Handtücher um beide Hände und beugt sich über Agnes Carpenter oder über Agnes Carpenters Körper – die Frau ist jetzt so empfindungslos, so tief im Koma, daß sich kaum noch ein Lebensfunke in dem Fleisch da zu regen scheint. Als er jedoch ihren Kopf unter Wasser drückt, leistet sie Widerstand – es ist keine richtige Gegenwehr, kein Aufbäumen, eher ein Anspannen –, und plötzlich kommen ihre Hände aus dem Wasser, als wollten sie die seinen ergreifen, darum läßt Colin Asch den Kopf los und geht rasch weg.

»Keine richtige Gewaltanwendung, sondern ein natürlicher Tod. Oder fast.«

Er wartet. Eine Spur ungeduldig. Beginnt auf und ab zu gehen. Ins Badezimmer und wieder raus ... ins Schlafzimmer und wieder raus ... die Treppe runter ins Erdgeschoß ... wo ihm, im Wohnzimmer, plötzlich einfällt, das Radio einzuschalten. Das beschissene Haus ist zu *still.* Wenn nun

Agnes Carpenter zu sich kommt und anfängt, in die Stille hinein hysterisch zu schreien?
Durch ein Fenster an der Vorderseite beobachtet Colin Asch nervös die Straße, den Gehsteig. Verlassen. Friedlich. (Er hat den Porsche selbstverständlich ein paar Blocks weiter geparkt.)
Es ist acht Uhr fünfzig. Er nimmt den Telefonhörer ab und wählt unwillkürlich Dorothea Deverells Nummer. Er steht da und lauscht auf das Klingeln, das Klingeln, das Klingeln ... sein Herz klopft angenehm schnell. Als sei er an zwei Orten zugleich. Als habe er eine nahe Gefahr vergessen.
»Hallo? Ja? Wer ist da?« fragt Dorothea Deverell etwas außer Atem. Colin Asch lauscht ihrer Stimme, sagt aber nichts. *Ich bin dein Werkzeug. Ich bin die Todesmacht.*
»Hallo? Ist da jemand?« fragt Dorothea Deverell. Selbst jetzt ist sie gelassen, fast übertrieben förmlich; als nähme sie an, daß wer immer es ist, der sie anruft, nichts Böses im Sinn hat. *Kein Mensch hat je so geliebt wie ich dich liebe.*
Dorothea Deverell legt auf, und Colin Asch denkt, ja, gut, es wäre falsch, sie in diese Tat unvorbereitet hineinzuziehen. Ein in höchster Einsamkeit und Objektivität vollzogener XXX.
»Ich werde es dir irgendwann sagen. Es gibt nichts, was ich dir nicht irgendwann sagen werde.«
Er legt den Hörer auf die Gabel und läuft wieder nach oben, weil er meint, er habe Agnes Carpenter in der Badewanne um sich schlagen gehört, doch zu seiner Erleichterung (er will keine Gewaltanwendung!) liegt sie mit hängendem Unterkiefer, schlaff, bewußtlos da ... und als er diesmal, die Hände in Handtücher eingewickelt, in die Hocke geht und ihren Kopf unter Wasser drückt, leistet sie keinen Widerstand mehr. »Ja. So. In ein paar Minuten ist es vorbei.« Anscheinend ist alles Leben in ihr bereits erloschen und hat sie gummiartig, gefügig, wie einen Ballon zurückgelassen. Er

führt die Aufsicht über ihr Ertrinken, ihren Tod, ohne besondere Schwierigkeiten, ein mit fast chirurgischer Präzision ausgeführter XXX, hält sie in dieser Lage lange, lange Zeit ... eine träumerisch lange Zeit des Herzklopfens. Fühlt, wie die Freude der Erlösung in seinen Adern schäumt. Fühlt sie in der Wirbelsäule. Süß und explosiv wie ein Orgasmus. Doch reinigend. Und unschuldig. Makellos. Schattenlos.
»Hab ich es nicht versprochen, Agnes? Sie werden nichts spüren.«

Eintrag im Blauen Kontobuch unter der Bezeichnung *C.A.88104am.*

> *Eine Empfindung höchster Leichtigkeit, als hätte man ein Gewicht von meiner Brust genommen.* Und ich konnte wieder atmen WIE BEIM AUFTAUCHEN AUS DEM WASSER.
> *UND NUN BIN ICH FÜR IMMER UND EWIG FREI! FREI, UM GUT ZU SEIN!* FREI, UM MEIN GANZES LEBEN GELÄUTERT UND GESEGNET VON VORN ZU BEGINNEN!!!

»Aber Dorothea, diesmal dauerte es nicht lange. Im Blauen Zimmer, das gute Gefühl – irgendwas ging schief!«
»Dorothea? Irgendwas ist schiefgegangen!«
Danach und während der folgenden Tage hatte er so gut wie kein Interesse daran, Berichte über Agnes Carpenters Tod in den Zeitungen zu lesen, denn (schließlich) handelte es sich nicht um einen Mordfall ... die Polizei, die Arschlöcher, hielt es für einen Unfall. Sie hatten keine Beweise für einen gewaltsamen Tod und keine Beweise für Diebstahl gefunden. Und Charles Carpenter glaubte anscheinend, daß niemand bei seiner Frau war, als sie starb, und daß »nichts im Haus fehlte«. (Obwohl sich Colin Asch natürlich seiner Gewohnheit entsprechend ein oder zwei Andenken angeeignet

hatte. Auch hatte er 130 Dollar aus einem erstaunlich dicken Banknotenbündel – 288 Dollar – genommen, das er in Agnes Carpenters Portemonnaie gefunden hatte.)
Aber die Lust an allem war ihm vergangen, er wußte nicht warum.

Und er hatte Geldsorgen: die Kosten, die monatlichen Zahlungen.
Selbst mit Agnes Carpenters Scheck über 8 500 Dollar hatte Colin Asch nicht genug Geld.
»Es ist alles so erniedrigend, Dorothea.«
Schuld hatte die kapitalistisch-imperialistische Gesellschaft. Die die Bürger zwang, sich auf dem freien Markt zu verkaufen, *sich feilzubieten, als seien sie nichts weiter als Fleisch.* Colin Asch hatte für alles, was mit der Arbeit als Model, mit der Ausbeutung seiner physischen Existenz, der Befleckung des Geistigen zu tun hatte, nur noch Verachtung übrig.

Und Ende April, Anfang Mai hatte Colin Asch einen Zustand erreicht, in dem er Susannah Hunts Gegenwart kaum noch ertragen konnte, *sie jedoch nicht unwiderruflich zu kränken wagte.*
Ihre Stimme, ihr ständiges Beleidigtsein und ihre dauernden Vorwürfe, ihre dahinschmelzenden Augen, ihre gelackten Fingernägel, mit denen sie langsam und scheinbar aufreizend über seinen Arm strich. »Colin? Schätzchen? Liebst du mich nicht mehr? Verdammt noch mal, was ist eigentlich los?«
Colin Asch schloß die Augen und knetete ihr Fleisch durch und vergrub sich in ihr und fickte sie, so gut er konnte. Er wollte sie nicht kränken und schon gar nicht töten. Wohl wissend, daß in solchen Fällen der Liebhaber immer als erster in Verdacht gerät.

»So erniedrigend, Dorothea!«

Und die neue Jahreszeit. Frühling.
»Zuviel Licht.«

12

Am Spätnachmittag des 8. Mai, einem warmen, sonnigen Sonntag, arbeitete Dorothea Deverell gerade auf der Rückseite ihres Hauses im Garten – wenn »Garten« nicht ein zu anspruchsvolles Wort für ein so bescheidenes und begrenztes Stück Erde wäre, in das sie in diesem wie in fast jedem Frühling nur die widerstandsfähigsten und zuverlässigsten einjährigen Pflanzen einsetzen wollte –, als sie in beunruhigend schneller Folge die Haustürklingel und ein kräftiges längeres Klopfen hörte. Ihre erste Empfindung war Angst, wenn nicht gar Panik – aber eigentlich konnten doch nicht noch mehr böse Überraschungen über sie hereinbrechen – oder? So bald? Charles Carpenter wollte herüberkommen, aber nicht vor sechs Uhr; und Charles Carpenter hätte auch in höchster Not kein solches Getöse an ihrer Tür veranstaltet. Dorothea sah im Geist schon einen Nachbarn vor sich, der ihr eröffnete, daß ihr Haus brannte, oder einen Beamten, der eine Vorladung überbrachte.

Sie lief zur Haustür, als das Klopfen plötzlich aufhörte. Und als sie die Tür öffnete, war niemand da.

Sie hatte freilich kaum Zeit zu überlegen, ob es sich um einen Streich oder etwas Wichtigeres handelte, denn schon meldete sich, von der Terrasse durch das Haus rufend, der lästige Besucher: Colin Asch. »Dorothea? Ich bin hier, ich bin von hinten gekommen, ich dachte, Sie sind vielleicht hier hinten«, sagte der junge Mann entschuldigend und ziemlich aufgeregt. »Es tut mir leid, wenn ich Sie störe. Ich hoffe, ich habe Sie nicht erschreckt!«

Dorothea, die tatsächlich ziemlich erschrocken und verärgert war, aber annahm, daß sie sich schnell wieder fangen würde, sagte: »Nein, Colin, natürlich nicht«, wobei ihr, als sie aufeinander zugingen, um sich die Hand zu geben, nicht gleich auffiel, daß Colin Asch höchst sonderbar aussah: das Lächeln starr und übertrieben, die Stirn gefurcht, die Augen feucht und blinzelnd zusammengekniffen, als blende ihn die Sonne. »Natürlich nicht, Colin«, sagte sie, als ob etwas konventionell Weibliches (in dem die kühneren Akzente des Weiblichen vielleicht nicht hervortreten) sie zum Lügen zwänge, um bei anderen ein Wohlgefühl hervorzurufen.

»Ich dachte, Sie wären da draußen und gingen nicht an die Tür, weil Sonntag ist oder so«, sagte Colin Asch, wobei er Dorothea die Hand schüttelte – vielmehr fest drückte – und sie mit einem Blick bedachte, in dem leiser Vorwurf und Vergebung miteinander im Widerstreit lagen. »Oder daß vielleicht jemand anders hier sei. Aber hier ist niemand, nicht? Oder kommt noch jemand? Ich meine, später? Sie können es mir ruhig sagen: ganz ehrlich. *Ich gehe, wenn ich nicht willkommen bin.«*

Dorothea sah zu ihrer Überraschung, daß ihr junger Freund einen reichlich schäbigen Kleidersack über der Schulter trug und daß die Sachen, die er anhatte, wenngleich zweifellos »schick« im Sinne des neuen aggressiven Stils, den zu verstehen sie sich keine Mühe gab, merkwürdig zerknittert und zerknautscht waren, als hätte er in ihnen geschlafen. Blonde Bartstoppeln schimmerten metallisch auf seinen Wangen, denen sein anhaltendes Lächeln einen raubtierhaften Zug zu verleihen schien, den Dorothea vorher nie wahrgenommen hatte; mitten auf seiner Stirn trat wie ein Wurm eine bläuliche Zornesader hervor. Seine Augen waren tatsächlich erschreckend feucht – fing er an zu weinen? Oder hatte er geweint? Dorothea, die mit sogleich erwachendem mütterlich besorgtem Instinkt eine kritische Situation witterte, versicherte Colin Asch, daß sie

fürs erste niemanden erwarte und daß er natürlich sowieso willkommen sei. »Setzen Sie sich bitte«, sagte sie, »und erzählen Sie mir, was los ist.«
»Woher wissen Sie – wie kommen Sie darauf –, daß etwas los ist?« fragte Colin Asch herausfordernd.
»Sie wirken so –«
»Sie *wissen* es«, wies Colin Asch sie zurecht und ließ den Kleidersack vor seine Füße fallen, »also warum fragen Sie?« Schwerfällig, als sei er plötzlich erschöpft, setzte er sich auf Dorotheas Sofa, zog die Schultern hoch und senkte den Kopf, den er ruckartig hin und her wendete, als wolle er einen steifen Nacken lockern. Dorothea konnte seinen keuchenden Atem hören und glaubte aus einer Entfernung von mehr als einem Meter die mächtigen Hitzewellen zu spüren, die von ihm ausgingen. Als sie sich vorsichtig auf einen Stuhl ihm gegenüber setzte, sprang Colin Asch plötzlich auf, als könne er es vor Unruhe nicht aushalten, an einer Stelle zu bleiben. »Sie haben das offengelassen«, murmelte er, ging zur Terrassentür, stieß sie zu und schloß ab. Dann stand er einen Augenblick lang vor dem großen Fenster und starrte hinaus. Was sah er? Sah er überhaupt etwas? Hinter der hochgewachsenen, sehnigen, gleichsam elektrisierten Gestalt des jungen Mannes wirkte die tröstliche Einfachheit von Dorothea Deverells Garten – die immergrünen Büsche und die Laubbäume mit ihrem frischen Grün, selbst das weißliche, schräg einfallende Sonnenlicht – nun fern und unzugänglich. Irgend etwas Schreckliches ist passiert, dachte Dorothea Deverell. Und ich bin darin verstrickt.
Leidlich ruhig fragte sie jedoch: »Colin, was ist los? Erzählen Sie's mir bitte.«
»Oh, ich glaube, Sie wissen es«, sagte er leise.
»Was, Colin? Ich hab nicht richtig verstanden.«
»Ich glaube, Sie wissen es, Dorothea.«
»Wissen? Was?«

Er rüttelte am Griff der Terrassentür und sagte: »Das ist so ein Schloß, das Einbrecher leicht aufkriegen können. Ist kein sicheres oder raffiniertes Schloß.«
Er ging zum Sofa zurück und setzte sich wieder schwerfällig, seufzte und blähte die Backen mit einem kindlichen Ausdruck der Übermüdung. Sein Gesicht freilich war vor Erregung gerötet; die Augenlider bebten. Mit wachsendem Unbehagen wartete Dorothea auf eine Erklärung von ihm, statt dessen tat er so, als schaue er sich flüchtig die Bücher auf ihrem Couchtisch an – ein riesiges Werk über *Matisse* mit Hunderten von Farbtafeln, eine abgegriffene Taschenbuchausgabe von Montaignes *Essais* (Dorothea hatte den Montaigne aus Vermont wieder mitgebracht, ohne ihn ganz durchzulesen). Colin betrachtete stirnrunzelnd die *Essais;* sagte übergangslos: »Abgesehen von heute, ich meine heute morgen – *der* nicht; der war nur ein Versehen.« Er hielt inne und beobachtete Dorotha. »Ich meine die beiden anderen.«
Dorothea schluckte. »Ich verstehe das leider nicht, Colin.«
»Ach nein!« lachte er. Dann: »Wer kommt heute her, sagten Sie? Sie sagten doch, es käme jemand? Ist es Carpenter? *Er?* Wann kommt er?«
»Um – um fünf.«
»*Ist* es Carpenter?«
Dorothea zuckte bei dem so salopp ausgesprochenen Namen innerlich zusammen. »Charles Carpenter, ja.«
»Kommt er um *fünf?*«
Einen lastenden Augenblick lang starrte Colin Asch Dorothea an, als wolle er herausfinden, ob sie log oder die Wahrheit sagte. Dorothea war jetzt ernstlich beunruhigt. Er hat jemanden verletzt, dachte sie. Oder jemand hat ihn verletzt.
»Er ist auch mein Freund, aber er weiß es nicht«, sagte Colin Asch langsam. »Er glaubt – ich spüre das –, daß er mich nicht mag.«
»Natürlich, Charles –«

»Er *kennt* mich nicht. Er ist *voreingenommen*.«
»Oh, ich glaub nicht –«
»Aber Sie sind meine Freundin, Dorothea, nicht? Und ich kann Ihnen vertrauen?«
»Natürlich, Colin, das müßten Sie inzwischen doch schon gemerkt –«
»*Mir* können Sie vertrauen.«
»Ja?«
Beim Anblick des Ausdrucks von Draufgängertum und Gekränktheit in seinem Gesicht verspürte Dorothea Deverell plötzlich das Bedürfnis, zu ihm zu gehen, ihm die Hand auf die heiße Stirn zu legen und ihm das feuchte Haar aus den Augen zu streichen. Der sonst so gelassene Colin Asch kam ihr jetzt so verwundbar, so ungeschützt vor. Doch eine so spontane Person war sie nicht; sie blieb fest auf ihrem Platz sitzen und starrte ihn angstvoll und gebannt an.
»Nein, das muß ich relativieren, ich sollte lieber sagen, daß Sie meine einzige Freundin sind, Dorothea«, sagte Colin Asch, wobei er ernst den Kopf schüttelte. »Charles Carpenter nicht. Nicht jetzt und vielleicht nie. Und ich traue ihm nicht – wie soll ich ihm verdammt noch mal trauen –, er ist schließlich Anwalt, oder? Und ein Anwalt ist ein Mann der Justiz, oder? Ist er der nicht verpflichtet?«
»Colin, Lieber, bitte – Sie machen mir angst«, sagte Dorothea Deverell. Sie wäre gern aufgestanden, aber sie wußte, daß die plötzliche Bewegung ihn aus dem Konzept bringen würde; und wohin sollte sie schließlich gehen? »Können Sie mir nicht sagen, was –«
»Ich bin einfach nicht *glücklich*, Dorothea!« sagte er gereizt. »In der Schule war ich jahrelang der brave Junge, der ›kleine Engel‹, der Überflieger, und nun mit fast dreißig werde ich ehrlich gesagt *müde* – ich meine geistig und moralisch und nicht nur körperlich müde –, beschissen *müde*. Dieser dauernde Druck, sich hervorzutun, sich nach oben durchzubei-

ßen. Daß man mit Leuten konkurrieren muß, mit denen man befreundet sein könnte, daß man zu einem brutalen Konkurrenzkampf gezwungen wird, wie das eben so ist in unserer geldgierigen Gesellschaft – der Sensible ist dabei immer der Angeschissene. Ich weiß, Sie empfinden das wahrscheinlich nicht, Dorothea, Sie sind anders – Sie sind immer anders gewesen; Sie stehen über diesen Dingen – aber *ich* spüre es – Herrgott, wie ich es spüre!«

Dorothea fragte ahnungsvoll: »Haben Sie gekündigt, Colin?«

»Ja«, sagte Colin Asch heftig. »Ich hab gekündigt.«

»Aber – so bald?«

»Am Freitag morgen bei Elite Models – ›Elite Models‹! – mitten in den Dreharbeiten für einen Großauftrag hab ich gekündigt! Hab ihnen gesagt, sie könnten mich alle am Arsch lecken, und hab einfach – aufgehört. Bin weggegangen.«

»Aber, Colin, ich dachte, Sie –«

»Nein, ich hab es nie gemocht, Dorothea. Es widerte mich an. Mein Fleisch feilzubieten, als ob ich bloß – Fleisch oder ein Strichjunge oder so was wäre. Ich hab den Ausdruck in Ihren Augen gesehen, Dorothea, als Sie die Fotos durchblätterten, Dorothea, ich hab's *gesehen;* es hat mir die Augen geöffnet, und nur aus dem Grund bin ich damals gekommen, nur um das zu erkennen, bin ich gekommen.« Er hielt schwer atmend inne, wühlte in dem Kleidersack vor seinen Füßen. Dorothea konnte sich nicht vorstellen, welche Verbindung zwischen den scharfen verächtlichen Worten des jungen Mannes und seinem Gefummel in dem Kleidersack bestehen mochte, aber sie beobachtete ihn fasziniert. Er hat jemanden verletzt, dachte sie ruhig. Aus diesem Grund ist er zu mir gekommen.

»Sie wissen doch von diesem römischen Kaiser Caligula, Dorothea?« fragte Colin im Plauderton. »Mein Lehrer Mr. Kreuzer – Mr. Kreuzer war nicht nur Direktor der Schule, sondern gab auch Englischunterricht – erzählte uns, Caligula habe sich gewünscht, daß ›das Volk einen einzigen Hals hätte, damit er es erwürgen könnte‹. Ich weiß, Sie sind nicht damit einverstanden – Sie sind so gut, so *nett* –, aber so denken viele Leute. Wenn sie ständig, Jahr für Jahr, die Angeschissenen sind.«

Und dann breitete er auf dem Teppich die Dinge aus, die er Dorothea Deverell zeigen wollte, und blickte erwartungsvoll zu Dorothea auf, seine blassen Wimpern zitterten, und seine Augen schienen zu schwimmen. In diesem Moment erinnerte Colin Asch sie an ihren Großvater mütterlicherseits, der, nach einem schweren Schlaganfall halbseitig gelähmt und apathisch, mit seinem einen sehfähigen Auge aus seinem Krankenhausbett zu ihr aufgeblickt und mit gespannter Erregung auf ihre Reaktion gewartet hatte.

Ein Paar goldene Herrenmanschettenknöpfe, eine schicke, anscheinend neue Herrenbrieftasche aus Leder, ein viereckiger, mit kleinen Brillanten eingefaßter Jadering – wie sollte Dorothea da reagieren? Was konnten diese Dinge bedeuten?

»Meine Schatzsammlung, Dorotha«, sagte Colin Asch spöttisch, »für *Sie*.«

Der schöne Ring, der so groß war, daß er auf den ersten Blick wie Modeschmuck wirkte, kam Dorothea auffallend bekannt vor; die anderen Sachen sagten ihr gar nichts. Sie lächelte Colin Asch unsicher an, als ob dies nichts weiter als ein Spiel sei: vielleicht eine Rätselaufgabe. »Was soll das, Colin? Wem gehört das?«

Immer noch leicht spöttisch sagte Colin Asch. »Das wissen Sie doch, Dorothea.«

»Aber Colin, ich –«

»Nein?«

Dorothea Deverell spreizte, fast verärgert, hilflos die Finger. »Colin, leider nein. *Ich weiß es nicht.*«

Gibt es tatsächlich ein warnendes Vorgefühl, sollte sich Dorothea Deverell hinterher fragen, oder ergänzen wir in der Rückschau einfach unsere Wissenslücken, indem wir uns dort, wo nur Unkenntnis herrschte, auf eine höhere Einsicht berufen?

Wohl wahr, sie hatte im Lauf des Winters und bis ins Frühjahr hinein zeitweilig an den jungen Colin Asch gedacht; sie hatte in der ihr eigenen unschlüssigen Art über gewisse Verhaltensweisen und gewisse rätselhafte Bemerkungen gegrübelt (»Oh, Sie würden mich schon erkennen, Dorothea – Sie und ich, wir würden uns überall erkennen«) und sich trotz ihrer tiefen Anteilnahme an Charles Carpenters Kummer und Leid über den Tod seiner Frau durch ein gewisses anmaßendes Gebaren Colins beunruhigen und regelrecht aus dem Konzept bringen lassen. (Noch Wochen nach dem Tod durch Ertrinken wirkte der schlimme Schock der ersten Äußerung darüber in Dorotheas Phantasie nach, deren fast übersinnliche Fähigkeit in schwachen, ungeschützten Momenten ein lähmendes Gefühl der Schuld und Scham in ihr hervorrief.) Allerdings mußte sie zugeben, daß das Nachdenken über Colin Asch nicht in einer bestimmten, einer *realen* Beziehung zu ihr selbst stand; sie hätte gesagt, daß sie an den außergewöhnlichen jungen Mann überhaupt nicht in einer bestimmten Beziehung zu irgend jemandem dachte – nicht einmal zu Ginny Weidmann, seiner Blutsverwandten. War denn nicht trotz seiner blonden, muskulösen, sehnigen *Körperlichkeit* etwas Flüchtiges und Unwirkliches an ihm? Auf das die Wörter »unbeständig« oder »unzuverlässig« oder »haltlos« zutrafen, ohne daß man ungerecht war?

Es kam Dorothea schon seltsam vor, daß Colin Asch, der sich doch so kindlich über seine »Stelle« am Institut gefreut hatte, es zweimal versäumt hatte, zu Sitzungen im April zu erscheinen; und was sie von Ginny Weidmann über ihn hörte, klang zusammenhanglos und vage. Sie hatte den Ein-

druck, es war ein schnell, vielleicht zu schnell gelebtes Leben; aber es war nicht *ihr* Leben, und sie hatte kein Recht und sicherlich nicht die nötige Kenntnis, ein Urteil zu fällen. Auch hatte sie, vollauf beschäftigt mit Charles Carpenter und mehr denn je in ihn verliebt, einfach keine Zeit, über Colin Asch nachzudenken oder sich gar den Kopf über ihn zu zerbrechen. Seit jener eigenartigen Episode, als der junge Mann ungebeten bei ihr aufgetaucht war, um ihr diese erstaunlichen Fotos von sich als Model zu zeigen, hatte sie sehr wenig über oder von ihm gehört: und auch nicht versucht, etwas über ihn in Erfahrung zu bringen. Vielleicht später, in einem Jahr, wenn sie und Charles Carpenter in geregelten Verhältnissen leben ... wenn sie sich »niedergelassen« haben würden ... vielleicht könnte sie sich dann, wenn Charles einverstanden wäre, intensiver um den jungen Colin kümmern: ihn zum Abendessen einladen, ihn bei Zusammenkünften hinzuziehen, ihm weiterhelfen und ihn fördern. Bis dahin beanspruchten ihr eigenes Leben und ihre Arbeit alle ihre Kräfte. Und war Colin Asch denn nicht ein Wesen sui generis, das fast alterslos wirkte, keinen erkennbar amerikanischen Akzent sprach, anscheinend keinen Hintergrund, keine persönliche Biographie hatte? »Er ist ein Irrlicht«, entschied Dorothea Deverell, und das war, als ob sie einem Kunstwerk ein Etikett anheftete und es damit eingeordnet hatte.
Sie überlegte nicht, daß sie im Grunde keine richtige Vorstellung von einem »Irrlicht« hatte; es war das Leichte, das Musikalische des Begriffs, das sie bezauberte.

Nun saß Colin Asch lächelnd auf Dorothea Deverells Sofa, schaute sie mit feuchtglänzenden Augen an und teilte ihr in sachlichem Ton mit, daß er sowohl Roger Krauss als auch Agnes Carpenter umgebracht hatte – und zwar für sie. Als ihr Vollstrecker. In ihrem Namen.

»Nicht, daß sie es nicht verdient hätten, Dorothea«, fügte Colin Asch hinzu, wobei er spöttisch die Lippen verzog. »Das haben sie! Besonders er! Bei ihm war's ein *Vergnügen*. Der Mistkerl!«
Und Dorothea, die es eiskalt überlief, als wäre ein Gletscherwind durch die Mauern ihres gemütlichen kleinen Steinhauses gedrungen, starrte ihn betäubt vor Entsetzen nur verständnislos an. »Was – was haben Sie gesagt?« fragte sie mehrmals im Flüsterton. Sie konnte Colin Aschs Worten nicht glauben und wußte doch, wie ein Schloß, das einschnappt, daß es die Wahrheit war. Sie wußte es – und konnte es doch nicht glauben. Dieser so freundliche, so großzügige, so warmherzige und liebevolle und sympathische junge Mann – ein Mörder?
Was hatte Charles Carpenter von ihm gesagt? Ein Psychopath.
Dennoch sagte sie kaum hörbar, zerfahren: »Ich – ich kann es nicht glauben. Es ist unmöglich.«
Und Colin Asch sagte mit einem fast vorwurfsvollen Unterton: »Da gibt's nichts zu reden. Ich meine, was soll man da noch *diskutieren?* Sie waren nicht die ersten, die ich umgebracht habe, und ich bezweifle, daß sie die letzten sein werden. Sie wissen, was Shelley über sich gesagt hat: ›Ich gehe meines Weges wie ein Schlafwandler ... ich gehe, bis ich aufgehalten werde, und ich werde niemals aufgehalten.‹ Klar! So ist es nun mal! Wenn man seine Spuren verwischt, wenn man einigermaßen vorsichtig und klug vorgeht – wer soll einen da schon zu fassen kriegen? So viel weiß die Polizei auch nicht, die geht von Wahrscheinlichkeiten aus und nicht von Möglichkeiten ... *Wahrscheinlichkeiten*, nicht *Möglichkeiten*. Man liefert denen ein paar Anhaltspunkte, die zusammenpassen – mit einem Täuschungstrick, einer kleinen Geschichte, die sie sich zurechtbasteln können –, und sie fallen jedes Mal drauf rein; wissen Sie, warum?« Er grinste

Dorothea so breit an, daß seine Gesichtshälfte fast in zwei Teile zu zerfallen schien. »Weil sie Menschen sind! Sie glauben, daß sich alles reimt, einen Sinn ergibt, ordentlich zusammenpaßt. Für keine einzige Sache, die Colin Asch macht, gibt es ein berechenbares Motiv, und das ist der Grund, warum niemand Colin Asch erwischt – niemand.«
»Aber warum –«
»Diese Sachen hier, die ich Ihnen mitgebracht habe, sind Andenken, besonders der Ring – nehmen Sie ihn, probieren Sie ihn auf! Wie ich schon sagte, wir brauchen nicht darüber zu *diskutieren;* da gibt's nichts zu *besprechen.«* Colin Asch stieß den Ring mit dem Fuß zu Dorothea – er rollte über den Teppich vor ihren Stuhl. Dorothea Deverell hatte noch nie eine so eigensinnige, abrupte und unerwartete Geste bei ihm erlebt; sie zuckte zurück. In vertraulichem Ton sagte er: »Das Unheimliche ist, Dorothea – ich finde, da kann man schon an Schicksal oder Karma glauben –, daß ich den Ring damals an dem Abend bei Tante Ginny, als sie mich einlud, mich zu euch allen an den Tisch zu setzen, innerhalb von fünf Minuten entdeckt hatte: Da saß ich nun in deiner Nähe, Dorothea, ohne *dich* zu kennen, und sah diesen tollen Riesenring der Frau, ohne *sie* zu kennen, aber irgendwie dachte ich mir schon, daß ich den Ring eines Tages kriegen würde, ihn mir eines Tages in die Tasche stecken würde – und daß Colin Asch dadurch die Welt wieder ein bißchen ins Gleichgewicht bringen würde. Los, Dorothea: probier ihn auf.«
Dorothea starrte auf den Ring zu ihren Füßen – einen vierkantig geschliffenen Jade in einer mit kleinen Brillanten besetzten Weißgoldfassung. Er war von erlesener Schönheit. Sie konnte es nicht ertragen, ihn da auf dem Fußboden liegen zu sehen; sie hob ihn auf und drehte ihn in den zitternden Fingern. Ja, er hatte Agnes Carpenter gehört; jetzt erinnerte sie sich. »Aber wie haben Sie ihn bekommen, Colin?«
»Genommen.«

»Ja, aber wie?«
»Aus ihrer Kommode. Im Schlafzimmer. Einem schicken kleinen Schmuckkästchen mit einem Schloß, das nicht verschlossen war – der Ring war das einzige, was ich haben wollte.« Er seufzte und rutschte wie von unbezähmbarer Energie getrieben auf dem Sofa hin und her. »Obwohl ich – Herrgott! – das Geld gebrauchen könnte.«
Dorothea schluckte. »Colin, ich meine«, sagte sie vorsichtig, »wie haben Sie ihn bekommen? Wie sind Sie an ihn herangekommen? Ich verstehe nicht: Dies ist Agnes Carpenters Ring, und Agnes Carpenter ist tot; sie ist gestorben –«
»Sie ist nicht gestorben: Ich habe sie getötet.«
»Sie haben sie – getötet?«
»Das hab ich dir doch gesagt, Dorothea.«
Colin Asch gab ein schnaubendes Geräusch von sich und schlug verwirrt, verstört mit beiden Händen auf das Sofa. »Ich hab dir doch *gesagt,* ich habe sie getötet und den anderen getötet – wer sollte es denn sonst tun? Dein Freund Carpenter? Blödsinn!!«
»Aber ich kann nicht –«
»Kein Grund, mich so anzusehen, Dorothea, dazu gehörte nicht viel. Also, das war *leicht* – es war immer *leicht.* Was so beschissen schwer ist« – und hier senkte er die Stimme und sein Gesicht nahm einen Ausdruck des Bedauerns an –, »ist dieses Leben hier, das man führt – dieses Alltagsleben, darin einen Sinn zu sehen, während man dahinlebt, oder vielleicht auch keinen Sinn darin zu sehen, sondern nur so – dahinzuleben. *Das* ist schwer. Das andere ist *leicht.«*
»Sie behaupten tatsächlich, Colin, daß Sie – getötet haben?«
»Klar! Wieso nicht? Es gibt dauernd Leute, die getötet werden, oder etwa nicht – irgend jemand muß es ja tun!« Er lachte, als hätte er eine ausgefallene und witzige Bemerkung gemacht. »Wenn ich erst mal weiß, wie ich vorgehen muß, macht die Ausführung keine Schwierigkeiten mehr. So, wie

wenn man sich selber einen Film oder ein Theaterstück ausdenkt. Alles, was in unserer Zivilisation existiert, Dorothea«, sagte er und klopfte sich an die Stirn, »kommt von hier – aus dem menschlichen Gehirn. Hat man erst mal die Idee, kommt das andere von selber. Aber zuerst die Idee – das ist der Kniff. Das ist genial!«

Dorothea legte den Jadering vorsichtig auf den Couchtisch. Die goldenen Manschettenknöpfe und die Brieftasche blieben da, wo Colin Asch sie hingelegt hatte. Geschockt, ungläubig, blinzelte sie gegen die Tränen an, die ihr in die Augen geschossen waren. Stand sie denn unter Schock? Ihre Hände und Füße waren eiskalt, ihre Mundhöhle wie ausgetrocknet; sie hatte Angst, in Ohnmacht zu fallen, wenn sie aufstehen würde; und doch mußte sie aufstehen. Sie mußte Colin Asch entkommen – mußte Hilfe holen.

Aber dann war es Colin Asch, der aufstand, aufsprang. »Ich komme um vor Durst!« Er ging in Dorotheas Küche; sie hörte wie er die Kühlschranktür öffnete und schloß. Schwankend erhob sie sich und folgte ihm, ein schreckliches Rauschen in den Ohren und fast blind. »Das ist köstlich – genau das, was ich brauche!« sagte Colin Asch, der Apfelsinensaft aus der Flasche trank, glücklich.

Dorothea spürte mehr, als daß sie es sah, wie der Boden ihr entgegenkam, hart und krachend schlug etwas seitlich gegen ihren Kopf. Sie hatte, wahrscheinlich nur für den Bruchteil einer Sekunde, das Bewußtsein verloren – als sie erwachte, lag sie mit dröhnenden Kopfschmerzen auf dem Eßzimmerteppich, und neben ihr hockte über sie gebeugt Colin Asch. Immer wieder rief er sie beim Namen, bat sie, wieder zu sich zu kommen. »Stirb nicht, Dorothea! Bitte stirb nicht!« Er lief in die Küche und kam mit einem angefeuchteten Handtuch zurück, das er ihr aufs Gesicht legte. Als sie wieder sitzen konnte und sich einigermaßen erholt hatte, sagte er reumütig: »Es ist meine Schuld. Ich hab dich sicher durcheinandergebracht. Du bist eine sensible Frau – das hätte ich wissen müssen.«

Er half ihr in die Küche, wo sie sich hinsetzte und ihn anstarrte: fassungslos, benommen, entgeistert. Was hatte er ihr erzählt? Daß er zwei Menschen – oder mehr – umgebracht hatte? Daß er ein Killer war. Er – ihr Freund? Ihr Freund Colin Asch? Sie dachte, ich muß die Polizei anrufen. Ich muß Hilfe holen. Ihr war noch nicht aufgegangen, daß der Mann hier vor ihr gefährlich war.

Er schien ihr auch nicht wahnsinnig zu sein. Er schritt in der Küche auf und ab, sprach, wenn auch erregt, klar und einleuchtend, schalt sich wegen seiner »Gefühllosigkeit« und erklärte im nächsten Atemzug, daß »es sich nicht ändern« lasse – Dorothea müsse Bescheid wissen, weil sie *ihm helfen* müsse. (Was erwartete er eigentlich, fragte sich Dorothea. Was wollte er von ihr?) Hatte er sich nicht schon immer überspannt und theatralisch aufgeführt? Die Messingklammer an seinem Ohr blitzte wie seine Augen und sein schnelles nervöses Lächeln; die Hitze, die er fast spürbar verströmte, konnte auch gute Laune, Ausgelassenheit, Energie, die Hyperkinese der Jugend sein. Dorothea sagte: »Du hast es nicht wirklich getan, Colin? Was du gesagt hast –«

»Nicht *was* wirklich getan?«

»– Agnes Carpenter und Roger Krauss –«

»Na? Was?«

»Sie – umgebracht?«

Das Wort blieb Dorothea Deverell buchstäblich im Halse stecken.

Colin Asch betrachtete sie mit abwesendem Blick. Sie sah, daß sein Gesicht kantig und mager war, Backenknochen, Brauen und Stirn traten stärker hervor, als sie es in Erinnerung hatte. Er hatte abgenommen – zuviel abgenommen. Sein Gesicht glänzte von Schweiß, und sein gestreiftes

Sporthemd war unter den Armen durchgeschwitzt. »Was möchtest du, daß ich sage, Dorothea? Nein? Ist es das, was du hören willst – nein?«
»Sag mir – sag mir einfach die Wahrheit.«
»Okay, die Wahrheit ist: ja.«
»Aber – warum?«
»Ich hab es dir doch gesagt, Dorothea: für dich.«
»Für mich?«
»Für *dich*. Aber auch, weil, ja weil ich es wollte – Colin Asch tut niemals etwas, das nicht *gewollt* ist.«
»Aber das verstehe ich nicht«, tastete sich Dorothea vor. »Du bist heute hierhergekommen, um mir zu sagen –«
»Ich bin heute hierhergekommen, um dir zu sagen, daß ich nicht so glücklich bin, wie ich es verdiene, daß alles *versaut* ist, daß ich deine *Hilfe* brauche, Dorothea – deinen *Rat* und deinen *Trost*!« sagte er mit hoher, klagender Stimme. »Ich brauche ein Zeichen von dir, daß alles in Ordnung ist. Das alles wieder – stimmt.«
»Stimmt –?«
»Wie du mal über den Hunger gesagt hat, daß die Menschen tun, was sie tun müssen, wie Fleischfresser und ihre Opfer – ich hab die genauen Worte vergessen; ich hab sie aufgeschrieben – es war eine Erklärung, es ergab einen Sinn. Und du hast mich dabei auch angesehen, du hast mich erkannt. Und ich hab dich erkannt.«
Er verstummte und betrachtete Dorothea Deverell; Dorothea konnte nur die Augen schließen. Sie versuchte zu begreifen: Wenn Colin Asch ein Mörder war und wenn er ihr zwei seiner Verbrechen gestand, bedeutete das dann, daß ein Mörder ihr – Dorothea Deverell – ein Geständnis ablegte? Und wenn das der Fall war, bedeutete es dann, daß sie als Zeugin gegen ihn aussagen müßte?
Aber ich bin doch seine einzige Freundin, dachte sie.
Mit einer Entschlossenheit, die ihr gar nicht bewußt war,

sagte sie: »Colin, du weißt sicher, daß ich die Polizei benachrichtigen muß. Wenn es stimmt, was du sagst –«
»Die Polizei? Ach ja? Wirklich?«
»– es muß sich um ein schreckliches, tragisches Mißverständnis handeln, und ich –«
»Niemand benachrichtigt die Polizei, Dorothea«, sagte Colin Asch sachlich. »Mit der hat es nichts zu tun; die kann man weglassen. Es hat auch nicht viel mit Krauss und Agnes Carpenter zu tun – es geht nur dich und mich etwas an. Was du ja die ganze Zeit gewußt hast.«
»Aber –«
Colin brüllte sie nieder: *»Was du die ganze Zeit gewußt hast!«*
Als er zum Telefon ging und den Hörer herunterschmiß, fuhr Dorothea zurück. Sofort geriet er in Wut, verlor er die Beherrschung. »Du sagst weder der Polizei noch sonst jemand was. Ich müßte uns beide umbringen, gleich hier, auf der Stelle, und ich bin verdammt noch mal noch nicht soweit!«
Nach ein paar Sekunden ließ das Telefon eine Reihe harmloser Tut-tut-Töne hören; verstummte dann.
Wie still waren die Sonntagnachmittage in der dichtbelaubten Sackgasse am Ende der Marten Lane!
Dorothea dachte: Das ist also sein Plan.
Sie dachte: Also werden Charles und ich nie heiraten.
Sie hatte, ohne es richtig zu merken, angefangen zu weinen.
Colin Asch sagte mürrisch: »Wir gehen jetzt lieber.« Als er ins Wohnzimmer ging, vielleicht um seinen Kleidersack zu holen, beschloß Dorothea wegzurennen – in ihrer Verzweiflung dachte sie, sie könnte nach nebenan laufen, zu ihren Nachbarn, ihnen zurufen, sie sollten die Polizei holen, aber natürlich gelang es Colin Asch ohne weiteres, sie einzuholen: Sie war gerade zur Seitentür heraus, hätte sich dann noch durch die dunkle Garage zu einer Außentür vortasten

müssen. Gekränkt, aufgebracht, ungläubig schrie er: »Ich wußte es! *Jetzt kann ich auch dir nicht mehr trauen!*«
Der Griff, mit dem er sie packte, war erstaunlich hart, praktisch, und ließ nicht das geringste Zögern erkennen. Dorothea, die sich weinend wehrte, spürte seinen warmen feuchten Hundeatem an ihrem Gesicht und seinen beißenden Schweißgeruch. Zum ersten Mal kam ihr die physische Natur des jungen Mannes, seine Sexualität zu Bewußtsein.
»Wir gehen jetzt lieber«, sagte er. »Bevor Carpenter kommt. Denn für *ihn* bin ich soweit.«
Ganz plötzlich hatte Colin Asch eine Pistole in der Hand. Sie hatte einen langen glatten Lauf und ein schön geschnittenes Griffstück, wie ein Kunstwerk.

So begannen am Sonntag, dem 8. Mai um 16.50 Uhr, die annähernd hundert Schreckensstunden von Dorothea Deverell: Obgleich »Schrecken« als solcher mit seiner hochgradigen, viszeralen, adrenalingeladenen Verzweiflung kaum über einen längeren Zeitraum ausgehalten werden kann. Nachträglich, in der Rückbesinnung auf die wilde, verhängnisvolle Flucht, zu der Colin Asch sie zwang, erinnerte sich Dorothea, daß sie in ihren Gefühlen schwankte, zwischen Resignation und Fatalismus einerseits, als sei sie in gewissem Sinne bereits tot und spiele bloß eine vorgeschriebene Rolle, und Hoffnung, ja Optimismus andererseits – wie es verurteilten Gefangenen ergehen mag, die wissen, daß die Begnadigung, auf die sie warten, doch nicht kommt.

Bevor sie aufbrachen, zwang Colin Asch sie, in ihr Schlafzimmer nach oben zu gehen, um sich umzuziehen; er hatte die Idee, daß man sie nicht so leicht erkennen würde, wenn sie beide wie Männer aussähen. Das sei der erste Täuschungstrick, sagte er. (Dorothea meinte das Wort »Täuschungstrick« verstanden zu haben, fragte aber nicht nach.) So zog

Dorothea Deverell zitternd und sich auf die Lippe beißend, um nicht zu weinen, in Gegenwart ihres Aufsehers die vorher mit so viel Überlegung ausgesuchten hübschen Sachen – einen sandfarbenen Faltenrock aus leichter Wolle, einen mit Handstickerei verzierten Pullover – aus und marineblaue Reyonhosen, ein altes Gartenhemd und einen alten Pullover an. Colin Asch bestand darauf, daß sie ihr Haar aufsteckte und einen Hut aufsetzte, und auch darauf ging Dorothea ein. Obwohl die einzige passende Kopfbedeckung, die sie besaß, eine abgetragene, nach Mottenkugeln riechende grüne Angoramütze war, die sie einen Winter lang getragen hatte, um sich die Ohren warm zu halten, und die sie inzwischen vergessen hatte. Nimm mit, was du brauchst, ordnete Colin Asch an, nachdem er einen von Dorotheas Koffern gefunden hatte und ihn ritterlich für sie aufhielt, während sie Unterwäsche, Socken, ein weiteres Hemd, noch einen Pullover und Toilettenartikel einpackte; dann führte er sie in ihr Arbeitszimmer, wo er sie anwies, ein paar Bücher mitzunehmen und »Sachen, an denen du gerade arbeitest – es kann lange dauern, bis du wieder nach Hause kommst«. In der Küche stopfte er Lebensmittel aus Dorotheas Speisekammer und Kühlschrank in mehrere Einkaufstüten, pfiff dabei vor sich hin und feuerte sich mit kleinen Zurufen an wie ein Junge, der zu einem Abenteuer aufbricht. Wie unschuldig er wirkt, dachte Dorothea verwundert. Die Pistole mit dem langen Lauf hatte er sich mit verwegener Unbekümmertheit in den Gürtel gesteckt.

»Okay! Prima! Gehen wir!«

In Dorotheas Einfahrt erwartete sie nicht der schwarze Porsche, sondern ein ganz anderer Wagen (der sich später, obwohl mit Nummernschildern des Porsche ausgerüstet, als Susannah Hunts 88er Audi erwies: Mrs. Hunt wurde erdrosselt im Bett in ihrer Eigentumswohnung in Normandy Court aufgefunden), dessen Rücksitz und Kofferraum mit Colin Aschs Sachen vollgepackt waren; aber für Dorotheas

Gepäck war auch noch Platz. Colin überreichte ihr die Schlüssel und teilte ihr mit, daß sie als erste fahren würde. »Es ist praktischer, wenn ich bei Dunkelheit fahre.« Er sprach wie ein fürsorglicher Ehemann.
Und als er später das Steuer für eine zermürbend lange Fahrt übernahm – da waren sie schon weit in New Hampshire auf der Route 84 in Richtung Nordwesten –, rang er Dorothea das Versprechen ab, weder einen Fluchtversuch zu unternehmen, indem sie etwas Verrücktes oder Leichtsinniges täte, wie etwa unterwegs die Tür zu öffnen, noch Leuten in anderen Autos Zeichen zu geben. Wenn sie andere hineinzöge, warnte Colin sie, sähe er sich gezwungen, diese zu erschießen. »Du würdest damit das Todesurteil dieser Leute unterzeichnen, Dorothea.«
Also gehorchte sie. Fast wie ein Zombie oder ein Roboter. Wobei sie wiederholt dachte, das kann nicht wahr sein ... so etwas passiert Menschen wie uns nicht.
Nach einer Zeit, die Dorothea endlos lang erschien, hielten sie für den Rest der Nacht an. Irgendwo, so ahnte sie schwach, im Norden des Staates New York, in einem verlassenen Waldstück abseits der Schnellstraße. Colin Asch, der sich nicht mehr wachhalten konnte, legte zum Einschlafen den Arm um Dorotheas Schultern und lehnte den Kopf fest an den ihren, so daß er sofort aufwachen würde, falls sie versuchen sollte, sich von ihm zu befreien. Auf diese Weise konnte sie ihm nicht entkommen, nicht einmal, während er schlief. Nicht einmal in den unruhigen, zuckenden, halluzinatorischen Schlafanfällen, denen beide erlagen.

»Willst du es bitte nicht noch mal überdenken?« Dorothea verlegte sich nicht aufs Bitten, sondern sprach in ruhignüchternem Ton. »Ich bin sicher, daß man es berücksichtigen wird, wenn es dir nicht gutgegangen ist, wenn du schon mal« – sie zögerte, »eingewiesen warst« zu sagen; sie fuhr

jetzt den Audi, das Licht tat ihr in den Augen weh, wie nach einer Krankheit, und sie wagte kaum, Colin Asch, ihren Entführer, mit einem Blick zu streifen – »wenn es dir gesundheitlich nicht gutgegangen ist. Also wenn du eine Vorgeschichte hast mit – mit Schüben.«
Colin Asch, der mit verschränkten Armen mißmutig zurückgelehnt neben ihr saß, den Kopf ans Seitenfenster gedrückt, grunzte nur.
»Ich würde denen sagen, wie rücksichtsvoll du dich mir gegenüber verhalten hast«, sagte Dorothea vorsichtig, wobei sie sich die Lippen anfeuchtete, »daß du mich nicht« – und wieder zögerte sie, weil sie das Wort »verletzt« nicht aussprechen wollte – »bedroht hast« –, auch wenn das nicht ganz zutraf: Er hatte sie ja bedroht. Mit einem inständigen kleinen Appell kam sie zum Schluß: »Colin, du bist doch so intelligent, Colin! Du weißt doch, daß die Polizei uns bald kriegt!«
»Bevor das passiert, Dorothea, kann eine Menge passieren.«
Sie hielten an, um zu tanken. Sie hielten bei einer Raststätte, wo Colin, die Pistole unterm Hemd, warmes Essen und Kaffee kaufte. Sie hielten an einem Aussichtspunkt in den Adirondacks unweit der kanadischen Grenze. Dorotheas Verstand arbeitete schnell und anscheinend reibungslos, aber ohne Ergebnis. Wenn sie jemandem ein Zeichen gäbe (an einer Tankstelle, bei einem Restaurant, an der Straße, einem anderen Auto), daß sie Hilfe brauchte; wenn sie einen Fluchtversuch unternähme (vielleicht indem sie versuchte, ihrem Entführer die Waffe zu entreißen); wenn sie auf irgendeine Weise die Aufmerksamkeit auf sie beide oder das Auto lenkte: Es waren immer dieselben paar Gedanken, die endlos wiederkehrten, ohne Ergebnis. Sie dachte an Charles Carpenter, der inzwischen eingetroffen sein mußte und das Haus leer vorgefunden hatte – ihr Wagen noch in der Garage, aber ein paar Kleider und Sachen von ihr fehlten. Le-

bensmittel fehlten in der Küche. Würde er Bescheid wissen? Aber wie sollte er? Und wenn er die Polizei verständigte, wie sollte die etwas wissen? Mehr als einmal brach sie fast hysterisch schluchzend zusammen, und Colin sagte, wobei er sich mit der Faust die Augen rieb: »Um Gottes willen, gib bloß nicht auf.«

Als ob sie beide, dachte Dorothea erstaunt, in demselben Dilemma steckten: vereint in dem verzweifelten Wunsch zu entkommen.

Colin Asch hatte die kühne Absicht gehabt, über die kanadische Grenze nach Quebec zu fahren, doch jedes Mal, wenn sie sich den Grenzkontrollpunkten – bei Trout River und Hogansburg, in New York, und bei Derby Line, Vermont – näherten, änderte er seine Meinung; zweifellos mit gutem Grund, denn inzwischen mußte die Polizei bereits alarmiert und hinter ihnen oder ihrem Wagen her sein. (Dorothea wußte nicht, daß Susannah Hunt tot war, aber Colin hatte ihr erzählt, daß der Wagen auf Mrs. Hunts Namen zugelassen war.) An diesem sich hinschleppenden, schwindelerregenden zweiten Tag ihrer Flucht fuhren sie, soweit Dorothea es beurteilen konnte, in unberechenbaren Schleifen und Kreisen hauptsächlich über enge Bergstraßen, wo ihnen in der früh hereinbrechenden Dämmerung ein Schleier dicker Schneeflocken die Sicht nahm. »Das ist Wahnsinn, Colin«, sagte Dorothea. »Wir können das einfach nicht durchhalten.«

Colin Asch gähnte brutal und sagte: »Du willst also Schluß machen? Du bist soweit?«

Wenigstens, dachte sie, bleibt Charles verschont.

Doch Colin Asch wirkte eher nervös, mürrisch und zerstreut als mordgierig; er fuhr über immer schmaler werdende Straßen, bog in Abzweigungen ein, setzte nach kurzer Überlegung rückwärts wieder heraus, als leite ihn sein Instinkt, und landete schließlich in einer verlassenen Block-

haussiedlung, die Glace Lake hieß. War das die Gegend, wo seine Eltern gestorben waren? fragte sich Dorothea.
Am Ende eines ausgefahrenen Feldwegs stand eine verwitterte Blockhütte im Stil eines Schweizerhäuschens. Auf einem Schild über der Eingangstür stand LAND'S END. Als Dorothea, taumelnd vor Erschöpfung, in die eisige Luft hinauskam, empfand sie den Gedanken, daß sie hier womöglich sterben könnte, als die bitterste Ironie.
Colin Asch brach geschickt eine Tür auf der Rückseite des Hauses auf, ging hinein und erschien an der Eingangstür, wo Dorothea, die sich nicht vom Fleck gerührt hatte, ihn erwartete. Sie hatte angefangen, hilflos zu husten. Ein stechender Schmerz hatte sich in ihrem Hals festgesetzt, und sie spürte die ersten Anzeichen einer Bronchitis. Fast schüchtern, entschuldigend sagte Colin: »Okay, Dorothea, komm rein! Ich hol die Sachen aus dem Auto. Vielleicht kannst du eine Sturmlaterne oder so was finden.«
»Ja«, sagte Dorothea tonlos.
Sie stolperte in das unbekannte Haus, in dem die stickige Luft nach Schmutz und Feuchtigkeit roch und es ebenso kalt war wie draußen. Eine grausame Parodie auf eine Heimkehr, dachte sie. Eine Parodie auf Flitterwochen.
Aus Angst vor einem Verwalter in Glace Lake versteckte Colin Asch das Auto irgendwo hinterm Haus und verhängte die Fenster; Rauch aus dem Schornstein ließ sich nicht vermeiden – er mußte ein Feuer im Kamin machen. (Der Gasherd in der Küche war abgestellt, der Strom ebenfalls.) Unbeholfen, mit steifen Fingern bereitete Dorothea auf dem Kaminfeuer so gut sie konnte ein improvisiertes Essen zu. Es war beruhigend, wie ausgehungert sie beide waren – auch wenn die in einem angeschmutzten Kochtopf aufgewärmte Suppe nach Metall und das Brot muffig schmeckte. Sie verschlangen Käsebrocken, Putenbrustschreiben, rohe Karotten. Wie Tiere bei der Fütterung, dachte Dorothea.

Dann fiel sie dicht am Kamin in einen deliriumähnlichen, von Hustenanfällen und Schmerzen in Hals und Brust unterbrochenen Schlaf. Sie klapperte mit den Zähnen vor Kälte, Qual und Angst vor dem, was noch kommen würde. Ihr Entführer konnte vor Aufregung nicht schlafen – er hatte geprahlt, daß er alle vierundzwanzig Stunden nur drei bis vier Stunden Schlaf brauche – und schlich (wie Dorothea vermutete) mit einer Taschenlampe im Haus herum. Im Morgengrauen wachte sie schlagartig durch einen Druck auf dem Bein auf – und da lag Colin Asch unschuldig zusammengerollt wie ein Kind oder ein großer Hund in tiefem Schlaf dicht neben ihr auf dem Boden, das Gesicht gegen ihre rechte Wade gedrückt. Sein blasser Bart glitzerte silbrig, und aus seinem schlaffen Mund kam feuchter, gurgelnder Atem... Dorothea wickelte sich in die moderig riechende Decke, die Colin Asch in einem der Schränke gefunden hatte, und starrte auf ihren Entführer, ihren Freund, ihren ehemaligen Freund: den sie genaugenommen gar nicht kannte. Colin Asch war wahnsinnig, aber was hieß »wahnsinnig?« Daß der junge Mann offenbar zwei völlig unschuldige Menschen umgebracht hatte, und das aus einem Grund, den er nicht erklären konnte; daß er seine Taten weder im geringsten bereute, noch sich ihrer voll bewußt war; daß er inbrünstig glaubte, Dorothea Deverells Leben und Schicksal sei mit dem seinen unauflöslich verknüpft: Dies waren lediglich Tatsachen, die an der Oberfläche seines Wesens lagen wie die Tatsache, daß er blondes Haar, braune Augen, ein prägnantes, kantiges Gesicht hatte. Solche Tatsachen beschrieben ihn zwar, aber erklärten ihn nicht.

Am Morgen drang kühles, gleißendes Sonnenlicht durch die von Colin Asch verhängten Fenster. Mit Tagesanbruch überkam Dorothea Deverell eine noch tiefere Verzagtheit. Während Colin geräuschvoll, überschwenglich, in bester

Laune vor sich hin pfeifend Frühstück machte, tat Dorothea so gut wie nichts, um ihm zu helfen; sie war krank und drohte noch kränker zu werden: Ihre Glieder waren steif, ihre Augen brannten; sie konnte sich nicht vorstellen, wie sie aussah, wie sich die Verzweiflung in ihrem Gesicht abzeichnete; es war ihr auch gleichgültig. Sie fragte sich, warum sie nicht die Dunkelheit der Nacht zur Flucht genutzt hatte... Colin Asch würde sie doch bestimmt nicht von hinten erschießen? Dieses Schicksal hatte er ihr doch sicherlich nicht zugedacht?

An diesem Tag wagte Dorothea hier und da den Versuch, ein Gespräch mit Colin Asch anzufangen, mit freimütigen, inständigen Fragen in ihn zu dringen. Was hoffte er zu erreichen, wenn sie sich hier in den Bergen versteckten? Wie lange könnten sie das aushalten? Was hatte er als nächstes vor, was würde er tun, wenn man sie entdeckte? Colin Asch antwortete ihr leichthin, es täte ihm leid, daß alles so gekommen sei. »Aber das ist schließlich nicht meine Schuld, Dorothea.« In leicht vorwurfsvollem Ton gab er ihr zu verstehen, daß er damals im November seinen Weg in einen anderen Lebensabschnitt fortgesetzt hätte, wenn sie nicht gewesen wäre – »Es war wie ein Versprechen, das du mir gegeben hast, Dorothea. An diesem ersten Abend.«

»Ein Versprechen? Das versteh ich nicht.«

»Doch, Dorothea. Du verstehst schon.«

Colin entfernte die Tücher von den Fenstern und öffnete die Tür auf der Rückseite des Hauses, ging aber nicht raus und erlaubte auch Dorothea nicht, das Haus zu verlassen. Er war schreckhaft, ängstlich, brach mitten im Satz ab, um mit angewinkeltem Kopf zu lauschen: War da ein Eistaucher auf dem See? Ein Flugzeug hoch über ihnen? Eine Kreissäge in der Ferne? Ein in der Dachrinne herumkletterndes Eichhörnchen? Er fingerte an der Pistole herum, überprüfte die Patronen im Magazin, legte sich den Lauf, als sei er in tiefes

Sinnen versunken, der Länge nach an die Nase und ging, die Waffe locker in den Gürtel gesteckt, mit langen Schritten auf und ab. Dorothea behielt die Pistole im Auge und dachte: Müßte ich versuchen, sie ihm wegzunehmen und gegen ihn zu richten? Wird das von mir erwartet? Sie konnte sich nicht einmal augenblicksweise, in einem filmartig abrollenden Tagtraum, eine solche Tat vorstellen: Weder wollte sie Colin Asch erschießen noch von ihm erschossen werden.
Colin Asch hockte auf den Fersen vor einem klapprigen Bücherbord, zog alte Nummern von *National Geographic, Audubon, Arizona Highways* heraus und blätterte sie träge durch. Da standen Atlanten von Nordamerika und anderen Erdteilen, eine unvollständige Ausgabe von *Collier's Encyclopedia.* Mit traumverlorener Stimme erzählte er Dorothea, daß ihn Karten und Reisebeschreibungen stets fasziniert hätten. Vielleicht sei er eine Reinkarnation von Marco Polo! »Wenn ich mein Leben noch einmal leben könnte, würde ich, glaube ich, vor allem in Bewegung sein und in Bewegung bleiben – mich vom Impuls treiben lassen. Und du könntest es ebenso machen, Dorothea! Der Anfang von allem Übel ist Stillstand, Entropie.«
An diesem langen halluzinatorischen Tag und auch am folgenden wurde sich Dorothea von Zeit zu Zeit mit Beklemmung der Tatsache bewußt, daß Colin Asch sie schweigend betrachtete. Zutiefst verzagt erkannte sie, daß er ihren Tod in Erwägung zog. Ihren und vielleicht seinen eigenen: Mord und Selbstmord. War das nicht romantisch? War das nicht das logische Ende ihrer Geschichte? Im Plauderton sagte Colin Asch: »Mein Buch hier – ich will bald etwas hineinschreiben. Ich muß mir überlegen, was, denn viel Zeit bleibt nicht mehr. Du könntest auch was reinschreiben, wenn du willst. Ich meine, am Schluß. Auf den letzten Seiten.«
»Ist es ein Tagebuch?« fragte Dorothea.
»Es ist mein Leben. In Worten.«

Es war ein überdimensionales, umfangreiches Notizbuch mit abgegriffenem blaugrauem Einband: eine Art Konto- oder Geschäftsbuch. Colin legte es nicht direkt vor Dorothea hin (die es keinesfalls anfassen wollte), sondern blätterte es so durch, daß sie ein paar Seiten sehen konnte, eng mit der Hand geschriebene Passagen, dazwischen vermutlich Gedichtzeilen und mit schwarzer Tinte sorgfältig ausgestrichene Abschnitte. Träumerisch sagte er, wobei er sich über die blassen Bartstoppeln strich: »Ich will es auf den neuesten Stand bringen. Auf den allerneuesten, allerletzten. Aus einer Perspektive weiter Entfernung sozusagen. Wie Gott, von oben.« Dorothea murmelte etwas vage und sanft Zustimmendes, rückte aber nicht näher. »Du könntest das meiste gar nicht lesen«, sagte Colin entschuldigend. »Es ist in Geheimschrift.«
»Ach so, ja – Geheimschrift«, wiederholte Dorothea.
»Damit die Arschlöcher nicht ihre Nase in meine Angelegenheiten stecken«, sagte Colin mit schmerzlichem Lächeln. »Nach meinem Tod.«
Das Blockhaus war sparsam und schlampig eingerichtet, besonders der große Hauptraum: alte gewebte »Navajo«-Decken auf dem Boden, schlecht zusammenpassende, verschmutzte Möbel, Lampen mit zerschlissenen Schirmen, aber hier und da gute und reizvolle Stücke wie der Schaukelstuhl im Shaker-Stil, in dem Dorothea saß, und der lange schmale Refektoriumstisch, an dem Colin Asch stundenlang saß und in sein Kontobuch schrieb, mal schnell wie unter einer Inspiration, dann wieder sehr langsam, über lange Zeiträume starrte er nur verträumt aus dem Fenster (von seinem Platz aus konnte er den Weg und den See im Auge behalten) oder zu Dorothea herüber. Wir geben eine groteske Parodie auf häusliches Leben ab, dachte Dorothea, aber welches häusliche Leben parodieren wir eigentlich?
Sie schien zu wissen, daß sie, falls sie überlebte, dieses Inter-

mezzo bis ans Ende ihrer Tage im Gedächtnis behalten würde: nicht die Episoden wirrer Aktionen und Gewalttaten (denn sie konnte sich denken, daß Gewalt nicht zu vermeiden war), sondern diese scheinbar idyllische Zeitlupenszene mit ihrem jungen blonden Entführer Colin Asch, der nur ein paar Meter von ihr entfernt wie ein in seine Hausaufgabe vertiefter, ungewöhnlich konzentrierter Schuljunge über seinem Buch brütete. Draußen wurde es allmählich wärmer; die Luft roch feucht und üppig nach Frühling. In den Kiefern rings ums Haus riefen sich die Eichelhäher dringliche, kehlige, perlende Laute zu, ein Frühlingsgesang, der in Dorotheas Ohren von jeher wie ein musikalisches Sprudeln klang.

Colin Asch las Dorothea Deverell eine Strophe aus einem Gedicht von Shelley vor, die er, wie er sagte, vor elf Jahren abgeschrieben hatte. »Hätte nie vermutet, daß ich sie *dir* vorlesen würde, *heute!*« Dorothea erkannte die Verse nicht sofort und hätte sie auch offen gestanden nicht Shelley zugeschrieben, denn sie hatte seit Monaten weder Shelleys Gedichte gelesen, noch an sie gedacht.

»›Das ewige und weite All der Dinge
Durchfließt den Geist, und rollt die raschen Wellen,
Jetzt dunkel – glitzernd jetzt – jetzt Düstres spiegelnd –
Jetzt Glanz verleihend, wo aus stillen Quellen
Gedankenströme sich ihm beigesellen –‹«*

Colin Aschs Stimme verlor sich, als sei die Strophe noch nicht zu Ende, denn plötzlich hatte ihn eine Mattigkeit überfallen, die auch Dorothea ergriff. Und draußen sangen die Eichelhäher in den Kiefern.

* Aus dem Englischen von Mirko Bonné

Die Gefangenschaft sollte insgesamt vier Tage dauern; sie endete abrupt am Spätnachmittag des 11. Mai. Dorothea Deverell hatte jedoch fast augenblicklich ihr Zeitgefühl und ihr räumliches Vorstellungsvermögen verloren, wie jemand, der aufgrund der Ausschaltung seiner Fähigkeit, körpereigene Reize wahrzunehmen, jedes Empfinden für die spezifische und unbestimmbare Befindlichkeit des Körpers in seinem Umfeld verliert. Oder wie schon die leichteste Hirnverletzung das Gewebe des Gedächtnisses verändert.
In ihrer angegriffenen Gemütsverfassung glaubte sie, Charles Carpenters Liebe hätte mehr Kraft haben müssen, sie zu schützen. Aber diese Liebe war fern, und ihre Macht verebbte stündlich. Ich bin allein, dachte sie.
Bis auf meinen Entführer.

Sie war krank, eingewickelt in die muffig riechende Decke, obwohl es Mittag war und Mai. Seit ihrer Kindheit hatte sie unter mehr oder minder schweren Erkrankungen der Atemwege gelitten, und gewisse Symptome ängstigten sie, weil sie möglicherweise hohes Fieber, Schüttelfrost und krampfartige Hustenanfälle ankündigten. Ihre Bronchien waren verstopft, und sie hatte das Gefühl, als ob ein unsichtbarer Riemen ihren Brustkorb langsam einschnürte.
Aber sie beobachtete (und konnte nicht umhin, zu bewundern), wie Colin Asch auf dem Boden vor dem Kamin Liegestütze machte – wie schnell, fast wie eine hochtourige Maschine! –, wobei die kleine blaue Ader auf seiner Stirn immer deutlicher hervortrat und sein Gesicht von Mal zu Mal heißer und röter wurde. Er zählte bis neunzig, bevor er aufhörte. Dann folgte eine andere Übung: er richtete sich aus der Rückenlage mit hinter dem Kopf verschränkten Armen auf und schwang die Ellbogen in raschem Wechsel zum jeweils entgegengesetzten Knie. Und dann sprang er auf und machte keuchend, schweißgebadet Klimmzüge am Türrah-

men, als könne er seine wahnsinnige Energie sonst nicht in Schach halten. Obgleich er so dünn war, daß sich seine Rippen unter dem feuchten T-Shirt abzeichneten, hatte er kräftig ausgebildete Schultern-, Arm- und Rückenmuskeln, »...achtundzwanzig, neunundzwanzig, *dreißig*!«
Ein Vorführung für Dorothea Deverell ohne einen einzigen Blick zu ihr herüber.
Auf dem Tisch lag deutlich sichtbar die Pistole mit dem langen Lauf.
Dorothea starrte auf sie und dachte, ich muß es versuchen. Sie schätzte, daß der Abstand zwischen ihr und der Waffe knapp zwei Meter betrug; daß sie, wenn Colin abgelenkt war, nur die Decke von sich werfen, einen Satz nach vorn machen und sie mit beiden Händen hochreißen mußte ... Sie würde sie gegen ihren Entführer richten und eine Bitte oder Drohung ausstoßen: *Wenn du nicht tust, was ich sage, drücke ich ab!* Aber dann bedrängten sie halluzinatorische Phantasien, daß Colin Asch ihr die Waffe einfach entwinden würde oder, was schlimmer wäre, daß durch Zufall ein Schuß losginge und ihm die Brust oder das Gesicht zerfetzte.

»Du hättest die Waffe jederzeit an dich nehmen können, Dorothea«, sagte Colin Asch, während sie bei Einbruch der Dunkelheit eine ihrer behelfsmäßigen Mahlzeiten einnahmen. »Aber du hast es nicht getan. Du hättest mich erschießen können, und man hätte dir nie etwas vorgeworfen, und das bedeutet, daß du ebensowenig zurückwillst wie ich.«
Dorothea sagte leise: »Das ist nicht wahr.«
Colin sagte: »Doch, es ist wahr.«
Dorothea sagte: »Colin, begreif es bitte – es ist nicht wahr.«
»Ist es doch.«
So stritten sie sich mit dem ziellosen Eigensinn echter Vertrautheit, bis Dorothea schließlich vor Entrüstung, Gekränktheit und Entsetzen kein Wort mehr herausbrachte

und sich abwandte. Sie erinnerte sich, daß schon in der Kindheit der Salzgeschmack von Tränen der Geschmack der Erniedrigung gewesen war.

»Wenn du wissen willst, wie ich es gemacht habe, also ich hab sie noch betrunkener gemacht, als sie schon war, und hab ihr Valium aus ihrem Medizinschrank eingetrichtert und ihren Kopf unter Wasser gehalten, bis sie nicht mehr atmete. Sie hat nichts gefühlt! Genau wie ich es ihr versprochen hab. Nicht wie der Scheißkerl Krauss«, sagte Colin Asch angeekelt, als ob er ausspucke. »Ich wollte, daß er es die ganze Zeit fühlt, und das hat er getan.«

Es war vermutlich schon sehr spät. Dorotheas Uhr war stehengeblieben. Colin ließ die Seiten des Buchs, das er sein »blaues Kontobuch« nannte, einzeln ins Feuer fallen. Dorothea wollte nicht fragen, warum.

»Es ist irre«, sagte er beiläufig, ohne Dorotheas empörten Ausdruck zu beachten, »wie gut man sich fühlt, wenn man weiß, daß man etwas Richtiges getan hat. Es kommt schließlich so selten vor im Leben, daß man weiß, man ist genau zur richtigen Zeit am richtigen Ort. Als ob man nicht mehr man selber ist, sondern ein Vollstrecker der Geschichte. Des Todes.«

Dorothea erschauerte. »Es wäre besser, ein Vollstrecker des Lebens zu sein, finde ich.«

»Wenn ich jemanden töte, bin ich der Vollstrecker des Todes«, sagte Colin Asch langsam. Er löste die Seiten vorn aus dem Notizbuch, indem er sie sorgfältig einzeln vom Einband abtrennte: Er hatte das Feuer neu entfacht, und es brannte mit einer beunruhigenden Fröhlichkeit. Die lodernde Hitze, die in Colin Aschs knochigem, blassem Gesicht aufschien, verlieh seinen Wangen eine gesunde knabenhafte Röte. »Getan ist getan. Für immer. *Und keiner kann es je widerlegen.* Stell dir das vor! Versuch dir das klarzumachen, Dorothea! Wenn du etwas in die Welt bringst oder etwas auf der Welt liebst oder, sagen wir mal, selbst auf der Welt bist, ist das alles beschissen anfällig – es kann jede Minute zu Ende sein. Aber der Vollstrecker des Todes – das ist was anderes.« Seine Stimme hob sich bebend. Er grinste in die Flammen. »Tja. *Das ist was anderes.«*

»Du sprichst so einfach vom Zerstören, vom Vernichten des Lebens –«

»Du weißt nicht, wovon ich spreche, Dorothea«, sagte Colin Asch, »weil du nie getan hast, was ich getan hab. Und wenn du's getan hättest, dann wüßtest du's.«

»Aber –«

»Wenn du's getan hättest, wüßtest du's.«

Dorothea begann zu schluchzen, und das Schluchzen ging in einen Hustenanfall über, der ihr die Kehle wundscheuerte. Ein paar Stunden früher hatte sich Colin besorgt um sie gezeigt und irgendwas von einem Arzt oder einer Unfallstation gemurmelt, wo er sie hinbringen würde. »Vielleicht könnte ich auch allein in einen Drugstore gehen und dir Penicillin holen.« Mit einer nervösen reflexartigen Bewegung hatte er sich abermals die Pistole vorgenommen, um die Patronen im Magazin zu kontrollieren. Dorothea hatte sich schon gewundert, wieso er wußte, daß sie für ihre Bronchitis Penicillin brauchte, aber sie sagte nichts, und Colin hatte es anscheinend nach einer Stunde sowieso vergessen.

Nun sagte er wie zu sich selber: »Du willst ebensowenig zurück wie ich. Das weiß ich. Es ist eine Sache der Ehre und des Anstands – denk an Kolumbus, der in Ketten nach Spanien zurückgebracht wurde! Die Arschlöcher! Sie wollen bloß, daß wir vor ihnen kriechen und um Gnade bitten. Aber warum sollten wir das verdammt noch mal tun? Es ist eine Frage der Freiheit. Es ist Stärke – wenn man tut, was man will, wenn man zum Vollstrecker des eigenen Lebens wird. Und des Todes.«

Dorothea versuchte sich zu beherrschen. »Aber ich will nicht sterben«, sagte sie.
»Als ich zwölf war und meine Eltern starben, war da diese unheimliche Kraft, die uns von der Brücke zog und durch das Geländer ins Wasser – ich konnte sie fast fühlen«, sagte Colin erregt, »aber ich dachte – du weißt ja, wie das in dem Alter ist –, ich dachte, ich könnte dagegen ankämpfen, es *widerlegen!* Ich bin ins Wasser gesprungen, hab getaucht, hab versucht, die Autotüren aufzukriegen, hab versucht, sie rauszuziehen – meine Mutter, meinen Vater, erst sie, dann ihn, dann wieder sie und dann ihn –, als ob auch in mir irgendwas Verrücktes wäre, so daß ich nach einer Weile überhaupt nichts mehr dachte, keinen eigenen Willen mehr hatte; es war gar nicht Colin Asch, sondern nur mein Körper, meine Muskeln. Aber die Sache ist die, daß ich versagt habe. Der Denkzettel, den ich verpaßt bekommen sollte, war – daß ich versagt habe. Das Leben geht nur in eine Richtung, wie ein Fluß oder wie die Schwerkraft – du kannst es nicht widerlegen.«
Dorothea, die eine ganz andere Schilderung erwartet hatte, sagte tief bewegt: »Aber du warst sehr mutig, Colin! Und so jung...«
Colin schüttelte heftig den Kopf. »Dazu gehört kein Mut: Ich weiß nicht, was ›Mut‹ ist. Dieses Scheißkind hat eben nur versucht, etwas zu tun, was es nicht tun sollte, damit ihm ein Denkzettel verpaßt werden konnte. Das Leben geht nur in eine Richtung.«
»Ach, Colin, nein, bestimmt nicht!«
Er riß wieder eine Seite heraus und ließ sie ins Feuer fallen. Dorothea konnte den Bogen mit sauber geschriebenen Blockbuchstaben in verschiedenfarbiger Tinte und winzigen Zeichnungen oder Gekritzel am Rand nur flüchtig sehen. In diesem Augenblick hätte sie die Seite gern aus dem Feuer gerissen und vor der Vernichtung bewahrt. Sie ging jedoch

in Flammen auf und verschwand. »Ist es irgendwo hier in der Gegend passiert?« fragte Dorothea. »Das Unglück mit deinen Eltern?«
»Nein, nirgendwo in dieser Gegend«, sagte Colin Asch. »Mehrere hundert Meilen weiter südlich.«

Dorothea glaubte nicht, daß sie schlief, aber unerklärlicherweise war ihre Mutter da... ihre junge Mutter mit flatterndem Haar und glatter, bräunlicher Haut... die durch eine hohe Wiese schritt, die Augen mit der Hand beschattete und *Dorothea! Dorothea!* rief. Winzige gelbe Schmetterlinge umschwebten sie. Das Spiel bestand darin, daß Dorotheas Mutter das kichernde kleine Mädchen, das sich im Gras duckte, nicht finden konnte, deshalb sprang Dorothea hoch, um sie zu überraschen, und empfand dabei eine so intensive Freude, daß sie sich in ihrem Hals in Schmerz verwandelte... und dann erwachte sie mit einem Hustenanfall, kam verwirrt zu sich, saß in einem Fleck bleichen Sonnenlichts in einer ihr fremden offenen Eingangstür an einem ihr fremden Ort, und jemand näherte sich und herrschte sie argwöhnisch an: »He, was, zum Teufel, tun sie hier, Lady?«
Ein vierschrötiger alter Mann im Arbeitsanzug mit einer Eisenbahnermütze, rot angelaufenem bärtigem Gesicht und kleinen zusammengekniffenen Augen: der Verwalter von Glace Lake?
Und hinter ihm in etwa zehn Meter Entfernung stand neben einem auf dem Weg geparkten Kleintransporter ein halbwüchsiger Junge, und etwas, das wie ein Gewehr aussah, hing ihm lose in der Armbeuge.
Dorothea machte dem alten Mann Zeichen, nicht näher zu kommen, versuchte ihn mit heiserer, krächzender Stimme zu warnen: »Weggehen! Nicht mit mir sprechen! Gefahr!«

Der alte Mann achtete jedoch nicht darauf; aufgebracht und dadurch ermutigt, daß er Dorothea Deverell als eine Person einschätzte, vor der er keine Angst zu haben brauchte, sagte er laut, barsch: »Zum Donnerwetter, was haben Sie hier zu suchen, Lady? Das ist Privatbesitz – können Sie das nicht sehen?«
Und in diesem Augenblick geschah fast gleichzeitig zweierlei: Der Junge neben dem Kleintransporter rief dem alten Mann etwas zu, was Dorothea nicht richtig hören konnte (abgesehen von dem Wort »Opa«, das ihr lange im Gedächtnis bleiben sollte), und hinter ihr schlich sich lautlos, als hätte er sich in den vielen Stunden in »Land's End« auf eben diesen Moment vorbereitet, Colin Asch heran, beugte sich anmutig über Dorotheas Kopf aus der Tür, zielte mit der Pistole auf die Brust des alten Mannes und drückte ab. Dorothea schrie, während der alte Mann sich halb um die eigene Achse drehte und zu Boden stürzte. Colin sprang auf den Weg und brüllte: »Arschloch! Das hast du davon! Ich bring euch alle um!« Er erspähte den Jungen am Fahrweg, doch der Junge drehte sich um und rannte weg; Colin verfolgte ihn und gab noch einen einzelnen Schuß ab, kehrte jedoch sofort wütend fluchend um, während Dorothea neben dem sterbenden alten Mann niederkniete, dessen Brust bereits blutüberströmt war und dessen Gesicht mit erschreckender Schnelligkeit eine aschgraue Farbe angenommen hatte: »Ein Arzt – ruf einen Arzt! Oh, Colin – einen Unfallwagen!« sagte Dorothea.
Colin Asch stand über seinem Opfer und richtete die Pistole wie beiläufig auf die Stirn des alten Mannes.
»Hier ist dein Arzt, du alter Furz. *Ich hab euch alle gewarnt!*«

Und das war das Ende oder beinahe.
Dorothea hatte sich in einer Ecke der Küche, dann in der

winzigen Toilette neben der Küche verkrochen und schluchzte hysterisch, während Colin Asch aufgebracht, ungläubig von einem Zimmer ins andere, von einem Fenster zum anderen stampfte und Möbel zusammenschob, um das zu errichten, was in Berichten über die Belagerung später als »Verbarrikadierung« bezeichnet wurde; er fluchte, sprach laut vor sich hin und zu Dorothea, mit der er schimpfte, weil sie sich hatte entdecken lassen und ihn gezwungen hatte, den alten Mann ohne ausreichende Vorbereitung zu erschießen. Zuerst hatte Colin die Idee, mit Dorothea im Auto zu fliehen, aber gleich darauf änderte er seine Meinung mit der Begründung, daß »die« ihnen auflauern würden, weil die Straße nur in eine beschissene Richtung führte und er ihnen also direkt in die Falle ginge; sie würden eine Straßensperre errichten oder im Hinterhalt warten. Die einzige Strategie sei, dazubleiben und so lange wie möglich durchzuhalten – »Scheißdreck, ich hab schon drei Patronen verschossen!«
Er haute mit solcher Wucht an die Toilettentür, daß das schwache Schloß aufsprang, und schrie Dorothea an: »Es geht alles zu schnell, verdammt noch mal! Ich bin noch nicht soweit! *Du* bist noch nicht soweit!«
Und tatsächlich lief von dieser Stunde an alles mit einer traumartigen Geschwindigkeit und Logik ab, als ob der unnatürliche Stau vieler Stunden sich nun feindselig über ihren Köpfen entlüde. Innerhalb weniger Minuten, so schien es, drangen an Dorotheas Ohr der Ton einer Sirene von einem Polizei- oder Rettungswagen, dann eine zweite Sirene und eine durch ein Megaphon gellende Männerstimme, die ihnen herrisch zurief: »Ihr da – ihr da drinnen!« und Befehle gab; das Geräusch anderer Stimmen: und Colin Aschs anfangs nicht wiederzuerkennendes Geschrei (so unerfahren, so verzweifelt und jung) aus einem der verbarrikadierten Fenster – er sei bewaffnet und habe eine Geisel. Und der ohrenbetäubende Lärm von Schüssen und Kaskaden klirren-

der Glasscheiben. Charles Carpenters Gesicht tauchte als flüchtiges Bild vor Dorotheas innerem Auge auf, aber es war ein Gesicht gewollter Ruhe, Ferne. Er weiß nichts von mir, dachte sie. Es war alles ein Traum.

Während der Belagerung – insgesamt dreieinhalb Stunden, die zum größten Teil mit gebrüllten Anweisungen, Befehlen, irgendwelchen Erwiderungen zugebracht wurden – verharrte Dorothea zitternd und schwitzend vor purer animalischer Angst in dem Versteck, in das sie sich verkrochen hatte, und geriet allmählich aus der Panik in einen gleichsam katatonischen Zustand der Glückseligkeit: als ob sie in dieser fast skulpturalen Mimikry des Todes wie durch Zauberkraft vom Tod verschont bleiben könne.

Doch selbst inmitten des chaotischen Gewirrs von Männerstimmen, einer ziellosen und scheinbar bühnenreif vorgeführten Schießerei und der empörten, schweren Schritte ihres Entführers, der an ihrem Versteck vorbei zu diesem oder jenem Fenster rannte, um es zu besetzen (hätte Colin Asch überlebt, wäre ihm vom Bezirks-Sheriff und seinen Hilfskräften schwer zur Last gelegt worden, daß er sie an der »Rettung« des am Boden liegenden alten Mannes, dessen Tod sie ja nicht mit Sicherheit feststellen konnten, derart behindert hatte) – selbst da noch, im Brennpunkt des Wahnsinns, wäre es Dorothea Deverell äußerst schwergefallen zu glauben, daß Colin Asch, der sie so bewunderte und ihr Freund war, ihr ernstlich schaden wollte.

»Das wollte er doch *nicht* – oder?«

Zum Schluß jedoch kam Colin Asch sie holen und zog sie kurz ans Fenster, um zu beweisen, denn ein Beweis wurde verlangt, daß seine »Geisel« noch am Leben war, dann ging er forschen Schritts in ein Zimmer auf der Rückseite der Blockhütte, das ihm vermutlich am sichersten schien, weil es am stärksten verbarrikadiert war, ein Schlafzimmer mit einem Feldsteinkamin, in dem ganz unerwartet ein Feuer

brannte – denn Colin war damit beschäftigt, die Seiten aus seinem geheimnisvollen blauen Buch zu verbrennen, und dazu brauchte er Dorotheas Hilfe. Immer wieder sagte er in zähneknirschender Wut, daß er noch nicht soweit sei! Nicht soweit sei!
Schließlich warf er den Rest des Notizbuchs in die Flammen und beobachtete eine Weile, wie es verglühte, und das war's.
Er hielt dann ein langes blankes Messer in der rechten Hand, das Dorothea verständnislos anstarrte; sie starrte auch in sein Gesicht – warum hatte sie sie nie bemerkt, diese feine sichelförmige Narbe über seinem linken Auge? Sein Mund bewegte sich, aber sie wurde nicht klug aus den dringlichen Worten, die er sprach. Sie hatte zuviel zu verarbeiten, das dringlich war, das laut und schrill und kraß war. Colin Asch sagte ihr, was getan werden müßte, weil es kein Entkommen und keine Rückkehr mehr gäbe. »Das ist jetzt alles vorbei.«
Er drückte ihr das Messer in die Hand und umschloß sie mit der seinen, sagte »Mach es so«, und Dorothea begriff nichts, leistete aber zuerst keinen Widerstand, denn war dieser junge Mann nicht ihr Beschützer? Als aber die Klinge ihre Kehle berührte, schrie sie auf und fuhr zurück.
Also mußte Colin sie mit Gewalt wieder in die richtige Position bringen – inzwischen hockten beide am Kamin, Dorothea mit dem Rücken dicht an der Wand – und ihr das Messer noch einmal in die Hand drücken; in flehendem, anklagendem Ton sagte er: »Es wird Zeit! Laß es mich nicht allein bei dir machen!«
»Nein – laß mich los!« schrie Dorothea.
Und Colin setzte ihr das Messer erneut an die Kehle, diesmal härter, und sagte, als versuche er, ihr vernünftig zuzureden: »Wir lieben uns doch, Dorothea – das mußten wir doch nicht erst aussprechen.«
Und Dorothea sagte: »Ich liebe dich nicht genug, um mit dir zu sterben!« – dabei wehrte sie sich gegen den jungen Mann

mit letzter Kraft, einer Kraft, die sie nicht mehr zu besitzen geglaubt hatte. Colins Handrücken und Gesicht mit den Nägeln zerkratzend, gelang es ihr, ihm das Messer zu entwinden. »Laß mich los! Laß mich! Laß mich los!« schrie sie. In der erschreckenden schweißigen Intimität ihrer Beinahe-Umarmung spürte sie seine totale Überraschung – seine Fassungslosigkeit –, als könne er nicht glauben, daß sich Dorothea Deverell dieser Todeszeremonie verweigern oder mit solcher Hysterie verweigern würde.

Das Messer fiel klappernd auf den Boden – aber Dorotheas Kraft erlahmte jetzt; der kurz aufflackernde Kampf hatte sie verzehrt. Colin griff sich das Messer, hielt es drohend an die eigene Kehle und sagte gekränkt, vorwurfsvoll: »Dorothea? Du willst nicht? Liebst du mich denn nicht? Du läßt zu, daß ich es alleine tu?«

»Tu's nicht.«

»Du läßt zu, daß ich es alleine tu?«

Den Blick fest und ruhig auf Dorothea gerichtet, als betrachte er sich im Spiegel, setzte sich Colin Asch das Messer mit der Spitze an die Kehle, an eine Arterie, die er mit offenbar geübten Fingern ertastet hatte. In dem Augenblick, da er sich die Klinge mit aller Kraft schräg nach unten in den Hals stieß, wurden seine Augen wie von unsäglicher Freude tiefschwarz, ganz Pupille. Dorothea schrie, er solle es nicht tun, schloß die Augen und wappnete sich gegen den warmen Strahl arteriellen Bluts, der auf sie spritzen und sie fürs Leben zeichnen sollte. Aber natürlich war es zu spät.

13

»Dorothea? Wo bist du?«
Zuviel Licht.

Epilog

Noch hatten sie nicht geheiratet, doch in Kürze sollte es soweit sein: am letzten Sonnabend im September, zufällig genau einen Tag vor Dorothea Deverells vierzigstem Geburtstag, der sich späterhin als der glücklichste Geburtstag ihres erwachsenen Lebens erweisen sollte. Monatelang aber hatten sie sich an Wochenenden nach Häusern umgesehen, auf der Suche nach dem vollkommenen Haus, das ihre Erinnerungen an das Vergangene auslöschen oder zumindest entkräften würde. Insgeheim hofften sie auf ein Haus, das die bewährtesten Eigenschaften beider Häuser, die sie aufgaben, in sich vereinte, ohne jedoch nach außen den Gedanken an eins der beiden Häuser nahezulegen – denn als Liebespaar fühlten sich Dorothea Deverell und Charles Carpenter denn doch schuldig, und mit dem Luxus der Selbstbezichtigung, von der keine Reue sie je freisprechen könnte, meinten sie, sie würden es immer bleiben.

Viele haben Opfer gebracht, dachte Dorothea, die es nicht wagen, sich in Liebe hinzugeben. *Diese* prüde Tugend jedenfalls bliebe ihr erspart.

Das Haus, das zu kaufen sie so gut wie beschlossen hatten, lag in einer älteren Wohngegend von Lathrup Farms unweit des Brannon Institute und war dann doch nicht vollkommen, aber sie wollten es trotzdem haben – ein kleines weißes, stuckverziertes Backsteingebäude im Stil der griechischen Antike mit schlanken kannelierten Säulen, einem eleganten Portikus, hohen Fenstern und Zimmern, die, zumindest im gegenwärtigen unmöblierten Zustand, mit den hohen Decken, weißen Wänden und schimmernden Holzfußböden an die Strenge Vermeerscher Innenräume denken ließen – eine Art Tabula rasa, die sie beide mit ihrem unmittelbaren Charme sogleich bezauberte. Bei ihrem ersten Rundgang durch das Haus hatte Dorothea Deverell Charles Carpenters Arm in bangem Entzücken gedrückt. Ja! Schön! Das ist es! Wir sind zu Hause! Sie würde die Strenge des Hauses, diese wunderbar lichtdurchflutete spröde Reinheit bewahren, allerdings durch hängende Pflanzen, Teppiche in satten Farben und interessante, aber unaufdringliche moderne Möbel Akzente setzen. Keinesfalls wollte sie ihr reizvolles Einrichtungssammelsurium in einer neuen Umgebung aufstellen: Sie würde einige ihrer Sachen verkaufen und den Rest einer Wohltätigkeitsorganisation übergeben. Ebenso wie Charles Carpenter hatte sie den dringenden Wunsch, auf neutralem Gebiet einen neuen Anfang zu machen. Schließlich fehlte es keinem von beiden an Kapital.

Der Verkauf ihres Hauses hatte ihr einen unerwarteten Gewinn beschert: als ob das Gebäude in den neun Jahren, die es Dorothea gehört hatte, seinen Wert wie durch Zauberei vervierfacht hätte. Und Charles Carpenters Haus am Fairway Drive hatte sich noch viel besser verkauft. Und dann war da noch der Nachlaß seiner verstorbenen Frau, der selbst nach Abzug der Erbschaftssteuer auf über zwei Millionen Dollar geschätzt wurde. Denn obwohl Agnes Carpenter die Scheidung von Charles eingereicht hatte, hatte sie ihn noch nicht aus ihrem Testament gestrichen; ihr Ehemann blieb der Haupterbe.

Als Dorothea diese überraschende Neuigkeit erfuhr, gab es ihr einen Stich, fühlte sie sich in schwesterlicher Verbundenheit mit Agnes verletzt. »Es kommt mir so unfair gegen sie vor«, sagte sie zu Charles Carpenter. »Genau das hätte sie mit ihrem Hang zur Ironie vorhersehen können.«

»Aber nur theoretisch«, sagte Charles. »Wenn sie es wirklich vorausgesehen hätte, hätte sie mich sofort enterbt.«

»Trotzdem«, sagte Dorothea, »es kommt mir unfair vor.«

»Aber wieso, Dorothea? Wenn *ich* zum Zeitpunkt von Agnes' Tod gestorben wäre, wenn dieser Irre nicht sie, sondern mich umgebracht hätte, hätte *sie* alles geerbt«, gab Charles zu bedenken. »Es wäre mir nicht eingefallen, sie aus meinem Testament zu streichen, solange sie meine Frau war.«

In Gedanken daran – obwohl sie sich vorgenommen hatte, nicht daran zu denken und schon gar nicht darüber zu grübeln – fuhr Dorothea Deverell eines Nachmittags Anfang September, genaugenommen zweiundzwanzig Tage vor der Hochzeit, zu dem schönen weißen Haus am L'Arve Place. Sie hatte sich einen Schlüssel beim Grundstücksmakler geholt, um das Haus noch einmal endgültig zu besichtigen (sie hatte schon mehrere »endgültige« Besichtigungen vorgenommen), bevor sie und Charles den Kaufvertrag unterzeichneten. Das Haus nahm in ihrer beider Phantasie fast schon die monumentalen Ausmaße einer ägyptischen Pyramide an! Sie scherzten darüber, daß anscheinend mehr Mut dazu gehörte, es gemeinsam zu kaufen, als zu heiraten.
Es war nach halb sechs, als Dorothea ankam und das Haus durch den vorderen Eingang betrat. Charles sollte sie hier um diese Stunde treffen oder jedenfalls so frühzeitig, wie er es einrichten konnte. Aber sie war froh, daß sie vor ihm angekommen war; sie ging durch die herrlich freien Räume und atmete dankbar den Geruch der Leere ein ... An keiner Wand waren Spiegel zurückgelassen worden, und nirgends gab es zufällig reflektierende Flächen. Was für eine Freude, so völlig *allein* zu sein, dachte Dorothea: nicht einmal das eigene Gesicht als Störenfried.
Dabei sah Dorothea in diesen Tagen ungemein attraktiv aus; ihr Gesicht war voller geworden und ihre Haut nicht mehr so blaß wie früher; die Augen blickten klar, wenn auch häufig abwesend; das Haar glänzte dunkel, die silbergrauen und weißen Strähnen traten deutlich hervor. Seit den schreckli-

chen Ereignissen im Frühling regte sie sich weniger über Kleinigkeiten auf, war sie nicht mehr so ungeduldig, so anspruchsvoll und kritisch gegen sich selbst. Es hing mit dem mittleren Lebensalter zusammen, wie sie vermutete, aber nicht ausschließlich damit. Die seit über dreißig Jahren unablässig kommentierende Stimme, immer kühl-distanziert, streng, wertend und leise enttäuscht von Dorothea Deverells Leistungen, welchen Leistungen auch immer, war während ihrer Rekonvaleszenz durch andere, gütigere und nachsichtigere und sogar ermutigende Stimmen ersetzt worden. Man konnte diese klar und deutlich zu den Quellen zurückverfolgen: zu dem hervorragenden Arzt, der sie im Krankenhaus behandelt hatte (Dorothea hatte drei Wochen dort gelegen); zu dem Kreis ihrer mitfühlenden, sie stets stützenden Freunde; zu ihren Kollegen im Institut; vor allem zu Charles Carpenter. Als Krankenhauspatientin hatte Dorothea Deverell die Vorteile der Passivität und Fügsamkeit in kleinen Dingen erfahren; sie hatte anderen einfach durch ihre Gesundung Freude gemacht. Sie hatte auch sich selber dadurch Freude gemacht, daß sie sich ausreichend erholt hatte, um am ersten Montag im Juni ihre Arbeit wiederaufzunehmen und Mr. Morlands ehemaliges Büro zu beziehen.

Natürlich hatte Dorothea Deverell eine Menge unangenehmer, auch sensationslüsterner Aufmerksamkeit auf sich gezogen, doch Charles hatte das meiste von ihr fernhalten können. Keine Interviews, keine an ihre Tür klopfenden fremden Leute. Weder hatte er ihr die Presseberichte von der Entführung und deren Folgen gezeigt, noch hatte sie sie sehen wollen. Sie hätte nicht gern Fotos von Colin Asch in den Zeitungen zu Gesicht bekommen, um so weniger, als dafür auch, wie sie einer zufälligen Äußerung Jacquelines entnahm, einige der Modeaufnahmen verwendet worden waren.

Die Polizei hatte sich freilich bei der Befragung sehr anständig, sehr zuvorkommend, geduldig und zurückhaltend gezeigt. Colin Asch wurden die drei Morde im Gebiet von Boston sowie der Mord in Glace Lake zugeschrieben, und es deutete vieles darauf hin, daß er weitere in anderen Bundesstaaten begangen hatte. Die Anhaltspunkte reichten jedoch für eine schlüssige Beweisführung nicht aus. Dorothea erzählte der Polizei alles, was sie von Colin Asch wußte oder zweifelsfrei im Gedächtnis behalten hatte. Durch ihre Erfahrung als »Zeugin« wurde ihr klar, warum die Berichte von Augenzeugen in Kriminalfällen notorisch unzuverlässig sind: Was der Zeuge für einwandfreie Erinnerung hält, ist in Wirklichkeit Erfindung, Auffüllen von Lücken, fehlerhafte Erinnerung, und was »erinnert« wird, entwickelt sich in der Folge zu dieser immer beharrlicher wiederholten fehlerhaften Erinnerung. Der genaue Ablauf der Entführung – denn »Entführung« war das öffentlich gebrauchte, das unumgängliche Wort – war Dorotheas Gedächtnis fast unmittelbar danach entschwunden, so rasch und trügerisch, wie unsere Träume trotz aller Anstrengung, sie ins Gedächtnis zurückzurufen, entschwinden. Ihr physischer Zusammenbruch hatte sicherlich das seelische Trauma verstärkt (die Bronchitis hatte sich schon zu einer Lungenentzündung entwickelt, als sie nach der Belagerung von Glace Lake in ein Krankenhaus in Massena, New York, gebracht wurde), und so verwirrte sich ihre Erinnerung durch böse Fieberträume noch mehr. Eine schwere Krankheit nimmt häufig die Züge einer Psychose an, die die verzerrten Visionen des Unbewußten freisetzt. Dorothea Deverell hatte zu ihrer Beschämung und ihrem Kummer in ihrem elenden Zustand den Tod des Massenmörders Colin Asch mit dem ihres jungen Ehemanns Michel Deverell vermischt ... als wäre Colin Aschs Tod, den sie miterlebt hatte, in gewisser Weise Michel Deverells Tod, den sie nicht miterlebt hatte.

Aus diesen Gründen brachte sie das, was sie der Polizei berichtete, vorsichtig, zögernd, mit Einschränkungen vor. Die Mehrzahl ihrer Aussagen leitete sie mit einem *Ich glaube* oder *Ich meine, mich zu erinnern* ein. Es stellte sich heraus, daß Dorothea Deverell während der hundert Stunden – der neutrale Euphemismus, den Dorothea auch selber bevorzugte, lautete »hundert Stunden« – unter einer zeitweiligen Amnesie gelitten hatte, die sie nicht durchdringen konnte. Hatte ihr Entführer sie geschlagen, gestoßen, gewürgt? Nein, sagte Dorothea Deverell. In den medizinischen Untersuchungsberichten war jedoch von blauen Flecken an ihrem Körper, von rötlichen Malen an ihrem Hals die Rede. Hatte ihr Entführer ihr den Tod angedroht? Nein, sagte Dorothea Deverell, eigentlich nicht. Hatte er denn zum Schluß nicht versucht, sie umzubringen? Hatte er ihr ganz zum Schluß nicht das Messer an die Kehle gesetzt? Ja, sagte Dorothea, aber … aber es war doch *anders*.

Der Aufforderung, sich genauer zu erklären, konnte Dorothea nicht nachkommen, nicht ganz. Sie sprach stockend, fand nicht die richtigen Worte.

Allerdings konnte sie sich lebhaft an die Einzelheiten der »kaltblütigen« Ermordung des Hausmeisters von Grace Lake entsinnen, an die genauen Umstände von Colin Aschs erstem und zweitem Schuß. Nur Colin Aschs Worte, falls er überhaupt gesprochen hatte, waren ihr entfallen. Vor allem fehlte ihr die Erinnerung an vieles, was Colin Asch während der hundert Stunden zu ihr gesagt hatte. Die Haustürklingel hatte geläutet, sie war hingelaufen, um zu öffnen, und dann … Die Stimme des jungen Mannes und, was noch merkwürdiger war, sein Gesicht verblaßten allmählich. »Es kommt mir vor, als ob Colin auf der anderen Seite eines Abgrunds stünde«, sagte Dorothea zu Charles Carpenter, »und zu mir spricht, sich mit normaler Stimme verständlich zu machen sucht – aber eine normale Stimme reicht unter den gegebenen Umständen nicht aus. *Ich kann nichts hören.*«

»Dann laß es um Gottes willen«, sagte Charles Carpenter. »Gib es auf, Dorothea.«
»Aber –«
»Gib ihn auf. Den widerwärtigen Dreckskerl.«
Wenn Charles Carpenter gezwungen war, über Colin Asch zu sprechen, verzog sich sein normalerweise unbewegtes Gesicht zu einer Grimasse puren Abscheus; schon der Name brachte ihn aus der Fassung. Denn man nahm allgemein an, wenngleich es keine Beweise dafür gab, daß Colin Asch eine ausbeuterische sexuelle Beziehung sowohl mit Agnes (daher die beiden Schecks für »Alvarado«, den Bankkassierer als Colin Asch identifiziert hatten) als auch mit Susannah Hunt und höchstwahrscheinlich mit Roger Krauss unterhalten hatte. Daran auch nur zu denken, konnte Charles Carpenter einfach nicht ertragen.
Die medizinischen Untersuchungen hatten selbstverständlich ergeben, daß keine Notzuchthandlung, keine wie auch immer geartete sexuelle Aggression gegen Dorothea Deverell verübt worden war. Aber hatte Colin Asch ihr mit Vergewaltigung gedroht? Mit einer anderen Form sexueller Gewalt? »Nein«, sagte Dorothea Deverell, »hat er nicht«. Denn das wußte sie mit absoluter Sicherheit.

Nun stand sie, die Hand auf das Geländer gelegt, auf der Treppe des Hauses am L'Arve Place und dachte an diese Dinge; an genau die Dinge, an die nicht zu denken – vor allem in dieser neuen Umgebung – sie sich geschworen hatte. »Gib's auf!« sagte sie laut und lief die Treppe hinauf.
Das große Schlafzimmer hatte hohe, nach Süden und Westen gehende Fenster; die Fenster nach Westen waren in mildes herbstliches Sonnenlicht getaucht. Dorothea empfand die Wärme auf ihrem Gesicht wie eine überaus sanfte Liebkosung. In diesem Raum hatten Spiegel und Bilder schwache rechtwinklige Spuren an den Wänden hinterlassen, die

Decke blätterte an verschiedenen Stellen ab, also mußten sie alles renovieren lassen, die Wände neu mit etwas Hellem, für das Auge Beruhigendem tapezieren ... auf keinen Fall etwas Gemustertes ... vielleicht ein Elfenbeinbeige. Dorothea mochte diese Farbe und hoffte, daß die Wände des Carpenterschen Eheschlafzimmers, das sie nie gesehen hatte, nicht in diesem Farbton gestrichen waren.

Und einfache Vorhänge, Satin und Damast. Und für den Fußboden einen neuen Teppich.

Von einem Fenster an der Vorderseite beobachtete sie, wie Charles Carpenter sein Auto am Gehweg parkte; sie beobachtete, wie die hochgewachsene, elegante Gestalt des Mannes zum Vorschein kam. Wie ein junges Mädchen, das seinen ersten Liebhaber erwartet, beobachtete sie, wie er sich dem Haus näherte, dann lief sie atemlos aus dem Schlafzimmer ins Treppenhaus, um ihn unten hereinkommen zu sehen: Sie hatte die Haustür nicht abgeschlossen.

»Dorothea? Ich bin es, Charles.« Seine Stimme hob sich unsicher. »Wo bist du?«

Dorothea Deverell beugte sich über das Geländer; es hatte etwas herrlich Verspieltes, Übermütiges, von oben auf Charles Carpenters Kopf zu blicken, ohne daß er von ihrer Anwesenheit wußte. Sie lachte glücklich und rief hinunter: »Ich bin hier, Charles – komm rauf!«

Don DeLillo
Die Namen

Roman

Titel der Originalausgabe: *The Names*
Aus dem Amerikanischen von Matthias Müller
Gebunden

In diesem ungewöhnlichen und mit thrillerhaften Elementen versehenen Roman erzählt Don DeLillo die Geschichte des Amerikaners James Axton, der als Versicherungsagent im Nahen Osten arbeitet. Er fühlt sich herausgefordert, um eine Reihe ritueller Morde aufzuklären, die mit einer geheimnisvollen Gruppe von Menschen, *Die Namen*, in Verbindung gebracht werden. Ein spannungsvoller, brillant geschriebener Roman.

Joyce Carol Oates im dtv

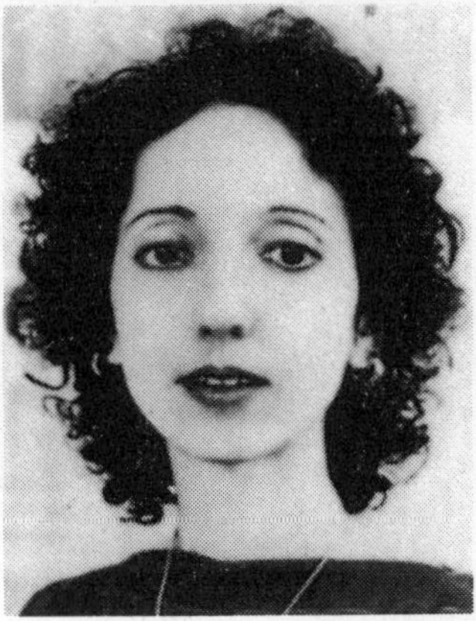

Grenzüberschreitungen

Zart und kühl, bitter und scharf analysierend, erzählt die Autorin in fünfzehn Kurzgeschichten von der alltäglichen Liebe, dem alltäglichen Haß und ihren lautlosen Katastrophen. dtv 1643

Jene

Die weißen Slumbewohner in den Armenvierteln des reichen Amerika, die sich nicht artikulieren können, sind die Helden dieses Romans. Die Geschichte einer Familie, aber auch die Geschichte Amerikas. dtv 1747

Lieben, verlieren, lieben

Von ganz »normalen« Menschen erzählt die Autorin, vor allem von Frauen, von Hausfrauen, Ehefrauen, Müttern und Geliebten. dtv 10032

Ein Garten irdischer Freuden

Ein Mädchen will ihren ärmlichen Verhältnissen entfliehen. Sie tut es – nichts anderes bleibt ihr übrig – mit Hilfe von Männern. dtv 10394

Bellefleur

Der Osten der USA ist der Schauplatz dieser phantastischen Familiensaga. Aus dem Leben der Menschen des Hauses Bellefleur wird ein amerikanischer Mythos. dtv 10473

Im Dickicht der Kindheit

In einem Provinznest lebt die starke, in ihrer Sinnlichkeit autonome Arlene mit ihrer jungen Tochter Laney, deren Schönheit und Wildheit der vierzigjährige Aussteiger Kasch verfällt. dtv 10626

Engel des Lichts

Die Geschichte einer alten Familie in Washington, die zwischen Politik und Verbrechen aufgerieben wird. dtv 10741

Unheilige Liebe

Auf dem Campus einer exklusiven Privatuniversität spielen die Mitglieder des Lehrkörpers eine »Akademische Komödie des Schreckens«. Sie lieben sich, sie hassen sich, aber keines dieser Gefühle hält vor. dtv 10840

Letzte Tage

Amerikanische Kleinstädte und europäische Metropolen sind die Schauplätze dieser sechs Erzählungen. dtv 11146

Die Schwestern von Bloodsmoor

Ein romantischer Roman, aber auch eine sarkastische Abrechnung mit den USA nicht nur des vorigen Jahrhunderts. dtv 11244

Frances Fyfield im dtv

Schatten im Spiegel
Kriminalroman

Sarah Fortune ist jung, schön und erfolgreich – und sie hat rote Haare. Gegen Männer hat sie eigentlich nichts, aber sie hat was gegen Charles Tysall, auch wenn er der wichtigste und mächtigste Klient der Kanzlei ist, in der sie als Anwältin arbeitet. Irgendwie machen ihr seine Annäherungsversuche Angst. Tatsächlich – und bei der Polizei seit geraumer Zeit aktenkundig – scheint Tysalls Bekanntschaft speziell rothaarigen Frauen alles andere als gut zu bekommen ... dtv 11371

Feuerfüchse
Kriminalroman
Deutsche Erstausgabe

Eines Tages findet man im Wald eine ermordete Frau. Der Verdacht fällt bei den Ermittlungen schnell auf einen jungen Englischlehrer, der mit der Toten ein Verhältnis hatte. Alle Indizien deuten auf ihn. Zu eindeutig, findet Helen West und beginnt auf eigene Faust zu ermitteln ... dtv 11451

Im Kinderzimmer
Roman
Deutsche Erstausgabe

Katherine lebt in einem luxuriösen Haus, hat einen beruflich erfolgreichen Mann und zwei gesunde Kinder. Von außen betrachtet das vollkommene Glück. Doch sie fühlt sich den Ansprüchen ihres Mannes nicht gewachsen. Ein psychologischer Roman, der mit fast kriminalistischer Akribie den Ursachen für den Zusammenbruch einer »glücklichen« Familie nachspürt. dtv 11516

Dieses kleine, tödliche Messer
Kriminalroman
Deutsche Erstausgabe

Keine leichte Sache, wenn man sich als Staatsanwältin auf die Aussagen eines verurteilten Mörders verlassen muß. Nichts anderes aber hat Helen West in der Hand, als sie versucht, die wahre Schuldige am Tod von Sylvia Bernard vor Gericht zu bringen. Der eigentliche Täter ist zwar geständig, gibt bei seiner Vernehmung aber zu Protokoll, das Verbrechen im Auftrag einer Frau begangen zu haben ... dtv 11536

Ulla Hahn
im dtv

Foto: Peter Peitsch

Klima für Engel
Gedichte · dtv 11651

»Meine Großmutter ließ nichts verkommen«, schreibt Ulla Hahn. »Von ihr lernte ich, jeden scheinbar noch so wertlosen Gegenstand zu beachten, seine Schönheit zu erkennen, ihm Bedeutung zu verleihen, die mit seinem profanen Gebrauch nichts zu tun hatte. Von ihr lernte ich das Sammeln, das Finden. Von ihr lernte ich das Spielen. Ich lernte das Wundern. Die Freude, mich selbst zu überraschen. Lernte das Verwandeln der Wirklichkeit. Heute brauche ich dazu keine alten Knöpfe, keine Troddeln, Porzellanscherben, Splitter aus Glas, keine verbogenen Löffel, bartlosen Schlüssel mehr. Heute bin ich auf Wörter und Silben aus, steck sie zu mir mit der gleichen verschämten Kühnheit wie einen rotgeäderten Rheinkiesel als Kind, spreche ihnen Bedeutung zu im Gedicht, wundere und freue mich, wenn sie Funken schlagen und sprühen...«

Ein Mann im Haus
Roman · dtv 11895

»Dieses intime Panorama der Grausamkeit wird mit größtmöglicher sachlicher Finesse vor uns ausgebreitet. Ein Weib nimmt Rache, bringt sich in die Täterposition und spielt mit ihren verfeinerten Mitteln die ganze Gewalt und Grausamkeit des ›feindlichen Geschlechts‹ im engen Raum der Intimität, der ihr traditionellerweise vorbehalten ist, lustvoll durch...
Eine unbarmherzigere Geschichte gab es lange nicht zu lesen.«
(Hubert Winkels in ›Tempo‹)